KB045415

셀프의 기만

SELBS BETRUG by Bernhard Schlink

젤프의 기만

Selbs Betrug

베른하르트 슐링크 지음

김완균 옮김

시공사

차례

1부

2부

1부

I
여권 사진

그녀는 가끔 나에게도 있었으면 얼마나 좋을까 바라던 딸의 모습을 떠올리게 했다. 반짝이는 눈, 살며시 미소 짓는 입, 통통한 두 볼, 어깨 위로 흘러내린 갈색 곱슬머리. 하지만 그 사진으로는 키가 큰지 작은지, 몸이 말랐는지 살쪘는지, 등이 곧은지 구부정한지 알 수 없었다. 그건 그저 여권 사진일 뿐이었다.

그녀의 아버지인 잘거 씨는 본(Bonn)에서 전화를 걸어왔다. 그의 말에 따르면 가족들은 벌써 몇 달째 딸인 레오노레의 소식을 전혀 듣지 못하고 있었다. 처음에는 곧 연락이 오겠지 싶어 기다려보기도 했단다. 그러나 이내 친구들에게 전화를 걸기 시작했고, 결국에는 경찰에 실종 신고까지 내게 되었다는 것이다. 하시만 아무 소용이 없었다. "내 딸이기는 하지만, 레오는 소신껏 자기 길을 가는 꿋꿋한 아이였습니다. 그러면서도 자주 전화를 하고 집에 찾아오기도 하는, 우리와 늘 연락을 주고받는 다정한 아이였지요. 그래서 방학이 끝나고 학기가 시작되면 다시 나타날 거라고 마지막 희망을 가졌었습니다. 참, 그 아이는 하이델베르크 통역대학에서 프랑스어와 영어를 전공하고 있습니다. 하지만 개강하고 벌써 두 주가 지났는데 여전히……"

"그럼 따님께서는 학교에 다시 등록조차 안 한 건가요?"

그가 화난 목소리로 말했다. "젤프 씨, 나는 지금 사건 의뢰를 위해 사립탐정에게 전화를 하고 있는 겁니다. 사건을 수사해야 하는 사람은 내가 아니라 당신이란 말입니다. 어쨌든 레오가 다시 등록을 했는지 안 했는지는 모릅니다."

나는 독일에서는 매년 수천 건의 실종 신고가 접수되며, 그들 가운데 대부분은 자의에 의해 사라졌다 다시 스스로 모습을 나타내는 경우라고 차분하게 설명해주었다. 그리고 그들은 세상이 금방이라도 무너질 것처럼 걱정하며 실종 신고를 낸 부모나 배우자 또는 연인과 그저 잠시 떨어져 있고 싶은 생각에 그런 행동을 한다는 사실도 알려주었다. 그러니 무소식이 희소식이라고, 딸에 관해 아무런 소식이 들려오지 않는 동안은 적어도 크게 걱정하지 않아도 된다고 그를 안심시켰다. 사고든 범죄가 됐든, 무슨 안 좋은 일이라도 생긴다면 곧바로 소식을 접할 수 있을 것이기 때문이었다.

잘거 씨 또한 그 정도는 알고 있었다. 경찰한테서도 이미 똑같은 말을 들었던 것이다. "저는 레오의 독립심을 전적으로 지지하는 편입니다. 그 아이도 이제 스물다섯이고, 더는 어린아이가 아니니까요. 그리고 그 아이도 당연히 혼자 있고 싶을 때가 있을 거라는 건 충분히 이해합니다. 더욱이 지난 몇 년 사이, 우리 사이에 약간의 긴장감도 있던 터라. 그렇지만 그 아이가 어디에서 무엇을 하고, 어떻게 살고 있는지 정도는 알아야 하지 않겠습니까. 당신에게도 딸이 있을 테니 그 정도는 충분히 이해하겠지요?"

나는 그의 말에 동의하지 않았으므로 아무 대꾸도 하지 않았다.

"젤프 씨, 문제는 나뿐만이 아닙니다. 제 아내도 지난 몇 주 동안 이 일 때문에 잠도 제대로 못 잘 만큼 괴로워하고 있습니다…… 그러니 가능한 한 빨리 그 아이를 찾아내 소식을 전해주시기 바랍니다. 물론 그 과정에서 당신이 레오에게 직접 말을 건넨다거나 해서 그 아이를 곤란하게 하는 일은 결코 원하지 않습니다. 그러니 조사하는 동안 그 아이나 그 아이의 주변 친구들이 절대 눈치재치 못하도록 조심해야 합니다. 혹시라도 그 아이가 엄마 아빠의 본심을 오해라도 하게 되면 정말 큰일이니까요."

잘거 씨의 그 말은 그리 달갑게 들리지 않았다. 누군가의 종적을 확보하고 있을 때라면 은밀하게 뒷조사를 벌일 수도 있을 것이다. 하지만 그렇지 못한 상황이라면 어쩔 수 없이 공개적으로 수사를 벌일 수밖에 없다. 그런데도 당사자나 그 주변인들이 눈치채지 못하게끔 한다면, 결국 아무런 성과도 거두지 못할 것이 불을 보듯 뻔했다.

잘거 씨가 재촉하듯 물었다. "젤프 씨, 제 말 듣고 계십니까?"

"듣고 있습니다."

"그렇다면 곧바로 이 일에 착수해주십시오. 그리고 가능한 한 빨리 반가운 소식을 전해주시고요. 제 전화번호는……"

"잘거 씨, 저는 당신의 사건 의뢰를 받지 않겠습니다. 안녕히 계십시오." 나는 전화를 끊었다. 사건을 의뢰해오는 고객들의 태도가 좋고 나쁜지는 사실 그다지 신경 쓰지 않는 편이었다. 사립탐정 일을 시작한 지도 어느새 40년이 다 되어가고 있었다. 그리고 그동안 예의 바른 사람이거나 오만불손한 사람, 내성적인 사람이거나 건방진 사람, 떠버리이거나 겁쟁이, 가련한 악마나 고상한 척하는 사람 등 온갖 종류의 사람들을 다 겪어보았다. 심지어는 결코 의뢰인으로 받고 싶지 않았던, 예전에 검사로 일하던 시절에 관계를 맺었던 사람들까지 만나기도 했다. 하지만 아무리 무관심하려 해도, 상전 행세를 하는 잘거 부국장이 지휘하는 오케스트라에서 플루트를 불고 싶은 생각은 들지 않았다.

다음 날 아침, 아우구스타 안라게에 있는 사무실에 출근했다. 출입문 손잡이 아래쪽에 우체국에서 남기고 간 노란색 작은 쪽지가 붙어 있는 게 보였다. '이 메모를 보는 즉시 편지함을 확인하세요!' 하지만 굳이 그럴 필요도 없었다. 편지들이 개폐식 뚜껑 너머로 흘러나와 예전에 담뱃가게였던 실내 바닥 위에 떨어져 있었던 것이다. 사무실에는 책상 하나와 안락의자 하나, 그 앞쪽으로 의자 두 개와 서류 캐비닛, 그리고 종려나무 화분이 하나 있다. 나는 실내에서 키우는 종려나무를 좋아하지 않는다.

속달우편 봉투는 제법 두툼했다. 무언가를 적어 한 번 접은 종이 사이에는 100마르크*짜리 지폐 한 다발이 들어 있었다.

존경하는 젤프 씨, 지난 몇 주 동안 저와 제 아내가 겪어야 했던 정신적 긴장과 스트레스로 인해, 조금 전 전화 통화를 하며 아무래도 결례를 범한 것 같습니다. 부디 너그럽게 이해하고 용서해주시기 바랍니다. 아울러 그로 인해 내려진 당신의 결정을 저로서는 쉽게 받아들일 수 없음 또한 이해해주시리라 생각합니다. 이번 일을 맡아 애써주시게 될 대가로 일단 5000마르크의 착수금을 동봉해 보냅니다. 필요한 경우에는 위에 적힌 전화번호로 연락주시면 됩니다. 물론 앞으로 몇 주 동안은 자동응답기가 받을 것입니다. 일단은 아내부터 지옥과도 같은 기다림에서 구해낼 생각이라서요. 하지만 집을 떠나 있더라도 자동응답

---

*유럽 공용 화폐인 '유로'가 통용되기 전 독일에서 사용된 화폐 단위. 1마르크는 100페니히이며, 대략 0.5유로에 해당되었다.

기만큼은 정기적으로 확인할 것입니다. 그리고 필요한 경우에는 바로 전화를 드리도록 하겠습니다.

잘거

책상에서 삼부카와 커피통과 잔을 꺼내 한 잔 따랐다. 그런 뒤 안락의자에 앉아 커피 원두를 씹으며, 투명하고 기름기 있는 독주를 혀와 목구멍 뒤로 밀어 넣었다. 목에 불이 붙은 것만 같았다. 담배 한 모금을 빨아들이자 가슴이 아프기까지 했다. 예전에는 쇼윈도였던 창문 너머로 밖을 내다보았다. 촘촘한 회색 줄을 그리며 비가 내리고 있었다. 오가는 차들의 소음이 들려왔다. 젖은 도로 위를 치직거리며 달려가는 바퀴 소리가 엔진의 부르릉거리는 소리보다 더 크게 들렸다.

삼부카를 한 잔 더 따라 마시고 50장의 100마르크 지폐를 세어보았다. 그러고는 편지와 마찬가지로 잘거 씨의 주소가 적혀 있지 않은 봉투를 이리저리 살펴보았다. 그런 다음, 편지에 적혀 있던 본의 전화번호로 전화를 걸었다.

"전화번호 41-17-88의 자동응답기에 연결되셨습니다. 메시지를 남기시면 24시간 내에 확인 후 응답이 갈 것입니다. 이제 말씀하시기 바랍니다."

전화번호 안내 센터에 전화를 걸어보았다. 예상했던 대로, 본에는 잘거라는 사람의 번호가 등록되어 있지 않았다. 아마도 그의 이름 또한 주소록에 있지 않을 게 분명했다. 그가 자신의 사적인 영역을 보호하려는 것은 사실 문제 될 게 전혀 없었다. 하지만 무엇 때문에 자신이 고용하려는 사립탐정에게까지 굳이 정보를 감추려 하는 것일까? 또한 일반적인 경우라면 적어도 하이델베르크에 살고 있다는 딸의 주소 정도는 알려주어야 하는 것 아닐까? 무엇보다도, 착수금이라며 보내온 5000마르크는 지나치게 많은 액수였다.

문득 봉투 안에 무언가가 더 들어 있는 게 느껴졌다. 레오의 사진이었다. 나는 사진을 꺼내 작은 돌사자에다 기대어 세워놓았다. 그 돌사자는 몇 년 전 베네치아에 갔다가 사 온 것으로, 이후 늘 내 책상 위에 앉아서 전화기와 자동응답기, 만년필, 연필, 메모지, 담배와 라이터 등을 감시하고 있었다. 조명이 지나치게 밝은 즉석사진기로 찍어 싸구려 인화지에 프린트한 그 사진은 찍은 지 사오 년 정도는 지난 듯해 보였다. 사진 속의 레오는 마치 더 이상은 소녀가 아니며, 이제는 숙녀가 되기 위해 성장하기로 마음먹었다는 듯 나를 바라보고 있었다. 그런 레오의 두 눈에는 무언가가 더 들어 있었다. 질문, 기대, 비난, 반항. 그게 무엇인지는 해석할 수 없었다. 하지만 그 느낌만큼은 내 마음을 사로잡았다.

2
청소년 통역하다

누군가가 실종되었다며 가족이나 친척이 신고해서 찾아줄 것을 요구하면, 경찰은 그들만의 정해진 절차에 따라 대처한다. 그들은 먼저 조서를 작성하고, 실종자의 사진 몇 장을 제출하게 한 다음, 그 사진을 조서 원본과 여러 장의 복사본에 클립으로 부착시킨다. 그런 뒤 사건 서류를 지방 범죄수사국으로 이송시키는데, 그러면 그곳에서는 그 서류를 접수해 분류 정리하고 보관한 뒤 일단 기다린다. 물론 요즘에는 접수된 서류를 서류철 대신 컴퓨터에 저장하는 경우가 점점 늘어가고 있다. 하지만 어디에 저장되어 있건, 서류들은 무슨 일인가가 일어나거나 아니면 무언가가 발견되어 새로이 신고가 들어오기까지 마냥 그곳에서 잠자고 있기 마련이다. 단, 미성년자가 관련된 사건이거나 범죄행위가 의심되는 경우라면 경찰은 곧바로 공개수사에 들어간다. 그 까닭은 성인이면서 법에 저촉

되지 않는 경우라면 누구나 경찰의 제지를 받지 않고 자기가 원하는 시간 원하는 장소에 머무르거나 떠나갈 수 있기 때문이다.

결국 나는 경찰이 맡아 처리하는 것보다 훨씬 더 힘이 들게 뻔한 실종 사건을 떠맡게 된 것이다. 나는 하이델베르크 대학교 학생처에 전화를 걸었고, 레오노레 잘거는 더 이상 학생으로 등록되어 있지 않다는 사실을 알아냈다. 그녀는 지난 겨울학기에 등록을 했지만 여름학기에는 재등록을 하지 않았다. "그렇다고 해서 무슨 문제가 있는 건 아닐 겁니다. 학생들은 종종 재등록하는 것을 깜빡하니까요. 그러다가 시험을 보거나 조교 일을 맡게 될 때가 되어서야 비로소 잊어먹었다는 사실을 떠올리지요. 아니요! 주소는 알려드릴 수 없습니다. 더 이상 등록을 하지 않았으니까 더더욱 안 됩니다."

조교라는 말에 문득 영감을 얻어 대학 사무처에 전화를 걸었다. 그러고는 학생 조교 담당자와 연결시켜달라 부탁한 후, 레오노레 잘거가 그곳에서 일하고 있는지 물었다.

"죄송하지만 지금 전화를 거신 분은 누구신지요? 우리 대학에서는 개인정보보호 규정에 따라⋯⋯" 전화기 속의 인물은 높고 날카로운 목소리로 가능한 한 단호하게 대답했다.

하지만 나는 개인정보보호 규정이란 말 따위에 주눅 들지 않고 계속해서 말했다. "저는 BHW은행의 젤프입니다. 안녕하세요. 지금 막 레오노레 잘거 양의 서류를 검토하고 있던 중인데, 피고용자 저축수당이 아직까지도 입금되지 않은 것을 확인했습니다. 그래서 담당자분께 이 일을 가능한 한 빨리 시정 조치해달라고 부탁하려 전화드린 겁니다. 솔직히 말하면 이해할 수가 없네요. 왜 아직까지도 입금이……"

"성함이 어떻게 되신다고요?" 전화기 속의 가녀린 목소리는 나의 비난으로 인해 이제 살며시 떨리고 있었다. 개인정보 보호 규정 따위는 어느새 저 멀리 사라졌고, 마침내 나는 잘거 양이 지난 2월 이후로 더 이상 대학에서 일하지 않는다는 사실을 알아냈다.

"왜 그렇게 된 거죠?"

"그건 저로서도 알 수가 없네요." 전화기 속의 목소리가 다시금 날카롭게 대꾸했다. "라이더 교수님은 계약 연장 신청서를 내지 않았고, 3월부터 그 자리는 다른 학생에게 배정되었어요."

나는 카데트 자동차를 몰고 아우토반을 달려 하이델베르크로 향했다. 대학 구내 주차장에 차를 세운 뒤, 플뢰크 거리에 있는 통번역대학 건물로 들어섰다. 그 건물 2층에는 라이더 교수의 연구실이 자리하고 있었다.

"어느 분이 찾아왔다고 전해드릴까요?"

"저는 연방 교육과학부에서 나온 젤프입니다. 교수님과 만나기로 약속이 잡혀 있습니다."

일정표를 들여다보던 여비서가 나를 힐끔 쳐다보더니 다시 일정표를 응시했다. "잠깐만요." 그 말과 함께 그녀는 옆방으로 사라졌다.

"젤프 씨?" 교수들의 나이도 점점 더 젊어지고 있었다. 내 눈앞에 모습을 나타낸 교수는 세련되어 보였고, 짙은 색 물실크 양복에 밝은 색 아마 셔츠를 받쳐 입고 있었다. 햇볕에 갈색으로 탄 그의 얼굴에는 시니컬한 웃음기가 서려 있었다. 그는 나를 옆방으로 안내해 자리에 앉게 했다. "무슨 일로 찾아오셨습니까?"

"'청소년 연구하다'와 '청소년 음악하다' 경진대회가 성공을 거둔 뒤, 교육과학부에서는 몇 년 전부터 또 다른 청소년 프로그램들을 준비하고 있습니다. 그리고 작년에는 처음으로 '청소년 통역하다'라는 대회를 실시했지요. 지난해에 우리가 보냈던 공문을 기억하십니까?"

라이더 교수는 고개를 가로저었다.

"역시나 교수님께서도 기억을 못 하시는군요. 저는 지난해에 '청소년 통역하다' 경진대회 프로그램이 충분히 홍보되지 않았다는 점을 내심 걱정했습니다. 고등학교나 대학교 모두에서 말이지요. 어쨌거나 올해부터는 제가 책임지고 이 프로그램을 기획해 진행하기로 했고, 저는 이 대회를 성공시키기 위해서 무엇보다도 대학 측과의 협력이 가장 중요하다고 생각하고 있습니다. 그러던 차에 지난해 경진대회에 참가했던 학생으로부터 교수님과 교수님의 조교 한 사람을 소개받게 되었습니다. 그 학생 이름이 아마도 잘거 양이라고 했던 것 같은데……"

라이더 교수의 얼굴에선 시니컬한 웃음기가 좀처럼 사라지지 않고 있었다. "'청소년 통역하다'라고요? 그게 대체 뭐 하는 겁니까?"

"그러니까 간단히 말하자면 '청소년 연구하다', '청소년 음악하다', '청소년 건축하다' 등 선행 프로그램의 자연스러운 계승 작업이라고 할 수 있을 겁니다. 그리고 저 개인적으로는 여러 프로그램 중에서도 올해에는 '청소년 통역하다'가 아주 중요한 역할을 할 것이라고 기대하고 있고요. '청소년 기도하다'의 경우에는 신학대학들과 긴밀한 협력 관계를 맺고 있고, '청소년 판결하다'의 경우에는 법학자들과 협의를 하고 있습니다. 이런 프로그램들과 비교해 라이더 교수님이 관여하고 계시는 통번역학부나 연구소와의 공동 작업 및 협력 관계는 아직까지도 지지부진한 상태이지요. 그래서 저는 여러 명의 교수진과 대학생들, 유럽공동체 통역전문가로 구성된 자문위원회를 구상 중입니다. 바로 라이더 교수님과 교수님의 조교인 잘거 양이 위원회의 대표적인 주역이고 말입니다."

"이런, 진작 알았더라면 좋았을 텐데, 아무래도……" 그는 자신은 언어학자이며, 통역이나 번역과는 아무런 관련이 없다고 장황하게 설명을 늘어놓았다. "언젠가는 언어가 어떻게 작동하는지 근본 원리를 밝혀낼 것이고, 그때가 되면 번역가

나 통역사는 더 이상 필요 없게 될 겁니다. 학자로서의 제 임무는 그날이 올 때까지 어떻게 근근이 살아갈 건지를 궁리하는 게 아닙니다. 오히려 그 같은 궁여지책에 종지부를 찍는 것이 제 본연의 과제인 셈이죠."

통번역학 교수이면서도 통역에 별다른 의미를 부여하지 않는다? 언뜻 그 같은 모순된 삶이 라이더 교수의 시니컬한 미소를 만들어내는 게 아닌가 싶은 생각이 스쳐갔다. 나는 그의 솔직함에 감탄하며 비판적이고 창조적인 다양성에 찬사를 보냈다. 그러면서 자문위원회 구성과 관련해 여전히 그의 도움을 받고 싶다고 부탁했다. "그런데 잘거 양을 자문위원으로 임명하면 어떻겠습니까?"

"아, 미리 말씀드렸어야 했는데, 잘거 양은 더 이상 제 조교로 일하지 않습니다. 말하자면…… 저를 바람맞힌 셈이지요. 크리스마스 휴가가 끝난 후 돌아오지 않았거든요. 사전에 아무런 언질도 없었고, 그 후에도 죄송하다는 사과나 변명 한마디 없이 말입니다. 물론 주변 동료들이나 강사들에게 수소문해보았지만, 잘거 양은 그 후로 어떤 수업에도 모습을 나타내지 않았습니다. 당시엔 경찰에 신고를 해야 하는 건가 한동안 고민하기도 했죠." 그렇게 말을 하는 목소리에는 걱정하는 기색이 역력했다. 그리고 그의 얼굴에서 나를 만난 이후 처음으로 시니컬한 웃음기가 사라졌다. 하지만 그 미소는 이내 제자리로 돌아왔다. "아마도 잘거 양은 대학 생활과 연구소 일에 지쳤을지도 모릅니다. 저라면 충분히 그 심정을 이해할 수 있어요. 저도 한때 그런 마음의 병에 걸렸던 적이 있었으니까요."

"그렇다면 잘거 양이 '청소년 통역하다' 프로그램에 적합한 인물이 아닐지도 모르겠군요?"

"제 조교로 일을 해서가 아니라, 잘거 양은 사실 어디 하나 흠잡을 데 없는 아주 성실하고 유능한 학생이었습니다. 1학기 학생들에게는 교과 지도 조교인 튜터로서 인기가 대단했고요. 또한 이 분야에서 반드시 필요한 언어적 능력과 소양을 겸비한 통역사이기도 했죠. 그러니 혹시라도 잘거 양을 만나게 된다면, 반드시 붙잡으세요. 제 인사도 대신 전해주시고요."

나는 자리에서 일어섰고, 그는 나를 문 앞까지 배웅해주었다. 대기실로 나온 나는 여비서에게 잘거 양의 주소를 알려달라고 부탁했다. 그녀는 메모지 위에 주소를 적어주었다. 하이델베르크 호이저 슈트라세 5번지.

3
파국적 사고

1942년, 젊은 검사로서 하이델베르크에 부임한 나는 아내 클라라와 함께 반호프 슈트라세*에 집을 구했다. 당시만 해도 그곳은 결코 살기 좋은 동네가 아니었다. 하지만 나는 기차역과 역을 드나드는 기차들 그리고 기관차에서 뿜어져 나오는 새하얀 증기를 보고 싶어 했고, 귀를 찢는 기적 소리와 한밤중에 달려가는 객차의 덜커덩거리는 소리를 듣고 싶어 했다. 당시 기차역을 따라 나 있던 반호프 슈트라세가 지금은 새로 지어진 매끈한 잿빛 관공서 건물과 법원 건물 앞으로 지나간다. 자신이 깃들어 있는 건축물을 통해 법이 말을 하는 것이라면, 하이델베르크의 법 상태는 그리 좋아 보이지 않았다. 그와 달리 법의 상태가 법조인들이 골목만 돌아서면 살 수 있

*독일의 도로명은 일반적으로 크기에 따라 '슈트라세(큰길)', '벡(작은길)', '가세(골목길)', '파트(오솔길)' 등으로 구분된다.

는 빵이나 케이크를 통해 반영되는 것이라면, 사람들은 법에 대해 걱정할 필요가 전혀 없어 보였다. 호이저 슈트라세는 반호프 슈트라세에서 갈라져 나온 길이었다. 길모퉁이를 돌아서자 40여 년 전 클라라와 내가 군용 빵과 작은 빵을 샀던 작은 베이커리가 온갖 종류의 빵으로 진열된 화려한 베이커리로 변신해 있는 게 눈에 들어왔다.

그 옆, 호이저 슈트라세 5번지의 초인종 앞에서 돋보기안경을 꺼내 썼다. 맨 위쪽에 있는 초인종 버튼 옆에는 '잘거'라는 이름이 아주 분명하게 적혀 있었다. 초인종을 누르자 문이 탕 소리를 내며 열렸다. 침침하니 오랜 세월의 냄새가 나는 계단을 올라갔다. 예순아홉이 된 나는 이제 몸놀림이 예전 같지가 않아, 3층에서는 잠시 쉬며 숨을 돌려야만 했다.

"누구세요?" 위쪽에서 가느다란 남자 목소리거나 묵직한 여자 목소리가 들려왔다.

"지금 올라가고 있습니다."

계단은 맨 꼭대기 층 다락방 앞에서 끝이 났다. 문 앞에는 젊은 남자가 나와 서서 기다리고 있었다. 열린 문 사이로 가파르게 서 있는 벽과 지붕에 난 천창이 들여다보였다. 20대 후반인 듯 보이는 남자는 검은 머리를 가지런히 빗질해 뒤로 늘어뜨렸으며, 검정색 코르덴 바지와 풀오버를 갖춰 입고 있었다. 그는 나를 느긋하게 쳐다보았다.

"레오노레 잘거 양을 찾아왔습니다. 집에 있나요?"

"없는데요."

"그럼 언제 들어옵니까?"

"저도 모르죠."

"그런데 여기가 잘거 양의 집 아닙니까?"

"맞아요."

요즘 젊은이들이 선호하는 것들을 나는 도무지 따라갈 수가 없다. 새로운 과묵함? 새로운 내향성? 대화의 거식증? 나는 한 번 더 시도했다. "내 이름은 젤프입니다. 만하임에서 자그마한 통번역 사무실을 운영하고 있고요. 그런데 나와 함께 일하던 사람이 한동안 자신을 대신해 나를 도와줄 수 있는 적임자로 잘거 양을 적극 추천해주었답니다. 어쨌거나 지금 저는 잘거 양의 도움이 절실합니다. 그러니 잘거 양과 연락할 수 있도록 도와주시겠습니까? 그나저나 저기 방 안 의자에 앉아 잠시 쉬었다 가도 될까요? 계단을 올라오느라 숨이 가쁘고 다리가 후들거려서요. 더구나 계속 올려다보며 이야기를 하려니 목도 뻣뻣해지는 것 같네요." 계단 끝에는 층계참이 없었고, 그래서 나는 계단 끝에 서 있는 젊은 남자보다 다섯 계단 아래에 서 있어야 했다.

"들어오세요." 그가 문을 열어주며 안으로 들어오라는 손짓을 해 보였다. 방 안에는 책꽂이와 두 개의 나무토막으로 받쳐놓은 테이블 그리고 의자 하나가 있었다. 나는 의자에 몸을 앉혔다. 테이블 위는 책과 종이들이 가득했다. 나는 의미

25

도 모르는 프랑스어 이름들을 소리 내어 읽었다. 그리고는 기다렸다. 하지만 젊은 남자는 여전히 아무 말도 할 생각이 없는 것 같아 보였다.

"프랑스분인가요?"

"아뇨."

"어렸을 때 이런 놀이를 했던 게 기억나는군요. 한 사람이 뭔가를 생각하고, 다른 사람들은 그 사람이 생각한 걸 맞히려고 이것저것 질문을 던지는 게임이요. 질문을 받는 사람은 '예' '아니요'로만 답할 수 있고 먼저 답을 찾아내는 사람이 이기는 건데, 여럿이 하면 아주 재미있지만 둘이서 하기엔 별로 재미가 없군요. 당신이 혹시 완전한 문장으로……"

그 남자는 마치 꿈을 꾸다 깨어난 사람처럼 움찔하더니 말하기 시작했다. "완전한 문장이요? 저는 2년 전부터 제 논문에 매달리고 있는 중입니다. 6개월 전부터는 논문을 쓰기 시작했고요. 저는 완전한 문장을 쓰고 있지만, 모든 게 점점 더 잘못되어가고 있어요. 당신이 생각하시는 것은 아마도……"

"이곳에 산 지는 얼마나 되었나요?"

그는 내 밋밋한 질문에 언뜻 실망한 듯 보였다. 하지만 나는 그가 레오보다 먼저 이 집에 살고 있다 나중에 레오에게 집을 넘겨주었고, 한 층 아래 살고 있는 집주인은 지난 1월 초부터 레오의 집세를 받지 못하게 되자 걱정이 되어 2월에 그에게 전화를 걸었으며, 그 후로 시끌벅적한 자기 집에서 논문을 쓰기가 쉽지 않았던 그가 임시로 이 집에 들어와 거주하고 있다는 사실을 알게 되었다. "아무튼 언제든 돌아오기만 하면, 이 집은 여전히 잘거 양의 집입니다."

"잘거 양은 어디 있습니까?"

"저도 모르죠. 그건 잘거 양만 알고 있겠지요."

"누구든 혹시 잘거 양에 대해 물어온 사람도 없었습니까?"

그는 손으로 머리를 매만지며, 이미 매끈한 머리를 한층 더 매끈하게 가다듬었다. 잠시 머뭇거리던 그가 말했다. "아마도 누군가가 당신처럼 일자리 때문에 잘거 양을 찾아왔을까 싶어 그러시는가본데…… 걱정 마세요, 그런 사람은 아직 없었습니다."

"그렇군요. 그런데 잘거 양이 콘퍼런스에 참석할 수 있을까요? 기술 관련 소규모 독영-영독 콘퍼런스인데, 영국과 독일에서 온 12명의 참가자가 모입니다. 잘거 양의 몸 상태가 참석할 만할까요?"

하지만 젊은 남자는 레오에 관한 대화에 좀처럼 끌려들지 않았다. "보세요, 완전한 문장도 아무 소용 없다니까요. 말씀하신 대로 저는 완전한 문장으로 잘거 양이 여기 없다고 대답했는데, 당신은 여전히 잘거 양이 콘퍼런스에 참석할 수 있는 몸 상태인지를 물으시잖아요. 잘거 양은 떠나갔습니다. 어디론가 슬그머니요. 자, 그러니 이제 그만 나가주세요." 그가 손짓을 하며 말했다. "제 말 이해하시겠죠? 대신, 당신이 다녀갔다는 말은 꼭 전해드릴게요. 그럴 일이 생기기만 한다면 말이죠."

나는 그에게 사무실이 아니라 집 주소가 적힌 명함을 건네주었다. 그리고 그가 '파국적 사고'라는 주제로 철학박사 학위논문을 쓰고 있으며, 아울러 학생 기숙사에서 레오를 알게 되었다는 사실도 알게 되었다. 레오는 그에게 프랑스어 과외를 해주었다. 계단을 내려오는데, 그가 완전한 문장에 대해서 다시 한 번 경각심을 일깨우는 소리가 들려왔다. "그 말을 이해하는 데 스스로 너무 나이 들었다고 생각할 필요는 없으세요."

4
늙은 삼촌의 방문

사무실로 돌아온 나는 잘거 씨에게 전화를 걸었다. 자동응답기는 전화를 달라는 내 부탁을 녹음했다. 레오가 어느 기숙사에 살았었는지 묻고 싶었다. 그곳에서 레오의 친구들에게 그녀가 있을 만한 소재지를 탐문하는 것은 그리 기대를 걸 만한 단서는 아니지만, 내게는 달리 선택의 여지가 없었다.

저녁나절, 레스토랑 '장미 정원'에서 집으로 돌아가는 길에 한 번 더 사무실에 들렀고, 바로 그때 잘거 씨로부터 응답전화가 걸려왔다. 나는 레스토랑에 너무 일찍 들어섰고, 반쯤 비어 있던 식당은 왠지 분위기가 편치 않았다. 늘 반갑게 맞아주며 서빙을 하던 조반니는 이탈리아로 휴가를 떠났고, 고르곤졸라 스파게티는 맛이 너무 무거웠다. 차라리 여자 친구 브리기테 집에서 식사를 할 걸 후회가 들었다. 하지만 지난 주말, 그녀는 내가 그녀의 집에서 마음 편히 즐기는 법을 터득한 것 같다고 기뻐하면서 말했다. "나의 사랑하는 수고양이가 되어줄래요?" 물론 나는 늙은 수고양이가 되고 싶은 생각은 눈곱만큼도 없었다.

잘거 씨도 이번에는 아주 정중하게 말을 건네왔다. 그는 레오 때문에 애를 써줘서 무엇보다 고맙다고 인사했다. 그리고 그의 아내 또한 감사해한다는 인사말도 잊지 않았다. 아울러 다음 주에 2차 사례비를 송금할 테니, 혹시 부족하지는 않은지 알려달라고도 했다. 마지막으로 그는 아내의 말을 빌려, 레오의 종적을 알게 되는 대로 지체 없이 알려달라고 다시 한 번 신신당부했다.

"잘거 씨, 호이저 슈트라세 이전의 레오 주소를 알 수 있을까요?"

"무슨 말씀이신지요?"

"그러니까 호이저 슈트라세로 이사 가기 전, 레오가 어디 살았었는지를 묻고 있는 겁니다."

"아쉽지만, 지금 당장은 말씀드릴 수가 없군요."

"어디 적어놓은 거라도 있는지 한번 찾아보시거나, 아니면 아내분에게 여쭤보세요. 예전 주소가 필요합니다. 기숙사였던 건 분명한데."

"맞아요, 기숙사였어요." 잠시 뭔가 생각하는 눈치이던 잘거 씨가 계속했다. "리비히 슈트라세? 아이헨도르프 백? 임슈네펜게반? 아무래도 안 되겠네요, 젤프 씨. 이런저런 온갖

거리 이름들이 다 머릿속에 떠올라서요. 먼저 아내와 이야기해보고, 집에 남아 있다면 옛날 주소록도 한번 찾아보지요. 그리고 결과는 나중에 다시 알려드리겠습니다. 하지만 내일 아침까지도 자동응답기에 메시지가 남아 있지 않으면, 우리로서도 더 이상 도와줄 방법이 없다고 생각하시면 됩니다. 그럼 오늘은 이만 끊겠습니다. 즐거운 저녁 시간 보내십시오."

잘거 씨한테는 왠지 호감이 가지 않았다. 사진 속 레오는 돌사자에 기대어 선 채, 귀엽고 활기차며 왠지 이해할 수 있을 것만 같은 단호한 눈빛으로 나를 바라보고 있었다. 하지만 그 눈에 담긴 의심이나 반항심은 도무지 의미를 읽어낼 수가 없었다. 이렇게 예쁜 딸의 주소조차 모른다니. 잘거 씨, 부끄러운 줄 아시오.

클라라와 나 사이에 왜 아이가 없었는지 나는 알지 못한다. 클라라는 그 일로 인해 산부인과에 갔었다고 이야기한 적이 없으며, 내게도 남성클리닉에 가보라고 권한 적이 없었다. 우리는 아주 행복한 결혼 생활을 즐기지는 못했다. 하지만 불행한 결혼 생활과 아이 없음 내지 행복한 결혼 생활과 자식이 많음 사이에는 그 어떤 직접적이고도 분명한 연관 관계는 존재하지 않는다. 솔직히 딸이 있는 홀아비였으면 하고 바란 적이 많다. 하지만 분에 넘치는 바람이었다. 그리고 나이가 들어 스스로에 대해 더 이상 감출 게 없을 때가 되어서야 비로소 나는 그 같은 소망을 고백하고 인정하기 시작했다.

레오의 기숙사를 알아내기까지 오전 내내 전화를 돌려댔다. 그 기숙사는 야외수영장과 동물원에서 그리 멀지 않은 클라우젠파트에 자리하고 있었다. 레오는 그곳 408호에 살았었다. 슬럼가처럼 지저분한 계단과 복도를 지나 5층으로 올라가자, 공동부엌에 앉아 차를 마시고 있던 세 명의 학생이 눈에 들어왔다. 여학생 두 명과 남학생 한 명이었다.

"실례합니다만, 레오노레 잘거 양을 찾아왔는데요."

"여기 레오노레라는 이름의 학생은 안 살아요." 등을 돌린 채 의자에 앉아 있던 남학생이 어깨 너머로 대꾸했다.

"나는 레오노레의 삼촌인데, 이제 막 하이델베르크에 도착했어요. 그런데 내가 갖고 있는 레오노레의 주소가 바로 이 기숙사라서 이리로 찾아오게 되었네요. 혹시나 여러분 중에……"

"와, 안드레아, 여기 좀 봐봐! 늙은 삼촌이 젊은 조카딸을 찾아오셨대. 정말 신기하다!"

안드레아가 몸을 돌렸다. 조금 전 대답했던 남학생도 몸을 돌렸다. 그리고 세 명의 학생들은 호기심 가득한 눈으로 나를 쳐다보았다. 만하임 시립병원에서 수련의들과 함께 외과의사로 일하고 있는 친구 필리프는 90년대 대학생들이 얼마나 예의범절이 밝은지에 대해 이야기하곤 한다. 나의 예전 여자 친구인 밥스의 아들은 변호사를 꿈꾸는 법학도인데, 그 또한 예의 바르고 성실하다. 신학을 전공하는 그의 여자 친구는 내가 여성운동을 통해 배운 대로 성인 여성을 의미하는 호칭인 '프라우'라고 부르면, 자기는 아직 미혼 여성인 '프로이라인'이라며 공손하게 호칭을 바로잡아주었다. 하지만 지금 내 앞에 앉아 있는 세 명의 학생에게서 그런 동향은 찾아볼 수 없다. 그들은 사회학과 학생들임이 분명했다. 나는 네 번째 의자에 몸을 앉혔다.

"레오가 언제부터 이곳에 살지 않았나요?"

"저는 레오에 관해서는 아무것도……"

안드레아가 그의 말을 가로막았다. "네가 여기 들어오기 전이야. 내가 알기로 레오는 1년 전쯤 여길 나가서 도시 서쪽으로 옮겨 갔던 것 같아." 그녀가 나를 바라보며 하던 말을 이었다. "레오의 새 주소는 몰라요. 하지만 관리사무실에 가면 새 주소가 있을지도 모르겠네요. 어차피 그곳에 들르려던 참인데, 저랑 같이 가보실래요?"

안드레아는 앞장서서 계단을 내려갔다. 걸음을 옮길 때마다 하나로 묶어 늘어뜨린 검은 머리가 망아지 꼬리처럼 위아래로 움직였고, 폭 넓은 치마가 이리저리 나부꼈다. 생기발랄하면서도 우아해 보였다. 관리사무실은 근무시간이 지난 듯문이 닫혀 있었다. 벽시계를 보니 4시가 다 되어가고 있었다. 우리는 머뭇거리며 잠시 닫힌 문 앞에 서 있었다.

"혹시 레오의 최근 사진이라도 하나 구해볼 수 있을까요?"
나는 레오의 아버지가 곧 생일을 맞는데, 이번에는 드라헨펠스에서 근사하게 생일 파티를 벌일 예정이며, 그래서 드레스덴에 살고 있는 사촌형제들까지도 함께하기로 되어 있다고 말해주었다. "내가 이곳까지 레오를 만나러온 이유도 가까운 친척과 친구의 사진이 모두 들어 있는 기념 앨범을 만들기 위해서지요."

안드레아는 나를 자기 방으로 데려갔다. 우리는 간이 소파에 앉았고, 그녀는 사진이 가득 든 신발 상자에서 '대학 생활'이라는 사진첩을 찾아 꺼냈다. 거기에는 사육제와 졸업시험 파티, 휴가 여행, 야외 세미나, 이런저런 시위대, 오토바이 위에서 포즈를 잡고 있는 남자 친구 등이 담긴 사진이 들어 있었다. "여기 있네요! 결혼식에 참석했을 때 사진이에요." 안드레아는 내게 소파에 앉아 있는 레오의 사진을 건네주었다. 사진 속의 레오는 검푸른 치마에 연분홍 블라우스를 입고 있었다. 오른손에는 담배가 들려 있었고, 왼손은 깊은 생각에 잠긴 듯 한쪽 볼을 살며시 받치고 있었다. 얼굴 표정은 무언가에 귀를 기울이거나 주의 깊게 관찰하고 있는 것처럼 잔뜩 집중해 있었다. 더 이상 소녀다운 느낌은 찾아볼 수 없었다. 그곳에는 단지 젊고 소신에 가득 찬, 그리고 왠지 긴장한 듯한 모습의 여인이 앉아 있었다.

"이건 시청 호적계에서 혼인신고를 마치고 나오는 모습이네요. 레오는 결혼 입회인이었거든요. 그리고 우리는 모두 네카 강으로 나가 배 위에서 파티를 벌였어요." 나는 레오의 사진을 보며 키가 171센티미터쯤은 되어 보인다고 생각했다. 몸집은 호리호리한 편이었으나 결코 말라 보이지는 않았다. 자세 또한 아주 곧아 보였다.

"여긴 어디죠?" 레오는 어느 문에서 나오고 있었다. 청바지에 짙은 색 풀오버를 입고 핸드백을 어깨에 걸친 채 외투는 벗어서 팔에 들고 있었다. 눈 밑에는 다크서클이 거무스름했다. 오른쪽 눈은 꼭 감았고 왼쪽 눈썹은 치켜 올라가 있었다. 덥수룩하니 엉킨 머리카락에, 입은 화가 난 듯 굳게 다문 채였다. 나는 그 문과 건물을 본 적이 있었다. 하지만 어디였더라?

"이건 6월 데모가 끝난 뒤의 사진이에요. 경찰들은 레오를 체포했고, 지문을 채취했지요." 나는 6월에 있었다는 데모는 기억나지 않았다. 하지만 그 순간 레오가 하이델베르크 경찰서 문을 빠져나오고 있다는 걸 알아차렸다.

"이 사진 두 장 다 가져가도 될까요?"

"이 사진도요?" 안드레아가 고개를 저었다. "설마 레오의 아버님을 화나게 하려고 사진을 가져가는 건 아니시죠? 이 불쾌한 사진은 두고 이걸 가져가세요. 단정히 앉아 있는 게 맘에 들어요." 그러면서 안드레아는 소파에 앉아 있는 레오의 사진을 건네주고, 다른 사진들은 도로 신발 상자 속에 집어넣었다. "시간이 되시면 근처 '드러그스토어'라는 바에도 한번 들러보세요. 레오가 예전에는 저녁마다 그 앞에서 어슬렁거렸거든요. 작년 겨울에도 그 앞에서 레오를 만난 적이 있어요."

나는 그곳으로 가는 길을 물었고, 이윽고 고맙다고 인사를 하며 빠져나왔다. 케텐 가세에 있는 바에 다다르자 불현듯 옛날 일이 떠올랐다. 당시 나의 감시를 받고 있던 누군가가 그곳에서 커피를 마시며 체스를 두고 있었다. 그는 더 이상 이 세상 사람이 아니었다.

나는 아비아퇴르를 주문했지만, 그 집에는 포도 주스와 샴페인이 없었기 때문에 캄파리를 마셨다. 카운터 앞에 서서 지루해하고 있던 젊은 바텐더와 이야기를 나누게 되어, 그에게 소파에 앉아 있는 레오의 사진을 보여주며 물었다. "이 여자를 마지막으로 본 게 언제인가요?"

"어, 레오 사진이네요? 예쁘게 잘 나왔네. 그런데 왜 레오를 찾는 거죠? 클라우스! 이리 좀 와봐!" 그 남자가 빨간 머리에 무테안경 뒤로 두 눈을 반짝거리는 땅딸막한 남자에게 손짓을 해 보였다. 언뜻 아일랜드의 술고래들 사이에 섞여 있는 지적인 여인의 모습이 떠올랐다. 두 남자는 나지막한 소리로 뭔가 이야기를 주고받았다. 그러다 내가 유심히 바라보고 있는 걸 눈치채고는 곧바로 입을 다물었다. 나는 고개를 돌렸고, 대신 두 귀를 쫑긋 세웠다. 나는 이내 내가 레오 때문에 이곳에 찾아온 첫 번째 사람이 아니라는 사실을 확인할 수 있었다. 2월에 누군가가 벌써 이곳을 다녀갔던 것이다. 클라우스란 이름의 남자도 나를 보며 물었다. "그런데 왜 레오의 뒤를 캐고 다니는 거죠?"

나는 삼촌이라는 이름 아래 클라우젠파트의 기숙사에 찾아가 했던 이야기를 그들에게도 그대로 들려주었고, 아울러 안드레아가 이곳에 가보라고 알려주었다는 말도 덧붙였다. 두 사람은 여전히 미심쩍어하는 눈치였다. 그리고 1월 이후로는 자기들도 레오를 보지 못했다는 말밖에 들을 수 없었다. 캄파리 한 잔을 더 마셨고, 계산을 한 후 밖으로 나왔다. 그러고는 창문으로 한 번 더 안을 살펴보았다. 그때까지도 두 남자는 여전히 내게서 눈을 떼지 않고 있었다.

5
무릎에 앉은 터보

다음으로 나는 병원들을 샅샅이 훑고 다녔다. 병원 측에서는 말을 할 수 없는 상태인 환자의 가족에게는 환자에 관해 알려줄 수 있고, 정체가 불분명하거나 수상한 환자가 들어오는 경우에도 경찰에 통보한다. 하지만 이처럼 예외적인 경우를 제외하면 의사는 환자의 의사에 반해 가족이나 제3자에게 환자의 정보를 제공하려 하지 않는다. 그러다보니 가족들이 애타게 찾고 있는 누군가가 집에서 얼마 떨어지지 않은 병원에 누워 있는 경우도 생긴다. 하지만 정작 그 누군가는 사랑하는 이들이 자신을 찾느라 얼마나 노심초사하고 있는지 따위에는 전혀 신경 쓰지 않을 수도 있다. 아니, 어쩌면 그토록 그들의 가슴을 아프게 하는 게 바로 그가 바라는 바일지도 모른다.

하지만 이 두 가지 가정 모두 이제껏 내가 접했던 레오의 이미지하고는 어울리지 않았다. 설사 부모님과 레오 사이의 관계가 완전히 틀어졌다 할지라도, 아버지가 나까지 고용해 수소문하고 있는 마당에 군이 레오가 라이더 교수와 '파국적 사고'의 철학자에게까지 자신이 병원에 입원해 있다는 사실을 숨길 이유가 어디 있겠는가? 하지만 세상일은 결코 알 수 없는 법, 나는 하이델베르크 대학병원과 만하임 시립병원 그리고 주변의 크고 작은 병원에 이르기까지 온갖 병원들을 샅샅이 훑고 다녔다. 물론 그곳들 어디에서도 레오의 사회적 주변 환경을 위험하게 할 만한 짓은 하지 않았다. 또한 군이 낯선 역할을 가장하고 나설 필요도 없었다. 그저 사라져버린 딸을 애타게 찾고 있는 아버지가 고용한 사립탐정 젤프 역을 수행했다. 나는 전화에 의지하지 않았다. 물론 전화를 통해서도 누군가가 병원에 입원해 있는지 정도는 충분히 알아낼 수 있지만, 누군가가 지난주나 지난달에 입원했었는지의 여부를 알고자 하는 경우라면 직접 찾아가서 문의하는 게 훨씬 효과적이다. 나는 꼬박 이틀 동안을 병원 순례에 매달렸다. 하지만 레오의 자취는 어느 곳에서도 찾을 수 없었다.

그러고는 주말이 찾아왔다. 4월 내내 쉬지 않고 내리던 비는 그쳤고, 일요일의 루이제 공원을 산책하는 동안 햇살은 눈부시게 빛났다. 나는 오래된 빵조각들을 봉지에 담아 나갔고, 그걸 오리들에게 던져주었다. 들고 나갔던 신문 〈쥐트도이체 차이퉁〉도 읽을 겸 산책로 한쪽에 있던 벤치에 앉았다. 하지만 4월의 햇살은 아직 충분히 따뜻하지 못했다. 아니면 이제

삭신이 예전처럼 쉽게 데워지지 않기 때문인지도 몰랐다. 집으로 돌아가니 수고양이 터보가 내 무릎 위에 올라와 쪼그리고 앉았다. 그게 그렇게 반갑기만 했다. 터보가 그르렁거리는 소리를 내며 기분 좋은 듯 자그마한 앞발을 쭉 뻗었다.

레오가 대학에 다니며 어디에서 살았고 누구와 알고 지냈었는지 알게 되었다. 그리고 적어도 그녀가 하이델베르크나 주변의 병원에는 입원했었거나 현재 입원해 있지 않다는 사실도 확인했다. 지난 1월 이후로 레오는 종적을 감췄고, 2월에는 누군가가 그녀를 수소문하며 찾아다녔다. 작년 6월 레오는 경찰에 체포됐었고, 지문을 채취당하기까지 했다. 라이더 교수는 그녀에 관해 우호적으로 말했지만, 내가 그녀의 지인들에게서 탐문해낸 결과는 꼭 그렇지만도 않았다. 부모와는 연락을 뜸하게 했고, 담배를 피웠다. 그리고 어디에 가면 레오의 친구나 지인, 대학 동료나 교수를 만날 수 있는지도 알게 되었다. 나는 통역대학과 자주 가던 술집 그리고 인근의 가게들을 조사할 수 있었다. 하지만 그 같은 조사는 어쩔 수 없이 주변 사람들을 자극할 수밖에 없었다. 이제 나는 잘거씨에게 딸을 찾아달라는 부탁을 철회하든지, 아니면 누군가가 자신을 찾고 있다는 사실을 레오도 어쩔 수 없이 알게 되는 것을 허용하든지 둘 중 하나를 선택하라고 강요할 수밖에 없었다. 그리고 월요일 아침 전화상으로 확인한 결과는 두 번째 상황이었다.

첫 번째로 찾아간 장소는 하이델베르크 성문 앞의 국립정신병원이었다. 지난주 방문 목록에 당연히 들어 있어야 했을 그곳을 놓친 것은 결코 아니다. 다만 잠깐 뒤로 미루고 있었을 뿐이다. 에버하르트는 1년 반 가까이 그곳에 들어가 있었고, 나는 그런 그를 종종 찾아가곤 했다. 그리고 그럴 때마다 나는 늘 녹초가 되어 돌아왔다. 에버하르트는 내 친구다. 별로 말이 없는 편이고, 얼마 안 되는 재산에 의지해 살아가고 있다. 체스 세계챔피언으로, 1965년 두브로브니크에서 열린 대회에 참가했다 완전히 넋이 나간 상태로 돌아왔다. 필리프와 나는 그에게 가사도우미를 구해주었지만 그 가사도우미는 그의 상황을 버텨낼 수가 없었다. 결국 그는 정신병원으로 들어가게 되었다. 그곳에서 환자들은 커다란 병실에 마치 짐승처럼 꼭꼭 채워 넣어졌고, 이층 침대에서 잠을 잤다. 환자들에게는 개인용 옷장이나 사물함조차 주어지지 않았다. 하기야 그들에게 그런 것이 애당초 필요하지도 않았다. 병원에 들어가면서 손목시계나 결혼반지 등 모든 개인 소지품은 꺼내 맡겨야 했으니까. 병원에 찾아갈 때마다 가장 견디기 힘들었던 것은 음식, 청소용 세제나 소독약, 소변과 땀, 그리고 두려움에 묻어나는 달짝지근한 냄새였다. 그런 상황에서 에버하르트가 어떻게 건강을 되찾았는지는 진정 신기한 일이었다. 어쨌거나 그는 건강을 되찾았고, 심지어는 슈테판 츠바이크의 소설 《체스 이야기》를 읽었던 의사의 만류에도 불구하고 다시금 체스를 즐기고 있기도 하다. 그래서 나와도 가끔씩 체스를 둔다. 물론 이기는 건 늘 그의 몫이다. 하지만 게임이 끝나면, 그로서도 정말이지 아주 어렵게 이긴 한 판이었다며 친구를 위로하는 것을 결코 잊지 않는다.

6
대체 무슨 생각을 하시는 건데요?

국립정신병원은 산자락 끝에 자리하고 있었다. 급할 것이 없던 나는 마을들을 지나 천천히 차를 몰았다. 화창한 날씨는 계속되고 있었고, 아침 햇살은 환하게 내리비쳤으며, 눈길이 가 닿는 곳마다 연초록 새순과 화려한 색의 꽃잎들이 작열하고 있었다. 나는 차의 선루프를 활짝 열고 〈마술피리〉 카세트를 밀어 넣었다. 진정 살 것 같은 기분이 들었다.

　병원 본관은 낡은 건물이었다. 지난 세기말에 바덴 지방의 어느 자전거부대 막사로 세워졌던 건물로 커다란 U자형이었다. 제1차 세계대전 때에는 야전병원으로 사용되었으며, 전쟁이 끝난 뒤에는 빈민구호소로 이용되다 1920년대에 들어서면서부터는 치료 및 요양 시설로 활용되고 있었다. 그리고 제2차 세계대전을 거치면서는 U자형 건물이 L자형으로 바뀌었다. 오래된 건물을 기다란 직사각형으로 차단하고 있던 거

대한 벽은 사라졌고, 담으로 둘러싸였던 건물 안마당은 구릉지대까지 확장되었으며, 그러는 사이 이런저런 새로운 기능을 갖춘 새 건물들이 들어서고 있었다. 나는 차를 주차시키고 선루프를 닫은 뒤 음악을 껐다. 원형 기둥들이 떠받치고 있는 건물 현관에도 건물 전체와 마찬가지로 비계가 설치되어 있었다. 창문 둘레를 따라 가공하지 않은 벽돌이 빛을 발하고 있는 것으로 보아 아마도 이제 막 열가소성 수지를 집어넣은 게 분명했다. 칠장이들이 솜씨를 보탠 뒤였고, 그래서 모든 것은 온화한 노란색으로 새롭게 칠해져 있었다. 자갈길을 따라 정면 입구 쪽으로 걸어가는데, 어딘가에서 누군가가 휘파람으로 부는 〈밤의 여왕〉 아리아가 들려왔다.

수위가 2층 왼편에 자리한 사무실로 가는 길을 알려주었다. 사람들이 자주 다녀 바닥이 닳은 넓은 사암 계단이 위로 향해 있었다. 107호 방문 옆에는 '사무실/접수'라고 적힌 안내판이 붙어 있었다. 노크를 하자 들어오라는 소리가 들려왔다.

레오노레 잘거라는 이름을 들은 여직원은 아무것도 떠올리지 못했다. 그녀는 다시 한 번 병원 명부를 뒤적이기 시작했다. 명부에 붙은 증명사진들을 보자 레오의 사진을 보여주어야겠다는 생각이 들었다. 직원은 건네준 사진을 받아 찬찬히 살펴보더니, 잠시 기다려달라고 말하고는 서류함을 닫고 사무실 밖으로 나갔다. 나는 창문 너머로 정원을 내다보았다. 목련 나무들과 개나리 덤불마다 꽃이 활짝 피어 있었다. 잔디

밭은 이제 막 풀을 깎은 뒤였다. 길 위에는 평상복을 입은 환자들이 거닐고 있었고, 하얗게 칠된 벤치 위에 앉은 환자들의 모습도 보였다. 모든 것이 예전과는 많이 달라졌다. 예전 에버하르트를 방문했을 때만 해도 나무들 아래로는 다져진 맨흙이 그대로 드러나 있었다. 전에도 환자들은 병실 밖으로 나와 자유롭게 돌아다닐 수 있었지만 당시 사람들은 모두 회색 환자복을 입었다. 그리고 마치 교도소 안의 재소자들처럼 단 20분이라는 정해진 시간 동안만 둥글게 원을 그리며 안마당을 거닐 수 있었다.

사무실 여직원은 혼자 돌아오지 않았다.

"닥터 벤트입니다." 함께 들어선 남자가 말했다. "누구신지요? 그리고 사진 속의 이 여자와는 어떤 관계이신지?" 그는 레오의 사진을 손에 든 채 나를 못내 미심쩍은 눈빛으로 쳐다보았다.

나는 그에게 명함을 건네고는, 그녀를 찾고 있는 중이라고 대답했다.

"젤프 씨, 죄송하지만 우리 병원의 환자에 관한 정보는 법적 권리가 있는 사람에게만 알려드릴 수 있습니다."

"그렇다면 레오노레 잘거 양은……"

"더 이상은 아무 말씀도 드릴 수가 없습니다. 그런데 누구의 부탁을 받고 일하고 계신 건가요?"

나는 가지고 있던 잘거 씨의 편지를 꺼내 보여주었다. 그는 이마를 잔뜩 찡그린 채 편지를 읽기 시작했다. 하지만 편지를 다 읽고 난 뒤에도 한동안 고개를 들거나 하지 않았다. 마침내 그가 무언가 결심을 한 듯 말을 꺼냈다. "저랑 잠깐 저리로 가보시겠습니까?"

그는 사무실에서 조금 떨어진 상담실로 나를 안내했다. 그곳 역시 정원을 마주하고 있었다. 아직 실내 공사가 끝나지 않은 상태여서, 낡은 창틀과 유리를 떼어낸 창문은 임시방편으로 투명한 비닐이 덮여 있었고, 테이블과 책장 그리고 서류꽂이에는 뿌연 먼지가 앉아 있었다.

"맞습니다, 잘거 양은 우리 병원에 환자로 입원해 있었습니다. 세 달 전쯤 이곳으로 왔지요. 길가에서 누군가가 태워줬다는 차를 타고서 말입니다…… 하지만 잘거 양이 그 차를 얻어 타기 전이나 그 차를 타고 오는 동안 무슨 일이 있었는지는 우리로서도 정확히 알지 못합니다. 그 남자는 그저 자기가 잘거 양을 우연히 차에 태워줬고, 그래서 우리에게 데려오게 되었다고 말했을 뿐이니까요."

벤트 박사는 하던 말을 멈추고 무언가를 곰곰이 생각하듯 잠시 허공을 바라보았다. 그는 아직 젊어 보였고, 단추를 채우지 않은 흰색 가운 아래로 체크무늬 셔츠에 코르덴 바지를 입은 모습이 꽤나 활동적이어 보였다. 얼굴빛은 건강했고, 숱 많은 갈색 머리는 멋을 부린 듯 헝클어져 있었다. 단지, 두 눈 사이가 조금 붙어 있다는 느낌은 들었다.

묵묵히 기다리다 내가 그의 이름을 불렀다. "벤트 박사?"

"차를 타고 가던 중 잘거 양이 갑자기 울기 시작했고, 도무지 그칠 줄을 몰랐답니다. 한 시간이 넘도록 말이지요. 그 남자는 어찌해야 할지를 몰라서 결국 우리에게 데려왔다는군요. 물론 우리 병원에 도착하고서도 잘거 양의 그런 상태는 계속되었습니다. 결국 신경안정제 주사를 맞고서야 잠이 들었지요." 그는 다시금 멍하니 생각에 잠겼다.

"그러고는요?"

"아, 그런 다음에는 당연히 치료를 시작했지요. 젤프 씨는 대체 무슨 생각을 하시는 겁니까?"

"내 말은, 레오노레 잘거 양이 지금 어디에 있느냐는 겁니다. 그리고 무엇 때문에 그런 사실을 아무에게도 알리지 않았는지도 궁금하고 말입니다."

벤트 박사는 또다시 한동안 말이 없었다. "우리는…… 그러니까 저는 사실 그녀의 이름도 오늘에야 당신에게 들어 알았습니다." 그가 손을 들어 107호 쪽을 가리키며 말을 이었다. "만약 조금 전 만났던 우리 여직원이 잘거 양과 우연히 몇 차례인가 교류가 없었더라면…… 사실 그 여직원은 대부분의 경우 우리 환자들과 마주칠 일이 거의 없거든요. 그리고 당신이 레오노레 잘거 양의 사진을 갖고 오지 않았더라면……" 그렇게 말하면서 그는 고개를 저었다.

"경찰에는 연락해보셨습니까?"

"경찰은……" 벤트 박사가 바지 주머니에서 구겨진 로트핸들레 담뱃갑을 꺼내더니 내게 먼저 권했다. 나는 내 담배를 피우겠다고 사양하고는 스위트애프턴 담배를 꺼내 물었다. 그는 다시 한 번 고개를 저어댔다.

"경찰에는 연락하지 않았습니다. 적어도 우리 병원 일과 관련해서는 경찰에 크게 기대를 걸지 않는 편이거든요. 더구나 당시 잘거 양의 경우는 우선적인 치료와 관련해 경찰 신문 따위는 전혀 고려할 가치가 없는 상황이었고요. 치료를 받고 나자 잘거 양의 상태는 금세 호전되었습니다. 그리고 원했다면 당장이라도 병원을 나갈 수 있었지만, 잘거 양은 자발적으로 이곳에 머무르기로 결심했지요. 그리고 이미 성인인 그녀의 의사는 당연히 존중되었고요."

"그럼 잘거 양은 지금 어디에 있습니까?"

그는 쉽사리 말을 하지 못하고 머뭇거렸다. "그게…… 말씀드리자면, 그러니까 잘거 양은…… 죽었습니다. 그녀는……" 그가 애써 내 눈을 피하며 말을 이었다. "정확히 무슨 일이 일어난 건지는 저도 모릅니다. 분명한 건 아주 비극적인 일이 벌어졌다는 사실뿐이지요. 잘거 양의 아버님께는 모쪼록 제가 얼마나 가슴 아파하는지도 전해주시기 바랍니다."

"벤트 박사, 지금 나더러 그분에게 다짜고짜 전화를 걸어, 따님이 불의의 비극적 사고로 목숨을 잃었다고 말씀드리라는 말입니까? 그럴 수는 없습니다."

"당연한 말씀입니다. 그러니까 젤프 씨도 보고 계시듯이," 그가 창문을 가리키며 말했다. "우리 병원에서는 지금 막 유리창 교체 작업이 진행되고 있는 중입니다. 그리고 지난 화요일 잘거 양은…… 이 건물 4층 복도에는 바닥에서 천장까지 이어지는 커다란 창문이 있습니다. 잘거 양은 바로 그 창문의 비닐을 뚫고 저 아래 땅바닥으로 뛰어내렸습니다. 그리고 그 자리에서 즉사했습니다."

"그럼 오늘 내가 이렇게 이곳에 들르지 않았더라면, 당신들은 잘거 양의 부모님이 자식의 죽음에 대해 한마디도 듣지 못한 상태에서 장례를 치르게 할 작정이었습니까? 대체 무슨 생각으로 지금 내 앞에서 이런 말 같지도 않은 이야기를 늘어놓고 있는 겁니까!"

"부탁드리는데, 부디 고정하시고 제 말을 들어보세요. 젤프 씨도 말씀하셨듯, 당연히 부모님께는 연락을 드렸지요. 물론 우리 병원 접수처에서 어떻게 조치했는지 상세히 알지는 못합니다. 하지만 담당 직원들은 잘거 양의 부모님께 분명 연락을 드렸을 겁니다."

"잘거 양의 제대로 된 이름조차 나한테 들어 알게 되었다면서, 부모님께는 어떻게 연락을 드렸다는 말씀인가요?"

벤트 박사는 그저 두 어깨만 으쓱해 보였다.

"그럼 장례식은요?"

그는 자기 손바닥만 들여다보고 있었다. 마치 두 손바닥이 레오를 어디에 묻어야 할지 가르쳐주기라도 하는 것 같았다. "장례식에 대해서 말씀드리자면, 아마도 부모님의 결정이 있을 때까지 기다리고 있는 중일 겁니다." 그가 자리에서 일어섰다. "이제 다시 병동으로 가봐야 할 시간입니다. 젤프 씨는 이곳 병원에서 무슨 일이 있었는지 아마 상상도 못 하실 겁니다. 추락, 구급차 사이렌 소리, 이어지는 커다란 소동······ 자, 이제 그만 일어나시지요. 제가 현관 앞까지 배웅해드리겠습니다."

107호실 문 앞에서 그와 작별 인사를 나누려 하자 벤트 박사가 다급한 목소리로 말했다. "아닙니다, 이제 이 사무실 문은 닫혔습니다." 그는 나를 잡아끌다시피 데리고 갔다. "젤프 씨가 이렇게 우리 병원을 찾아와주셔서 얼마나 반가운지 모르겠습니다. 잘거 양의 부모님께도 가능한 한 빨리 이 슬픈 소식을 전해주셨으면 합니다. 그리고 곰곰이 생각해보니, 아무래도 조금 전 말씀하신 대로 우리 병원 담당자들이 잘거 양부모님께 아직 연락을 못 드렸을 게 확실한 것 같습니다." 그러는 사이 우리는 현관 앞에 이르러 있었다. 벤트 박사가 정중히 인사를 했다. "젤프 씨, 그럼 안녕히 가십시오."

7
슈바벤의 키 작은 철학자

일단 차를 몰아 병원을 나서긴 했지만, 그리 멀리 가지는 않았다. 장크트 일겐 앞 저수지에 이르러 차를 세웠다. 그런 뒤 차에서 내려 물가 쪽으로 갔다. 물수제비뜨기에 적당한 납작한 돌들을 주워 수면 위로 힘껏 던져보았다. 어려서 동네 호수에서도 이미 실패한 바가 있던 놀이였다. 그리고 앞으로도 결코 성공하지 못할 것 같다.

하지만 물수제비뜨기 놀이도 하얀 가운을 입은 젊은 의사의 모습을 뇌리에서 그리 오랫동안 몰아낼 수는 없었다. 벤트 박사의 이야기는 온통 수상한 구석뿐이었다. 경찰은 대체 무엇을 하고 있었던 걸까? 젊은 여성이 석 달 동안 국립정신병원에 입원해 있었고, 그 병원의 허술한 안전장치를 틈타 4층에서 떨어져 죽고 말았다. 그런데도 누구 하나 과실치사나 그보다 더 끔찍한 상황에 대해 의심해보지 않았고, 경찰에 신고조차 하지 않았단다. 물론 벤트 박사는 경찰이 사건 현장에 오지 않았으며 사건을 수사하지도 않았다고는 말한 적 없다. 하지만 그는 구급차에 대해서만 언급했을 뿐 경찰차의 사이렌 소리에 대해서는 아무 말도 하지 않았다. 그리고 만일 화요일에 경찰에 사건 신고가 접수되었다면, 잘거 씨 또한 늦어도 목요일쯤에는 그 일에 대해서 어떤 방식으로든 통지를 받았을 것이다. 죽은 아무개라는 여성은 존재하지 않는 인물이고, 그에 반해 레오노레 잘거라는 여성의 실종 신고가 접수되어 있다면, 경찰이 아무개라는 여성이 실제로는 잘거라는 사실을 밝혀내는 데에는 그리 오랜 시간이 필요하지 않을 것이었다. 또한 잘거 씨가 목요일에 그 같은 통보를 받았다면, 분명 내게 통보를 해주었을 것이었다.

'잔트하우젠'에서 점심을 먹었다. 음식은 그다지 맛이 없었다. 식사를 마친 후 시장 광장의 햇볕 아래 세워놓았던 카데트에 올랐다. 차 안은 찜통 그 자체였다. 어느새 여름이 되어 있었다.

2시 반쯤, 나는 다시 정신병원으로 들어섰다. 마치 내가 잘난 척하던 토끼를 멋지게 속여먹은 고슴도치 같다는 느낌이 들었다. 107호실 여직원은 오전에 만났던 여직원이 아니었다. 그녀는 벤트 박사를 찾으러 나갔지만, 박사는 보이지 않았다. 결국 여직원은 내게 병동으로 가는 길을 알려주었다. 병동으로 이어진 넓고 높은 복도에서는 내딛는 발걸음마다 소리가 울려 퍼졌다. 병동에 이르렀지만 곧바로 벤트 박사와 면담을 할 수 있는 상황은 아니었다. 간호사는 미안해하면서도, 한편으로는 현관 입구 사무실에서 기다려야지 이곳 병동까지 들어오는 것은 병원 규정에 어긋나는 일이라고 알려주었다. 하지만 나는 막무가내로 병원장인 에벌라인 교수의 집무실까지 밀고 들어갔다. 그러고는 여비서에게 아마도 원장님이 경찰보다는 나를 만나는 걸 분명 더 좋아하실 거라고 이야기해주었다. 나는 꽤 화가 나 있었고, 그런 나를 여비서는 어이없다는 듯 쳐다보았다. 나는 그녀에게 107호에서 있었던 일과 관련해 원장님과 이야기하길 원한다고 다시 한 번 말해주었다.

문을 열고 복도로 나와 잠시 서 있는데, 옆방 문이 스르륵 열렸다. "젤프 씨? 에벌라인입니다. 화내시는 목소리를 들었습니다."

에벌라인 교수는 50대 후반쯤으로 보였고, 몸집은 작고 통통했다. 왼쪽 다리를 저는 그는 은 손잡이가 달린 지팡이에 몸을 의지하고 있었다. 속이 훤히 들여다보이는 검은 머리와 숱 많은 검은 눈썹 아래 움푹 들어간 눈으로 그는 나를 훑어보았다. 눈물샘과 두 뺨은 탄력 없이 늘어져 있었다. 코맹맹이 소리가 나는 슈바벤 사투리로 그는 내게 절뚝거리는 자기와 같이 잠깐 걷자고 제안했다. 걸어가는 길 위에서 지팡이가 묘한 소리를 냈다.

"모든 공공기관은 저마다 하나의 유기적 조직과 같습니다. 저마다 순환하고 호흡하며 받아들이고 배설하지요. 또 감염되기도 하고 경색되기도 하면서 방어력과 치유력을 발달시켜 나갑니다." 에벌라인 교수가 웃으면서 물었다. "젤프 씨, 당신은 어떤 종류의 감염입니까?"

우리는 계단을 내려가 바깥으로 나갔다. 한낮의 열기가 후끈 느껴졌다. 나는 아무 말도 하지 않았다. 에벌라인 교수 또한 천천히 계단을 내려가면서 단지 가쁜 숨만 몰아쉬었다.

"젤프 씨, 하고 싶은 말이 있으면 말씀해보세요. 무슨 말이든지요. 아니면 그저 듣고만 계실 참인가요? 혹시, '다른 쪽의 말도 들어보아야 한다'라는 라틴어 속담을 몸소 실천하고 계신 건가요?" 그가 다시 차분한 웃음을 지어 보였다.

석판을 깔아놓은 길이 끝나자 발아래에서 자갈들이 밟히며 빠드득거리는 소리가 났다. 나무들 사이로 살랑거리는 바람이 불어왔다. 길가에는 곳곳에 벤치가 있었고, 풀밭에는 의자들이 군데군데 놓여 있었다. 그리고 혼자거나 다른 이들과 같이 병실 밖으로 나온 환자들의 모습이 여기저기서 보였다. 그런 그들 곁에는 하얀 가운을 입은 간호사나 병원 직원들의 모습도 찾아볼 수 있었다. 눈앞의 풍경은 몇몇 환자들의 급작스럽고 껑충대는 걸음걸이, 멍하니 입 벌린 초점 없는 얼굴들만 제외한다면, 소박하고 평화로운 전원에 와 있는 듯했다. 하지만 소리쳐 부르거나 웃는 소리들이 한데 뒤엉킨 채 오래된 건물 벽에 부딪혀, 마치 수영장 안에서처럼 알아들을 수 없는 소리로 웅웅 메아리치느라 주위는 시끄러웠다. 에벌라인 교수는 걸어가는 중에도 연신 좌우에 대고 고개 숙여 인사했다.

나는 마침내 입을 열었다. "에벌라인 교수님, 이 경우에는 그럼 두 가지 측면이 있는 겁니까? 그 하나가 사고라면, 다른 하나는 무엇인가요? 과실치사? 아니면 누군가가 당신의 환자를 죽인 걸까요? 어쩌면 자살을 한 것일지도 모르겠군요? 대체 병원 측은 무엇을 숨기고 무엇을 얼버무리려 하는 거지요? 저는 그 점에 대해 듣고 싶었습니다. 하지만 누구도 제 질문에는 관심이 없어 보이더군요. 그리고 이제 교수님이 갑자기 제 앞에 나타나서는 감염과 경색에 대해 언급을 하시고요. 대체 무슨 말을 하시려는 건가요?"

"저도 압니다, 알고말고요. 의도적인 살인이거나 우발적인 살인, 아니면 적어도 자살일 수 있겠죠. 젤프 씨는 극적인 효과를 좋아하십니까? 무언가를 즐겨 생각해내시는 편인가요? 여기 우리 병원에도 그런 사람들은 수도 없이 많지요." 에벌라인 교수는 지팡이로 커다란 반원 하나를 그려 보였다.

그 말은 뻔뻔함의 극치였다. 나는 치밀어 오르는 분노를 온전히 억누를 수 없었다. "환자들만 그런가요, 아니면 의사들도 그런 건가요? 맞습니다, 누군가가 이야기를 들려주는데 그 이야기에 구멍이 숭숭 뚫려 있다면, 저는 당연히 어떻게 하면 그 구멍들을 메울 수 있을지 생각하지요. 예를 들어 교수님의 젊은 동료 의사가 들려주었던 이야기는 앞뒤가 전혀 맞지 않았습니다. 그렇다면 이제 병원장님께서는 젊은 여성 환자가 창밖으로 뛰어내려 죽었다는 사고에 대해 어떤 말씀을 하시려나요?"

"굳이 불편한 왼쪽 다리까지 언급할 것도 없이, 저는 이제 더 이상 젊은이가 아닙니다. 그리고 당신도," 그가 호의적인 눈빛으로 나를 한 번 훑어보며 말을 이었다. "마찬가지이고요. 물론 결혼은 하셨겠지요? 결혼 생활 또한 일종의 유기체입니다. 그 안에서는 온갖 박테리아와 바이러스가 활동을 하지요. 그리고 병든 세포들이 생겨나 번성하기도 하고요. '일하자, 일을 하자. 그리고 집을 장만하자.' 이것이야말로 슈바벤 사람들의 진정한 원칙입니다. 그리고 박테리아와 바이러스에게도 마찬가지고요." 그는 또다시 여유로운 웃음을 지어보였다.

문득 나의 결혼 생활이 떠올랐다. 클라라는 13년 전에 세상을 떠났고, 결혼 생활에 대한 애도는 그보다 훨씬 오래전에 내 곁에서 사라졌다. 에벌라인 교수의 비유가 나를 다시 차분하게 했다. "그렇다면 국립정신병원이라는 유기체 안에서 곪아가고 있는 것은 무엇입니까?"

에벌라인 교수가 멈춰 섰다. "젤프 씨를 만나 뵙게 되어 반가웠습니다. 언제든 궁금한 점이 있으면 저를 찾아주세요. 제가 잠시 철학적 사고에 심취했었나봅니다. 하기야 우리 슈바벤 사람들은 저마다 조금씩은 헤겔과 같은 철학자의 기질을 갖고 있지요. 그에 반해 젤프 씨는 명석한 시선과 냉철한 오성을 갖춘 행동하는 인간 유형이군요. 하지만 젤프 씨의 나이라면 오늘 같은 날씨에는 순환기에 무리가 가지 않도록 조심하셔야 합니다."

그는 인사도 없이 떠나갔다. 나는 걸어가는 그의 뒷모습을 지켜보았다. 걸음걸이, 잔뜩 긴장한 두 어깨, 왼쪽 다리를 애써 앞쪽으로 내디딜 때마다 온몸이 만들어내는 순간적인 경련, 안정적이고 규칙적으로 바닥을 짚는 은 손잡이 지팡이. 그런 모습에서는 부드럽다거나 느슨한 것 따위는 전혀 느껴지지 않았다. 그는 말 그대로 에너지 덩어리였다. 그리고 그의 본래 목표가 나를 혼란에 빠뜨리는 것이었다면, 그의 의도는 충분히 성공한 것이나 마찬가지였다.

8
다바이, 다바이

빗방울이 떨어지기 시작했고, 공원은 이내 텅 비었다. 환자들
은 가까운 건물 안으로 뛰어 들어갔다. 하늘에서는 흥분한 새
들이 지저귀는 소리가 울려 퍼졌다. 나는 비를 피해 낡고 지
붕이 반쯤 열린 자전거보관소로 들어갔다. 위쪽으로 비스듬
히 세워진 녹슨 레일 사이에 자전거들은 더 이상 보이지 않았
다. 번개가 번쩍이고 천둥이 우르릉거렸다. 굵은 빗줄기가 골
함석 지붕 위에서 요란한 소리를 냈다. 지빠귀가 지저귀는 소
리가 들려왔다. 나는 고개를 길게 내밀고 새소리가 들려오는
곳을 쳐다봤다. 그러고는 젖은 머리를 다시 끌어들였다. 지
빠귀는 낡은 건물의 위쪽 모서리 위, 부대를 상징하는 문장이
그려진 장식 쇠 아래에 앉아 있었다. 올여름 들어 처음 보는
지빠귀였다. 그때, 쏟아지는 빗줄기 사이로 두 사람의 형체가
내 쪽으로 천천히 다가오는 게 보였다. 하얀 가운을 입은 간

병인은 아주 헐렁한 재색 양복을 입은 환자를 차분하게 타이르면서 그를 조심스럽게 앞쪽으로 밀어대고 있었다. 환자의 손 하나를 그 사람의 등 뒤에 올려놓고 있었는데, 그 모습은 마치 아프지 않게 하면서도 유사시엔 언제든 상대방을 꼼짝 못하게 하는 경찰의 제압법과도 닮아 있었다. 두 사람이 가까워지자 간병인이 하는 말이 들리기 시작했다. 그는 부드러운 목소리로 환자를 타이르고 있었다. 그리고 그 목소리 사이로 계속해서 "다바이, 다바이" 하는 새된 목소리가 들려왔다. 두 사람의 옷은 젖어서 몸에 착 달라붙어 있었다.

골함석 지붕 아래 내 옆으로 들어와서도 간병인은 제압한 환자의 손을 놓아주지 않았다. 그가 내게 고개를 끄덕여 보이며 말했다. "새로 오신 분인가요? 아니면 사무실에 일이 있어 들르신 건가요?" 내가 뭐라고 대답하기도 전에 그가 계속했다. "저기 위에 있는 사람들은 소일거리 삼아 일을 하며 세월을 보내지요. 그리고 우리 같은 사람들은 그 뒤치다꺼리에 뼈가 부서지게 일을 하고요. 물론 당신한테는 개인적으로 아무런 반감도 없습니다. 당신을 알지도 못하니까요." 큼지막한 주먹코가 눈에 띄는 남자는 나보다 키가 많이 컸고 몸집도 훨씬 단단해 보였다. 남자 곁에 서 있던 환자는 몸을 떨며 빗속을 쳐다보고 있었다. 그의 입에서는 이해할 수 없는 말들이 새어 나오고 있었다.

"돌보는 환자분은 위험한 상태인가요?"

"왜요? 제가 한 손을 제압하고 있어서요? 괜찮습니다, 걱정 마세요. 그나저나 여기에는 무슨 일로 오셨나요?"

번개가 번쩍였다. 비는 여전히 억수같이 쏟아지고 있었다. 빗물은 골함석 위에서 요란한 소리를 내며 흘러내려, 자갈에 부딪히며 발목으로 튀어 올랐다. 쏟아져 내린 빗물은 가느다란 물줄기를 이뤄 자전거보관소의 시멘트 바닥 위를 흘러갔고, 그곳에서 젖은 흙냄새가 올라왔다.

"저는 외부 사람입니다. 이곳에는 지난 화요일 일어났던 환자의 사고 때문에 조사차 왔고요."

"경찰이세요?"

천둥이 치면서, 우리 머리 위로 우르릉 꽝 굉음이 달려 지나갔다. 나는 어깨를 으쓱해 보였다. 간병인은 그런 내 몸짓을 고개를 끄덕이는 걸로 이해하고 나를 경찰로 간주했다.

"무슨 사고였는데요?"

"저 위 본관 4층에서 누군가가 떨어져 죽는 사고가 있었습니다."

간병인은 그렇게 말하는 나를 의아하다는 눈빛으로 쳐다보았다. "무슨 말씀이세요? 제가 알기로 지난 화요일에 추락사 같은 건 전혀 없었는데. 제가 알지 못하는 거라면 그건 없는 일이나 마찬가지예요. 적어도 이곳에서는 말이죠. 그나저나 추락사한 사람이 누구였대요?"

나는 레오의 사진을 꺼내 보여주었다.

"이 어린 아가씨가…… 당신한테 이런 말도 안 되는 허풍을 떤 사람이 대체 누구랍니까?"

"벤트 박사요."

그가 내게 사진을 돌려주며 말했다. "그런 거면 제가 아무 말도 하지 않았으면 좋았을 걸 그랬네요. 만일 벤트 박사가…… 병원장님이 가장 총애하는 벤트 박사가 그렇게 말했다면……" 그가 어깨를 으쓱해 보이며 말을 이었다. "그렇다면 정말로 사고가 있었던 셈인 거지요. 본관 4층에서 사람이 떨어져 죽는 사고 말입니다."

나는 차라리 아무 말도 하지 않았으면 좋았을 것이라고 말하는 간병인에 대한 평가는 일단 나중으로 미루었다. "그런데 당신의 환자는?"

"우리 병원에 입원해 있는 러시아인인데, 종종 착란 증세를 일으키지만 이 사람도 가끔 바깥 공기는 쐬어야 하니까요. 그래서 이렇게 제가 돌보며 같이 나와 있는 거지요. 그렇죠, 이반?"

이반이라 불린 남자가 불안해하며 큰 소리로 누군가의 이름을 불러댔다. "아나톨, 아나톨, 아나톨……" 간병인은 제압하고 있던 손에 슬그머니 힘을 가했고, 그러자 그의 외침은 금세 멈추었다. "이반, 잘했어요. 번개나 천둥은 이반한테 아무런 해도 끼치지 못할 거예요. 더군다나 이렇게 경찰 아저씨도 함께 있는데 누가 감히." 그는 마치 어린아이를 달래듯 노래하는 말투로 말했다.

나는 주머니에서 스위트애프턴 담배를 꺼냈다. 간병인도 한 개비를 받아 물었다. "아나톨?" 나는 그렇게 이름을 부르며 곁에 있던 환자에게도 한 대를 권했다. 그가 움찔하고 놀라며 나를 쳐다보았다. 그러고는 탁 소리가 날 정도로 발뒤꿈치를 부딪쳐 한데 모은 뒤 인사를 하고는 고개를 슬그머니 돌린 채 더듬거려 담뱃갑에서 담배 한 개비를 꺼내 갔다.

"저 사람 이름이 아나톨입니까?"

"그건 저도 몰라요. 그 사람들한테선 아무것도 알아낼 수 없거든요."

"그 사람들이요? 그게 누군데요?"

"아, 우리 병원에는 온갖 사람들이 다 있답니다. 그 사람들이란 바로 전쟁이 남긴 흔적들이죠. 제국의 노동자거나 조력자, 아니면 어떤 러시아 장군과 함께 싸웠던 사람들이요. 그들은 자신들이 붙잡혀 있었거나 감시를 하던 강제수용소에서 나오게 되었지만, 일단 미치고 나면 그전에 무엇을 했건 모두 다 똑같은 사람이 되고 말죠."

빗줄기가 가늘어졌다. 젊은 간병인 한 사람이 가운을 펄럭이며 성큼성큼 뛰어 우리 앞을 지나쳐 갔다. 그가 물웅덩이를 건너뛰며 소리쳤다. "어서 서두르자고. 이제 곧 근무시간도 끝나!"

"자, 그럼 우리도 이제 그만." 내 곁에 서 있던 간병인이 피우던 담배를 땅바닥에 던지며 말했다. 담뱃불은 물에 젖은 바닥에 닿자마자 소리를 내며 꺼졌다. "이반, 우리도 밥 먹으러 갑시다."

이반이라는 환자 또한 피우고 있던 담배를 바닥에 버리고 지그시 밟아 끈 뒤, 한쪽 발로 꽁초를 자갈들 사이에 조심스레 숨겼다. 그러고는 다시 한 번 뒤꿈치를 바짝 당겨 인사를 했다. 나는 두 사람이 공원 반대편의 새로 지은 병동을 향해 천천히 걸어가는 모습을 지켜보았다. 저 멀리서 천둥 치는 소리가 들려왔다. 비는 이제 부드럽게 내리고 있었다. 여기저기 문들 아래로 사람들의 형체가 다시 나타나기 시작했고, 우산을 쓴 의사들과 간병인들이 잰걸음으로 정원을 오가는 모습도 간간이 보였다. 지빠귀는 여전히 지저귀고 있었다.

문득, 1943년이나 1944년 무렵 하이델베르크 검찰청의 내 사무실 책상 위를 거쳐 갔던 검찰총장의 메모가 떠올랐다. 그 메모에는 러시아와 폴란드 노동자들 가운데 근무 태도가 불량한 자를 골라 나치의 강제수용소로 보내라는 지시가 적혀 있었다. 그리고 그에 따라 나는 수많은 이들을 강제수용소로 보냈다. 나는 내리는 비를 멍하니 바라보았다. 불현듯 한기가 느껴졌다. 한바탕 비가 쏟아지고 난 뒤의 공기는 맑고 신선했다. 잠시 후에는 나뭇잎 위에 떨어지는 빗방울 소리만이 들려왔다. 이제 비는 완전히 그쳤다. 하늘은 서쪽에서부터 활짝 개기 시작했고, 물방울들은 햇빛을 받아 진주처럼 반짝였다.

나는 본관 건물로 되돌아갔다. 계단참을 올라 현관 입구를 지나쳤고, 정문으로 들어섰다. 오후 5시였다. 근무 교대를 마친 직원들이 우르르 몰려나왔다. 나는 그 자리에 멈춰 서서 벤트 박사의 모습이 보이는지 둘러보았지만, 보이지 않았다. 마지막으로 몰려나오는 사람들 무리에 섞여 조금 전까지 함께 있었던 간병인이 걸어 나오는 게 보였다. 나는 그에게 다가가 원하는 곳까지 내 차를 타고 함께 가겠느냐고 물었다. 그리고 자동차를 타고 키르히하임으로 향하는 동안, 그는 자기한테서는 부디 아무 말도 듣지 않은 걸로 해달라고 다시 한번 신신당부했다.

9
뒤늦게

레오의 죽음에 관한 소식이 불러일으킨 충격은 뒤늦게 찾아왔다. 그리고 그 정보가 어쩌면 잘못된 것일지도 모른다는 추측으로 인한 안도감 역시 뒤늦게 찾아왔다. 나는 자기가 모르는 일이라면 없었던 일이나 마찬가지라던 그 간병인의 말을 믿었다. 그리고 4층 창문에서의 추락사가 정말로 일어났던 사고였다면 에벌라인 교수 또한 아마도 다르게 반응했을 것이었다. 그는 단지 나를 자극해 내 의중을 떠보려고 했던 것일까? 그는 우리의 대화를 통해 내가 그에 대해 알아낸 것보다 더 많은 것들을 내게서 알아냈다. 그리고 그 같은 사실을 뒤늦게야 인식하게 되었다는 게 나를 또 화나게 만들었다.

집에 돌아온 나는 필리프에게 전화를 걸었다. 때론 세상이 의외로 좁기도 하다. 어쩌면 시립병원에서 외과의로 일하고 있는 필리프가 국립정신병원과 그곳에서 일하는 의사들에 관해 무엇인가를 알고 있을지도 모를 일이었다. 그는 회진 중이라며 이따가 다시 전화하겠다고 했다. 하지만 한 시간쯤 후 초인종이 울렸고, 그가 집 문 앞에 서 있었다. "전화를 하느니 차라리 직접 들르는 게 나을 것 같아서. 얼굴 본 지도 제법 오래되었고 말이야."

우리는 발코니 문을 활짝 열어놓은 채, 작업실로도 사용하는 거실의 가죽 소파에 앉아 있었다. 나는 와인 병을 따며 낮에 정신병원에서 있었던 이야기를 들려주었다. "도무지 들여다보이지가 않아. 허술하기 짝이 없는 거짓말을 해대는 벤트 박사며, 음험해 보이는 에벌라인 병원장, 그리고 벤트 박사는 병원장이 총애하는 인물이라고 넌지시 말하는 간병인 모두 말이야. 자네 혹시 뭐 짚이는 거라도 있나?"

필리프는 내가 따라준 엘자스 리슬링 와인을 단숨에 마셔버리고는 빈 술잔을 다시 내밀며 말했다. "이번 금요일에 요트 클럽에서 신년 파티가 있어. 자네도 데리고 갈 테니까, 가서 에벌라인 씨하고 편안하게 이야기해봐."

"그 사람도 요트를 갖고 있나?"

"이름이 '프시케'야. 할버그-래시 HR 352. 가히 최고 중의 최고라 할 수 있지." 필리프의 잔이 다시 비었다. "자네는 그 사람을 음험한 인물이라 하지만, 나는 그저 에너지 넘치면서도 완고한 병원장으로 소문나 있다는 정도만 알고 있어. 국립 정신병원은 한때 상당히 어려운 상황이었는데, 그 사람이 맡으면서 다시 정상 궤도로 올려놓았지. 의학계에서는 전통주의자로 통해. 하지만 나는 개혁주의자라고 해서 그보다 더 잘해냈을 거라고는 생각하지 않아. 그런 사람이 벤트 박사라는 인물을 비호한다는 건 왠지 어울리지 않네. 물론 모든 의사를 다 똑같이 대할 수는 없겠지. 어쩌면 그가 벤트 박사를 아낄 수도 있고. 하지만 난 이름도 못 들어본 벤트 박사라는 인물이 자네가 말한 대로 못된 짓을 벌인 사람이라면, 나는 그처럼 행동하지는 않을 것 같네."

"그나저나 자네 상황은 어떤데?" 세 번째 잔도 단숨에 들이켠 뒤 손가락 사이로 와인 잔의 손잡이 부분을 돌리고 있는 필리프의 모습은 그리 좋아 보이지 않았다.

"퓌루찬이 집으로 들어왔어."

"그냥 그렇게?"

필리프는 씁쓸한 미소를 지어 보였다. "주택저축조합 광고에 나오듯이 들어왔지. 초인종이 울렸고, 한 가득 짐과 함께 그녀가 문 앞에 서 있었어. 그 짐들을 내 집으로 옮겨줄 이삿짐센터 직원도 함께."

나는 감동받았다. 나와 알고 지낸 이후로 그는 늘 여자들과 관계를 맺고 있었다. 여자들과 몇 차례 데이트를 하고는 이내 그들을 침대로 끌어들였고, 그러고 나면 끝이었다. 그는 간호사들과의 관계는 병원과의 관계나 마찬가지라고 입버릇처럼 말하곤 했다. "내가 먼저 얼른 떠나든지, 아니면 쓸모없는 무능한 인물이 되어 버려지든지 둘 중 하나야." 그래서 그는 간호사들의 경우, 병원에서의 근무 환경 때문에라도 특히 세심한 주의를 기울였다. 하지만 그 모든 것들을, 당당하고 풍만한 터키계 간호사인 퓌루찬은 단번에 그리고 보기 좋게 날려 버린 것이다.

"언제 그랬는데?"

"2주 전이었어. 그때 얼른 문을 다시 닫아버렸어야 했는데. 닫고서는 다시 열어주지 말고. 하지만 그랬다면 그녀에게 너무도 가슴 아픈 일이었겠지. 그래서 차마 그러지 못했어."

고양이 터보가 지붕에서 발코니를 거쳐 방으로 들어왔다. "야옹, 야옹." 필리프가 소리 내어 부르며 손을 내밀었다. 하지만 터보는 거만한 모습으로 그 앞을 지나쳐 갔다. "봐봐, 내 처지가 바로 이렇다고. 저 고양이도 내가 거세된 남자라는 걸 냄새 맡고 돌아서버리는 거야."

나는 다른 이유가 있는 걸 눈치챘다. 필리프는 한동안 못 봤다고 그냥 들를 사람은 아니었다. 부엌에서 와인을 한 병더 가져오자 그가 속에 담았던 이야기를 풀어놓기 시작했다. "고마워, 하지만 한 모금만 더 마실게. 이제 곧 일어나야 하니까. 그리고 퓌루찬이 여기로 전화해서 나를 찾으면…… 안 그럴지도 모르지만 만약에 그러면…… 그럼 말이야 너는…… 사립탐정쯤이나 되니까 그런 경우에 어떻게 처신해야 하는지 말 안 해도 알겠지? 예를 들어 갑자기 자동차에 문제가 생겨서 네가 알고 지내는 정비사에게 찾아갔는데, 하필이면 오늘 저녁밖에 시간이 안 된다고 해서 급히 그리로……
그리고 지금쯤이면 아마도 그 정비사의 집에서 기다리고 있을 건데, 그 집에는 안타깝게도 전화가 없다고 말하는 거야. 내 말 알아들었지?"

대체 누군데 그래?

그는 그저 두 어깨와 손을 으쓱해 보였다. "너는 모를 거야. 프랑켄탈 출신의 간호학교 학생인데, 몸매가 끝내줘. 가슴은 잘 익은 망고 열매 같고, 엉덩이는…… 그러니까 마치……"

나는 호리병박을 제안했다.

"맞아, 호리병박. 아니 멜론인가. 노란 멜론 말고, 속이 빨간 초록색 멜론. 그도 아니면 또……" 그는 얼른 말이 떠오르지 않는지 머뭇거렸다.

"나중에라도 퓌루찬에게 너랑 내가 함께 나갔었다고 말해줘. 난 오늘 저녁에는 어떤 전화도 안 받을 거니까."

그런 뒤 그는 집을 나섰다. 나는 가만히 앉아서 지는 해를 바라보며 내가 맡은 사건과 친구 필리프에 대해 곰곰이 생각했다. 퓌루찬은 전화하지 않았다. 그리고 10시에 브리기테가 왔다. 나는 갑자기 호기심이 발동했다. 그리고 그녀가 잠옷으로 갈아입기 전, 곁눈질로 얼른 훔쳐보았다. 호리병박? 아니었다. 그렇다고 멜론도 아니었다. 벨기에 토마토였다.

10
남극의 스콧

네겔스바흐 경감은 늘 한결같고 예의 바른 인물이다. 전쟁 중이던 시절, 하이델베르크 검찰청에서 처음 만났을 때도 그랬다. 그리고 그 후 친구가 되어서도 그는 나를 그리 대했다. 친구 사이에 흉금을 터놓는 게 중요한 나잇대는 우리 두 사람 모두에게 이미 지나간 지 오래였다.

　다음 날 아침, 나는 하이델베르크 경찰청으로 그를 찾아갔다. 하지만 뭔가가 심상치 않았다. 그는 책상 앞에 앉아 꼼짝도 하지 않았다. 악수를 위해 내민 손도 멋쩍어진 내가 다시 거둬들이려 할 때야 비로소 잡아주었다. "자리에 앉으세요!" 그가 자기가 앉아 있던 책상에서 1미터쯤은 떨어진 책장 옆 의자를 가리키며 말했다. 나는 의자를 끌어다가 책상 옆에 바짝 붙어 앉았다. 그러자 그는 내가 너무 가까이 다가와 불편하다는 듯 인상을 찌푸렸다.

나는 간단히 요약해 말했다. "맡게 된 사건 때문에 우연히 국립정신병원에 들렀는데, 그곳에서 쉽게 이해할 수 없는 이상한 일들을 접했어요. 최근에 그곳 병원과 관련해 경찰에 뭔가 신고 들어온 게 있었는지 말해줄 수 있습니까?"

"당신에게 우리 경찰 업무에 관해 보고하는 것은 아무래도 내 권한 밖의 일인 것 같습니다. 규정에도 어긋나고 말입니다."

이제껏 우리 두 사람은 이런저런 규정 따위 때문에 신경 쓰거나 고민했던 적은 없었다. 그보다는 오히려 서로 도우면서 일과 삶을 보다 편하게 즐기곤 했다. 내가 그에게서 얻어낸 정보로 누군가에게 폐가 될 짓을 할 사람은 아니란 걸 그는 잘 알고 있었다. 나도 마찬가지여서 그에게는 늘 마음속에 있는 것들을 털어놓았다. 나는 지금 상황이 이해가 되지 않았다. "오늘따라 갑자기 왜 이러는 거요?"

"무슨 말씀인지요, 난 평소와 달라진 게 전혀 없는데." 그렇게 말하며 작고 둥근 안경 너머로 나를 바라보는 그의 눈에는 평소와 달리 적개심이 담겨 있었다. 나는 뭐라고 한마디 쏘아주고 싶었다. 하지만 이내 깨달았다. 그의 눈빛에 담긴 것은 적개심이 아니라 비통한 슬픔이었다. 그가 고개를 숙여 앞에 놓인 신문을 내려다보았다. 나는 자리에서 일어나 그 옆으로 다가갔다.

'이탈리아의 기념비적 건축물들, 코르크 모형으로 완성되다'라는 제목의 신문기사는 카셀에서 열리고 있는 전시회에 관해 보도하면서, 로마의 안토니오 치치*가 1777년에서 1782년 사이 만들었던, 판테온과 콜로세움 등의 고대 건축물 모형에 대해 찬탄하고 있었다. 네겔스바흐 경감이 말했다. "마지막 부분을 보세요!" 나는 서둘러 끝부분을 읽어나갔다. 기사 말미에는, 원형 건축물의 정확하고 숭고한 개념을 이 대가다운 코르크 조형물보다 더 잘 표현한 것은 결코 없을 거라는 1786년 라이프치히의 어느 미술품 상인 말이 인용되어 있었다. 사실 나부터도, 배경만 제대로 갖추었다면 신문 속 사진의 콜로세움 모형물이 실제 건축물인 줄 착각할 뻔했다.

"지금 내 심정은 남극에서 아문센의 텐트를 발견한 스콧과 같아요. 레니는 이번 주말에 꼭 카셀에 가보자고 하네요. 아마도 사과와 배처럼 서로 어울리지 않는 것들을 보게 될 것 같기는 한데, 사실 잘 모르겠습니다."

알 수 없는 건 나도 마찬가지였다. 네겔스바흐는 열다섯 살 때부터 성냥개비로 유명한 건축물들의 모형을 만들기 시작했다. 그는 가끔씩 뒤러의 〈기도하는 손〉이나 렘브란트의 〈황금 투구를 쓴 남자〉 같은 작품들을 만들기도 했다. 하지만 그가 평생의 숙원이자 정년 후의 삶의 최고 목표로 꿈꾸고 있던 것은 바로 바티칸의 모형이었다.

*18세기 활동한 이탈리아의 건축가.

나는 네겔스바흐의 작품들을 잘 알고 그 가치를 인정한다. 하지만 그것들은 솔직히 코르크 모형물에 비견될 만한 현실 세계의 환상을 전달해주지는 못한다. 그렇지만 그에게 뭐라고 말을 해야 하나? 예술은 모사가 아니라 형상화를 의미하는 것이라고? 삶에 있어서 중요한 것은 결과가 아니라 과정이라고? 아니면 순수문학의 세계에서는 아문센이 아니라 스콧의 삶이 형상화되고 있다고 말해줄까?

　　"지금 어떤 작업을 하고 있는데요?"

　　"하필이면 판테온을 제작 중이지요. 4주 전부터요. 왜 브루클린 브리지를 만들 생각을 하지 않았을까요?" 그는 의기소침해져 어깨를 축 늘어뜨렸다.

　　나는 잠시 기다리다 물었다. "내일 다시 들러도 될까요?"

　　"국립정신병원 때문에 말입니까? 뭔가 알게 되는 게 있으면 내가 전화를 드리지요."

　　헛걸음했다는 생각에 공연히 울적해진 채 나는 만하임으로 돌아왔다. 카데트는 그르렁거리는 소리를 내며 아스팔트 위를 달려갔다. 그러다가도 공사 구간을 지날 때면, 차선 변경을 유도하는 노란색 부착물 위를 지나는 타이어에서 따따따따 굉음이 울려 퍼지기도 했다. 좌절한다는 것은 나이가 들어서도 여전히 젊을 때만큼이나 받아들이고 인정하기가 쉽지 않은 일인 게 분명하다. 물론 실패를 처음 맛보는 것은 아니지만, 그래도 가능하다면 이번이 마지막이었으면 하고 누구나 바라게 된다.

사무실의 자동응답기에서는 잘거 씨의 억제된 목소리가 들려왔다. 그는 메시지를 확인하는 대로 바로 연락해줄 것을 부탁하고 있었다. 자동응답기에다 지금까지 진행된 조사 상황을 보고해달라는 말이었다. 또한 수고비를 다시 한 번 송금했노라 말했고, 아울러 그의 아내도 진심으로 감사하고 있다는 인사말 역시 잊지 않았다. 그는 결코 재촉하거나 압박하려는 것은 아니라고 말했지만, 그러면서도 내 자동응답기가 2분이 지나 자동으로 그의 말을 차단할 때까지 나를 들볶았다.

II
전람회의 그림

네겔스바흐 경감은 나를 오래 기다리게 하지 않았다. "여기 저기 간단히 알아보기는 했는데, 쓸 만한 건 별로 없네요. 어떻게 할까요? 원하신다면 그나마 알아낸 것들은 지금 바로 전화상으로 말씀드릴 수도 있는데." 나는 그보다는 직접 만나 이야기를 듣고 싶다고 대답했다. "오늘 저녁에요? 그건 안 되겠습니다. 하지만 내일 아침이면 다시 일찌감치 출근해 있을 겁니다."

그날의 운전은 결코 잊지 못할 기억으로 남게 되었다. 하마터면 모든 게 끝날 뻔했으니까. 나는 아우토반으로 들어서서 프리드리히스펠트 인근의 공사 구간을 지나고 있었다. 그곳에는 중앙분리대도 없었고, 가드레일도 설치되어 있지 않았다. 그때, 다른 차선에서 달려가던 가구 운반 트럭이 갑자기 중심을 잃고 기우뚱거리더니 내 차선 쪽으로 밀리며 뒤집어졌다. 순간 온몸이 마비되는 것 같았다. 트럭은 내 차선 위로 다가왔고, 내 차는 그런 트럭을 향해 들이받기라도 할 듯 돌진했다. 트럭은 점점 커졌고 점점 가까워졌으며, 점점 내 머리 위로 덮쳐왔다. 나는 브레이크를 밟지 않았고, 카데트를 왼쪽으로 꺾지도 않았다. 내 몸은 완전히 마비된 상태였다.

눈 깜짝할 사이에 상황은 종료되었다. 트럭은 굉음과 함께 뒤집혔고, 브레이크 밟는 소리와 경적 울리는 소리가 도로 위로 요란하게 울려 퍼졌다. 그리고 급히 차선을 변경한 자동차 한 대가 끼이익 소리를 내며 미끄러져, 멈춰 있던 다른 자동차 옆을 긁고 지나갔다. 나는 아우토반의 갓길에 차를 세웠다. 문을 열고 차에서 내리기는 했지만 한 걸음도 내디딜 수가 없었다. 이윽고 몸이 떨리기 시작했다. 온몸의 근육에 힘을 주고 이를 꽉 물어야만 했다. 그렇게 그 자리에 서서, 멈춰서는 차들이 점점 더 늘어나는 모습을 지켜보았다. 트럭 운전사가 운전석에서 빠져나오는 것을 보았고, 호기심 많은 사람들이 튀어 날아간 트럭의 짐칸 문 주위로 몰려드는 것을 보았으며, 경찰차가 달려오고 사고 현장으로 들어섰던 응급차가 이내 다시 빠져나가는 모습도 지켜보았다. 그런 와중에도 문득문득 이가 덜덜 떨려왔다.

내 뒤에 멈춰 섰던 자동차에서 한 남자가 내리더니 나에게 다가왔다. "의사를 불러올까요?" 나는 고개를 저었다. 그가 내 팔을 잡고 정신 차리라는 듯 내 몸을 흔들어대고는, 나를 길가의 경사진 풀밭으로 데려가 앉게 했다. 그가 담배를 꺼내 물며 물었다. "한 대 피우시겠습니까?"

문득 'r'자가 들어 있는 달에는 맨바닥에 앉으면 안 된다는 어른들의 말이 생각났다. 그리고 지금은 4월 'April'이었다. 나는 방광과 전립선이 걱정되어 얼른 일어서려고 했다. 하지만 그 남자가 나를 꽉 붙잡았다.

담배를 피우고 나니 상태가 조금씩 나아졌다. 그 남자는 거침없이 말을 늘어놓았고, 몇 마디 지나지 않아 나는 그가 했던 말들을 이미 기억하지 못했다. 그리고 그가 자리를 뜨자마자 어떻게 생겼었는지도 생각나지 않았다. 하지만 내 몸은 더 이상 떨리지 않았고, 나는 경찰들에게 사고의 경위에 대해 진술할 수 있었다.

통행이 재개되면서 자동차들은 뒤집힌 채 쓰러져 있는 트럭 옆을 한 대씩 차례차례 빠져나갔다. 문짝이 떨어져 나간 트럭 화물칸에서 흘러나온 짐들이 아우토반 위에 마구 흩어져 있었다. 만하임에서 열리는 전람회의 그림들이었다. 그 그림들은 만하임 미술관 책임자의 감독 아래 안전하게 보관되어야 할 것들이었다. 나는 텅 비다시피 한 아우토반 위를 달려 하이델베르크로 향했다.

네겔스바흐 경감이 알아낸 사실들은 그의 동료의 문서에서 나온 내용이었다. 그 동료는 현재 치료차 요양을 떠나 있었다. "보고서가 상당히 허술하고 빈약합니다. 오랫동안 건강이 안 좋았던 탓이겠지요. 확실한 건, 최근 몇 년 사이 그 병원에서는 불편한 일들이 심심찮게 일어났었다는 겁니다."

"불편한 일들이요? 구체적으로 어떤 걸 말하는 겁니까? 어떤 환자가 창문으로 뛰어내려 목이 부러져 죽으면 그게 불편한 일입니까?"

"무슨 그런 말도 안 되는 소리를. 아뇨, 제가 말하는 건 이런저런 미미한 불상사나 사고 따위들입니다. 어쨌거나 불편하다고 한 표현은 좀 지나쳤네요. 그런데 온수 공급이 중단되거나 식당 음식이 상하고, 설치되어야 할 창문들이 안마당에 방치되어 있다 산산조각 나고, 환자들이 원래 예정됐던 날짜보다 며칠씩 늦게 퇴원하고, 간병인이 높은 사다리에서 떨어지는 사고 같은 게 굳이 무언가를 의미하는 걸까요? 게다가 그런 일들은 신기하게도 지도부나 관리자가 아니라, 늘 환자나 환자의 가족 아니면 익명의 사람들이 신고를 했더군요. 요즘 같은 세상에 병원이나 요양원이 그렇게 엉망으로 관리되고 있다니……"

"보고서에 기록된 상황들이 다른 대규모 조직이나 단체에 비해 훨씬 더 심각한 건가요?"

네겔스바흐 경감이 자리에서 일어섰다. "같이 가보시죠." 우리는 복도로 걸어 나와 코너를 돌았고, 창문을 통해 경찰청 안마당 쪽을 바라보았다. "젤프 씨, 뭐가 보이나요?"

왼편으로는 경찰차 세 대가 주차해 있었고, 오른편으로는 파헤쳐진 땅속으로 하수관들이 부설되고 있었다. 안마당으로 나가는 창문들은 일부는 닫혀 있었고 일부는 열려 있었다. 네겔스바흐 경감은 파란 하늘을 올려다보았다. 머리 위에서는 신선한 바람이 자그마한 하얀 구름을 몰아가고 있었다. "잠깐만 더요." 그가 말했다. 그리고 잠시 후, 해가 구름에 가려지자 창문마다 자동으로 블라인드가 내려오기 시작했다. 이윽고 구름은 지나갔지만 블라인드는 내려온 채로 머물러 있었다.

"저 세 대의 경찰차 가운데 두 대는 늘 저곳에 있지요. 고장이 났기 때문입니다. 저기 저 하수관은 올해 들어서만도 벌써 한 번 파헤쳐졌다 다시 묻은 것이고요. 그리고 저 블라인드들은 매년 여름마다 새로이 우리들을 골탕 먹이곤 하지요. 그런데 이런 일들은 다른 대규모 집단에서도 마찬가지로 일어나는 걸까요? 아니면 그 배후에 테러리스트나 아나키스트 아니면 스킨헤드들이 숨어 있는 걸까요?" 네겔스바흐 경감은 무덤덤한 얼굴로 나를 쳐다보며 물었다.

우리는 다시 그의 사무실로 들어갔다. "벤트 박사라는 인물에 대해서도 좀 알아내신 게 있습니까?"

"잠깐만요. 컴퓨터 단말기가 다른 방에 있어서요." 그는 표정 없는 얼굴로 돌아왔다. "컴퓨터에는 저장된 게 전혀 없네요. 하지만 그 이름을 듣는 순간 뭔가 감이 왔거든요. 정확히는 뭔지 물론 모르지만요. 아무래도 서류철을 뒤져봐야 할 것 같습니다. 개인정보보호 규정에 따라 폐기해야 하며, 컴퓨터 상으로는 확인할 수 없는 자료들이 따로 있거든요. 서둘러보기는 하겠지만, 금방 처리할 수 있을 것 같지는 않습니다. 그 자료들은 언제까지 필요하신 거죠?"

"어제요." 내가 대답했다. 그리고 그건 내 진심이었다. 물론 벤트 박사의 서류철이 없다 해도 내가 처리해야 하는 일은 분명했다. 그는 나에게 아주 중요한 단서였다. 그가 대체 어떤 사람이었는지, 누구와 만났는지, 그리고 레오와 어떤 관계였는지를 밝혀내야만 했다. 레오와 그녀의 주변 세계를 탐문하는 과정에서는 누구도 그런 사실을 눈치채게 해선 안 되었지만, 벤트 박사의 경우라면 조사하며 그렇게 세심하게 신경쓸 필요는 없었다.

12
헛수고

저녁 7시경, 벤트 박사는 국립정신병원에서 나와 자동차에
올라탄 뒤 하이델베르크 방향으로 향했다. 나는 그의 뒤를 쫓
았다. 두 시간째 기다리고 있었고, 담배꽁초는 재떨이가 꽉
차 차창 밖으로 던져야 했다. 스위트애프턴은 필터가 없는 담
배였고, 잔여물 없이 완전 연소되는 환경 친화적인 담배였다.
그가 탄 B3는 미끄러지듯 잘 나아갔고, 벤트 박사는 작은
르노에 몸을 싣고 빠른 속도로 앞서 달려갔다. 그의 자동차를
시야에서 놓칠 때도 있었지만 이내 빨간 신호등 앞에 서 있는
그의 차를 따라잡았다. 이윽고 그의 뒤를 따라 로어바허 슈트
라세로 접어들었고, 계속해서 가이스베르크 터널과 카를 성
문을 지나 하우푸트 슈트라세로 들어섰다. 카데트는 널돌을
깔아 포장한 도로 위를 덜커덩거리며 달려갔다. 우리는 카를
광장 아래쪽에 차를 주차시켰다. 벤트 박사는 장애인 전용 주

차공간에, 나는 여성 전용 주차공간에 차를 세웠다. 차에서 내린 벤트 박사는 서둘러 계단을 올라갔고 광장을 뛰어서 건넜다. 그런 뒤 하우푸트 슈트라세를 따라가다 코른 광장과 하일리히-가이스트 교회를 지나쳤다. 나는 점점 숨이 가빠져서 도저히 그를 쫓아갈 수가 없었다. 바람에 나부끼는 밝은 베이지색 레인코트를 입은 그의 모습이 점점 작아졌다. 나는 시청 앞 길모퉁이에 멈춰 서서 옆구리에 손을 얹은 채 방망이질치는 심장을 진정시키려고 애썼다.

플로린 가세 뒤 황금빛 해가 달린 간판 아래에서 벤트 박사는 황급히 건물 입구로 들어섰다. 나는 마구 뛰는 심장이 가라앉기를 기다렸다. 마르크트 광장이나 하우푸트 슈트라세는 고요하니 한적했다. 장을 보기에는 너무 늦은 시간이었고, 거리를 산책하기에는 너무 이른 시간이었다. 마르크트 광장 주변의 건물들에는 세제 혜택을 받고 기념물 보호 관리 차원에서 부지런히 진행된 보수 작업의 흔적들이 남아 있었다. 문득 시청 건물 모서리에 있던 벽감에서 돌로 만든 전쟁 포로의 모습이 사라진 게 눈에 띄었다. 움푹 들어간 수척한 얼굴에 깡마른 두 손을 늘어뜨린 그 포로는 긴 외투를 입고 수십 년 동안 그곳에 서서 기다리고 있었다. 누군가가 그를 고향 집으로 데려간 것일까?

황금빛 해가 달린 간판 아래에는 '솔레 도로' 레스토랑이 자리하고 있었다. 나는 레스토랑 안을 슬쩍 살펴보았다. 벤트 박사와 젊은 여인은 이제 막 메뉴판을 받아 들고 있었다. 나는 맞은편에 자리한 비스트로 카페로 들어가, 레스토랑 입구 쪽이 잘 보이는 창가 테이블에 앉았다. 나는 카사타 케이크를 먹고 얼마쯤 지나 에스프레소와 삼부카를 한 잔씩 더 마셨고, 벤트 박사와 젊은 여인은 다시 거리로 나왔다. 두 사람은 건물들을 지나 글로리아 영화관 쪽으로 천천히 걸어갔다. 나는 두 사람 뒤편으로 세 번째 줄 좌석에 앉아 영화를 보았다. 정신분열증에 걸린 어느 여인의 절망, 고풍스럽고 우아한 건물의 정면 모습, 크고 붉은 해가 걸린 안개 자욱한 저녁 하늘을 배경으로 바닷가가 내려다보이는 테라스에 차려진 진수성찬이 특히 인상적이었다. 영화관을 나와서도 영화 속 이미지들에 사로잡혀 있던 탓에, 나는 충분히 주의를 기울이지 못했다. 어느새 두 사람은 사라져 보이지 않았다. 하우푸트 슈트라세로 한 무리의 대학생이 떼를 지어 몰려왔다. 알록달록한 모자를 쓰거나 리본 모양의 띠를 두르기도 한 그들은 미국과 네덜란드, 일본에서 온 젊은 대학생들이었다.

나는 주차장에서 벤트 박사가 나타나기만을 한참 동안 기다렸다. 마침내 그가 모습을 드러냈다. 하지만 혼자였다. 그는 편안히 차를 몰아 프리드리히-에버르트 안라게와 쿠어퓌어스텐 안라게를 지났고, 네카 강을 따라가다 비블링겐에 이르렀다. 그는 슈스터 가세 끝자락에다 차를 주차시켰다. 집의 번지수는 보이지 않았다. 하지만 그가 정원 문을 열고 안으로 들어가 다시 문을 닫는 것이 보였다. 그는 건물을 빙 돌아 계단을 내려갔다. 그리고 잠시 후, 맨 아래층에 자리한 집 창문에 환하게 불이 밝혀졌다.

　나는 마을들을 지나 집으로 향했다. 하얀 보름달 달빛이 들판과 지붕 위로 내리비치고 있었다. 집에 들어와서도 그를 생각하느라 한동안 잠을 이루지 못했다. 그러고는 그의 꿈을 꾸었다. 그는 푸짐하게 차려진 식탁이 놓인 테라스에 있는 것 같았다. 그리고 나는 내가 초대하지도 않은 손님들이 오기만을 헛되이 기다리고 있었다.

13
생각하기 나름

나이가 들었다는 것의 좋은 점 하나는 사람들이 노인의 말은 대부분 믿어준다는 사실이다. 그것은 허풍쟁이나 결혼사기꾼으로 기회를 엿보기엔 우리가 사실 너무 지치고 고단해 보이기 때문일 것이다. 그렇다면 돈은?

벤트 박사의 아버지라고 나를 소개하자 집주인은 조금도 의심하지 않았다.

"아, 벤트 씨의 아버님이시군요!"

클라인슈미트 부인은 호기심 가득한 눈으로 나를 위아래로 얼른 한번 훑어보았다. 그녀의 꽃무늬 원피스앞치마는 단추 사이로 슬그머니 불거져 나온 커다란 가슴을 떠받치고 있었다. 아래쪽 단추들은 몸을 구부리는 데 방해가 되었는지 풀어져 있었고, 분홍색 속치마가 살짝 드러나 보였다. 나는 벤트 박사의 집 앞 계단을 내려가 초인종을 누르기도 하고 문을 두드리기도 했다. 하지만 아무런 기척도 들리지 않았다. 나는 다시 계단을 올라왔다. 그때 정원 화단에서 딸기를 손보고 있던 클라인슈미트 부인이 나를 소리쳐 불렀다.

나는 고개를 저으면서 시계를 내려다보았다. "5시쯤이면 집에 와 있을 거라 했는데, 시계를 보니 벌써 15분이 지났네요. 그런데도 아직까지 집에 돌아오지 않았나봅니다."

"아드님은 보통 6시 45분은 되어야 집에 들어온답니다. 그 이전에는 들어온 적이 거의 없어요."

나는 속으로 그가 오늘도 그렇게 늦게 들어오기를 기도했다. 20분 전쯤, 그의 자동차는 국립정신병원 앞에 세워져 있었다. 4시 30분경, 나는 자동차에 탄 채로 그가 나타나기만을 기다리고 있었다. 하지만 갑자기 그렇게 마냥 기다리고만 있기는 싫어졌고, 아울러 사람들이 노인 말은 잘 믿는다는 생각이 떠올랐다. "그 애가 보통 6시나 더 늦게까지도 일한다는 건 저도 알고 있어요. 하지만 오늘은 좀 일찍 일을 끝내고 집에 올 수 있을 거라고 했거든요. 볼일이 있어 잠시 하이델베르크에 들른 건데, 오늘 저녁에는 다시 돌아가야 합니다. 그나저나 잠시 벤치에 앉아 쉬었다 가도 되겠습니까?"

"아! 저한테 아드님 방 보조키가 있어요. 잠시만 앉아 계세요. 얼른 가서 열쇠를 가져올게요." 클라인슈미트 부인은 열쇠와 함께 마블 케이크가 담긴 접시도 하나 들고 돌아왔다. 그녀가 내 손에 접시를 쥐여주고는 문을 열어주며 말했다.

"보통은 아드님 드시라고 문 앞에다 놓아두곤 했는데, 오늘은 아버님께서 직접 드셔보세요. 그런데 무슨 일로 하이델베르크까지 오셨나요?"

"바덴 공무원은행에 일이 있어 다녀오는 길입니다." 실제로도 나는 그 은행에 계좌를 열고 있었다. 그리고 내가 입고 있던 오래된 잿빛 양복은 은행 업무에 정신을 빼앗긴 바덴의 공무원과도 딱 어울려 보였다. 클라인슈미트 부인은 충분히 믿을 만하다고 여겼는지 몇 차례 연신 고개를 끄덕였다. 그럴 때마다 그녀의 턱은 2중, 3중, 4중으로 주름이 잡혔다.

벤트 박사의 집 안은 시원했다. 복도를 따라 모두 네 개의 문이 보였다. 왼쪽으로는 욕실 문이 있었고, 오른쪽에는 서재와 침실 문, 그리고 맞은편 앞쪽으로는 거실 문이 나 있었다. 부엌은 거실 뒤편에 자리하고 있었다. 나는 6시 정각에 그 집에서 나가기로 마음을 먹었고, 그래서 부지런히 서둘렀다. 먼저 전화기부터 찾아보았지만 아무 데서도 보이지를 않았다. 아마도 집 전화를 사용하지 않는 게 분명했다. 따라서 전화기 옆에서 흔히 볼 수 있는, 이름과 주소와 전화번호가 적힌 전화번호부도 보이지 않았다. 서랍장 서랍 속에는 셔츠와 속옷들만 정리되어 있었고, 옷장에는 바지와 재킷 그리고 풀오버들이 걸려 있었다. 벤트 박사가 책상 대신으로 쓰고 있는 나무 상자 위에는 라이츠 상표가 큼지막하게 붙은 서류철과 전문 서적들, 사전 하나가 놓여 있었다. 그 밖에도 투명한 비닐봉지 안에는 낱개나 뭉치로 넣어둔 편지들과 계산서, 경고장, 벌금 고지서, 두툼한 하얀 종이 더미 등이 보였다. 무슨 대단한 책이라도 써내는 작가인 양 방 안은 온통 종이로 뒤덮여 있었다. 책상 위쪽 코르크판에는 글로리아 영화관의 상영작 안내 프로그램, 구강세척기 팸플릿, 이스탄불과 아모르바흐에서 보내온 그림엽서, 열쇠 하나, 쇼핑 광고지, 그리고 두 남자가 나오는 카툰이 한 장 걸려 있었다. "결정을 내리기가 그리 힘드세요?" 한 남자가 다른 남자에게 묻고 있었다. "생각하기 나름이지요."

나는 그림엽서들을 집어 들었다. 예전 환자였던 남편이 아내와 함께 이스탄불에서 고맙다며 보내온 것이었다. 그리고 아모르바흐에서는 가비, 클라우스, 카트린, 헤너, 레아가 안부를 전했다. 그들은 아모르바흐의 봄은 너무너무 아름답고, 아이들과 레아는 아주 잘 지내고 있으며, 제분소의 개축 공사도 거의 다 끝나가고 있으니 자기들의 초대에 응해 놀러 오기로 했던 것 절대 잊으면 안 된다고 신신당부했다. 가비는 엽서를 썼고, 클라우스는 힘차고 화려하게 서명을 했으며, 카트린과 헤너는 서툰 아이의 글씨로 삐뚤빼뚤 끄적여놓았고, 레아는 '안녕! 레아가'라고 썼다. 나는 유심히 들여다보았다. 레오가 아니라 레아였다.

라이츠 서류철에는 벤트의 박사논문 자료들과 초안 구상이 들어 있었다. 편지 뭉치는 적어도 10년 이상 오래된 것들이었다. 개봉된 편지들에서 여동생은 뤼벡에서의 삶에 관해, 어머니는 휴가에 관해, 그리고 친구는 전공 분야에 관해 이야기하고 있었다. 나는 책상 대신으로 쓰고 있던 나무 상자 위에 엉망진창으로 뒤섞여 널려 있던 책들과 신문, 병상 보고서와 서류 등을 뒤적여보았다. 예금통장, 수표책, 여권, 캐나다 관광 안내 팸플릿, 토론토 병원 지원서 초안, 비블링거 십자가교회 공동체의 보고서, 세 개의 전화번호와 어느 시의 도입부가 적힌 메모지들이 보였다.

무한대에서는
평행선이
서로 교차한다는 것을
누가 알 수 있을까?
너와 내가……

'너와 내가' 뒷부분에 부디 긍정적인 글이 이어졌으면 하는 바람이 들었다. 무한대에서 평행선이 서로 교차한다는 건 제국철도에서 공무원으로 일했던 아버지가 제시한 철로 밑에 깔던 침목의 예로 인해 일찌감치 반박되고 부정되었었다.

나는 세 개의 전화번호를 얼른 옮겨 적었다. 책꽂이에는 벤트 박사의 어린 시절과 청소년 시절의 사진들을 모아놓은 앨범이 하나 있었다. 욕실 거울에는 벌거벗은 소녀의 사진 한

장이 붙어 있었고, 거울 아래에는 콘돔 한 팩이 놓여 있었다.

나는 포기했다. 벤트 박사가 무엇을 숨기고 있든, 그의 집은 그것들을 결코 드러내지 않았다. 나는 그 뒤로도 화단에 있던 클라인슈미트 부인과 얼마간 이야기를 나누었다. 나는 부인에게 레오의 사진을 보여주었다. 그리고는 아들놈이 이 여자아이를 만나고 있다는 이야기를 듣고 나와 아내가 얼마나 기뻐했는지를 알려주었다. 하지만 클라인슈미트 부인은 레오를 알지 못했다.

14
스무 개의 스머프

사무실에는 잘거 씨가 추가로 보내온 사례비가 든 봉투가 놓여 있었다. 봉투 안에는 다시금 100마르크짜리 지폐 50장이 들어 있었다. 나는 잘거 씨의 자동응답기에 전화를 걸어 돈을 잘 받았다고 인사했다. 아울러 레오가 국립정신병원에 입원해 있다가 다시 어디론가 떠났으며, 지금은 어디 있는지 알지 못한다고 설명했다.

그런 다음, 벤트 박사가 메모해두었던 번호들에 차례로 전화를 걸어보았다. 하나는 뮌헨이었고, 하나는 만하임이었으며, 다른 하나는 아모르바흐였다. 뮌헨 번호에서는 아무도 전화를 받지 않았고, 만하임 번호에서는 정신건강 중앙연구소라며 전화를 받았다. 그리고 아모르바흐의 번호로 전화를 걸자, 미국식 억양이 강하게 느껴지는 한 여성의 목소리가 들려왔다.

"안녕하세요? 닥터 호펜 씨 댁입니다." 전화기 뒤편에서는 아이들이 떠드는 소리가 들려왔다.

나는 거침없이 말을 꺼냈다. "호펜 씨가 집에 계신가요? 얼마 전 제분소에서 절연 공사를 시행했는데, 한 번 더 재검사를 해야 하는 건 아닌가 싶어서요."

"무슨 말씀이신지 잘 안 들리네요." 아이들이 더 가까이 다가와 있는지 시끄러운 소리가 더 커졌다. "실례지만 누구시죠?"

"절연 서비스센터에서 일하는 젤프입니다. 제분소의 지하실에는 습기가 너무 많아요. 그래서……"

"잠깐만요." 그녀는 한 손으로 수화기를 막았다. 하지만 아이들이 서로 소리를 질러대고, 또 그런 아이들을 다그치는 여자의 목소리가 그대로 다 들려왔다. 헤너는 카트린에게 가지고 놀라고 스머프 인형 스물세 개를 주었다고 하는데, 카트린은 스물한 개 스머프만 받았다고 말하고 있었다. 그리고 헤너는 그중 열여덟 개만 돌려받았다고, 카트린은 그게 아니라 열아홉 개를 돌려주었다고 투덜댔다. "열여덟 개야!" "아니야! 열아홉 개라니까!" "열일곱 개네!" 그러자 레아가 스머프를 하나씩 세기 시작했다. 그녀는 독일어로 숫자를 세어나갔다. "하나, 둘, 셋…… 스물. 스물이야. 너희한테는 모두 스무 개의 스머프가 있네! 카트린, 네가 센 거보다는 하나가 많아. 그리고 헤너, 네가 센 거보다는 두 개나 많고." 스무 개의 스머프는 순간적으로 아이들을 당황케 했고, 비로소 아이들은 조용히 입을 다물 수밖에 없었다. "호펜 박사님께 제분소에 다시 와보고 싶다고 말씀드리겠다는 거지요? 제분소에서는 지금 페인트칠을 하는 분들이 작업을 하고 있어요. 그러니 원하시면 아무 때나 와보셔도 돼요. 하지만 오늘은 이미 작업이 끝났으니, 내일 오시면 되겠네요."

"아, 네. 감사합니다. 그런데 영국분이신가요?"

"아뇨, 미국에서 왔어요. 호펜 박사님 가족의 아이들을 돌보는 입주 베이비시터로요."

잠시 동안 우리 둘 다는 전화를 끊지 못한 채 상대방이 뭔가 더 말을 하려는지 기다렸다. 그러다가는 그녀가 아무 말도 않고 전화기를 내려놓았다. 나는 종려나무 화분에 물을 주었다. 무언가가 머릿속에 맴돌았다. 하지만 정확히 무엇인지는 알지 못했다.

필리프가 전화를 걸어왔다. "게르트, 내일 저녁에 요트 클럽 신년 파티 기억하고 있지? 7시에 시작해. 하지만 대부분은 8시에서 9시 사이에 오지. 그러니까 8시쯤 오면 괜찮을 거야. 북새통 속에서 에벌라인 병원장과 이야기를 나누고 싶지 않다면 말이야. 브리기테도 함께 오면 좋겠다!"

다음 날 나는 서점에서 정신의학 관련 서적들을 읽으며 시간을 보냈다. 나름 식견을 갖춘 대화 상대로 보이는 가운데, 에벌라인 교수에게서 국립정신병원에 관해 가능한 한 더 많은 정보를 얻어내고 싶었기 때문이다. 무엇보다도 벤트 박사가 그곳 병원에서 레오와 관련해 무슨 일을 꾸미고 있는 것인지, 그리고 그가 숨기려 하는 것이 무엇인지 알아내고 싶었다. 나는 이내 트리스트에 있는 정신병원이 문을 닫았으며, 분스도르프에 있는 국립징신병원에서는 한창 구조조징 작입이 진행되고 있다는 사실을 알게 되었다. 또한 이곳 하이델베르크 정신병원에서 감지했던 변화들은 보호 및 격리 위주의 병원에서 치료 위주의 병원으로 거듭나는 커다란 변화의 일환임을 알게 되었다. 문득, 정신적인 건강은 사회적 유희에 아무런 문제 없이 동참할 수 있는 능력이라고 규정하는 부분이 눈에 띄었다. 그에 반해 정신적인 병을 앓고 있는 환자는 다른 이들과 제대로 어울리지 못해 사람들이 더 이상 진지하게 대해주지 않는 사람이라고 설명하고 있었다. 순간 등골이 서늘해졌다.

15
깨진 도자기

요트 클럽, 보트 클럽, 사이클 클럽, 테니스 클럽 등 이들이 들어선 건물들은 마치 상상력이 부족한 어느 건축가 집단에 의해 지어진 것처럼 천편일률적이었다. 아래층에는 장비실, 샤워실, 탈의실이 있었고, 위층에는 사교 목적의 바가 딸린 홀과 두세 개의 작은 방, 그리고 라인 강과 프리젠하이머 섬 쪽을 향해 난 테라스 하나가 자리하고 있었다.

홀을 지나는 동안 우리는 서로 떨어져서 걸었다. 그곳까지 오는 차 안에서 우리는 다시 또 말다툼을 벌였다. 브리기테는 결혼하길 원하고, 나는 아니었기 때문이다. 나는 적어도 지금 당장은 그러고 싶지 않다고 말한다. 그러면 그녀는 예순아홉의 나이에 내가 다시 회춘할 일은 없을 거라고 대꾸한다. 어느 누구도 다시 젊어지지는 못하는 법이라고 내가 말을 하면, 그녀는 헛소리 좀 그만하라고 다그친다. 그녀의 말이 맞는 것은 분명하다. 그래서 나는 벙어리처럼 입을 다물고 만다.

주차장에는 벤츠와 BMW 등이 즐비하게 늘어서 있었다. 재규어 두 대와 롤스로이스 한 대도 세워져 있었다. 그곳에 차를 주차시킨 뒤, 나는 차 앞쪽으로 빙 돌아가 브리기테에게 차 문을 열어주었다. 하지만 그녀는 그런 내 호의를 거부하듯 뾰로통한 얼굴로 차에서 내렸다.

필리프와 퓌루찬은 에벌라인 교수와 함께 테라스에 있었다. 에벌라인 교수 곁에는 젊어 보이는 여성이 서 있었다.

"게르트!" 퓌루찬이 반갑게 맞이하며 인사했고, 필리프는 내 손을 꼭 잡았다.

에벌라인 교수가 자신의 아내에게 나를 인사시켰다. 그러고는 서둘러 노트를 집어 들며 말했다. "숙녀분들께 잠시만 양해를 구해야겠네요. 우리 노인네들끼리 할 이야기가 좀 있어서요."

에벌라인 교수가 테이블 앞 쪽으로 나를 안내했다. "저와 뭔가 할 이야기가 있어서 오신 거겠지요? 당신이 알고 싶어 하는 사실을 내가 의도적으로 숨기고 있다고 생각하고 말입니다. 당신은 병원에서 어느 젊은 여성을 찾고 있었지요. 하지만 그녀가 우리 병원에 입원했었다는 사실 말고는 아무것도 알아낸 게 없고요. 벤떤 박사는 그 어떤 이야기인가로 당신을 돌려세웠고, 그 후 나는 당신과 철학적 이야기를 나누게 되었지요. 그리고 당신은 이제 좀 더 중립적인 환경에서 나로부터 무언가 비밀을 캐내려고 하고요. 하지만 없는 것은 없는 것이니 저로서도 어쩔 수가 없군요." 다시 한 번 예의 여유로운 미소를 지어 보이는 그는 말 그대로 천진난만한 모습이었다. 그는 내가 내민 담배를 받아 들었다. 하지만 불을 붙여주려 하자 정중히 거절했다. 그러고는 내가 담배를 피우는 동안, 하얀 담배 개비를 엄지와 중지 끝으로 돌리고 있었다. 두툼한 손가락으로는 아주 부드러운 손놀림이었다.

"비밀을 캐낸다, 충분히 그렇게도 말할 수 있겠네요. 교수님의 병원에서 근무하는 젊은 의사는 아버지의 부탁을 받아 제가 찾아 나선 여자 환자가 창문 아래로 뛰어내려 자살했다고 말해주었습니다. 하지만 병원에서 그 사건에 대해 알고 있는 사람은 그 젊은 의사 말고는 아무도 없더군요. 병원에서 일하는 어느 직원은 그 이야기를 들려주자 누가 그런 말도 안되는 소리를 하느냐며 되물었고, 그게 누구였는지를 말하자 자기는 그 일에 관해 더는 아무 말도 하고 싶지 않다고 말했지요. 그런 뒤 저는 국립정신병원에서 일어나는 사고나 불상사에 관한 이야기를 듣게 되었습니다. 그리고 교수님은 제게 감염과 경색, 바이러스와 박테리아에 대해 설명해주셨고요. 어쨌든 친절한 설명에 감사드립니다."

"정신의학에 대해서 좀 알고 계신가요?"

"몇 권의 책을 읽어본 정도입니다. 몇 년 전에 친구 하나가 국립정신병원에 입원했었거든요. 그래서 당시 정신병 치료가 어떤 방식으로 진행되었고, 그 후로 또 얼마나 많은 것들이 바뀌었는지 정도는 알게 되었습니다."

"그러면 정신병을 치료하는 사람들의 책임이나 어려움에 대해서도 알고 계십니까? 하얀 가운과 함께 옷장 속에 벗어 던질 수도 없고 집까지 따라와 꿈속에서도 쫓아다니다 다음 날 아침 잠을 깨자마자 다시 달라붙는 불안과 우려에 대해서 알고 계시는지요? 그런데 당신은 바이러스니 박테리아니 농담을……"

"하지만 그 말은 교수님께서……" 나는 그가 하는 말의 의미를 이해할 수 없었다. 아니면, 정신과 의사들의 상황이 사실은 방화범인 소방관이나 실제로는 범인인 경찰관의 상황과 같다는 말인가? 나는 당황한 채 그를 쳐다보았다.

에벌라인 교수가 미소 지으며 지팡이로 바닥을 몇 차례 두들겼다. "그렇게 쉽게 읽히는 얼굴로 어떻게 사설탐정 일을 하고 계십니까? 하지만 걱정 마세요. 저는 그저 당신이 호소하는 당황스러움을 좀 더 잘 이해하게끔 도와주려고 당신을 약간 당황스럽게 만들고 있을 뿐이니까요." 그가 뒤로 몸을 젖히고는 잠시 뜸을 들였다. "아직은 젊은 벤트 박사를 너무 다그치거나 몰아붙이지는 마세요. 그 사람도 그렇게 하는 게 그리 편하지만은 않을 겁니다. 하지만 그러다보면 그는 언젠가 훌륭한 의사가 되어 있을 겁니다."

이번에는 내가 잠시 생각을 가다듬은 뒤 이야기를 이어갔다. "몰아붙인다. 네, 맞습니다. 하지만 그러기 전에 저는 그에게 한 번 더 기회를 주려는 겁니다." 나조차 지금 내가 무슨 말을 하고 있는 것인지 분명하지 않았다. 물론 머릿속으로 에벌라인 교수가 벤트 박사의 처신에 대해서거나, 아니면 병원 의료진 가운데 누군가에 관해서 이야기하려 한다는 생각이 스쳐갔다. 하지만 그를 몰아붙여 무엇을 얻어낼 수 있을지 나는 알지 못했다. 벤트 박사는 그로 인해 스트레스를 받게 될 테고, 그러면 나는 상황에 맞게끔 그를 적절히 압박하려 시도할 수 있을 것이다. 하지만 거기에도 여전히 문제는 있었다. 누군가가 자신을 찾고 있다는 사실을 레오가 눈치채게 해서는 안 되지만, 그를 협박하다보면 어쩔 수 없이 그녀가 알게 될지도 모른다는 우려였다.

"물론 벤트 박사가 있지도 않은 사망 사건을 날조해낸 것은 어리석은 짓인 게 분명합니다. 하지만 당신이 담당 의사라고 생각해보세요. 그리고 당신의 환자와 그 환자 아버지의 관계가 모든 문제의 근원임을 알았다면 아마 당신도 그 문제를 해결하기 위해 온갖 대책을 강구할 테고, 마침내 당신의 환자가 옳은 길로 나아가도록 돕지 않겠습니까. 그런데 바로 그때 벤트 박사 앞에 갑자기 당신이 나타난 겁니다. 그리고 자신이 담당했던 환자의 아버지가 당신을 통해 자신을 몰아세우고 있다고 오해한 벤트 박사는 다시 말도 안 되는 거짓말을 둘러댄 것이지요. 당신을 따돌리고, 자신의 환자를 보호하기 위해서 말입니다."

"그렇다면 그녀는 지금 어디 있나요?"

"젤프 씨, 그건 저도 모릅니다. 사실은 이 일이 정말로 제가 말씀드린 대로 그렇게 흘러갔는지조차 알지 못해요. 저는 단지 무엇 때문에 벤트 박사 같은 의사가 그런 이치구니없는 거짓말을 꾸며냈는지 당신에게 이해시키기 위해 그렇게 말을 했을 뿐이지요."

"그렇다면 그 말씀은 이번 일의 진상이 전혀 다른 것일 수도 있다는 말인가요?"

그는 내 질문을 무시한 채 계속해서 말을 이어갔다. "저도 레오라는 그 아가씨를 좋아했습니다. 침울한 서리가 잔뜩 내린 상황에서도 결코 두려워하거나 움츠러들지 않는 성격의 소유자였지요. 저는 그녀가 꿋꿋이 이겨내기를 바랍니다." 그는 잠시 말을 멈추고 무언가를 생각했다. "제 아내를 너무 오랫동안 혼자 있게 한 것 같습니다. 이제 그만 저리로 합류할까요?"

그는 자리에서 일어났고, 나는 그런 그의 뒤를 따랐다. 그 사이 밴드가 연주를 시작했고, 사람들은 짝을 이뤄 춤을 추고 있었다. 하지만 그들 사이를 지나가려고 밀치거나 길을 내려 애쓸 필요는 없었다. 에벌라인 교수가 걸어가자 춤을 추던 사람이건 서 있던 사람이건 모두가 알아서 한쪽 옆으로 비켜나 길을 내주었기 때문이다. 우리는 곧바로 일행과 합류했고, 에벌라인 교수는 지팡이로 자신의 의족을 툭툭 치며 의미심장한 눈빛으로 나를 쳐다보았다. 그래서 나는 에벌라인 부인과 퓌루찬, 그리고 파트너 선택에서 내게 관심을 보였던 한 여성과 함께 춤을 추었다. 그녀는 나보다 머리 하나만큼은 키가 컸다. 11시 30분쯤 되자 사람들이 엄청 많아졌고, 나는 그 공간이 너무 좁고 음악 소리는 너무 시끄럽다고 느꼈다.

브리기테가 테라스에 서 있는 게 눈에 들어왔다. 청록색 양복을 입고 곱슬머리에 잔뜩 기름을 바른 어느 남자와 이야기를 나누고 있었다.

"난 이제 그만 갈까 하는데. 같이 갈 거요?"

그녀는 그곳에 남았고, 나는 집을 향해 출발했다. 다음 날 아침 6시 반, 초인종이 울렸다. 브리기테가 갓 구운 빵을 사들고 문 앞에 서 있었다. 나는 그녀에게 어디에서 오는 길이냐고 묻지 않았다. 아침식사를 하며 나는 그녀의 손을 잡으려고 했다. 하지만 그녀는 자리에서 벌떡 일어섰고, 가스레인지에 올려놨던 달걀을 가져오다 터보의 꼬리를 밟았다.

16
더 넓고 더 곧고 더 빠르게

점심식사 후 모든 게 분명해졌다. 나는 아픈 허리를 위해 헤르쉘바트 수영장에서 레인을 몇 차례 오가며 수영을 했다. 그런 다음 집으로 돌아가던 길에 '장미 정원' 레스토랑 문 앞에 조반니가 서 있는 걸 보았다.

나는 그에게 인사를 건넸다. "맘마 미아, 솔레 미오! 고향에는 잘 다녀오시고?" 하지만 그는 오늘만큼은 우리만의 이탈리아식 독일어 대화 놀이를 즐길 생각이 없어 보였다. 그는 이탈리아어와 독일어 사투리가 뒤죽박죽 섞여 알아듣기 힘든 우리만의 대화체 대신 유창한 독일어로 라다에 있는 집과 농장에 대해 이야기해주었다. 그런 뒤 음식을 가져다주었다. 그가 내온 요리는 역시 맛있었다. 그는 아침 일찍 직접 시장과 도축장을 찾아 장을 보았다. 그의 송아지고기 커틀릿은 육즙이 풍부했고, 신선한 토마토로 만든 소스는 걸쭉하니 향긋한

셀비어로 향미가 돋워져 있었다. 게다가 에스프레소와 삼부카는 시키지 않았는데도 알아서 딸려 나왔다.

"숫자를 셀 때는 이탈리아어로 세나요?" 조반니는 계산서 뭉치와 펜을 들고 내 옆에 서서 음식 값을 합산하고 있었다.

"그러니까 독일어를 할 줄 아는데도 그러느냐는 말씀이지요? 제 생각에는 계산을 하거나 숫자를 셀 때는 모두가 자신의 모국어로 돌아가지 않나 싶습니다. 계산이 그리 어렵지 않은 경우라도 말이죠."

문득 호펜 씨 가족의 베이비시터가 떠올랐다. 비록 미국식 억양이 짙게 묻어나기는 했지만, 레아라는 이름의 그녀는 영어가 아니라 분명 독일어로 스머프 인형의 숫자를 세고 있었다. 브리기테의 아들 마누는 브라질에 있는 아버지 집에서 꽤 오랫동안 살기는 했지만, 어느새 만하임 사투리까지 섞어가며 유창한 독일어를 구사했다. 하지만 그런 마누도 수학 숙제를 도와주다 보면 저도 모르게 포르투갈어를 사용했다. 하지만 미국에서 왔다는 베이비시터 레아는……?

나는 그녀를 만나보고 싶었다. 하지만 갑자기 카데트를 어디에 주차시켰는지 기억이 나질 않았다. 헤르쉘바트 수영장이었나? 아니면 마르크트 광장? 혹시 집에다? 탐정의 섬세한 관찰력을 노년의 기억력 감퇴를 만회하는 데 써야만 한다는 현실이 서늘했다. 샴푸 통에 붙어 있던 상표가 도움이 되었다. 네카슈타트에 있는 어느 약국의 상표로, 문득 아침을 먹은 후 브리기테를 막스-요제프 슈트라세에 있는 그녀의 집까지 태워다줬던 게 기억났다. 그리고 그곳에서 샴푸를 산 다음 쿠어팔츠 다리를 건너 헤르쉘바트 수영장까지 걸어갔던 것이다.

자동차를 찾아 탄 뒤 아우토반으로 들어서서 하이델베르크까지 달렸고, 그런 다음에는 네카 강을 따라 에버바흐까지 달렸다. 37번 국도 곳곳에서 '더 넓고 더 곧고 더 빠르게'란 모토 아래 공사가 진행되고 있는 줄은 미처 알지 못했다. 심지어 히르쉬호른 가까이에서는 산 아래로 터널을 뚫고 있었다. 그러면 37번 국도 또한 어느 날 아우토반의 꼴을 갖추게 되는 걸까? 오래전 대공이 오덴발트 협곡 위로 기차가 다니게끔 만들어놓았던 우아한 모습의 사암 구름다리 대신, 어느 날인가 자기부상열차의 궤도가 숲과 강 그리고 산과 계곡 사이를 가로지르게 되는 것일까? 에른스트 계곡에도 어느 날 멋진 지중해 클럽이 오래된 여관과 수렵용 별장 그리고 문을 닫은 공장들을 대신하는 복합센터로 들어서게 되는 것일까? 칼리바흐에서 오토르프셀로 향하는 도로, 그곳에서 나무들은 가장 초록으로 빛이 나고 사암은 가장 빨갛게 물들며, 그늘진 테라스에서 마시는 맥주는 천상의 감미로운 넥타 맛이 난다. 오후에는 꼭 커피와 케이크를 먹어야만 하는 걸까? 나는 맥주와 수제 소스로 요리한 샐러드를 곁들인 비엔나 슈니첼을 먹으며, 무성한 나뭇잎 사이로 비치는 햇빛을 바라보았다.

아모르바흐의 마르크트 광장에서 나는 닥터 호펜의 병원을 찾아 차를 몰았고, 그곳에서 만난 환자는 내게 그의 집으로 가는 길을 알려주었다. "역 건물을 지나서 철로를 건넌 다음, 프랑켄베르크 호텔 쪽으로 계속 올라가세요. 계속해서 '좀머베르크' 표지판만 따라가면 됩니다. 호펜 씨 댁은 호텔 입구 왼쪽 길의 마지막 집이에요."

차를 몰아 좁고 가파른 작은 길을 따라가다 호텔 입구에서 방향을 틀자, 어린 소녀가 막 호펜 박사의 집 앞에서 문을 열고 있는 모습이 보였다. 그 아이는 로버가 나올 때까지 기다렸다가 다시 문을 닫고는 이내 그 차에 폴짝 올라탔다. 또 다른 아이 둘이 그 차의 뒷좌석에서 요란하게 장난을 쳐댔고, 운전석에는 한 여자가 앉아 있었다. 시동이 몇 차롄가 꺼졌다 켜지기를 반복했다. 나는 주위를 둘러보았다. 언덕에는 과일나무들이 심어져 있었고, 계곡에는 건축 자재 창고가 자리하고 있었으며, 철도 뒤편으로는 두 개의 양파 모양 지붕이 난 아모르바흐 교회가 서 있었다. 잠시 후, 차는 시내 쪽으로 향했다. 대수도원 앞에는 수많은 관광객들의 자동차와 로버 그리고 내 카데트가 주차할 만한 공간이 마련되어 있었다.

나는 운전을 하고 온 여자와 세 아이들을 뒤따라 마르크트 광장으로 걸어갔다. 그들은 호펜 박사의 병원으로 들어갔다. 그리고 얼마 후 다시 병원에서 나왔고, 나는 비로소 그들을 온전히 바라볼 수 있었다. 더 이상 의심할 여지는 없었다. 젊은 여자는 레오였다. 핑크색 선글라스에 짙은 금발의 고수머리를 늘어뜨린 레오는 청바지에 남성용 체크무늬 셔츠를 입고 있었다. 미국의 중서부 지역에서 온 입주 베이비시터처럼 보이기 위해 애를 쓰고 있다는 게 느껴졌다.

나는 레오와 아이들을 뒤쫓았다. 그들은 징육점에서 고기를 샀다. 그리고 아이들이 미용실에서 머리를 자르는 동안 레오는 맞은편의 서점에서 책을 골랐다. 차에 올라타 다시 집으로 향하기 전 그들은 두 개의 양파 모양 지붕이 난 아모르바흐 교회를 둘러보았다. 나도 그들을 따라 교회 안으로 들어가 밝고 넓은 교회 안 공간을 구경했다. 교회 안에서는 오르간 연주자가 오르간을 연주하고 있었다. 교회당의 본당 회중석에는 이레네의 간호를 받는 화살 맞은 성 세바스티안의 성상이 모셔져 있었다. 회중석 맨 끝줄에서 레오는 아이들과 함께 무릎을 꿇었다. 어린 소녀는 교회 안을 두리번거렸고, 두 사내아이들은 풍선껌을 터뜨렸다. 레오는 의자의 팔걸이에 올린 두 손에 얼굴을 기댄 채 허공을 쳐다보고 있었다.

17
관공서의 협조 요청

4시 30분, 나는 다시 만하임에 도착했다. 운전을 하며, 내가 그 모든 것에서 밝혀낼 수 있는 사건의 실체가 무엇인지 생각하지 않았다. 전화나 자동응답기를 통해서가 아니라 잘거 씨와 직접 만나 이야기하고 싶었다. 그는 이제껏 내게 알려주었던 것보다 훨씬 더 많은 것을 알고 있는 게 분명했다.

나는 곧장 막스-요제프 슈트라세로 차를 몰았다. 브리기테는 나를 보자 언제 말다툼을 벌였냐는 듯 반갑게 맞아주었다. 우리는 서로를 안아주었다. 그녀의 품은 따뜻하고 편안했다. 마누는 샘이 나는지 우리를 잡아당겼고, 그제야 나는 그녀를 안았던 팔을 풀어주었다.

"노니도 데리고 가요." 그녀가 제안했다. "7시 반에 다시 오고요. 소득세 먼저 신고한 다음에, 그때까지는 저녁 준비해 놓을게요."

노니는 마누의 강아지 이름이었다. 마누는 아주 작은 노니의 목에 목줄을 걸었고, 우리는 함께 네카 강 강변과 루이제 공원 그리고 시내 동부와 급수탑을 지나는 코스를 따라 시내를 산책했다. 노니는 아주 천천히 앞서 나갔다. 나는 평소 진화나 발선 같은 개념을 믿지 않는 편이다. 하지만 우리 인간의 경우에는 개와는 달리, 성적인 매력이 더 이상은 건물 모퉁이나 나무줄기의 냄새를 맡는 방식으로 작동하지 않는다는 사실은 분명 의심할 바 없는 진화상의 발전이었다.

나는 브리기테의 집에서 잘거 씨에게 전화를 걸었다. 자동 응답기는 켜져 있지 않았다. 잘거 씨가 다시 본으로 돌아온 건가? 한동안 전화벨이 울렸지만 아무도 받지 않았다. 나는 9시와 10시에도 전화를 걸어보았다. 하지만 여전히 전화를 받는 사람은 없었다.

일요일에도 전화를 걸었고, 월요일 아침 8시에도 다시 전화를 걸었다. 하지만 아무 소용이 없었다. 9시, 나는 마누를 학교 앞에 내려주었다. 그러고는 브리기테를 콜리니 센터에 있는 마사지숍에 내려준 다음 중앙우체국 쪽으로 차를 몰았다. 잘거 씨가 본에 와 있다면 분명 사무실에 있을 것이었다. 전화번호부 53권에서 본을 찾아냈고, '연방정부' 항목에서 총리와 17개 부처의 장관들을 찾았다. 나는 단순 무식하게 총리실과 공보실, 홍보국부터 차례로 전화를 걸었다. 하지만 그 부서들에 잘거 부국장이라는 인물은 존재하지 않았다. 노동사회부 장관실에도 그를 아는 사람은 없었다. 마지막으로 전화를 건 경제협력부 장관실을 포함해 다른 장관실에서도 상황은 마찬가지였다. 법무부 장관실에서는 10시 15분이 될 때까지 전화를 받지 않았다. 그러다가 한 여성이 아주 편안하고도 친절한 목소리로 전화를 받았지만 그녀 또한 잘거 부국장이란 인물을 찾는 데는 아무런 도움을 주지 못했다. 이번에는 전화번호부 39권을 펼쳐 들고, 뒤셀도르프에 있는 노르트라인-베스트팔렌 주정부의 장관실에 전화를 걸기 시작했다. 나는 여전히 잘거 씨가 본에 거주하며 뒤셀도르프에서 일하고 있다는 생각을 떨쳐버리지 못했다. 하지만 그곳에도 여전히 잘거 부국장이라는 인물은 존재하지 않았다.

나는 다시 시립병원을 찾아갔다. 내게 사건을 맡긴 위임자이자 유령 부처의 부국장이라는 신비에 싸인 인물, 그리고 전화번호부에 없는 전화를 소유하고 있으며 주소도 없이 5000마르크가 든 돈 봉투를 보내온 인물이 누구인지, 나는 이제어떻게 해서든 알아내고 싶었다. 내게는 적어도 그의 전화번호가 있었고, 우체국은 관공서의 협조 요청이 있거나 긴급한상황일 경우 전화번호 소유자의 이름과 주소를 알려주게 되어 있었다. 예를 들어 의식이 없는 환자에게서 단지 전화번호만을 발견해 그의 이름과 주소를 알아내야만 하는 의사의 경우 우체국에 전화를 걸어 요구 사항을 말하면 우체국으로부터 곧바로 응답 전화가 걸려왔다. 그리고 필리프는 이제 나를 위해 관공서에 협조 요청을 해야 했다.

수간호사가 나를 필리프의 방으로 안내했다. 그는 수술실에서 수술 중이었다. 원래는 그에게 우체국에 전화를 걸어달라고 부탁할 참이었다. 하지만 나는 그런 수고를 아끼고 직접 전화를 걸기로 결심했다.

"만하임 시립병원의 닥터 젤프입니다. 응급 환자가 들어왔는데, 전화번호가 적힌 쪽지 말고는 신분을 확인할 만한 것이 아무것도 없습니다. 환자의 전화번호는 본 41-17-78입니다. 이 전화번호의 소유자 이름과 주소를 알려주시겠습니까?"

내 전화는 두 차례에 걸쳐 담당자와 연결되었고, 이윽고 최종 담당자가 전화번호를 확인한 다음 다시 연락하겠다고 말했다. 나는 필리프의 사무실 전화번호를 알려주었다. 그리고 5분 후 전화벨이 울렸다.

"여보세요?"

"젤프 박사님이십니까?"

"예, 그렇습니다."

"박사님께서 불러주신 전화번호 본 41-17-78의 소유자는 헬무트 레만 씨입니다."

"레만 씨라고요?"

"예, 그렇습니다. 주소는 본 1 니부어 슈트라세 46a고요."

나는 사실을 다시 한 번 검증하기 위해 국내 전화번호 안내센터에 전화를 걸어, 본 1 니부어 슈트라세 46a에 살고 있는 헬무트 레만의 전화번호를 물었다. 안내원은 곧바로 41-17-78이라고 번호를 알려주었다.

어느새 12시 20분이었다. 나는 포켓용 기차 시간표를 펼쳤다. 12시 45분에 만하임에서 본으로 가는 인터시티 기차편이 있었다. 나는 필리프를 기다리지 않고 사무실을 나섰다.

12시 40분, 나는 직원이 하나뿐인 창구 앞에 길게 늘어선 줄에 서 있었다. 12시 44분, 굼뜬 직원과 느려터진 그의 컴퓨터는 네 명의 승객을 처리했다. 나는 12시 48분 이전에는 기차표를 구입할 수 없을 거란 사실을 능히 짐작할 수 있었다. 창구에서 표를 사는 것을 포기하고 서둘러 승강장으로 달려갔다. 12시 45분이 되었지만 기차는 들어오지 않았다. 46분, 47분, 48분, 49분이 되어서도 기차는 들어오지 않았다. 12시 50분이 되어서야 인터시티 714호 파트리치어 열차가 예정보다 5분가량 연착한다는 안내방송이 나왔다. 그리고 12시 54분이 되어서야 기차는 승강장으로 들어왔다. 요즘에는 기차 운행이 늘 그렇다는 사실을 이미 알고 있었지만, 그리고 흥분하면 몸에 좋지 않다는 사실 또한 잘 알고 있었지만, 화가 치미는 것만큼은 어쩔 수가 없었다. 그리고 이는 아마도 일찍이 내가 시간을 정확하게 지키고 손님을 프로이센 특유의 절제된 공손함으로 대했던 제국의 국영철도 시절을 경험했기 때문일 것이다.

식당 칸에서의 점심식사에 관해서는 더 이상 언급하고 싶지 않다. 라인 강을 따라 달리는 기차 여행은 늘 아름답다. 마인츠에서 비스바덴으로 넘어가는 철교, 니더발트 기념비, 카우프의 팔츠 성, 로렐라이 언덕, 에렌브라이트슈타인 성은 특히나 내가 좋아하는 곳들이다. 14시 55분에 기차는 본에 도착했다.

본에 대해서도 역시 아무 말도 하고 싶지 않다. 택시 한 대가 나를 니부어 슈트라세 46a로 데려다주었다. 그 길을 따라 서 있던 대부분의 집들과 마찬가지로, 좁다란 그 집은 기둥과 기둥머리 장식 그리고 띠 모양의 프리즈 장식이 특징인 그륀더차이트 양식의 소산이었다. 1층에는 입구 옆으로 아주 자그마한 가게 하나가 있었는데, 더 이상 아무것도 진열되어 있지 않은 그 가게는 문이 닫혀 있었다. 가게 입구 위쪽 잿빛 반투명 유리에는 퇴색된 검은 글씨로 '잡화용품'이라고 적혀 있었다. 나는 초인종 옆에 붙어 있는 이름표들을 훑어보았다. 레만이라는 이름은 보이지 않았다.

니부어 슈트라세 46과 48번지의 초인종 이름표에서도 레만이란 이름은 찾을 수 없었다. 나는 다시 니부어 슈트라세 46a로 가서 한 번 더 초인종 이름표를 찬찬히 살펴보았다. 하지만 달라진 건 아무것도 없었다. 못내 실망한 나는 돌아서서 그곳을 떠나려던 참이었다. 그 순간 나는 머뭇거렸다. 아마도 내 눈이 이미 시야에 들어온 무언가를 발견했고, 잠재의식에게 신호를 보냈기 때문이리라. 가게의 문에는 '헬무트 레만'

이라는 작은 팻말이 붙어 있었다. 하지만 그게 전부였다. 계산대 하나와 의자 두 개, 그리고 텅 빈 양말 진열대가 하나 놓여 있는 가게 문은 굳게 닫혀 있었다.

계산대 위에는 전화기 하나와 자동응답기 하나가 놓여 있었다.

18
잿빛의 기사

가게 문을 두드려보았다. 하지만 닫힌 문을 열고 나오는 사람은 없었다. 가게 안은 텅 비어 있었다.

1층의 초인종을 눌렀다. 집주인이 문을 열고 나왔다. 그는 잡화점을 운영하던 나이 든 과부는 1년 전쯤 세상을 떠났고, 그 후로는 손자가 가겟세를 내고 있다고 말했다. "그럼 언제쯤 레만 씨를 만날 수 있을까요?" 집주인이 기분 나쁜 눈빛으로 나를 한번 훑어보더니, 라인 지역 특유의 우는 듯 떨리는 목소리로 말했다. "그건 저도 모르지요. 말하기로는 친구와 함께 가게 대신에 갤러리를 운영하려 한다더군요. 그래서 어떨 때는 그 사람이 보이기도 하고, 어떨 때는 친구가 나타나기도 하죠. 그러다가는 또 며칠씩이고 두 사람 다 전혀 보이질 않고요." 나는 집주인에게 레만이라는 젊은이의 신원은 확인해봤는지 조심스레 물었다. 그러자 우는 듯 떨리던 목소리가 갑자기 퉁명스레 변했다. "그런데 댁은 뉘신가요? 무슨 일로 찾아오신 거죠?" 그 목소리에서는 마치 그 자신이 갖고 있던 일말의 의구심을 비싼 월세로 상쇄하고 있는 것 같다는 느낌이 묻어났다.

나는 역으로 되돌아왔다. 돌아가는 기차 편은 17시 11분이나 되어서야 있었다. 나는 맞은편 커피숍으로 들어가 뜨거운 코코아 한 잔을 마시며, 그동안 내가 알게 된 것들과 아직 알지 못한 것들을 머릿속으로 정리해보았다.

나는 이제 레아라는 이름의 베이비시터가 레오라는 사실을 알게 되었다. 또한 레오가 왜 이름을 하필이면 레아라고 바꿨는지도 짐작해볼 수 있었다. 나부터도 가명을 대야 할 때면 늘 원래 내 이름과 비슷한 이름을 쓰고는 한다. 예전에, 밀수한 미국산 담배와 도난당한 독일 골동품과 관련된 사건의 수사를 위해 어느 범죄 조직에 위장 잠입한 적이 있었다. 그때 나는 헨드리크 빌라모비츠라는 가명을 사용했었다. 그저 그 이름이 머릿속에 떠올랐기 때문에 사용한 것이었는데, 누군가가 빌라모비츠란 이름을 불렀을 때 나는 두 차례나 제때 반응하지 못하는 실수를 저질렀고, 그로 인해 결국 보스에게 내 정체가 탄로 나고 말았다. 그 일이 있고 난 뒤로는 가명을 써야 할 때면 게르하르트 젤이나 젤크, 또는 젤트나 젤른이라는 이름을 둘러대곤 한다. 지금도 준비해 가지고 다니는 가짜 명함에는 그런 이름들이 적혀 있다.

하지만 레오는 무엇 때문에 굳이 가짜 이름을 써야 했던 걸까? 정신병원에 입원해 있을 때부터도 이미 가짜 이름을 사용하고 있었다. 그래서 사무를 담당하는 여직원은 레오노레 잘거라는 이름으로는 그녀와 관계된 아무것도 찾아낼 수 없었던 것이다. 그리고 벤트 박사 또한 나한테서 듣고 나서야 그녀의 이름을 알게 되었다고 말했던 것이다. 다른 사람들의 눈에 띄지 않도록 종적을 감추어야만 한다면, 국립정신병원에 입원한 환자이거나 외진 오덴발트라는 마을에서 일하는 미국에서 건너온 입주 베이비시터라는 신분은 아주 적절한 것임이 분명했다. 그렇다면 레오는 무엇 때문에 잠수를 타거나 신분을 세탁해야 했던 걸까? 억압적인 아버지의 병적인 집착에서 벗어나는 게 아니라, 가짜 잘거 내지 잘거라는 이름 뒤에 숨어 있는 장본인인 진짜 또는 가짜 레만이라는 인물로부터 도망치는 게 레오가 정신병원에 입원해가면서까지 자취를 감추려 했던 주된 목적이었다는 사실은 분명해 보였다. 그렇다면 벤트 박사는 그 같은 상황에 대해서도 이미 알고 있었던 걸까? 이제까지 드러난 전모로 비추어볼 때, 레오를 입주 베이비시터로 일할 수 있게끔 주선해준 인물이 벤트 박사라는 사실만큼은 분명했다. 심지어 에벌라인 병원장도 벤트 박사가 레오의 잠적과 관련이 있다는 사실을 어느 정도까지는 짐작하고 있다는 생각이 들었다. 어쩌면 그가 레오를 국립정신병원에 입원시킨 당사자일지도 모르는 일이었다.

나는 초콜릿 케이크를 곁들여 초콜릿 한 잔을 더 주문했다. 잘거라는 인물의 진짜 정체는 무엇일까? 그는 전화상으로 본에서 일하는 정부 부처 부국장이라고 자신을 소개했었다. 그리고 그는 레오가 하이델베르크 대학교의 통역대학에서 프랑스어와 영어를 전공했다는 사실을 알고 있었다. 그리고 그녀의 사진도 갖고 있었다. 그 사진은 레오에게서 직접 받은 것일까?

초콜릿 케이크의 맛을 음미하면서 나는 레오의 러브스토리를 상상해보았다. 잔뜩 구겨진 노란색 블라우스를 입은 레오는 학교를 빼먹은 채 라인 강변에 앉아 있다. 그런 그녀 앞에 인근 대사관에서 일하는 젊은 외교관이 모습을 나타낸다. "저, 잠시······" 둘이 함께한 첫 번째 산책 후에 여러 차례의 데이트가 이어진다. 그리고 그들이 사랑을 속삭이는 장소는 라인 강변으로만 국한되지 않는다. 그러다가 젊은 외교관은 아부다비로 떠나야만 했고, 그녀는 혼자 남게 된다. 누구나 그러하듯 그가 그녀의 사진만을 들여다보고 있던 사이 레오는 다른 많은 멋진 남자들을 만난다. 그리고 이어지는 귀국과 질투, 압박과 추적. 결국 그녀는 본에서 하이델베르크로 거주지를 옮긴다. 하지만 그는 그녀를 계속해서 뒤쫓으며 협박한다. 물론 터무니없는 이야기일 수도 있다. 하지만 이 이야기에서 결코 부정할 수 없는 확실한 사실 하나는 바로 장소였다. 잘거가 되었든 레만이 되었든, 내게 이 일을 맡긴 당사자

인 그에게는 분명 자신을 본에 살고 있는 레오의 아버지라고
둘러댈 만한 이유가 있는 게 분명했다. 그리고 현재로서 가장
그럴듯한 이유는 바로 레오가 본에서 왔다는 사실이었다.

초콜릿을 마신 뒤 나는 웨이터에게 중앙우체국으로 가는
길을 묻고는, 셈산을 하고 카페를 나왔다. 중앙우체국은 아주
가까이 있었다. 본의 전화번호부 53권에서는 잘거라는 이름
을 찾을 수 없다는 걸 이미 알고 있었다. 하지만 레오의 어머
니라고 추정할 수 있었던 부국장의 미망인은 본의 외곽 지역
에 살고 있을 수도 있었다.

나는 연방정부의 대출을 받아 지어진 어느 단독 건물 앞에
서 있었다. 하얀색으로 칠해진 아담한 그 건물에는 작지만 다
채로운 정원이 있었고, 건물 둘레로는 길고 가는 나뭇가지로
엮은 담장이 둘려 있었다. 바트 호네프, 보른하임, 아이토르
프, 헤네프, 쾨니히스빈터, 로마르 등의 지역 전화번호부에서
는 잘거라는 이름을 찾을 수 없었다. 메켄하임에서는 정원 조
경사인 잘거르트 귄터라는 이름과 기업 컨설턴트인 잘스거
필리프라는 이름이 보였다. 그에 고무되어 나는 계속해서 무
흐, 노인키르헨-젤샤이트, 니더카셀, 라인바흐 지역의 전화
번호부를 검색했다. 그리고 거기에서 잘거 E.라는 이름을 찾
아냈다. 그런 뒤로도 잘거라는 이름을 찾는 작업은 계속되었
다. 지크부르크, 슈비스탈, 트로이스도르프, 빈데크에서는 목
조 가옥 수리 전문가인 잘레르트 M.과 간호사인 잘가 안나의

이름이 눈에 띄었다. 나는 잘거 E.의 전화번호와 주소를 메모했다. 그러고는 가까이 있던 공중전화 부스로 들어갔다.

"여보세요?" 전화기 저편에서 여성의 목소리가 들려왔다. 목소리에서는 심장 쇠약을 앓고 있는 사람이거나 뇌졸중 내지 알코올중독 환자 특유의 불안정함이 느껴졌다.

"안녕하십니까, 잘거 부인? 저는 젤프라고 합니다. 따님이신 레오노레 양한테서 아마 제 아들에 관해 이야기를 들으셨겠지만, 저와 제 집사람도 두 사람이 만나는 것에 대해 무척이나 기뻐하고 있답니다. 하지만 양가 부모님들이 아직까지도 인사를 하지 못한 게 마음에 걸려서 이렇게 실례를 무릅쓰고 전화를 드리게 되었습니다. 제가 마침 오늘 일이 있어서 본에 들르게 되었는데, 그래서 가능하다면……"

"제 딸은 지금 집에 없는데요. 그런데 전화 거신 분은 누구시죠?"

"젤프입니다. 따님이 만나고 있는 젊은이의……"

"아, 텔레비전 AS센터 직원이시군요. 그러잖아도 어제부터 연락이 오기만을 기다리고 있었어요."

이쯤 되면 심장 쇠약을 앓고 있는 건 아닌 게 분명했다. 뇌졸중이거나 알코올중독일 가능성이 높았다. "저녁 6시에 댁에 계십니까?"

"어제 하루 종일 텔레비전 영화를 볼 수가 없었어요. 이제는 비디오도 더 이상 볼 수가 없는데 말이에요." 그녀의 목소리가 다시금 불안정하게 들려왔다. "언제쯤 오실 건데요?"

"30분 안으로 찾아뵙겠습니다." 나는 헤르티 매장으로 들어가서 129마르크를 주고 소형 흑백TV 수상기를 한 대 샀다. 그리고 9마르크 99페니히짜리 드라이버 세트 하나와 29마르크 90페니히 가격으로 세일을 하고 있던 잿빛 기사 작업복도 하나 구입했다. 이로써 병상에 누워 있는 잘거 부인 앞에 잿빛의 기사로 모습을 나타낼 수 있는 준비는 마친 셈이었다.

19

당신도 떠나갈 거죠?

역 앞의 택시 기사는 만족해했다. 한겔라르 지역의 드라헨펠스 슈트라세까지 가는 거리는 제법 장거리인 데다 가는 길도 편안했기 때문이다. 그는 잿빛 기사복을 덧입는 내 모습을 백미러로 쳐다보며 고개를 갸우뚱했다. 그러고는 텔레비전을 들고 정원 문을 지나 현관 쪽으로 걸어가는 내 모습을 사이드 미러로 미심쩍은 듯 지켜보았다. 그는 시동을 켜놓은 채 기다리고 있었다. 그가 무엇을 기다리는지는 알 수 없었다. 나는 초인종을 두 번이나 눌렀다. 문을 열어주는 사람은 없었다. 하지만 택시 쪽으로는 되돌아가지 않았다. 결국 그는 떠나갔다. 자동차 엔진 소리가 들리지 않자 주위는 쥐 죽은 듯 조용해졌다. 어디선가 새 우는 소리가 가끔씩 들려왔다. 나는 다시 한 번 초인종을 눌렀다. 누군가가 지친 한숨을 몰아쉬듯, 문에 매단 종이 흔들리는 소리가 집 안 어디선가 들려왔다.

집은 컸고, 정원에는 오래되고 키 큰 나무들이 서 있었다. 나뭇가지로 만든 담장만은 상상했던 그대로였다. 나는 잔디밭 위를 빙 돌아 뒤편의 테라스 쪽으로 걸어갔다. 초록색 줄무늬 차양 아래 갈대로 엮은 안락의자에 잘거 부인이 앉아 있었다. 잠든 상태였나. 나는 맞은편에 놓인 등나무 의자에 앉아 기다렸다. 멀리서는 레오의 언니인 것처럼 보이기도 했다. 하지만 가까이서 보니 얼굴에는 깊은 주름이 패였고, 적당히 길게 자라 목 뒤로 한데 묶은 금발머리는 회색빛이었다. 얼굴 곳곳에 나 있는 주근깨는 명랑함 대신 전체적으로 빛바랜 느낌을 전하고 있었다. 나는 부러 잘거 부인과 비슷한 모양의 주름을 잡아보며 그 느낌을 느껴보려 했다. 두 눈을 잔뜩 긴장시켜 가늘게 뜨자 콧등 위의 가파른 주름살과 눈꼬리 쪽에 잡힌 가는 선들이 느껴졌다.

부인이 잠에서 깨어났다. 조심스레 깜빡이는 시선이 내 쪽으로 향했다가 테이블 위에 놓인 술병으로 옮겨 가더니 다시금 나에게로 고정되었다. "지금 몇 시나 되었나요?" 그렇게 물으며 트림을 했고, 입에서는 술 냄새가 났다. 뇌졸중이 아닌 것도 분명해졌다.

"6시 15분입니다. 아까 전화로……"

"이렇게 6시가 지나 우리 집을 방문할 거라고는 생각하지 못했네요." 그녀는 다시 한 번 트림을 했다. "어쨌든 얼른 시작해주세요. 텔레비전은 저쪽 왼편에 있어요." 그녀가 손을 들어 테라스 쪽을 가리켰다. 그러고는 술병을 들어 술을 잔에 따랐다.

나는 가만히 앉아 있었다.

"무얼 기다리고 계세요?" 그녀가 술잔을 단숨에 들이켜며 물었다.

"고객님의 텔레비전은 더 이상 수리가 불가능합니다. 그래서 제가 새로운 텔레비전 수상기를 하나 가지고 왔습니다."

"무슨 소리예요? 우리 집 텔레비전은 아직……" 그녀가 울먹이는 듯한 목소리로 말했다.

"알겠습니다. 고객님의 텔레비전은 제가 수리센터로 가지고 가 손을 보도록 하겠습니다. 대신 제가 가지고 온 텔레비전을 놓고 가겠습니다."

"아니에요. 나는 저 텔레비전을 갖고 싶은 생각이 전혀 없어요." 그녀가 마치 뱀이라도 보는 듯한 눈으로 129마르크짜리 텔레비전을 쳐다보며 말했다.

"그렇다면 저 텔레비전은 따님이 쓰도록 하세요."

그녀의 눈에 잠깐 놀란 빛이 떠올랐다. 잠시 뒤 멀쩡한 목소리로 나에게 냉장고에서 술병을 가져다달라고 부탁했다. 그러고는 길게 한숨을 내쉬며 눈을 감았다. "내 딸은……"

나는 부엌으로 가서 진 한 병을 가져왔다. 테라스로 돌아왔을 때 잘거 부인은 다시 잠들어 있었다. 나는 집 안을 한 바퀴 둘러보았다. 2층에는 한때 레오의 방이었을지도 모를 방 하나가 있었다. 책상 위 코르크판에는 여러 장의 레오 사진이 붙어 있었다. 하지만 옷장이며 서랍장, 그리고 책상서랍과 책꽂이 등은 일찍이 그 방에 살았던 여주인에 관해 거의 아무것도 말해주지 않았다. 레오는 장난감 동물인형 놀이를 즐겼고, 베티 버클리 상표를 즐겨 입었으며, 헤르만 헤세의 책을 읽었다. L. S.라는 사인이 붙은 벽에 걸린 그림들이 레오가 그린 것이라면 그림 솜씨는 제법 쓸 만한 편이었다. 이탈리아의 어느 가수가 웃고 있는 포스터가 벽에 붙어 있고 그의 음반이 선반에 꽂혀 있는 걸 보면 그 가수에게 빠져 있었던 게 분명했다. 나는 책상 앞에 앉아 사진들을 자세히 들여다보았다. 마치 어린 여학생들이 책상 앞에 앉아 있는 것은 1분 1초가 다 시간 낭비라는 듯, 책상에는 무릎 높이쯤에 가로로 각목 하나가 대어져 있었다. 그 가로대는 소녀들이 읽고 쓰기와 사칙연산을 배우는 것조차 방해하기 위해 설치된 것만 같아 보였다. 하지만 나는 그 같은 생각에 동의할 수 없다. 그렇게 해서는 여성해방이라는 문제는 해결될 수 없기 때문이다.

나는 아마천으로 표지를 만든 레오의 두툼한 사진첩을 집어 들었다. 거기에는 요람에서부터 초등학교 입학식 날, 무용수업 종강 파티와 소풍, 고등학교 졸업식을 거쳐 대학 생활에 이르기까지, 지나온 삶의 순간들을 담은 사진이 들어 있었다. 여자들은 왜 그렇게 앨범을 애지중지하는 걸까? 그들은 또한 앨범을 다른 사람에게 보여주는 걸 좋아한다. 그리고 그런 행위에는 모계사회의 마법이라는 남다른 의미가 숨어 있다. 젊었을 때, "내 사진 볼래?"라는 제안을 나는 늘 이제 그만 도망쳐야 할 때라는 신호로 받아들이곤 했다. 하지만 아내인 클라라의 경우, 나는 그 같은 신호를 듣지 못했다. 아니면 들었다 할지라도 '이제 더는 도망칠 수 없어, 차라리 견뎌내자' 하고 마음먹었을 것이다.

나는 별다른 생각 없이 나선형 계단을 내려와 커다란 거실을 돌아보다가 비디오필름이 가득한 책장 앞에 멈춰 섰다. 테라스 쪽에서는 잘거 부인의 코 고는 소리가 들려왔다. 1969년 샘 페킨파가 연출하고 윌리엄 홀든과 어네스트 보그나인 등이 출연했던 서부영화 〈와일드 번치〉가 눈에 들어왔다. 잠깐, 그 필름을 주머니 속에 넣고 싶은 유혹을 느꼈다. 내가 무척이나 좋아하던 영화였지만 어느 곳에서도 필름을 구할 수가 없었던 것이다. 어느새 시계는 6시 30분을 가리키고 있었다. 밖에서는 비가 내리기 시작했다.

나는 테라스로 나가서 차양을 걷어 올렸다. 그러고는 다시 잘거 부인의 맞은편에 앉았다. 비는 부슬부슬 내렸고, 빗물은 그녀의 감은 눈 위에 모였다가 마치 눈물처럼 뺨으로 흘러내렸다. 부인은 오른손을 휘저어 빗방울을 막으려고 했다. 하지만 그게 여의치 않자 번쩍 눈을 떴다. "무슨 일이죠?" 그녀의 눈은 초점을 잃은 채 눈꺼풀 뒤에서 이리저리 흔들렸다. "왜 내 몸이 젖어 있죠? 여기는 비가 안 오는데?"

"잘거 부인, 따님을 마지막으로 본 게 언제인가요?"

"내 딸요?" 그녀의 목소리가 다시금 우는 것처럼 들렸다. "나한테는 더 이상 딸이 없어요."

"언제부터 따님이 없는 거지요?"

"그건 그 애 아버지에게 물어보세요."

"남편분은 어디 가면 만나 뵐 수 있습니까?"

그녀가 가늘게 눈을 뜨고는 교활한 눈빛으로 나를 바라보았다. "그런다고 내가 속아 넘어갈 줄 아시나보네? 어림없는 짓! 나한텐 더 이상 남편도 없어요!"

나는 다시 한 번 시동을 걸었다. "그럼 따님을 되찾고 싶으신 건가요?" 그녀가 아무런 대꾸도 하지 않자, 나는 좀 더 대담해졌다. "따님하고 남편분을 되찾고 싶으신 거죠?"

그녀가 나를 빤히 쳐다보았다. 그런 그녀의 눈빛이 잠깐 맑고 또렷해지는가 싶더니, 나를 훑어보다가 이내 다시 멍해졌다. "남편은 이미 죽었어요."

"하지만 부인의 따님은 여전히 살아 있습니다. 그리고 부인의 도움이 필요하고요. 무슨 일 때문인지 궁금하지 않으십니까?"

"내 딸은 이미 오래전부터 아무 도움도 필요로 하지 않아요. 어쩌면 흠씬 두들겨 맞아야 할지도 모르겠지만, 내 남편은…… 그러니까 물러터진 내 남편은……"

"레오 양이랑은 언제부터 연락이 끊긴 건가요?"

"아, 이제 그만 나를 좀 내버려둬요. 모두가 떠나갔지요. 먼저는 남편이 떠나갔고, 그런 다음에는 레오가 떠나갔어요. 당신도 결국엔 그렇게 떠나갈 거 아닌가요?"

빗줄기가 굵어졌다. 그녀와 나의 머리카락은 비에 젖어 머리에 찰싹 달라붙었다. 나는 다시 한 번 질문을 던졌다.

"레오는 언제 부인 곁을 떠나갔나요?"

"남편이 떠나간 뒤, 곧바로요. 그 아이는 그렇게 되기만을 기다리고 있었으니까. 그 아이는 아마도 그러길······"

"무엇을 기다렸다는 말씀입니까?"

그녀는 대답하지 않았다. 말을 하다 그만 잠이 들어버렸다. 나는 대답 듣기를 포기했다. 차양을 다시 내린 뒤, 그녀가 코 고는 소리를 들으며 한동안 가만히 앉아 있었다. 빗줄기는 차양 위로 쏴쏴 소리를 내며 떨어졌다. 텔레비전 수상기를 그녀 곁에 놓아둔 채 나는 그 집에서 빠져나왔다.

20
구멍을 메우다

"본에서 결정하는 정책의 내면과 세부사항을 알고 싶다면, 브로이어 씨를 한번 만나보세요. 젤프 씨와 비슷한 연배인데 1948년부터 본에 살면서 여러 소규모 신문사에 정기적으로 글을 싣고 있답니다. 한동안은 국회의원들과 함께 〈제3의 계파〉라는 TV 프로그램을 진행하면서 당파나 계파를 뛰어넘으려는 평의원들을 한자리에 모아놓고, 그들이 관심을 가지고 있거나 이해하고 있을 법한 정책들에 관해 난상토론을 벌이기도 했어요. 기이한 모습이기는 했지만, 아주 영리하고 지적인 인물이에요."

만하임에 살고 있는 오랜 친구인 티츠케가 내게 알려주었다. 예전에 일간지 〈하이델베르거 타게블라트〉에서 기자로 활동했고, 지금은 〈라인-네카 차이퉁〉에서 일하고 있는 친구였다. 나는 브로이어 씨에게 전화를 걸었다. 그는 다음 날 이른 아침 시간에 집으로 찾아오라며, 만났으면 한다는 내 제안에 기꺼이 응했다.

나는 본에 하루 더 머무르게 되었고, 포펠스도르퍼 성을 둘러싼 나무들과 작은 연못 뒤편에 자리한 아늑한 호텔에 방 하나를 잡았다. 브로이어 씨의 집과 그리 멀리 떨어져 있지 않은 곳이었다. 잠이 들기 전 나는 브리기테에게 전화를 했다. 낯선 도시의 낯선 소음, 낯선 방, 낯선 침대. 나는 무척이나 집이 그리웠다.

다음 날 아침 브로이어 씨는 아주 활달한 수다스러움으로 나를 반겨주었다. "성함이 젤프 씨가 맞으시죠? 만하임에서 오셨고, 또 티츠케 씨의 친구이기도 하시고요? 그러고 보니 아쉽게도 〈하이델베르거 타게블라트〉는 더 이상 존재하지 않는군요. 저는 지금도 종종…… 이런! 제가 또 쓸데없는 말을 늘어놓고 있군요. 자, 어서 들어오세요."

방의 벽들은 책으로 가득 차 있었다. 널찍하니 시원하게 나 있는 창 너머로 오래된 나무들이 서 있는 네모반듯한 건물 하나가 보였고, 그 뒤로는 두 개의 높다란 공장 굴뚝이 솟아 있었다. 창문 앞쪽에 놓인 책상은 이런저런 종이나 서류로 가득 덮였고, 컴퓨터 모니터에서는 재촉이라도 하듯 작은 초록색 삼각형이 깜빡거렸다. 커피포트에서는 쉭쉭 소리를 내며 물이 끓었다. 브로이어 씨는 푹신푹신한 안락의자에 앉도록 내게 자리를 권했다. 그리고 자신은 책상 앞에 있던 회전의자에 앉았다. 그가 좌석 아래쪽의 레버를 살짝 잡아당기자 끼익 소리를 내며 의자의 높이가 낮아졌다. 그렇게 해서 우리는 같은 높이로 마주 앉아 이야기를 나눌 수 있었다.

"자, 이제 시작해볼까요? 티츠케 씨가 젤프 씨의 부탁이라면 할 수 있는 것은 다 해드리라고 당부를 하더군요. 그러니 아무 걱정 마시고 말씀해보세요. 참, 사립탐정으로 일하고 계신 게 맞지요?"

"맞습니다. 그리고 지금은 잘거라는 이름의 젊은 여성이 관여된 사건을 맡아 일을 진행하는 중이고요. 그녀의 돌아가신 아버지는 일찍이 본에서 근무했는데, 정부 부처의 부국장이거나 그와 비슷한 제법 높은 지위에서 재직했던 인물인 것으로 알고 있습니다. 혹시 잘거라는 이름에서 누군가 떠오르는 사람이 있으신지요?"

그가 잠시 나를 물끄러미 쳐다보았다. 그러고는 무언가 생각에 잠긴 듯 한동안 창밖만을 내다보았다. 왼손으로는 오른쪽 귓불을 연신 만지작거리고 있었다.

"이렇게 창문 밖을 내다볼 때면 저는…… 저기 저 건너편에 있는 굴뚝 두 개를 제가 왜 좋아하는지 아십니까? 저 굴뚝들은 제게 또 하나의 다른 세계에 대해서 알려주고 있지요. 아마도 더 나은 세계는 아닐지라도 하나의 보다 완전한 세계에 대해서 말입니다. 그 세계에서는 여기 본에서와는 달리 공무원, 정치인, 언론인, 로비스트, 교수와 학생들만이 살고 있는 게 아니랍니다. 그곳에는 일을 하는 사람들, 기계든 자동차든 선박이든 무언가를 만드는 사람들, 은행과 회사를 세우고 번창시키고 말아먹는 사람들, 그림을 그리거나 영화를 찍는 사람들, 가난하고 구걸하며 범죄를 저지르는 사람들이 살고 있지요. 본에서 열정에 사로잡혀 저지른 범죄가 일어났다면 그 말을 믿으실 수 있겠습니까? 그 대상이 여자가 되었든, 아니면 그저 돈이 되었든, 그도 아니면 총리가 되기 위해서든 말입니다. 아마 믿지 못하실 겁니다. 물론 저도 마찬가지고요."

나는 묵묵히 기다렸다. 그가 던지고 스스로 대답하는 질문은 언론인의 입장을 대변하는 것일까, 아니면 그에 반대하는 것일까? 브로이어 씨는 다시금 귀를 만지작거렸다. 시원한 이마, 날카로운 눈빛, 날렵한 턱, 그에게서는 지적인 느낌이 절로 묻어 나왔다. 나는 그가 말하는 것들에 기꺼이 귀를 기울였다. 콧소리가 섞인 목소리는 듣기 편안했다. 그리고 그가 본에 대해 말하는 것들은 나도 충분히 공감할 만한 것들이었다. 아울러 나는 점잖고 노련한 손님이라는 신분을 의식하고 있었다. 아마도 그는 굴뚝이나 본과 관련해 내게 들려준 그 자신의 생각들을 이미 수천 번은 말했을 게 분명해 보였다.

"잘거…… 네, 그 이름이 기억납니다. 어쩌면 젤프 씨도 기억하고 있을지 모르겠네요. 혹시 어느 신문을 주로 보시나요?"

"요즘은 〈쥐트도이체 차이퉁〉을 구독하고 있습니다. 전에는 〈프랑크푸르터 알게마이네 차이퉁〉 등 기회가 되는 대로 가리지 않고 다 읽었고요."

"〈쥐트도이체 차이퉁〉이라면 어쩌면 잘거 씨에 대해 그다지 많이 나무시 않았을지도 모르겠네요. 다른 신문들에 비해서 말입니다. 하지만 많은 신문들이 그를 주요 기사로 크게 다루었었지요."

나는 의아해하는 표정으로 그를 쳐다보았다. 그는 나의 호기심을 자극하는 게임을 즐기고 있었다. 그리고 나는 그에게 그 같은 즐거움을 기꺼이 선사했다. 내가 원하는 것을 주려는 사람을 위해서라면, 그 정도쯤은 충분히 감수할 준비가 되어 있었다.

"커피?"

"네, 좋습니다."

그가 커피를 따라주었다. "잘거 씨는 당신이 말한 것처럼 부국장이었지요. 국방부에서 조달 업무를 책임지고 있었어요. 50년대와 60년대를 기억하십니까? 그 당시에는 삶이든 정책이든 모든 게 결국엔 조달과 관련되어 있었지요." 그가 커피 한 모금을 맛있게 마셨다. "쾨니히 스캔들을 기억하십니까?"

나는 전혀 모르는 일이었다. "60년대 말의 일이었던가요?"

"맞습니다. 쾨니히는 차관이자, 연방방위군의 대형 민간 건설 프로젝트의 재정 조달을 책임지는 펀드의 회장이기도 했지요. 차관이자 펀드 회장이라는 직위는 아주 기이한 조합이었지만, 당시 상황은 그러했습니다. 그리고 잘거는 부국장이자 그 펀드의 간부 임원이었고요. 어떠세요? 이제 다시 기억이 나시나요?"

물론 전혀 모르는 일이었다. 하지만 나는 이미 한 차례 지레짐작으로 알아맞혔고, 그래서 한 번 더 시도했다. "공금횡령 말씀이시지요?" 이른바 펀드 회장과 간부 임원이라는 인물들이 그런 일 말고 달리 스캔들을 일으킬 수 있는 가능성은 사실 별로 없었다.

"비아프라." 브로이어 씨는 마치 하던 이야기의 속편을 짜내기라도 하려는 듯 다시 귀를 만지작거렸다. 그러면서 나를 의미심장한 눈으로 바라보았다. "쾨니히는 나이지리아의 남동부 지역으로 1967년에 독립을 선언했으나 실패했던 비아프라의 채권을 통해 투기에 손을 댔고, 만일 나이지리아의 분리파가 성공했더라면 적어도 수백만 마르크를 벌여들었을 것입니다. 하지만 우리가 이미 알고 있듯 분리파의 지도자 오주쿠는 실패했고, 그와 더불어 쾨니히 또한 모든 것을 잃고 말았지요. 그가 펀드의 공금을 법적인 의미에서 횡령했는지, 아니면 착복하거나 유용했는지는 단정 지어 말하기가 쉽지 않겠지요. 하지만 그에 대한 법원의 판결이 내려지기 전, 그는 스스로 목을 매 자살하고 말았습니다."

"그러면 잘거 씨는요?"

그가 천천히 고개를 저었다. "그는 정말이지 대단한 사람이었지요. 그나저나 정말로 전혀 기억이 나지 않으시는가보군요. 맨 처음 의심을 받았던 인물은 바로 그였습니다. 검찰의 조사를 받았고 구속되었지요. 하지만 끝끝내 한마디도 하지 않았습니다. 자신이 비난받을 만한 일은 전혀 저지르지 않았다는 사실이 이내 밝혀지리라 굳게 믿었던 것이지요. 아울러 인간적으로 심한 모멸감을 느꼈기에 그렇게 행동했던 것이었고요. 그리고 마침내 쾨니히가 범인이었다는 진상이 밝혀지자……"

"어떻게 해서요?"

"쾨니히는 빚더미에 올라앉고 말았어요. 그리고 비아프라에서는 돈이 한 푼도 들어오지 않자, 다른 방법으로 구멍을 메우려 시도했던 겁니다. 점점 더 많은 건축 지원금과 대출금에 손을 대면서까지 말입니다. 그러다가는 결국 완전히 망가지고 말았지요."

"그러면 잘거 씨는 얼마 동안이나 구속되어 있던 겁니까?"

"아마도 반년쯤요." 그가 두 팔을 쭉 펼쳤다. "그리고 그 기간 동안 그의 직장 동료나 상사, 정치적 동지들은 어떤 방식으로든 그와 엮이지 않으려고 애를 썼지요. 다들 그가 범인이라고 단정했던 겁니다. 하지만 그가 범인이 아닌 게 밝혀지자, 그들은 이젠 그가 간부 임원으로서의 책임을 게을리했다며 비난했습니다. 그러나 그마저도 전혀 정당한 처사가 아니었음이 밝혀졌지요. 잘거가 주무장관에게 펀드의 비정상적인 흐름에 대해 제때 보고를 했다는 문서가 발견되었거든요. 그렇게 해서 그는 잃어버린 명예를 회복했습니다. 심지어 승진까지 했지요. 하지만 그는 자신을 의심했거나 범인이라고 단정했던 사람들, 그리고 이제는 오히려 축하한다며 아무 일도 없었던 듯 얼버무린 채 지나가려는 사람들과는 더 이상 함께할 수가 없었어요. 그는 결국 자리에서 물러났고, 직장 동료며 상사며 정치적인 동지들과 모든 관계를 끊어버렸지요. 그렇게 해서 쉰도 안 된 나이에 정년을 신청했고, 은퇴한 뒤로는 완전히 혼자가 되어 살았습니다. 그 심정을 이해할 수 있겠습니까?" 그는 그렇게 말하며 다시 한 번 고개를 저었다.

"그 뒤로도 이야기할 만한 사건이 벌어졌나요?"

브로이어 씨는 커피를 다시 한 잔 따라주었다. 그가 책상서랍에서 말보로 담배 한 갑을 꺼냈다. "오늘 첫 담배네요. 한 대 피우시겠습니까?" 나는 주머니에서 내 노란 스위트애프턴 담배를 꺼내 들고 그에게도 한 개비를 권했다. 그는 아주 자연스럽게 내가 내민 담배를 받아 들었다. 그는 원래 필터 담배를 피우는 사람이었다. 하지만 스위트애프턴을 받아 들고는 "어! 필터 없는 담배네요!" 하고 호들갑을 떠는 대신 그저 신기하단 듯 쳐다보기만 했다. 그의 그런 모습 또한 마음에 들었다.

"그 이야기는 조금 더 계속됩니다. 잘거 씨는 평화당에 가입했고, 국회의원 후보로 출마했습니다. 그러고는 존중받아 마땅한 열정으로 무장한 채, 가망성 없는 선거전을 치러야 했지요. 그는 또 자신의 삶의 경험을 담아낸 책을 쓰기도 했습니다. 하지만 처음에는 어느 출판사도 그 책을 출간해주려 하지 않았고, 그런 다음에는 어느 누구도 그 책을 읽어주려 하지 않았습니다. 결국 그는 암에 걸려 병원을 들락날락해야 했고, 그러다가는 아시다시피 몇 년 전에 세상을 떠나고 말았지요."

"그럼 생계는 무슨 돈으로 충당했을까요?"

브로이어 씨는 다시금 귀를 만지작거렸다. "그에게는 먹고 살 만한 충분한 돈이 있었습니다. 그것도 꽤나 많은 재산이요. 하지만 그의 경우를 보면, 돈만으로는 결코 행복해질 수 없다는 진리를 다시 한 번 확인하게 되네요."

21
아주 당연한

만하임으로 돌아가는 기차는 다름슈타트를 지나며 베르크 슈트라세를 따라 우회했다. 이제껏 한 번도 의식하지 못했던, 드넓은 평원지대의 가장자리에 자리한 수많은 채석장들이 눈에 들어왔다. 오덴발트 산줄기는 마치 선갈퀴 소스를 뿌려놓은 붉은색 달콤한 디저트처럼 보였고, 조물주가 숟가락으로 한 입 맛있게 떠먹은 자리처럼 움푹 패여 있었다.

본에서 나는 다시 한 번 41-17-78번으로 전화를 걸었다. 하지만 신호음만 들려올 뿐 전화를 받는 이는 아무도 없었다. 자동응답기 또한 여전히 먹통인 상태였다. 사무실에 들어서자마자 전화벨이 울렸다.

"젤프입니다."

"안녕하세요, 잘거입니다. 지난 며칠 사이에 혹시 저한테 전화하셨습니까?"

그렇다면, 그 또한 자신의 자동응답기가 작동하지 않았다는 사실을 알고 있는 게 분명했다. 그의 친구라는 사람이 자동응답기를 잘못해서 꺼놓고 있었던 걸까?

"이렇게 통화가 되어 다행입니다. 이런저런 일로 잘거 씨에게 말씀드려야 할 게 있었거든요. 하지만 제 생각에는 전화보다는 직접 뵙고 말씀드리는 게 좋을 듯싶습니다. 원하신다면 제가 본으로 가도 괜찮습니다. 아니면 잘거 씨께서 며칠 내로 만하임에 들르셔도 좋고요. 어쨌거나 다시 본에 돌아오셨나봅니다. 댁의 자동응답기가……"

"아마 고장 났었나봅니다. 아니면 청소부 아주머니가 실수로 자동응답기를 꺼놓고 있었는지도 모르고요. 저는 아직 본으로 돌아가지 못한 상황입니다. 그리고 저로서도 기꺼이 그러고 싶지만, 안타깝게도 당장은 젤프 씨를 만날 수 있는 형편이 아니랍니다. 그러니 그냥 전화상으로 말씀해주시면 어떨까요. 혹시 레오노레를 찾기라도 하신 건가요?"

"레오노레 양이 어디서 어떻게 살고 있는지에 대해서만큼은 정말이지 전화로 말씀드리기가 곤란합니다."

"젤프 씨는 저에게서 사건 수사를 의뢰받았고, 거기엔 보고할 의무가 포함되어 있습니다. 그리고 장거리전화로 그 임무를 맡았던 것처럼, 멀리 있는 저에게 전화상으로 보고를 해야할 의무가 있는 것이고요. 그런 부분에 대해서는 이미 제가 양해의 말씀을 드렸던 걸로 알고 있는데요?"

"당연하지요. 잘거 씨의 말씀은 지당하십니다. 하지만 그럼에도 저는 전화상으로가 아니라 잘거 씨를 직접 만나 이 일에 대해 말씀드리려는 겁니다. 아울러 한 가지 짚고 넘어가자면, 저는 이번 일을 전화상으로가 아니라 서면으로 위임받았다는 점도 분명히 밝혀두고자 합니다. 사실 멀리 있고 아니고 따위가 무슨 상관이 있겠습니까? 멀리서 전화상으로 보고를 받을 수도 있고, 아니면 저를 만나서 직접 이야기를 들을 수도 있는 것이지요."

그러고도 한동안 우리 두 사람은 서로의 주장만을 계속해서 되풀이했다. 그에게는 만남을 거부할 하등의 이유가 없었고, 나로서도 굳이 만나서 이야기하자고 주장할 근거가 없었다. 그는 자신의 아내가 정신적으로 무척이나 쇠약해진 상태이며, 그래서 다른 누구도 아닌 그가 늘 곁에 있어주기를 원한다고 말했다. "아내는 낯선 사람이 찾아오는 것을 극도로 꺼려합니다."

나는 수화기를 턱과 어깨 사이에 끼워 넣은 채, 장에서 술병을 가져와 잔에 따르고 스위트애프턴에 불을 붙여 물었다. 그런 뒤, 이제껏 나는 늘 직접 만나거나 서면으로 사건에 관한 보고를 해왔으며, 또한 보고하기 전에는 반드시 사건의 의뢰인을 만나보았다고 말했다. "이 두 가지 원칙만큼은 저로서도 달리 바꿀 수가 없습니다."

그가 새로운 제안을 해왔다. "그렇다면 서면으로 제게 보고를 해주시면 되겠네요. 며칠 후에 아내와 함께 취리히에 있는 의사를 찾아갈 예정입니다. 그러니 서면으로 작성된 보고서를 그곳에 있는 호텔로 보내주시면 어떨까요?"

아주 긴 하루였다. 나는 피곤했고, 부조리한 대화에 지쳐 있었다. 잘거 씨의 사건에 짜증이 났다. 집으로 돌아오는 기차 안에서, 나는 어딘가 구린내 나는 이번 일이 애초부터 전혀 달갑지 않게 느껴졌다는 사실을 인정해야만 했다. 애당초 이 일을 왜 맡았던 것일까? 결코 적지 않은 액수의 착수금 때문에? 아니면 레오 때문에? 나 자신의 직업적 원칙에 반하면서까지 맡게 되었던 이번 일을 결국은 그 원칙에 반하는 상황으로 마무리해야 할 것 같다는 불쾌감이 느껴지는 순간, 나는 나도 모르게 내뱉고 말았다. "아니면 본의 니부어 슈트라세 46a에 살고 있는 헬무트 레만 씨에게 보고서를 보내드릴까요?"

그 순간, 전화기 저편에서는 아무 소리도 들려오지 않았다. 잘거 씨가 쾅! 하고 수화기를 내려놓았다. 내 귀로는 뚜뚜뚜 신호음만이 들려왔다. 그리고 그 소리와 함께 실어 나를 게 아무것도 없는 음파는 멈춰 서고 말았다.

22
상심, 빈정거림 또는 아픔

이틀 동안은 아무 일도 없었다. 잘거 씨는 내게 전화하지 않았고, 나 역시 연락하지 않았다. 그 밖에도 나는 그 일에 대해 전혀 신경 쓰지 않았다. 나는 착수금과 사례금으로 받아 일단 책상서랍 속에 보관하고 있던 1만 마르크를 바덴 공무원은행에 특별계좌를 열어 입금시켰다. 그 돈을 받자마자 은행에 예금했더라면 그사이 붙게 되었을 이자만큼의 돈도 덧붙여 입금했다.

오후 들어 사무실에 앉아 관상용 종려나무를 분갈이하고 있는데, 누군가가 찾아왔다.

"제가 누군지 모르시겠습니까? 얼마 전 자동차 옆에 서 계시던 모습이 무척이나 인상적이었지요. 제 이름은 페쉬칼렉입니다. 아우토반에서 만난 석이 있죠."

대머리에 콧수염을 기르고 친절하면서도 고집스러운 미소

를 짓고 있는, 초록색 옷을 입은 40대 중반의 그 남자는 아우 토반에서 전람회의 그림들을 싣고 가던 트럭이 사고를 일으켰을 때 나를 경사면으로 데리고 가 담배에 불을 붙여주었던 남자였다. 나는 그에게 다시 한 번 고마웠다고 인사했다.

"무슨 말씀을요. 당연한 일을 했을 뿐인걸요. 무엇보다도 사고가 그렇게 별 탈 없이 지나가서 다행이었지요. 싣고 가던 그림들도 모두 무사한 것 같았고요. 한번 미술관에 가서, 하마터면 우리 목숨을 앗아갈 뻔했던 작품들을 구경해보면 어떨까요?"

사진작가이자 사진기자인 그는 사물을 사진처럼 정확하고 상세하게 묘사한 사실주의적 전시품들에 대해 꽤나 많은 것들을 알고 있었다. 그리고 나는 그 그림들 속에서 그가 보지 못하는 아주 미세한 부분들을 짚어냈다. "아, 역시 탐정이신 게 맞네!" 짧지만 기분을 전환하기엔 충분한, 즐거운 오후였다. 우리는 곧 다시 만날 것을 기약하며 헤어졌다.

종종, 폭풍 전야의 고요함 같은 안온함이 느껴졌다.

하지만 정작 폭풍우가 몰아쳐 오게 되면 어찌 대비해야 할지는 알지 못했다. 그 밖에도 감정은 이성과 마찬가지로 믿을 수 없는 것이기도 했다.

사흘째 되는 날, 밖에서 아침을 먹고 싶은 생각이 들었다. 그 마이너 카페가 쥐랑송 와인즙에 버무린 거위간이나 겨자 싹을 곁들인 아귀 등의 허접한 요리가 나오는 레스토랑으로 바뀐 뒤, 나는 주로 제켄하이머 슈트라세에 있는 피베르크 카페를 찾았다. 주인 여자의 서비스에서는 진심이 묻어 나와 왠지 보호받고 있는 것만 같았으며, 요리에서는 집에서 직접 해 먹는 맛이 느껴졌다. 달걀 프라이는 서빙하기 직전, 프라이팬에서 만들어 내온 것이었다.

그녀는 후추와 머스캣 가루를 가져왔다. "커피 좀 더 드릴까요?"

"제 것도 부탁드리겠습니다." 누군가 그렇게 말하며 내 맞은편 자리에 앉았다. 자신을 잘거라고 소개하기도 전, 나는 목소리만으로도 그가 누구인지 알아보았다. 나는 고개만 살짝 숙여 인사하고는 그를 쳐다보았다. 통통한 얼굴, 넓은 이마, 듬직한 체구 등 그에게서는 부르주아의 여유로움 같은 분위기가 느껴졌다. 전화 속의 목소리를 들으며, 나는 회색 양복을 입은 학교 선생님이나 가로 줄무늬의 짙은 갈색 고급 양복을 차려입은 은행원, 또는 가운을 걸친 판사나 목사의 모습을 상상했었다. 하지만 지금 내 앞의 그는 가죽 재킷 아래 풀오버와 모직 바지를 입고 있었다. 나이는 40대처럼 보였다. 그의 입가에 떠오른 표정이 상심, 빈정거림 또는 아픔 가운데 어느 것인지는 그의 눈을 보면 알 수 있을 것 같았다. 하지만 두 눈은 선글라스 뒤로 감춰져 있었다.

"젤프 씨를 만나 뵙고 말씀드려야만 할 것 같아서 이렇게 실례를 무릅쓰고 찾아왔습니다. 젤프 씨가 아주 유능한 탐정이란 사실은 이미 잘 알고 있었고, 따라서 제가 준비한 어설 픈 숨바꼭질 놀이가 금세 들통 날 것이란 것도 진작 예상했어 야 마땅합니다. 물론 제가 그 같은 어리석은 짓을 저질렀다고 서운해하거나 원망하지는 마십시오. 저는 그저 이번 일로 인 해 셀프 씨의 능력과 성실성에 대한 신뢰에 누를 끼치게 될까 봐 그게 걱정일 뿐입니다. 하지만 중요한 것은 그보다는 오히 려……" 그가 고개를 저으며 말했다. "아니, 차라리 다르게 말씀드리는 게……" 그때 포트에 담은 커피가 나왔다. 그는 커피에 넣을 꿀을 조금 부탁했다. 잔에다 커피를 따르고 크림 과 꿀을 넣어 저은 뒤 맛을 보듯 한 입 살짝 마시는 동안 그는 아무 말도 하지 않았다.

"사실, 저는 레오노레 잘거 양과 아주 오래전부터 알고 지 내온 사이랍니다. 우리는 함께 자랐고, 따라서 우리 둘 사이 의 나이차는 자연스레 아무런 문제도 되지 않았지요. 오히려 나이에 걸맞게, 내적으로 서로 긴밀히 연결된 큰오빠와 막내 여동생 같달까요. 제가 어떤 상황을 말씀드리는 건지 아시겠 지요? 그리고 비참해진 아버지와 술에 빠진 어머니." 그가 다 시 고개를 저으면서 하던 말을 계속했다. "그 같은 상황이 레 오로 하여금 큰오빠 같은 저에게서 무언가 의지할 만한 것을 찾게 만들었지요. 정상적인 경우라면 부모에게서 받아 마땅 할 것들을 말입니다. 제 말 이해하시겠지요?"

나는 대답하지 않았다. 나중에 레오의 앨범에서 확인해보면 될 일이었다. 그가 하는 이야기가 맞다면, 그의 사진을 앨범에서 찾아볼 수 있을 것이었다.

"딸이 걱정되어서 전화를 드리게 되었다고 말씀드렸을 때, 사실 저는 젤프 씨에게 거짓말을 한 게 아닙니다. 전화상으로나마 이미 확인하셨듯이 제 마음은 실제로 그랬거든요. 레오는 올해 초에 사라졌고, 저는 그 애가 잘못된 무리와 어울려 바보 같은 짓이라도 저지르게 될까봐 두려웠습니다. 어쩌면 스스로는 미처 느끼지 못하고 있을지 모르지만, 도움이 필요한 상황에 처한 것은 아닌지 걱정되었고요. 저는 정말이지 너무……"

"당신의 도움을 말입니까?"

그는 극적인 효과를 더해줄 모습을 연출했다. 의자에 앉은 채 몸을 뒤로 한껏 젖히더니, 천천히 오른손을 들어 선글라스를 벗고는 물끄러미 나를 쳐다보았다. 상심, 빈정거림, 아픔? 움푹 들어간 눈꺼풀 아래로 보이는 그의 눈빛은 입가에 떠오른 표정 이상의 것은 결코 말해주지 않았다.

"제 도움이냐고요? 그렇습니다, 제 도움이지요. 저는 레오를 잘 알고 있고, 또한 어느 정도는……" 그가 선뜻 말을 못하고 머뭇거렸다. "그 애가 빠져들 수도 있을 상황을 잘 알고 있지요."

"상황이라면, 구체적으로 어떤?"

"굳이 말씀드리지 않아도 젤프 씨가 충분히 짐작할 만한 상황들이지요. 아무튼 저는 오늘 정보를 드리기 위해서가 아니라 알아내신 정보를 듣기 위해서 찾아온 겁니다. 레오는 어디 있나요?"

"당신이 잘거 양에게서 원하는 것이 무엇인지, 왜 그녀가 있는 곳을 알아내려 하는지, 나는 아직 알지 못합니다. 또한 당신은 왜 나를 속이려 했는지 그 이유에 대해서는 정작 아무 이야기를 해주지 않았고요. 무엇보다도 당신은 아직도 당신의 진짜 정체를 밝히지 않고 있습니다. 잘거 씨라고요? 아니지요. 당신이 잘거 씨가 아니란 사실은 당신도 나도 모두 잘 압니다. 그러면 실이나 단추를 파는 잡화점조차 제대로 운영하지 못했던 할머니의 가게에다 화랑을 열겠다고 나선 손자 레만 씨일까요? 그리고 또 하나, 레오가 처해 있을 만한 그 어떤 불길한 상황을 대체 내가 어떻게 알고 있거나 추측할 수 있다는 말씀인지요? 더 이상은 당신의 거짓말이나 서투른 술수에 장단을 맞추고 싶지 않습니다. 나와 고객 사이의 신뢰 정도에 대해 사실 저는 그리 까다로운 편은 아닙니다. 아무것도 숨기지 않는 무조건적인 상호 신뢰를 요구하는 것도 아니고요. 하지만 이제 당신은 내게 진실이 무엇인지 밝히거나, 아니면 나와 함께 바덴 공무원은행으로 가서 당신이 보내왔던 1만 마르크를 돌려받은 뒤 서로 헤어지든지, 둘 중의 하나를 선택해야만 합니다."

내 말이 끝나자 그는 두 눈을 꾹 감았다. 그러고는 잠시 후,

다시 눈을 부릅뜨더니 한숨을 내쉬며 말했다. "하지만 젤프 씨." 그가 재킷 주머니에서 명함을 꺼내 내 쪽 테이블 위로 내려놓았다. '헬무트 레만, 투자 상담소, 베토벤 슈트라세 42, 6000 프랑크푸르트 암 마인 1.' 그가 하던 말을 계속했다. "저는 그저 레오와 이야기하고 싶을 뿐입니다. 내가 도울 수 있을지, 돕는다면 어찌 도와줄 수 있을지 레오에게 묻고 싶습니다. 지독한 멍청이도 아니고, 그런 제 마음을 이해하는 게 그리 어려우십니까?" 그의 두 눈이 다시 가늘어졌고, 목소리도 나지막하면서 날카로워졌다. "당신은 별다른 질문도 하지 않고 제가 제안한 일을 맡았고 제가 보낸 돈을 받았습니다. 결코 적지 않은 액수의 돈이었지요. 이제 저는 당신에게 한 번 더 사례금을 지급할 준비가 되어 있습니다. 이번 일을 성공적으로 마무리한 대가로 5000마르크를 지급하겠습니다. 물론 그것으로 이번 일은 완전히 종결되는 것이지요. 레오는 어디 있습니까?"

달걀 프라이와 커피 두 잔 값이 얼마인지 나는 익히 알고 있었다. 나는 주인 여자가 계산하러 올 때까지 기다리지 않고 테이블 위에 돈을 올려놓은 다음, 자리에서 일어나 그곳을 빠져나왔다.

23
엉겅퀴 꽃을 꺾은 소년

저녁 무렵, 나는 파펜그룬더에 있는 아틀리에, 그러니까 아주 오래된 집 창고를 개조해 만든 네겔스바흐 경감의 작업실에 앉아 있었다. 그가 내게 전화를 걸어 말했다. "벤트 박사에 대해 알아낸 게 있습니다."

바깥은 아직 훤했다. 하지만 작업대 위에는 이미 네온등이 밝게 켜져 있었다. "판테온은 분명 아니겠군요." 작업대 위에서 점점 커져가는 혹 같은 형상은 꼭 쥔 주먹이거나 나무 그루터기 또는 바윗덩이가 될 수도 있었다. 하지만 결코 둥근 지붕의 건축물일 수는 없었다.

"젤프 씨 말이 맞습니다. 한참을 고민했지요. 그리고 무작정 만들려고만 하기보다는 먼저 생각부터 해야 했다는 사실을 깨달았습니다. 건축물을 원형으로 삼은 것은 잘못된 선택이었어요. 축소된 척도에 맞춰 성냥개비로 쌓아 올린 쾰른 성당, 엠파이어스테이트 빌딩, 로모노소프 대학교, 그런 것들은 어린아이의 장난에 불과합니다. 괴테의 시에서 묘사되듯, 난 그저 '엉겅퀴 꽃을 꺾은 소년'에 불과했던 것이지요." 그는 슬픔에 잠겨 고개를 저어댔다. "그리고 그 안에다 내 모든 에너지를 쏟아부었던 것은 아닌지 두려울 뿐이에요."

"그럼 그 대신, 무엇을 해야 했던 것일까요?"

그가 안경을 벗었다가 다시 썼다. "〈기도하는 두 손〉과 〈황금투구〉가 주제였던 제 작품 기억하나요? 그건 근본적으로는 올바른 길이었습니다. 단지 회화 작품을 원형으로 삼았다는 게 잘못이었을 뿐이지요. 성냥개비 조각의 본연적인 원형은 목각, 석각, 청동조각 이 셋 가운데에 있는 것입니다. 로댕의 〈키스〉라는 작품을 아십니까?"

벽에는 전혀 다른 관점에서 찍힌 사진들이 스무 장도 넘게 걸려 있었고, 사진들 속 남녀는 나란히 앉아 서로 껴안은 채 키스를 하고 있었다. 여자는 손으로 남자의 목을 휘감고, 남자는 손으로 여자의 엉덩이를 감싼 사진이었다. "저도 루카*에서 만들어진, 푸른빛의 청동 모형상 하나를 주문했습니다. 사진 속에 있는 것들과는 물론 완전히 다른 모형으로요." 그는 내가 고개를 끄덕거려주기라도 바라는 듯 나를 바라보았다. 나는 그의 아내에 대한 질문을 하며 주제를 바꾸려 시도

---

*이탈리아 토스카나 지역의 도시.

했다. 그의 아틀리에를 방문해, 안락의자에 앉아 책을 들고 있는 부인의 모습을 보지 못한 것은 그때가 처음이었다. 몇 년 전부터 그녀는 작업을 하는 그에게 책을 읽어주고 있었다. 그는 내 질문에 답하는 대신 벨을 눌렀다. 그리고 짧지만 당혹스러운 기다림의 시간 뒤, 네겔스바흐 부인이 모습을 나타냈다. 그녀는 나를 보고는 반갑게, 하지만 어색하게 인사를 했다. 짐작건대, 그가 맞은 창작상의 위기가 부부간의 위기로 변형된 게 분명해 보였다. 네겔스바흐 부인의 통통한 볼에서는 쾌활함이 사라져 있었다.

"우리 밖으로 나갈까요?"

그는 접이식 의자 세 개를 집어 들었고, 우리는 배나무 아래에 둘러앉았다. 나는 벤트 박사에 대해 물었다.

"내가 아는 건 오래전 일이에요. 그 당시 롤프 벤트는 '사회주의 환자연대'의 회원이었지요. 물론 우리는 그가 후버 박사를 중심으로 하는 소규모 핵심 그룹에 속했는지, 아니면 실질적인 회원이라기보다 그저 호기심에서 참여한 많은 이들 가운데 하나였는지 정확히는 모릅니다. 그즈음 그는 무면허로 훔친 차를 몰다 사고를 냈습니다. 조수석에 앉아 있던 여자도 사회주의 환자연대 소속이었는데, 여자는 사고 직후 잠적했다 얼마 후 독일 적군파*에 가담하게 되었다지요. 롤프 벤트

---

*1970년 결성된 서독의 극좌파 무장단체(Rote Armee Fraktion, RAF). 안드레아스 바더와 울리케 마인호프를 중심으로 활동해 '바더-마인호프 집단'으로도 불렸으

는 당시 나이가 겨우 열일곱이었기 때문에 부모님과 선생님
은 그를 빼내기 위해 무척이나 애를 썼답니다. 그런 일 때문
에 2년 전 국립정신병원에 채용될 때에도 큰 논란이 있었고
요. 사람들 사이에서는 그가 테러리스트라는 소문이 돌았고,
그래서 오래전 이야기를 다시금 캐내게 된 것입니다."

　나도 기억이 났다. 1970년과 71년, 신문들은 온통 후버 박
사와 관련된 기사들로 가득했다. 주된 내용은 자신이 근무하
던 하이델베르크 대학병원의 신경정신과에서 해고되자 후버
박사는 자신의 환자들을 선동해 사회주의 환자연대를 조직했
고, 대학병원 측과 맞서 싸워 필요한 공간을 얻어내고는 그곳
에서 '치료로서의 혁명'을 준비했다는 것이었다. 1971년, 모
든 것은 끝이 났다. 후버 박사와 그의 아내는 체포되었고, 환
자들은 적군파에 가담한 몇 명을 제외하고는 사방팔방으로
흩어졌다. "그럼 그 후로 벤트 박사에게서는 더 이상 이상한
점이 발견되지 않았습니까?"

　"네, 그 후로는 이상한 점을 찾아내지 못했어요. 그런데 왜
그 사람한테 그리 관심을 갖는 겁니까?"

　나는 그간 하이델베르크와 만하임 그리고 국립정신병원에
서 펼쳤던 레오 찾기 작업, 그리고 벤트 박사의 터무니없는
거짓말과 레오를 찾아달라며 내게 사건을 맡겼던 수상쩍은

───

며, 급진적인 무장 투쟁을 통해 자본주의와 제국주의에 반대하는 자신들의 이상
을 이루고자 했다.

인물에 대한 이야기를 들려주었다.

"레오라는 젊은 아가씨의 성이 뭐라고 했지요?"

"잘거요."

"본에서 온 레오노레 잘거 말입니까?"

그때끼지 본에 대해서는 전혀 언급하지 않았던 나는 깜짝 놀라 되물었다. "예, 맞아요. 그런데 어떻게……"

"그리고 당신은 현재 잘거 양이 어디에 있는지 알고 있고요?" 그렇게 묻는 그의 목소리는 공적이면서도 심문하는 것처럼 들렸다.

"대체 어떻게 된 일이죠? 왜 당신도 그런 것들을 알고 싶어 하는 겁니까?"

"젤프 씨, 우리도 현재 잘거 양을 찾고 있습니다. 이유는 아직 얘기할 수 없지만, 분명한 건 결코 사소한 사건 때문은 아니라는 점이지요. 그러니 나를 믿고 어서 대답해주세요."

친구로서의 만남을 가져왔던 오랜 시간 동안, 우리 두 사람은 그는 경찰이고 나는 사립탐정이라는 사실을 늘 의식하고 있었다. 어떤 의미에서 우리의 우정은 동일한 작품에서 우리가 서로 다른 역할을 연기한다는 원칙에 의해 유지되어왔다고도 할 수 있을 것이다. 물론 그는 이제껏 단 한 번도 증인 심문하듯 나를 대한 적이 없었고, 나 또한 그가 발설해서는 안 되는 사람들에 관한 정보를 얻어내기 위해 그에게 트릭을 쓴 적이 결코 없었다. 그렇다면 단지 지금까지의 경우들은 그다지 중요하지 않았기 때문이고, 이번 일은 아주 중요하기 때문인 걸까? 뭐라고 한마디 해주고 싶었다. 하지만 나는 그 같은 충동을 꾹 참고 대답했다. "아뇨, 잘거 양이 지금 어디에 있는지는 모릅니다."

그는 내 대답에 만족하지 못한 듯 계속해서 캐물었고, 나는 계속해서 답변을 피했다. 그사이 우리 두 사람의 목소리는 점점 높아졌고, 네겔스바흐 부인은 불안한 듯 그런 우리를 번갈아 쳐다보았다. 그녀는 우리를 진정시키려고 여러 차례 시도했지만 아무 소용이 없었다. 그러자 그녀가 자리에서 벌떡 일어나 집 안으로 들어가더니, 잠시 후 와인과 술잔을 들고 다시 나왔다. 그녀가 자리에 앉으며 다그치듯 말했다. "이제부터 이 일에 관해서는 더 이상 한마디도 꺼내지들 마세요. 그 젊은 여자에 관해서도 마찬가지고요. 만약 다시 또 이야기를 시작한다면," 그녀가 남편을 쳐다보며 말을 이었다. "젤프 씨에게 무슨 일이 있었는지 다 말씀드릴 거예요. 그리고 젤프 씨도 이제 그만하세요. 그렇지 않으면," 이번에는 내 차례였다. "물론 내 남편이 모든 것을 다 알게 되지는 못할 거예요. 저부터도 당연히 다 알지는 못하니까요. 하지만 당신이 아무 생각 없이 은연중에 내뱉었던 말들, 그리고 내 남편이 흥분한 탓에 미처 귀담아듣지 못하고 흘러버렸던 말들 모두를 알게 될 거예요."

우리 두 사람은 갑자기 조용해졌다. 그러고는 다시금 브리기테와 마누, 휴가와 나이, 정년에 관한 대화가 시작되었다. 우리 모두 조금 전까지의 뜨거웠던 화제는 더 이상 언급하지 않았다.

24
대리석, 돌 그리고 쇠 또한 부서진다

집으로 돌아오면서 나는 레오가 머물고 있는 장소를 왜 굳이 숨겨가며 나 혼자만 알고 있으려 했는지 그 이유를 곰곰이 생각해보았다. 그게 그럴 만한 가치가 있는 일일까? 그렇게 하는 게 그녀에게 도움이 되는 걸까? 레오는 표면상 아버지와 사이가 좋지 않았다. 하지만 잘거라고 사칭하는 인물이 그녀에게 행복을 가져다줄 거라고는 믿기지 않았다. 비록 레오의 앨범 곳곳에서, 어린 여자아이를 무릎에 안고 있거나 그네를 밀어주거나 어느새 커버린 소녀의 어깨 위에 손을 얹은 그의 모습을 찾아볼 수 있다 할지라도 말이다. 아버지 같았던 친구 잘거에서 이제는 기꺼이 아버지 역할을 떠맡으려는 젤프까지? 레오가 누구인지, 무슨 짓을 했는지, 왜 정체를 감춘 채 숨어 있으려 하는 것인지 나는 알지 못했다. 이제야말로 레오를 찾아가 그녀와 이야기할 시간이었다.

만하임에 돌아왔을 때 시계는 이제 겨우 10시 30분을 가리키고 있었다. 포근한 저녁 날씨에 저절로 밤길을 유유자적 거닐게 되었다. 나는 '장미 정원'으로 가, 베르미첼리 알라 푸타네스카 파스타를 음미하며 소아베 와인 한 병을 마셨다. 그 파스타는 메뉴판에는 있지 않지만, 내가 셰프에게 정중히 부탁을 하고 그가 마음이 내킬 때면 먹을 수 있는 요리였다. 잠시 후 나는 기분 좋게 취해 있었다.

예전에는 꼭대기 층에 있는 내 다락방에 올라가기까지 한 번 정도 숨을 돌리면 충분했다. 하지만 쉬는 횟수는 자꾸만 늘어났고, 이제는 컨디션이 안 좋은 날이면 층계참마다 쉬어 가야 하기도 했다.

오늘이 바로 그런 날이었다. 나는 멈춰 서서 난간에 기댄 채 심장이 쿵쾅거리고 가쁜 숨이 쌕쌕 몰아쉬어 나오는 소리를 듣고 있었다. 계단 위쪽을 올려다보았다. 집 앞 층계참 위가 깜깜했다. 전구가 나간 건가?

나는 다시 기운을 내어 마지막 계단 층을 올라가기 시작했다. 뒤펠러 샨첸, 그라벨로테, 랑에마르크, 우리 프로이센인들은 이미 여러 다른 고지들을 공략하고 있었다. 마지막 계단을 딛고 올라서면서 나는 주머니에서 열쇠를 꺼내 들었다.

층계참에서는 모두 세 개의 문이 보였다. 하나는 내 집 문이었고, 다른 하나는 바일란트 부부의 집 문이었으며, 세 번째는 창고 문이었다. 내 집 문을 열려면 자연스레 창고 문을 등져야 했다.

그는 창고 문 안에 숨어 나를 기다리고 있었다. 내가 열쇠를 돌려 문을 열자, 그가 내 뒤로 바짝 다가서서 내 어깨 위에 왼손을 올려놓고 오른손에 든 권총으로 옆구리를 쿡 찌르며 위협했다. "어리석은 짓 하지 마."

나는 깜짝 놀랐다. 하지만 그의 위협을 뿌리치거나 반격하기에는 너무 지쳐 있었고, 또 술에 취해 있었다. 어쩌면 너무 나이가 들었기 때문인지도 몰랐다. 이제껏 살아오면서 무기로 협박당한 적은 없었다. 전쟁 중에는 전차부대 소속이었고, 탱크 안에서라면 폭격을 받으면 받았지 위협받을 일은 없었다. 내가 탄 탱크가 폭격을 당했던 날은 파란 하늘과 따뜻한 햇살 그리고 하얀 조각구름이 두둥실 떠가는 어느 화창한 날이었다. 쾅!

현관 입구에서 전기 스위치를 켜기 위해 손을 내밀었을 때에도 그는 여전히 내 뒤에 바짝 붙어 서 있었다. 계단 층계참은 어두웠고, 창문이 없는 복도는 문을 닫고 불을 켜지 않은 상태에서는 칠흑처럼 깜깜했다. 기회일까? 나는 불을 켜지 않은 채 머뭇거리며 문이 닫히기를 기다렸다. 하지만 그는 발로 내 무릎 안쪽을 툭 찼다. 내가 힘없이 바닥 위로 넘어지자 그는 문을 닫고 불을 켰다. 나는 벌떡 일어섰고, 그는 다시 옆구리에 총부리를 갖다 대었다. "계속 들어가." 거실에 이르자 그는 한 번 더 나를 툭 찼다. 하지만 이번에는 바닥에 엎어지는 대신 정강이를 작은 테이블에 부딪히고 말았다. 무척이나 아팠다. 나는 거실에 놓여 있는 두 개의 가죽 소파 중 하나에 앉아서 아픈 정강이를 주물렀다. "일어서." 그가 명령했다. 하지만 나는 그럴 생각이 없었다. 그러자 그가 총을 쐈다. 널찍한 아르헨티나 물소 가죽으로 만든 소파의 두툼한 가죽은 내 신발이나 담뱃불이나 각종 할큄에도 끄떡없이 버텨왔다. 하지만 총알 앞에서는 항복하고 말았다. 하지만 나는 아니었다. 나는 태연히 앉아서 정강이를 계속 문지르며 찾아온 손님을 쳐다보았다.

총이 발사되면서는 그저 피식 하는 소리만 났지만 소음기가 장착된 권총은 무척이나 위험해 보였다. 그는 거울처럼 반짝이는 선글라스를 끼고 있었고, 재킷의 옷깃은 바짝 치켜 올리고 있었다. 그는 권총을 들여다보다 나를 보더니, 다시 권총을 바라보았다. 그러고는 갑자기 소리 내어 웃으며 맞은편 소파에 털썩 앉았다.

"젤프 씨, 오늘 아침에는 저와 당신 사이에 약간의 의사소통 문제가 있었습니다. 그래서 이번에는 도와줄 조력자를 데리고 왔지요. 일종의 치료전문가라고나 할까요?" 그는 다시 한 번 권총을 쳐다보았다. 터보가 거실로 들어오더니 내 옆 소파 위로 뛰어올랐다. 녀석이 한껏 등을 둥글게 구부렸다가 앞발을 쭉 뻗고는 혀로 핥았다. "시간도 넉넉히 준비해 왔습니다. 어쩌면 오늘 아침 있었던 문제는 시간이 부족했기 때문인지도 모르니까요. 제가 보기엔 무척이나 서두르시는 것 같더군요. 무슨 중요한 약속이라도 있으셨나요? 아니면 원래가 그렇게 고집불통이신가? 우리 앞에는 편안한 저녁이 기다리고 있을까요 아니면 심히 고통스러운 저녁이 기다리고 있을까요? 경직된 것은 결국 부서지기 마련이지요. 드라피 도이처가 '대리석, 돌 그리고 쇠는 부서진다네. 하지만 우리 사랑은 그렇지 않지' 하고 노래한 후, 우리들은 대리석과 돌과 쇠가 어떤지를 알게 되었지요. 그리고 나는 당신에게 그들 또한 어쩔 수 없이 보편적인 법칙에 따를 수밖에 없다는 사실을 분명하게 보여드릴 수 있습니다." 그가 말하면서 권총을 높이 치켜들었다. 나는 그가 타깃으로 삼은 것이 무엇인지 알 수 없었다. 나일까? 아니면 내 위나 옆? 내게는 단지 그의 선글라스에 비친 내 모습만이 보였다. 그는 방아쇠를 당겼다. 내 뒤쪽, 내 책과 음반들이 꽂혀 있는 예전의 약국 진열장에서 20세기 초 뮌헨의 어느 예술가가 조각한 단테의 베아트리체 상반신이 박살났다. "보셨죠? 대리석은 이렇게 됩니다. 그리고 모든 살아 움직이며 숨 쉬는 것들 역시 이와 다르지 않죠. 다른 게 하나 있다면, 산산이 부서진 조각이 남지 않는다는 정도?"

나는 그가 터보를 조준하고 있는 것인지 아니면 단지 그렇게 보일 뿐인지 오래 고민하지 않았다. 나는 벌떡 일어서며 그의 팔을 한쪽으로 밀어젖혔다. 그는 그런 나의 공격을 쉽사리 맞받아쳤고, 권총으로 내 얼굴을 가격한 뒤 나를 소파 쪽으로 밀어붙였다. 터보는 야옹 울음소리를 내며 슬며시 사라졌다.

"다시는 이런 짓 하지 마시오." 그가 나를 쳐다보며 성난 목소리로 속삭였다. 그러고는 다시 한 번 미소 짓더니 고개를 가볍게 저었다. "정신 나간 늙은이 같으니……"

나는 입술에 묻은 피를 혀로 핥았다.

"말해요. 레오는 어디 있습니까?"

"그건 나도 모르오. 어디 있을지 몇 군데 짐작은 해볼 수 있겠지만, 그건 그저 내 생각에 불과할 뿐 그 아가씨가 어디 있는지는 사실 나도 모르오."

"우리가 마지막으로 통화했던 게 사흘 전입니다. 그사이 레오가 어디 있는지 잊어버리기라도 했단 말인가요?" 그렇게 되묻는 그의 목소리에서는 조롱 섞인 비웃음이 묻어 나왔다.

"잊어버리고 말고 할 게 있나, 애당초 레오가 어디 있는지를 몰랐는데. 그날은 그저 당신을 꾀어내기 위해 그리 말했던 것뿐이오, 아시겠소? 당신이 내가 던진 미끼를 덥석 문 거지. 왜 그랬냐고? 내 입장에선 당신의 정체를 모르는 게 섬뜩했으니까."

"내가 무슨 바보인 줄 아나?" 그가 소리를 질렀다. 하지만 목소리는 이내 잦아들었다. 그는 곧 평정심을 되찾았고, 가볍게 미소 지으며 고개를 저었다. 그가 앉은 자리에서 일어나 내 앞으로 다가오더니, 내가 눈을 들어 그를 올려다볼 때까지 가만히 기다렸다. 그러고는 갑자기 권총을 쥔 손으로 내 얼굴을 다시 한 번 가격했다. 통증이 뺨과 턱으로 퍼져갔다.

그는 소리를 칠 때조차 자제력을 잃지 않았다. 냉정한 머리로 소리를 질렀다. 나는 두려웠다. 사태가 어떻게 전개될지 전혀 예측할 수 없었다.

그때 초인종이 울렸고, 우리 두 사람은 모두 숨을 죽였다. 초인종이 두 차례 더 울린 뒤, 이번에는 문을 두드리는 소리가 들려왔다. "게르트, 문 열어요! 왜 문을 안 여는 거야? 무슨 일이라도 생긴 거야?" 브리기테는 문 아래로 새어 나오는 불빛을 보았던 것이다.

방문객은 어깨를 으쓱해 보였다. "어쩔 수 없군. 다음 기회를 기약하는 수밖에." 그 말을 남긴 채 그는 방에서 빠져나갔다. 그가 현관문을 여는 소리가 들렸다. "안녕하세요?" 그는 그렇게 인사하며 잽싸게 계단 아래로 사라져갔다.

"게르트!" 브리기테가 내 옆 소파 위에 무릎을 꿇고 앉으며 나를 꼭 껴안았다. 그녀가 나를 품에서 놓아주자 그녀의 블라우스가 피로 붉게 물든 게 보였다. 나는 그녀의 옷에 묻은 피를 닦아내려 했지만, 핏자국은 사라지지 않았다. 두 손으로 닦아내려 하면 할수록 피 얼룩은 점점 더 크게 번져만 갔다. 결국 나는 포기했다.

25
고양이화장실 잊지 말고!

브리기테는 내 얼굴을 씻어주고 상처를 치료한 후 나를 침대에 눕혔다. 얼굴이 화끈거릴 뿐 몸 전체는 차가웠다. 이가 덜덜 떨릴 정도로 춥게 느껴지기도 했다. 따뜻한 차를 마시는 것조차 여의치 않을 만큼 입술은 퉁퉁 부어올라 있었다. 한밤중에 오한이 찾아왔다.

레오와 에벌라인의 꿈을 꾸었다. 두 사람은 함께 산책하고 있었다. 그리고 나는 그 두 사람에게 아버지와 딸처럼 함께 거니는 것을 금지하는 공식 문서를 전달했다. 에벌라인은 특유의 너털웃음을 터뜨리며 팔로 레오의 어깨를 감싸 안았다. 그녀는 에벌라인의 품속으로 파고들며, 나를 뻔뻔하면서도 얕잡아보는 눈빛으로 흘어보았다. 나는 레오에게 설명하려고 했다. 단지 아버지와 딸 같은 모습으로뿐만 아니라, 또한······ 그때 에벌라인이 휘파람을 길게 불었다. 그러자 아나톨인지 이반인지가 나를 향해 달려들었다. 그는 에벌라인의 발밑에 웅크리고 앉아 다시 한 번 휘파람 소리가 나기만을 기다렸다.

나는 다시 잠이 들었고, 이번에는 네겔스바흐가 나를 시내로 데리고 갔다. 집과 건물들은 나무로 되어 있었고, 찻길과 인도 역시 나무로 되어 있었다. 가는 길에는 우리 두 사람 말고는 아무도 보이지 않았다. 그러다 내가 눈길을 돌려 어느 집을 들여다보게 되었을 때, 그 집은 방도 없고 층계도 없는 텅 빈 공간임이 드러났다. 네겔스바흐는 뛰어가듯 잰걸음으로 앞서갔고, 나는 자연스레 뒤처지고 말았다. 그가 뒤돌아보더니 눈짓을 하며 소리쳐 나를 불렀다. 하지만 나는 더 이상 그의 목소리를 들을 수 없었다. 갑자기 그가 사라졌다. 그리고 나는 텅 빈 거리와 텅 빈 집들의 뒤엉킴 속에서 결코 다시는 빠져나오지 못하리라는 사실을 깨달았다. 나는 네겔스바흐가 만든 어느 성냥개비 도시에 와 있다는 걸 눈치챘다. 나는 아주아주 작았고, 시곗바늘이나 쫄깃하고 달콤한 하리보 곰보다도 크지 않았다. 그리 작으니 이리 추운 것도 전혀 이상할 게 없다는 생각이 들었다.

브리기테가 뜨거운 물주머니를 이불 속에 넣어주었고, 이불 하나를 더 가져다 덮어주었다. 다음 날 아침 내 몸은 땀으로 흠뻑 젖어 있었고, 열은 어느새 내려갔다.

면도를 해야겠다는 생각까지는 감히 들지 않았다. 그래도 양치를 하며, 볼이며 입술 그리고 턱에 난 상처는 터지지 않았다. 거울에 비친 내 몰골은 참담해 보였고, 나는 넥타이 매는 것을 포기했다. 발코니 위로 해가 들이비쳤다. 나는 간이 의자를 펴고는 그 위에 몸을 눕혔다.

이제 앞으로의 상황은 어떻게 진행될 것인가? 잘거는 아주 영리한 인물임이 분명했다. 그는 얼굴이며 목소리 그리고 행동 방식에 있어서 무척이나 다양한 레퍼토리로 무장하고 있었다. 그가 그 가운데 어떤 것을 이용할 것인가는 말 그대로 게임과 같았다. 그와의 만남은 절로 체스 판 위의 대결을 떠올리게 했다. 하지만 그 대결은 내가 이길 것을 희망하지 않았던, 승리 같은 것은 애당초 생각조차 하지 않고 그저 함께 저녁 시간을 보내며 상대의 멋진 게임 운영을 보는 것만으로도 즐거웠던 에버하르트와의 체스 게임이 아니었다. 잘거와의 만남에서 떠오른 건, 일찍이 상대를 꺾고야 말겠다는 단호한 의지로 임했던 체스 게임이었다. 그 대결은 육체적으로가 아니라 자존심 싸움에서 상대방을 이기고야 말겠다는 의지가 중요한 진검승부와도 같았다.

나는 처음에는 거만한 태도로 나를 대하던 훗날의 장인어른과 어느 날 저녁 한판 승부를 벌였던 일을 떠올렸다. "어디 한번 실력을 보여주게나." 나와는 같은 반 친구이자 대학 동기이기도 했던 그의 아들과 내가 체스 판 앞에 마주 앉는 모습을 보며, 장인어른은 얕보는 말투로 내게 말했다. 클라라는 내 곁에 서 있었고, 나는 그녀가 지켜보고 있다는 사실에 긴장해 몸이 떨리는 것을 감출 수 없었다. "어르신도 체스 두실 줄 아세요?" 나는 무심함을 가장한 채 물었다. 아들과의 게임을 지켜보던 장인어른은 내 체스 실력이 제법이라는 사실을 확인하고는 다음번 토요일에 만나 한 판 두자고 제안했다. 그는 상품으로 샴페인 한 병을 내걸었고, 나는 지는 경우에 그가 수집한 총기들을 말끔히 청소하고 기름칠을 해주기로 약속했다. 토요일이 되기까지 나는 체스 외에 아무것도 생각할 수 없었다. 첫 수를 어찌 둘지 구상했고, 이제껏 두었던 판들을 복기하기도 했으며, 베를린 체스 클럽이 언제 어디서 모임을 갖는지도 알아보았다. 첫 번째와 두 번째 판에서는 장인어른도 이길 기회가 있었다. 하지만 그가 잘못 두었다며 후회하는 수들을 몇 번 물러주었음에도, 그는 두 게임을 연달아 잃고 말았다. 그런 다음에는 그의 수가 훤히 읽혔고, 그래서 나는 아주 여유롭게 게임을 즐겼다. 그는 체크를 부를 기회조차 없었다. 그 뒤로 장인어른은 더 이상 나를 함부로 대하지 않았다.

잘거가 나와 게임을 벌이려는 걸까? 부디.

터보가 나를 묘하게 쳐다보았다. 녀석은 앞발에 몸을 괸 채 사각형 화분에 앉아 머리를 한쪽으로 기울이고 있었다.

"이제 괜찮아, 터보. 그러니 그렇게 쳐다보지 마. 내가 지금 좀 허세를 부렸다는 건 나도 잘 알거든."

녀석은 내 말을 가만히 듣고 있었다. 내가 더 이상 아무 말도 하지 않자, 터보는 돌아앉아서 자기 몸을 핥았다. 어젯밤 터보가 내 옆 소파에 앉아 있고, 그런 우리 맞은편에는 잘거가 권총을 손에 든 채 서 있던 장면이 문득 떠올랐다. 다음번에 잘거가 또 찾아와서 어젯밤보다 더 빠르게 조준해 총을 발사한다면 어떻게 하지? 나는 벌떡 일어서서 전화기가 있는 곳으로 다가갔다. 에버하르트? 그는 고양이 알레르기가 있었다. 브리기테? 노니와 터보는 만나기만 하면 싸우는 사이였다. 그럼 필리프? 그도 퀴루찬도 전화를 받지 않았다. 병원으로 전화를 걸고서야 그가 시에나에서 열리는 콘퍼런스 참석차 출장을 갔다는 사실을 알게 되었다. 밥스? 그녀는 집에 있었다. 두 명의 다 큰 아이들과 늦은 오후의 커피 타임을 즐기고 있던 밥스는 내게 당장 커피 마시러 놀러 오라고 권했다. "터보를 우리 집에 맡기고 싶다고? 좋아. 대신, 고양이화장실 가져오는 거 잊지 말고."

자동차를 탈 때면 터보는 몹시 불안해했다. 처음에는 작은 바구니 안에 앉혀보았고, 그런 다음에는 목줄을 채워보기도 했다. 하지만 아무 소용이 없었고, 나도 더 이상은 차에 태우려 하지 않았다. 엔진 소리와 차의 떨림, 빠른 속도감과 급격히 바뀌는 바깥 풍경은 녀석에겐 견디기 어려운 고역이었다. 터보에게는 리하르트-바그너 슈트라세와 아우구스타 안라게, 몰 슈트라세와 베르더 슈트라세 사이의 지붕들, 그리고 그 지붕들을 타고 찾아가는 몇몇 발코니와 창문들, 그 발코니와 창문들 안쪽에 살고 있는 몇몇 이웃들과 고양이, 비둘기와 생쥐들이 그의 세계 전부였다. 터보를 데리고 동물병원을 찾아야만 할 때면 나는 녀석을 외투 안에 꼭 안고 갔다. 그러면 단추 사이로 머리를 빠끔 내밀고는, 마치 우주선 밖을 내다보듯 바깥세상을 구경했다. 그렇게 우리는 뒤러 슈트라세까지 가는 먼 길을 걸어갔다.

밥스는 커다란 집에서 뢰센과 게오르크와 함께 살고 있었다. 내 생각에, 그 두 아이는 이제 독립해 나가 살아도 될 만큼 충분히 나이를 먹었다. 하지만 밥스는 여전히 품 안의 자식으로 생각했다. 게오르크는 하이델베르크 대학교에서 법학을 전공하고 있었고, 뢰센은 대학에 갈지 직업교육을 받아야 할지 취직을 해야 할지 아직까지 진로를 결정하지 못하고 있었다. 심지어 자기를 쫓아다니는 남자들 중 누구를 선택해야 할지조차 결정하지 못했다. 그녀는 지금도 두 명의 남자 사이에서 너무 오랫동안 망설이다 결국 두 명 다 놓치고 말았고, 그래서 세상이 무너질 듯 슬퍼하는 중이었다.

"그 애들이 그렇게 괜찮았니?"

뢰센은 잔뜩 울고 난 뒤거나 아니면 감기에 걸렸는지 콧물을 훌쩍거리고 있었다. "아니요. 하지만……"

"그게 무슨 소리냐? '하지만'이란 없는 거야. 그 아이들이 네 마음에 들지 않았다면 이제 떼어버렸으니 오히려 기뻐해야지."

그녀가 콧물을 훌쩍이며 물었다. "그럼 저한테 어울리는 남자 친구를 소개해주실 수 있으세요?"

"그래, 나도 한번 찾아보마. 대신, 그사이 아저씨의 고양이 좀 돌봐주고 있을래? 일종의 연습이라고 생각하고 말이야. 남자나 수고양이나 비슷하거든."

뢰센이 활짝 웃었다. 머리를 보라색과 노란색으로 물들이고, 귓불에는 악어 모양의 집게를 걸었으며, 양쪽 코끝에는 피어스를 한 펑크스타일이었다. 하지만 웃는 모습만큼은 더할 나위 없이 사랑스러워 보였다. "요나스한테는……"

"그 아이가 두 놈 중 하나니?"

뢰센이 고개를 끄덕였다. "네. 요나스한테 생쥐 한 마리가 있어요. 이름은 루디인데, 어디를 가나 늘 데리고 다녀요. 요나스가 저랑 계속 좋은 친구로 지내고 싶다 해서, 제가 저녁 식사에 초대를 했거든요. 그러니까 걔가 우리 집에 와서 스파게티를 먹는 사이에 터보가 루디를 잡아먹는 거예요." 뢰센이 꿈꾸는 듯한 얼굴로 말했다. "좋았어! 게르트 아저씨, 제가 터보를 돌봐줄게요!"

26
고집불통

집에 돌아온 나는 다시 침대에 누웠다. 브리기테가 찾아와 침
대맡에 앉더니 어제 무슨 일이 있었는지 물었다. 나는 그동안
있었던 일들을 이야기해주었다.

"네겔스바흐 경감에게 그 아가씨가 어디 있는지 알려주는
게 어때요? 그리고 당신에게 그 일을 맡긴 사람한테도 마찬
가지고요. 그 여자애한테 무슨 일이 일어나든 당신이 책임질
일은 아니잖아요."

"경찰과 잘거라는 인물이 왜 레오를 찾는지 나는 전혀 몰라
요. 그 이유부터 먼저 알아야 내가 어떻게 할지 결정할 수 있
을 텐데 말이지. 그 아가씨는 나한테 아무 짓도 안 했어요. 한
데 그런 아이를 단지 나 하나 편하자고, 아니면 1만 마르크라
는 돈 때문에 그들에게 넘겨줄 수는 없는 노릇 아니겠소."

브리기테가 일어서더니 자기가 마실 아마레토 한 잔과 내

게 줄 삼부카 한 잔을 따라 왔다. 다시 침대맡에 앉으며 그녀가 물었다. "뭐 하나 물어봐도 돼요?"

"당연하지." 내게 던져질 게 질문이 아니라 힐책일 거라는 사실을 뻔히 알면서도 나는 일부러 환하게 웃음 지으며 대답했다.

"당신이 하는 일에 간섭하려는 건 결코 아니에요. 지난 몇 달 동안 당신한테 아무 일도 들어오지 않았을 때도 난 당신 일이지 내 일이 아니니 아무렇지 않게 그냥 넘어갔어요. 물론 가끔은 혼자 생각했죠. 그래도 되는 건가 하고. 당신이 나랑 결혼하고 내가 아이를 갖게 된다면 그건 경제적으로도 문제가 될 테니까. 하지만 내가 지금 말하려는 건 그런 문제가 아니에요. 지금 맡아 하는 일도 마찬가지지만, 나는 늘 당신이 온갖 사람들과 다툼을 벌이거나 불화를 일으킬 때 비로소 편안해한다는 느낌을 받았어요. 그러면서도 정작 만족스러워하지는 않으면서. 꼭 그래야만 하는 거예요? 그러다가……"

"늙어서? 내가 늙어서 고집스럽고 괴팍한 늙은이가 될까봐 걱정하는 거요?"

"당신 점점 더 아웃사이더가 되어가고 있어요. 적어도 내 생각에는."

그녀의 슬픈 듯한 눈빛을 대하자, 차마 화를 내며 대화를 물리칠 수가 없었다. 나는 그녀에게 단지 바깥에서 볼 때 더 잘 보인다는 점을 설명하려고 했다. "물론 나는 아웃사이더인 게 분명해요. 탐정이라는 직업 때문에도 더욱 그러하고. 그런 데다 나이가 들면서 아마도 자꾸만 더 헛짓을 하게 되는 것 같지. 하지만 그런들 어쩌겠소? 그리고 아웃사이더는 본래 이런저런 사람들과 어울리는 일에는 서툴 수밖에 없다는 사실을 이해해줘야지. 당신도 파티가 열린다고 아무 데나 다 참석하지는 않잖소?"

브리기테는 그렇게 말하는 나를 흘겨보았다. "당신 정말 어쩔 수가 없네요. 고집불통 노인네."

27
그리 좋지 않은 패?

아침 8시가 조금 지나, 연방범죄수사국 사람들이 찾아왔다. 회색 정장에 베이지색 외투를 걸친 블레크마이어는 마르고 까다로워 보이는 인물이었다. 폴로 셔츠에 가죽 재킷, 리넨 바지를 입은 라비츠는 그에 반해 호감 가는 키 작은 뚱보의 느낌을 연출해내고 있었다. 그에게서는 사람 좋아 보이는 붙임성이 절로 묻어 나왔다. "젤프 박사님이십니까?"

나를 부르는 호칭에서 뭔가 좋지 않은 예감이 느껴졌다. 검사로 일할 때만 해도 박사라는 타이틀이 당당하게 여겨졌었다. 하지만 사립탐정으로 일하면서는 그런 호칭이 왠지 거북스럽기만 했다. 그래서 박사 학위는 사무실에도 붙어 있지 않았고, 거실에도 걸려 있지 않았으며, 전화번호부나 편지지의 발신인 이름 앞에도 쓰여 있지 않았다. 따라서 박사님이라고 부르며 내게 접근해오는 이는 나에 관해서 불필요한 것까지

속속들이 알고 있는 사람이란 걸 의미했다. 나는 두 사람을 거실로 안내했다.

"무슨 일로 저를 찾아오셨습니까?"

블레크마이어가 말을 꺼냈다. "박사님께서 레오노레 잘거 양의 사건을 조사하는 중에 일종의 난관에 봉착하셨다고 들었습니다. 실은, 저희도 잘거 양을 찾고 있는 중이거든요. 박사님께서 혹시……"

"연방범죄수사국에서는 무슨 이유로 잘거 양을 찾고 있는 건가요?"

"그건 답하기가 까다로운 질문이군요. 저는……"

"사실 그리 까다로운 질문은 아니지요. 전혀." 라비츠가 블레크마이어의 말을 자르고 나섰다. 그는 블레크마이어를 힐난하는 눈초리로 쳐다보더니, 이내 미안하단 듯 나를 쳐다보며 말을 이었다. "연방범죄수사국은 국제적으로나 특정 지역의 경계를 넘어서서 범죄행위를 일삼는 범법자들과 맞서 싸우고 있습니다. 말하자면 연방주의 경찰청과 인터폴 사이에서 일종의 연결고리 역할을 담당하고 있는 셈이지요. 우리는 또한 형사 소추라는 경찰 본연의 임무를 수행하기도 합니다. 특히나 연방재판소장이 상응하는 임무를 부여하는 경우에는 요. 그런 경우에는 자연스레 해당 주 관청에게 즉시 통보를 하지요."

"당연히 그래야겠지요."

블레크마이어가 다시 말을 이어받았다. "저희는 관할 관청의 지시에 따라 잘거 양을 찾고 있습니다. 그리고 잘거 양이 국립정신병원에 입원해 롤프 벤트 박사의 치료를 받았으며, 몇 주 전 갑자기 종적을 감췄다는 사실을 알게 되었습니다. 그리고 그녀가 어디로 사라졌는지 박사님께서 알고 계시다는 첩보도 얻게 되었습니다."

"그러면 벤트 박사는 만나보셨습니까?"

"그분은 의사로서의 비밀 유지 의무를 내세우며 저희에게 협조하기를 거부하고 있습니다. 어느 정도 예상했던 일이기는 하지만, 벤트 박사는 결코 만만히 볼 인물이 아니지요."

"그럼 그에게 당신들이 잘거 양을 찾고 있는 이유를 설명했습니까?"

"젤프 박사님." 라비츠가 다시 끼어들며 말했다. "저희는 결코 불필요한 오해를 불러일으키고 싶지 않습니다. 박사님께서는 전직 검사로서 경륜이 풍부한 전문가시니까요. 저희가 박사님께 무슨 말씀을 드리겠습니까? 저희는 말씀드릴 수 있는 것만을 말씀드릴 뿐이지요. 반면 박사님께서 알고 계신 것을 저희한테 알려주신다면, 일이 훨씬 수월하게 진척될 텐데요." 내 맞은편에 앉아 있던 그는 마지막 말을 하며 몸을 앞으로 잔뜩 숙여 내 무릎을 가볍게 만지기까지 했다.

"저희가 보고받기로는, 박사님께서 그녀의 아버지라고 사칭하는 누군가에게 의뢰를 받아 잘거 양을 찾아 나섰다고 들었습니다. 제 말이 맞습니까? 그리고 지금도 그 남자와 연락을 취하고 계신가요?"

"그렇게 질문을 한꺼번에 몰아 하면 어쩌나? 박사님께서 혼란스러워하시겠네." 라비츠가 농담하듯 블레크마이어를 가볍게 타박했다. 그게 친절하고 거친 두 명의 경찰이라는 생뚱맞은 조합의 또 다른 모습인지, 아니면 라비츠가 좀 더 높은 직급의 상사라 그렇게 말을 할 수 있는 것인지 언뜻 감이 오지 않았다. 나이는 블레크마이어가 훨씬 더 많아 보였다. 하지만 공무원 세계에서의 힘의 관계는 가장 기이한 인물을 윗자리로 밀어 올린다. "질문을 해놓고 대답할 시간도 없이 다음 질문으로 넘어가면, 질문 받은 사람은 앞선 질문이 별로 중요하지 않거나 별다른 의미가 없다고 생각하지 않겠나. 적어도 자네가 생각했던 만큼 진지하게는 생각하지 않을 거란 말일세. 실제로는 잘거 양을 찾는 게 우리한테 무엇보다 중요한 일인데 말이지." 블레크마이어는 얼굴이 빨개져서 몇 번이고 고개를 끄덕였다. 두 사람은 이내 기대에 찬 눈으로 나를 응시했다.

나는 고개를 저었다. "나는 무슨 일 때문인지 알아야겠소."

"젤프 박사님." 라비츠가 힘주어 또박또박 말했다. "그게 마약이나 위조지폐나 테러와 관계된 것이든, 아니면 연방 총리의 목숨이나 자유를 위협하는 공격 때문이든, 박사님에게는 어떤 경우에도 우리의 수사를 방해할 권한이 없습니다. 박사님이 사립탐정이든 전직 검사이든 상관없이 말입니다. 그리고 일찍이 나치의 부역자였던 박사님께서 테러 행위를 방조하고자 하신다면, 그건 아마 지금 우리가 박사님께 갖고 있는 특별한 호감을 박사님 스스로 망가뜨리는 행동일 것입니다."

"당신들이 호감을 갖고 있는지 아닌지는 내게 그다지 중요하지 않습니다. 그리고 당신이 이미 말했듯 이번 일이 테러리스트들의 활동과 관계된 것이라면, 왜 연루된 사람들의 이름을 구체적으로 대지 못하는 것이오?"

"저분은 우리의 호감이 자신에게 얼마나 중요한 것인지 아직 모르신대." 라비츠가 비꼬듯 한마디 던지며, 깜짝 놀라 있던 블레크마이어의 허벅지를 툭 쳤다. 그러고는 다시 말을 이어갔다. "저는 제가 말씀드려야 하는 것보다 더 많은 것들을 이미 박사님께 말씀드렸습니다." 그가 오른손 집게손가락으로 나를 가리키며 말했다. "하지만 박사님께서 제 말을 들으려 하지 않는다면, 언제고 반드시 후회하게 될 겁니다. 박사님께서는 우리에게 진술해야만 할 의무가 있으니까요."

"내가 당신들 앞에서 진술해야만 할 필요가 없다는 사실은 당신도 나만큼이나 잘 알고 있을 거요."

"저는 박사님을 검사 앞으로 데려갈 것입니다. 그리고 박사님은 검사 앞에서 진술해야만 하고요."

"맞소. 하지만 무엇 때문에 수사를 벌이고 있는지 검사가 먼저 말해준 다음에야 비로소 그리할 거요."

"뭐라고요?"

"누구 때문에, 그리고 무엇 때문에 수사가 벌어지고 있는지 알지 못한다면, 나는 내 진술로 인해 내게 어떤 불이익이 초래할지 적절히 판단할 수 없기 때문이오."

라비츠가 블레크마이어 쪽으로 돌아서며 말했다. "자네도 들었나? 저분이 스스로 불이익을 초래하는 게 싫다는군. 범죄 혐의가 있고, 자신이 그 혐의를 짊어질 수도 있는데, 저분은 그 혐의를 덮어쓰고 싶지 않다는 말이지. 하지만 우리가 그런 거에 관심이 있나? 아니야, 우리는 그런 것 따위엔 전혀 관심이 없지. 우리가 알고 싶은 것은 단지 레오노레 잘거 양이 현재 머물고 있는 주소뿐이거든." 그가 다시 나를 쳐다보며 계속해서 말했다. "검사 또한 박사님에게 저와 똑같은 말을 되풀이하게 될 겁니다. 그가 알고 싶어 하는 것은 단지 레오노레 잘거 양의 현 소재일 뿐이라고요. 불이익이나 짊어지게 될 혐의 따위에 대해서는 전혀 관심도 없으니 어서 묻는 말에 솔직히 대답하시오, 하고 검사는 다그칠 겁니다." 라비츠는 내 눈을 똑바로 쳐다보며 목소리 톤을 높였다. "그러니 어서 털어놓으세요. 아니면, 혹시 잘거 양과 무슨 관계라도 있는 겁니까? 예를 들어 약혼이나 결혼을 통한 멀거나 가까운 친척 관계? 어디 한번 말씀해보시지요?"

나는 치솟는 분노를 애써 억누르며 대답했다. "당신들에게는 아무 말도 하지 않을 겁니다. 물론 당신 말대로, 의뢰받은 사건을 추적하다 잘거 양의 행방과 관련된 단서를 찾아내게 되었지만, 현재 진행하고 있는 사건과 관련해 내가 무엇을 말할 수 있을 것인지 결정할 권리는 당신이 아니라 바로 나에게 있다는 사실을 명심하시오."

"박사님이 마치 잘거 양의 보호자거나 아니면 의사 변호사라도 되는 듯 말씀하시는군요. 박사님의 현재 모습은 기껏해야 얼굴에 찰과상이 나 있는 그저그런 사립탐정일 뿐입니다. 그나저나 그 상처는 어쩌다 생긴 겁니까?"

나는 그에게 어디서 그런 못돼먹은 말버릇을 배웠느냐고 되묻고 싶었다. 경찰학교에서 배웠느냐고. 하지만 미처 그 말을 꺼내기도 전에 블레크마이어가 앞으로 나서며 말했다.

"박사님, 검찰청으로의 소환은 아주 신속히 진행될 겁니다. 판사에게 불려 가게 되는 것도 마찬가지고요. 심지어는 불과 몇 시간밖에 안 걸릴 수도 있습니다. 말하자면 박사님은 그리 좋지 않은 패를 들고 계신 겁니다."

나는 내 손에 들린 패가 그리 나쁘다고는 생각하지 않았다. 스스로 무거운 짐을 짊어지게 되는 불이익을 피하기 위해 먼저 수사 대상에 관한 정보부터 알아야겠다는 나의 주장은 아마도 받아들여질 확률이 높았다. 물론 사정이 여의치 않게 흘러가는 경우라면, 그들은 내게 보석금을 지불하게 하거나 나를 강제 구금시킬 수도 있을 것이다. 하지만 프로이센인들은 결코 그리 신속하게 움직이는 법이 없다. 나는 또한 연방범죄 수사국과 연방재판소 사람들이 가급적 세인의 이목을 끌게 되는 것만큼은 피하려 한다는 인상을 받았다. 하지만 총이 발사되면, 당연히 소음은 나기 마련이었다.

"곧 다시 찾아뵙겠습니다." 라비츠가 자리에서 일어서며 말했다. 블레크마이어도 그를 따라 일어났다. 나는 두 사람을 문 앞까지 배웅했다. 그리고 살펴 가라고 인사하는 것도 잊지 않았다. 말 그대로.

28
정신과 의사의 속임수

국립정신병원에 전화를 했다. 벤트 박사와 통화할 수는 없었지만, 그가 오늘 근무하고 있다는 사실은 확인할 수 있었다. 나는 차를 몰아 병원으로 향했다. 4월의 바람이 푸른 하늘에 걸린 잿빛 구름을 몰아대고 있었다. 가는 동안 몇 차례 지나가는 소나기가 쏟아졌다. 하지만 축축이 젖은 아스팔트는 다시금 햇빛을 받아 반짝였다.

벤트 박사가 서두르며 말했다. "또 오셨군요. 저는 이제 다른 병동으로 건너가봐야 합니다."

"그 사람들이 벌써 다녀갔습니까?"

"누구 말씀이신지요?" 그에게 나는 성가신 존재였다. 하지만 그런 그 또한 호기심만큼은 감출 수 없었다. 이미 돌아서서 막 걸음을 떼려던 그가 문의 손잡이를 잡은 채 고개만 돌려 나를 쳐다보았다.

"연방범죄수사국에서 나온 사람들과 레오의 오빠라는 사람 말입니다."

"레오의 아버지에다 이번에는 오빠라. 흠, 당신 마법의 모자에서 이번에는 또 뭐가 나올 차례인가요?" 그가 무슨 소리인지 전혀 모르겠다는 표정을 지으며 물었다. 하지만 목소리만큼은 그렇게 느껴지지 않았다.

"그 사람은 레오의 오빠가 아닙니다. 단지 스스로 그렇게 느끼고 있을 뿐이지요. 그는 레오가 어디 있는지 알고 싶어 합니다."

벤트 박사가 문을 열며 말했다. "죄송하지만 이제는 정말이지 가봐야 할 시간입니다."

"연방범죄수사국에서 나온 사람들은 예의라고는 전혀 모르는 사람들이더군요. 그리고 레오의 오빠 같은 남자 친구는 소음기를 장착한 권총을 소지하고 있고요. 그가 나를 이 꼴로 만들었지요. 시간이 조금만 더 있었다면, 아마 나를 윽박질러 레오가 어디 숨어 있는지 알아냈을 겁니다."

벤트 박사가 잡았던 손잡이를 놓고 나를 향해 돌아섰다. 그의 두 눈이 그가 알아내고자 하는 것을 내 이마와 코와 턱에서 읽어낼 수 있다는 듯 내 얼굴을 찬찬히 훑어내렸다. 곧이어 그가 당황한 목소리로 물었다. "그럼 당신은…… 레오가 어디 있는지……"

"아뇨, 레오가 어디 있는지 그 남자한테 말하지 않았습니다. 연방범죄수사국에서 나온 사람들한테도 마찬가지고요. 하지만 당신하고는 꼭 이야기해봐야 할 거 같습니다. 대체 레오가 무슨 짓을 한 건가요? 왜 사람들이 그녀를 찾고 있는 거지요?"

그는 무슨 말을 하려는 듯 입을 열다가 다시 다물었다. 그러기를 몇 차례 반복하던 그가 이내 결심한 듯 말했다. "점심 때까지는 근무를 해야 합니다. 괜찮으시다면 1시에 큰길가 아래쪽에 있는 식당에서 뵙겠습니다." 그러고는 잰걸음으로 복도 저편으로 사라졌다.

1시가 채 안 된 시간, 나는 식당 안마당의 테이블에 앉아 있었다. 테이블 위에는 밀을 먹여 방수 처리한 천이 깔려 있었다. 내가 앉은 자리에서는 큰길 쪽으로 난 문과 음식점 내부로 연결된 문 모두가 훤히 보였다. 하지만 웨이터도 벤트 박사도 그 문들을 통해 모습을 나타내지는 않았다. 그 시간, 식당에 와 있는 손님은 오직 나뿐이었다. 나는 테이블보를 들여다보며 그 위에 인쇄된 마름모무늬 숫자를 셌다. 그러고는 마지막 빗방울이 말라가는 모습을 지켜보았다.

1시 30분이 되자 열 명도 넘는 젊은 여자들이 우르르 몰려들어왔다. 그들은 타고 온 자전거를 세워놓은 뒤 내 자리 옆쪽에 놓여 있던 기다란 테이블에 앉았고, 앉자마자 큰 소리로 웨이터를 불렀다. 웨이터가 느릿느릿한 걸음으로 다가오자 그들은 저마다 마실 것을 주문했다. 웨이터는 불쾌한 얼굴로 내 주문도 받아 갔다. 주문한 맥주와 탄산음료가 나오자 그들은 더더욱 신이 나서 대화를 이어갔다. "우리 오늘은 볼링도 치러 갈까?" "하지만 남편들이 없잖아!" 물론 어디에도 똑같은 사람은 없겠지만, 그럼에도 불구하고 그들 모두는 똑같아 보였다. 모두 조금은 트렌디하고 조금은 스포티해 보였으며, 또 조금은 직장 여성 같았고 가정주부인 것 같았으며 엄마인 것처럼 보였다. 나는 결혼 생활을 꾸려가는 그들의 모습을 머릿속으로 그려보았다. 사람들이 저마다 자신의 자동차를 소중히 아끼듯 그들은 남편에게는 현숙한 아내일 것이고 아이들에게는 훌륭하고 행복한 어머니일 것이다. 새된 웃음 속에서 그들은 문득문득 불안해한다. 우리 독일인들이 결혼 생활을 꾸려가는 모습을 보노라면, 우리가 이제껏 혁명을 이뤄내지 못했다는 게 전혀 이상할 것도 없게 느껴진다.

2시에 소시지 샐러드를 먹고 사과 주스를 마셨다. 벤트 박사는 그림자도 보이지 않았다. 나는 다시 정신병원으로 들어갔다. 그러고는 그가 1시쯤 병원을 나섰다는 사실을 알게 되었다. 나는 에벌라인 병원장의 문을 두드렸다.

"어서 오세요!" 그는 하얀 가운을 입고 창가에 서 있었다. 주차장 쪽을 바라보고 있던 그가 나를 향해 돌아섰다.

"처음에는 원장님의 환자가 사라지더니, 이제는 원장님의 의사가 사라졌군요." 나는 그에게 벤트 박사와의 약속에서 바람맞은 상황을 이야기했다. "혹시 요 며칠 사이에 연방범죄수사국에서 나온 두 사람이 찾아오지 않았던가요? 그들 말고도 다른 누군가가 찾아왔었을 것 같은데. 키 크고 몸집 좋은 40대 중반의 남자요. 언뜻 보면 은행원이나 목사 같은 인상인데 아마 짙은 선글라스를 끼고 있었을 겁니다. 그가 전에 이곳에 입원했던 레오노레 살거 양과 벤트 박사에 대해 물어보지 않던가요?"

에벌라인 병원장은 이번에도 역시나 뜸을 들였다. 나는 그게 정신과 의사들이 상대방을 초조하게 만들기 위해 흔히 사용하는 전형적인 트릭이라는 것을 알고 있었다. 하지만 이번에는 그것 말고도 다른 무언가가 있었다. 뭔가 걱정하고 있는 눈치였다. 양쪽 눈썹 사이로 전에는 보지 못했던 주름이 깊게 패여 있었다. 그리고 초조한 듯 자기도 모르게 지팡이로 간간이 바닥을 두드렸다. "젤프 씨, 당신은 애초 누구를 위해 이번 일을 맡으신 건가요? 여전히 레오노레 잘거 양의 아버지를 위해 일하고 있으신가요?"

"애초에 아버지는 없었습니다. 제 생각엔 그렇기 때문에 벤트 박사가 처음부터 제게 잘거 양이 창문에서 뛰어내렸다고 꾸며낸 이야기를 둘러댔던 것 같습니다. 그는 아버지라고 사칭했던 인물이 감히 모습을 나타내지는 못할 거라 생각했고, 그래서 꾸며낸 이야기로 일을 마무리하려 했던 것이겠죠. 하지만 그 이야기는 너무나 허술했고, 가짜 아버지라는 사람은 대담하게도 선글라스 하나만 쓴 채 불쑥 나타나버린 겁니다.

제가 누구를 위해 일하냐고요? 더 이상은 그를 위해 일하지 않습니다. 덧붙여 말씀드리자면, 지금 제가 이렇게 이 일에 관여하고 있는 것은 결코 그 누구를 위해서가 아닙니다. 제게는 이제 사건 의뢰인 따위는 없습니다. 단지 문제아가 하나 있을 뿐이지요."

"그럼, 이번 같은 경우가 사립탐정에게는 흔히 있는 일인가요?"

"그렇지는 않습니다. 물론 그 문제아 또한 의뢰인인 경우라면 혹시 또 모르겠지만요. 원장님의 경우처럼 말입니다. 정신과 의사와 마찬가지로 사립탐정 또한 돈을 받지 않고는 결코 사건을 처리해주지 않습니다. 제 분야에서도 심리적 압박감을 느끼지 않는 고객은 치유될 가능성이 거의 없는 것이나 마찬가지입니다."

병원장이 껄껄 웃었다. "치유하는 사립탐정이라? 탐정은 사건을 수사하는 사람인 줄만 알았는데요."

"그 또한 원장님의 경우와 마찬가지입니다. 실제로 어떤 일이 일어났었는지 우리가 밝혀내지 못하면, 사람들은 기존의 이야기에서 벗어나지를 못합니다."

"그렇군요." 그렇게 대꾸하는 그의 목소리는 뭔가 사색적으로 느껴졌고, 별다른 생각 없이 꺼낸 내 말들이 그처럼 진지하게 생각해볼 만한 가치가 있는 것인지 의아하기까지 했다. 하지만 에벌라인 병원장의 생각은 다른 곳에 가 있었다.

"그나저나 벤트 박사에게는 대체 무슨 일이 있는 겁니까? 어제 연방범죄수사국에서 나왔다는 두 남자가 저를 찾아왔었거든요. 그래서 오늘 벤트 박사를 제 방으로 불렀습니다. 하지만 아무 연락도 없이 오지 않았어요. 그도 믿을 수는……"

에벌라인 병원장은 벤트 박사가 믿을 수 없었던 게 무엇인지는 말하지 않은 채 입을 다물었다. "젤프 씨가 인상착의를 묘사한 그 사람도 이곳에 찾아왔었습니다. 자신을 프랑크푸르트에서 온 레만이라고 소개하더군요. 벤트 박사를 만나러 사무실로 찾아갔다가 그가 없자 다시 저한테로 온 겁니다. 잘켈 가족의 오랜 친구이자, 특히나 레오노레와는 각별한 사이라고 자신의 신분을 밝혔지요. 그는 아버지 같은 입장에서 느낄 수밖에 없는 관심과 책임감, 그리고 레오노레가 처해 있는 힘든 상황 등을 들먹이며, 레오가 현재 어디에 있는지 알고 싶어 했습니다. 물론 어디 있는지 알지 못하기도 하지만, 설사 알고 있었다 하더라도 저 또한 알려주지 않았을 겁니다. 저로서는 그가 그녀를 찾아내지 못하기를 바라니까요."

"저도 마찬가지입니다. 그런데 원장님께서는 왜?"

그가 창문을 열어 시원하고 습한 공기가 방 안으로 들어오도록 했다. 밖에는 굵은 빗줄기가 쏟아지고 있었다. "얼마 전 제가 요트를 갖고 있는 걸 보고 아마도 그 이유가 궁금하셨을 겁니다. 그러니까, 저는 물고기에 관심이 많습니다. 인도양에는 몇몇 관점에서 돌고래와 유사한 상어가 살고 있답니다. 상어는 원래 혼자 다니는 동물이고, 돌고래는 무리를 지어 다니는 동물이지요. 하지만 행동 양식을 들여다보면, 인도양에 살고 있다는 그 상어와 돌고래 사이에는 닮은 점이 확연하게 드러납니다. 그 상어는 우연히 만난 돌고래 떼에 끼어들어서는, 함께 어울려 헤엄치고 놀며 함께 물고기 사냥을 벌이지요. 한동안 그렇게 아무 문제 없이 사이좋게 지냅니다. 하지만 어느 순간이 되면, 왜 그러는 것인지는 아직까지 밝혀지지 않았지만, 그 상어는 갑자기 돌변해 같이 놀던 돌고래를 공격해 물어뜯어 죽이고 맙니다. 때로는 돌고래 떼가 그 상어에게로 달려들어 상어가 도망을 치기도 하지요. 그러면 그 상어는 또 다른 돌고래 떼를 만날 때까지 몇 주고 몇 달이고 혼자 돌아다닌답니다."

"원장님은 레만이라는 사람을 그 상어에 빗대 이야기하고 계신 건가요?" 내게는 레만이라는 인물을 평가할 만한 아무런 근거도 없었다. 하지만 왠지 모르게 그의 비유가 너무 과한 것은 아닌가 하는 생각이 들었다.

에벌라인 병원장은 그런 내 생각을 읽기라도 한 듯 손사래를 치며 말을 이어갔다. "제가 말씀드린 상어에게서 가장 눈길을 끄는 점은 그 상어가 돌고래 떼 속에서 하나의 특정한 역할을 맡고 있는 것처럼 보인다는 사실입니다. 물론 동물의 세계에서는 여러 가지 역할을 수행하는 경우는 결코 없습니다. 적당한 만큼만의 거리를 유지하는 경우도 없고 말이지요.

그렇게 보면, 제가 말씀 드린 상어의 뇌 속에는 두 개의 프로그램이 입력되어 있는 게 분명합니다. 상어라는 프로그램과 돌고래라는 프로그램이요. 그래서 그 상어는 때로는 완벽한 돌고래가 되고, 때로는 완전한 상어가 되기도 하는 것이지요. 그런 이유로 저는 레만이라는 인물에게서 그 상어를 떠올렸습니다. 그가 하는 말을 들으면서 저는 그가 분명 꾸며낸 이야기를 둘러대고 있다는 느낌을 받았습니다. 하지만 그와 동시에, 그가 진실을 말하고 있다는 확신을 느끼기도 했습니다. 제가 말하려는 게 어떤 것인지 이해하시겠습니까?"

나는 고개를 끄덕였다.

"그렇다면 제가 왜 그 남자를 위험한 인물로 간주하는지도 이해하실 수 있을 겁니다. 아마도 그 사람은 이제껏 단 한 번도 누군가에게 해를 끼친 적이 없었을 것이고, 앞으로도 그러할 것입니다. 하지만 일단 그래야만 한다고 생각되면, 그는 주저 없이, 그리고 아무런 양심의 가책도 느끼지 않는 가운데 그 일을 해치우게 될 것입니다."

29
이 날씨에?

차를 몰아 비블링겐의 슈스터 슈트라세로 향했다. 벤트 박사의 집을 찾아가 초인종을 누르고 문을 두드리기도 했다. 하지만 소용없었다. 돌아서서 차를 세워둔 곳으로 걸어 나오는데, 현관문 앞에 클라인슈미트 부인이 나와 서 있는 게 보였다. 아마도 커튼 사이로 내가 들어가는 것을 보았던 모양이었다.

"벤트 씨!"

나는 빗물이 고인 물웅덩이 두 개를 폴짝 건너뛰었다. 처마의 물받이에서 떨어지는 빗방울이 튀었다. 나는 현관 앞 클라인슈미트 부인에게로 다가가, 안경에 묻은 빗물을 닦아냈다.

"오늘도 아드님을 찾아오신 건가요? 저 앞에 아드님 차가 서 있는 게 보이시죠. 아까 전에 들어왔어요. 그런데 곧 차 한 대가 뒤따라 들어오더니, 아드님은 그 차를 타고 온 남자분과 다시 나갔어요."

"이 날씨에 말입니까?"

"그러게 말예요. 저도 그게 이상하더라고요. 더군다나 아드 님과 같이 나갔던 남자는 45분쯤 지나 혼자 돌아와서는 자기 차를 타고 떠났어요. 그것도 이상하니 마음에 걸리고요."

"부인께서는 주변의 일들을 아주 세심하게 관찰하는 남다른 능력이 있으신가봅니다. 그런데 아들과 같이 나갔다는 그 남 자는 어떤 모습이던가요?"

"어머머, 그걸 어떻게 아셨어요? 제 남편도 늘 같은 말을 하거든요. 제가 아주 탁월한 관찰자라고 말예요. 하지만 아까 그 남자는 아쉽게도 제대로 보지 못했어요. 저기 뒤편에다 차 를 주차시켰거든요. 저기, 지금은 포드가 서 있는 곳에다요. 게다가 비까지 내리는 바람에…… 비가 올 때면 사물을 식별 하기가 쉽지 않잖아요. 하지만 그 남자가 골프를 타고 온 것 만큼은 분명하게 봤어요." 그녀는 마치 칭찬받고 싶어 하는 어린아이처럼 신이 나서 아까 보았던 일들을 늘어놓았다.

"그럼 그 두 사람이 어느 쪽으로 갔는지는 혹시 보셨나요?"

"저기 저 길 아래쪽으로 걸어갔어요. 그리로 가면 네카 강 가가 나와요. 여기서는 그리 멀리까지 보이지 않지만, 거기 가면 시야가 툭 트여 아주 잘 보이죠."

클라인슈미트 부인은 잠시 들어와 갓 내린 커피를 마시고 가라고 권했다. 하지만 나는 커피를 포기하고, 차 있는 곳으 로 돌아왔다. 그러고는 차를 몰아, 네카 강가를 따라 나 있는 길을 천천히 내려갔다. 집들과 나무들과 자동차들은 비의 장막에 싸여 있었다. 시계는 이제 겨우 4시를 가리키고 있었지만 주위는 마치 해 질 녘처럼 느껴졌다.

얼마 지나지 않아 빗줄기가 약해졌다. 그리고 마침내 두 개의 와이퍼는 물기 없는 창유리 위를 왕복하고 있었다. 나는 차에서 내려, 비블링겐에서 에딩겐으로 이어지는 네카 강변의 풀밭 길을 따라 걸어갔다. 그 길은 하수처리장과 퇴비저장소를 지나 아우토반 다리 밑을 지났다. 문득, 벤트 박사의 옷 같은 걸 본 것 같다는 느낌이 들었다. 나는 비에 젖은 풀들을 헤치며 그리로 들어갔다가 두 발이 축축이 젖은 채 돌아 나왔다. 비가 온 뒤 흙냄새가 나고 신선한 공기가 얼굴에 와 닿는 게 생생하게 느껴질 때면 즐겨 밖으로 나가 산책을 하곤 했다. 하지만 지금은 차갑고 축축한 느낌이 기분 좋게 와 닿지 않았다.

나는 두 팔을 뻗은 채 경직된 눈을 뜨고 쓰러져 있는 그를 발견했다. 머리 위로는 오가는 자동차들이 비행기 소리를 내며 질주하고 있었다. 쓰러져 있는 모습으로 추측하건대, 저 위 아우토반 다리에서 추락해, 다리를 건설하며 바닥에 깔아놓았던 포석용 돌들에 부딪힌 게 분명했다. 하지만 그의 밝은색 레인코트에는 총알이 심장을 관통하며 뚫어놓은 작은 구멍 하나가 나 있었다. 구멍은 검은색이라 해도 무방할 만큼 짙은 붉은색이었다. 레인코트에 난 구멍 주위로 붉은색이 선명하게 빛을 발하고 있었다. 흘러나온 피의 양은 그리 많지 않았다.

옆에는 그의 손에서 빠져나온 것 같아 보이는 서류 가방 하나가 놓여 있었다. 나는 종이 티슈 두 장을 꺼내 지문이 묻지 않게 손가락 쪽을 감싼 뒤, 서류 가방을 집어 들고는 다리 아래쪽 젖지 않은 곳으로 가져갔다. 종이 티슈로 감싼 손으로 서류 가방 안에서 신문과 다이어리 한 권, 그리고 지도 복사본 한 장을 찾아냈다. 벤트 박사의 진료 일정표였던 다이어리의 오늘 날짜 오후 칸에는 아무것도 기록되어 있지 않았다. 지도에는 아무런 표시도 되어 있지 않았고, 그 지도가 가리키는 곳이 어디인지도 알 수 없었다. 특정한 장소나 강도 없었고, 숲인지 건물인지 구별하는 것을 가능하게 해줄 색깔조차 없었다. 지도의 표면 전체는 번호가 붙은 작은 구역들로 나뉘어 있었다. 겹줄 하나가 중앙부 상단에서 중앙부 하단으로 그어져 있었고, 그 겹줄에서는 여러 개의 겹줄이 왼쪽으로 빙글 돌며 뻗어 나와서는, 가장자리 쪽을 향해 쭉 뻗어 있는 또 하나의 겹줄과 합쳐지고 있었다. 나는 몇몇 개의 숫자들을 머릿속에 기억했다. 아래 203, 위 537, 538, 539, 왼쪽 425쪽, 오른쪽 113. 그렇게 안에 들어 있던 것들을 꼼꼼히 살펴본 뒤, 서류 가방을 처음 발견했던 곳에 원래 있던 모습 그대로 갖다 놓았다.

바닥의 툭 튀어나온 돌 때문에 머리가 들린 채 누워 있는 벤트 박사의 모습은 마치 굳은 시선으로 저 먼 곳 어딘가를 동경하듯 바라보는 것 같았다. 마음 같아서는 두 눈이라도 감겨주고 싶었다. 또 당연히 그래야만 했다. 하지만 경찰의 입장에서는 그러기를 원치 않을 게 분명했다. 나는 가까이 있던 비블링겐의 어느 공중전화 부스로 들어가 네겔스바흐 경감에게 전화를 걸었다.

"나한테 연방범죄수사국 사람들을 보낸 건 아무래도 좀 지나친 처사 아니었을까요?" 나는 일단 그 점부터 짚고 넘어가야 한다고 생각했다.

"내가 뭘 어쨌다고요?"

"오늘 아침 일찍, 연방범죄수사국에서 나왔다는 라비츠와 블레크마이어 두 사람이 집으로 나를 찾아왔더군요. 그러고는 레오노레 잘거 양이 어디 있는지 알려달라고 나를 윽박질렀고요."

"젤프 씨, 그 일은 나하고는 전혀 상관 없는 일입니다. 물론 어제 저녁 우리 두 사람이 그 문제로 서로 언성을 높이기는 했지만…… 그렇다고 어떻게 내가 당신의 믿음을 그런 식으로 저버릴 거라는 생각을 다 하십니까? 좀 많이 서운하군요."

그의 목소리는 격앙되어 살짝 떨리고 있었다. 나는 그의 말을 믿을 수밖에 없었다. 그렇다면 이제 부끄러워해야 할 사람은 그가 아니라 나였다. 그에게 던졌던 의심과 비난이 부메랑이 되어 거꾸로 내게 돌아온 것이다. "이런, 제가 실수를 했군요. 미안합니다, 네겔스바흐 경감. 나로서는 달리 생각할 방법이 없었어요, 연방범죄수사국 사람들이 잘거 양의 거처를 확인할 목적으로 갑자기 나를 찾아오게 된 경위가 당신 말고는 달리 떠오르질 않았으니."

"흠."

나는 곧바로 조금 전 목격한 사건을 신고했다. 그는 내게 공중전화 부스에서 자기가 도착할 때까지 기다리고 있어달라고 요청했다. 정확히 5분 후, 경찰 순찰차 한 대와 구급차 한 대가 도착했다. 그와 거의 동시에, 〈라인-네카 차이퉁〉의 기자인 티츠케도 모습을 나타냈다. 그리고 다시 3분 후쯤, 네겔스바흐 경감이 동료들과 함께 현장에 당도했다. 나는 그들이 타고 온 차에 동승해, 그들을 벤트 박사의 시신이 누워 있는 곳으로 안내했다. 그들은 현장에 도착하자마자 경찰 본연의 업무를 시작했다. 네겔스바흐 경감은 이제 그만 가봐도 된다고 말했다. "살펴 가세요. 그리고 내일 오전 중으로 경찰청에 들러서 조서를 작성하는 일에 협조해주시고요!"

30
스파게티 알 페스토

집 앞 층계참의 전구는 여전히 고장 나 있었다. 한 층 아래에서 숨을 돌리며 위쪽을 올려다보던 내 눈에 그 사실이 들어왔다. 나는 돌아서서 다시 계단을 내려갔다.

브리기테는 아직 집에 와 있지 않았다. 마누와 나는 부엌에서 스파게티 알 페스토를 만들었다. 마누 또한 이 스파게티의 생명은 신선한 바질과 올리브오일로 만든 진한 소스에 있다는 사실을 이미 알고 있었다.

늦은 저녁 시간, 브리기테와 함께 노니를 산책시킬 겸 밖으로 나왔다. 브리기테는 낮에 무슨 일이 있었는지 궁금해했다. "당신이 와서 스파게티 요리를 해놓고 기다리니까 정말 좋네. 설거지까지 해놓고. 하지만 그저 나를 기쁘게 해주기 위해 온 것만은 아니죠?"

"무슨 소리! 나도 당신처럼 좋아서 기꺼이 하는 일이라고는 생각되지 않나?"

그녀는 그게 내가 그녀의 집을 찾은 진짜 이유는 아니라는 사실을 이미 눈치채고 있었다. 하지만 굳이 내 말을 반박하려고도 하지 않았다. 집에 돌아와서는 함께 텔레비전으로 영화를 보고, 마감뉴스까지도 시청했다. 일기예보가 시작되기 전, 연방범죄수사국에서 내린 범인 공개수배에 관한 안내 보도가 나왔다. 마누와 함께 보았던 저녁뉴스에서는 접하지 못했던 뉴스였다. 익명의 두 남성은 내가 알지 못하는 인물들이었고, 한 명의 여성은 바로 레오였다. 그녀의 경우는 실명까지 언급되었다. 그들 세 사람의 구체적인 범죄행위와 관련해, 미국의 군사시설에 대한 테러 공격이 있었으며 그로 인해 두 명의 사망자가 발생했다는 보도가 이어졌다. 그런 다음, 연방범죄수사국의 대변인이 화면에 나와 '제2세대 테러리스트'와 낮에는 정상적인 생활을 하다 밤이 되면 방화와 살인을 일삼는 '일과 후 테러리스트'에 관해 설명했다. 그는 앞으로 며칠 동안 시행될 도로 차단과 검문검색으로 인해 야기될 불편에 대해 시민 의식을 가지고 양해해줄 것을 부탁했다. 아울러 혐의자들과 관련된 유용한 정보를 제공하는 경우 고액의 현상금을 지급할 것이며, 제보자의 신원은 원칙적으로 철저히 비밀에 부쳐질 것이라고 약속했다.

"저 여자, 혹시 당신 방 사자 상에 세워져 있던 사진 속 인물 아니에요?"

나는 고개를 끄덕였다.

"혹시라도 현상금이 탐나서 이런 말 한다고는 생각하지 마요. 얼마 전 내가 그 아가씨에 대해 물어봤던 것 기억나죠? 그때 당신은 그 아가씨가 무슨 혐의로 수배되고 있는지 알면 경찰에 그녀의 소재를 밝히겠다고 말했었어요. 그리고 이제 당신은 그 이유를 알게 되었네요."

"당신은 내가 이제 그 이유를 알게 되었다고 생각하는 건가? 내가 알게 된 건 미국의 군사시설에 대한 테러 공격으로 두 명의 사망자가 발생했다는 것이 전부인데. 언제 어디서 어떤 공격이 있었는지는 아직 전혀 모르고 말이야. 레오는 1월에 잠적했소. 그리고 지금은 5월이고. 그런데 공개수배령은 마치 레오가 어제 테러 공격을 감행한 뒤 잠적한 것처럼 말하고 있잖소. 여기에는 분명 뭔가가 숨겨져 있어. 내가 아직 알지 못하는 뭔가가. 당신은 그런 생각이 들지 않나?"

침대에 누워 있던 나는 마침내 결심을 하고 자명종 알람을 맞췄다. 그리고 아모르바흐 마을 사람들, 특히나 호펜 씨 가족은 심야 마감뉴스를 보지 못했기만을 마음속으로 간절히 바랐다.

다음 날 아침 6시, 나는 자동차를 몰고 아모르바흐로 향했다.

31
바더와 마인호프 사건 때처럼

길은 텅 비어 있다시피 했고, 나는 거침없이 차를 몰았다. 아침 해가 창백한 붉은색 원반처럼 떠올랐다. 안개는 이내 걷혔고, 에버바흐와 아모르바흐 사이의 좁은 커브 길을 돌 때면 햇빛은 눈이 부실 만큼 밝게 반짝였다. 비가 주룩주룩 내리는 날들은 이제 끝났다.

바덴호프 레스토랑은 이미 문을 열고, 모닝 뷔페를 차려놓고 있었다. 내 옆 테이블에는 겔젠키르헨이나 레버쿠젠에서 온 것 같아 보이는 부부가 앉아 있었다. 무릎까지 오는 알록달록한 반바지 차림에 빨간색 양말을 신은 그들은 오덴발트 숲을 가로지르는 산행을 나온 터였다. 그들은 커피와 빵을 먹으면서 신문을 읽고 있었다. 그들에게 부부 사이에 대화가 얼마나 중요한지 말해주고는, 그들이 읽고 있던 신문을 잠깐 좀 봐도 되겠느냐고 부탁하고 싶었다. 그러나 그럴 용기는 내지 못했다. 대신, 적어도 레오의 사진이 신문 1면에 실려 있지 않다는 사실만큼은 확인할 수 있었다.

레오의 기사는 4면에 실려 있었다. 8시 45분, 가판대에서 신문을 사서 겨드랑이에 낀 채 좀머베르크의 호펜 씨 집 초인종을 눌렀다. 집 안에서는 아이들이 떠드는 소리가 들려왔다. 레오가 문을 열어주었다.

얼마 전, 그녀를 얼핏 본 적이 있었다. 하지만 그녀는 내게 있어 여전히 처음 본 사진 속의 소녀, 입가에는 웃음기를 머금고 의심과 고집스러운 눈빛을 반짝이며 내 책상 위 자그마한 돌사자에 기대어 서 있는 사진 속 소녀의 모습으로 남아 있었다. 클라우젠파트 기숙사에서 구했던 사진 속 젊은 여성의 모습은 더 이상 찾아볼 수 없었다. 사진 속에서 봤던 것보다는 한두 살쯤 많아 보이는 젊은 여성이 이제 내 앞에 서 있었다. 그녀의 턱과 광대뼈에서는 단호함이 느껴졌다. 눈빛에서 나는 그녀의 생각을 읽어낼 수 있었다. 이 노인네는 누구지? 잡상인이거나 세일즈맨? 아니면 가스나 전기를 검침하러 왔나? 그녀는 오늘도 청바지에 남성용 체크무늬 셔츠를 입고 있었다.

"무슨 일로 오셨나요?" 그녀의 미국식 억양이 마치가 직접 바른 빵 위의 누텔라처럼 두툼하게 느껴졌다.

"안녕하세요, 잘거 양?"

그녀는 순간적으로 한 걸음 주춤 물러섰다. 그 순간, 그녀의 당황한 눈빛을 대하며 나는 기쁘기까지 했다. 레오인 게 분명했다. 그리고 그 눈빛은 나를 귀찮은 존재가 아니라 위험한 노인으로 인식하고 있음을 말해주고 있었다.

"뭐라고요?"

나는 신문의 4면을 펼쳐 그녀에게 내밀었다. "잘거 양과 잠시 이야기하고 싶습니다."

그녀는 호기심과 체념이 뒤섞인 표정으로 신문에 실린 자신의 사진을 바라보았다. 세상에! 이게 나라고? 하긴 상관없어. 어차피 이제 모든 게 끝났으니까. 추측하기에 그 사진은 레오의 신원 확인 과정에서 만들어진 것이었다. 종종 경찰이 자행하는 범죄인 취급 행위가 화제에 오르고, 그로 인해 경찰이 범죄와 맞서 싸울 뿐만 아니라 범죄인을 만들어낸다는 비난이 들끓곤 한다. 하지만 그 같은 논란은 결코 신뢰할 수 없는 일반화의 오류다. 단지 경찰 사진사들이 그럴 뿐이다. 그들은 당연히 범죄인 만들어내기 분야의 전문가들이다. 법을 가장 잘 지키고 눈곱만큼의 결점도 없는 정직한 시민을 건네주면, 그들은 눈 깜짝할 새에 그로부터 범죄인의 얼굴을 만들어낸다. 레오는 어깨를 으쓱해 보이고는 신문을 돌려주었다. "잠시만 기다려주시겠어요?" 꾸며진 억양은 어느새 사라지고 없었다.

나는 문 앞에 서 있었다. 레오가 아이들을 불러 신발을 신기고 재킷을 입히고 빵을 싸면서 아이들과 나누는 소리가 간간이 들려왔다. 잠시 후 그녀가 계단을 내려와 아래층의 방문과 옷장 문을 열고 닫는 소리가 들렸다. 아이들과 함께 현관문을 나서는 팔에는 외투가 걸쳐져 있었고, 어깨에는 배가 불룩 나온 가방이 들려 있었다.

"아이들을 태우고 제가 앞에 가도 될까요? 아이들을 유치원과 학교에 내려주고, 차는 병원 앞에다 주차시켜놓으려고요." 그녀는 로버의 문을 열고 아이들이 차에 타는 것을 도와주었다.

나는 그녀의 차를 따라가며, 여자아이는 유치원으로, 사내아이 둘은 학교로 들어가는 것을 지켜보았다. 그런 뒤 레오는 차를 주차시키고 차 키는 병원 우편함에다 집어넣었다. 그러고는 가방과 외투를 들고 내 차 옆으로 다가와 섰다. "이제 출발하셔도 돼요."

나를 경찰로 알고 있는 걸까? 그 점은 나중에 설명해도 될 일이었다. 우리가 탄 차가 에버바흐로 가는 길로 들어서자 레오는 깜짝 놀라 나를 쳐다보았다. 하지만 그녀는 아무 말도 하지 않았다. 에른스트탈에 도착할 때까지 우리는 내내 입을 다물고 있었다. 나는 차를 나무 그늘 아래에 세웠다. "어디 가서 커피라도 한 잔 마십시다."

그녀가 차에서 내리며 물었다. "그런 다음에는 어디로 가는 거지요?"

"글쎄요. 본? 아니면 하이델베르크? 잘거 양은 어디로 가는 게 더 좋겠어요?"

우리는 테라스에 앉아 커피를 시켰다. "경찰에서 나온 분이 아닌가봐요. 그러면 대체 누구시고, 저한테서 원하는 게 뭔가요?" 그녀는 가방에서 가루담배와 담배종이를 꺼내 솜씨 좋게 담배 한 개비를 말았다. 나는 담배에 불을 붙여주었다. 그녀는 담배를 피우며 내가 대답하기를 기다렸다. 더 이상 미심쩍은 눈빛으로 나를 바라보지 않았다. 그저 신중하게 쳐다보고 있을 뿐이었다.

"벤트 박사는 죽었소. 그리고 모든 상황은 여기 이 남자가 그를 살해했다고 말해주고 있고." 나는 그녀에게 그녀의 앨범에서 가져온 사진을 꺼내 보여주었다. 사진 속에는 잘거라고 사칭하던 남자가 레오의 어깨에 팔을 올려놓은 채 곁에 서 있었다. "이 남자를 알고 있지요?"

"네. 그런데요?" 레오의 눈빛에 담겨 있던 신중함은 거부감으로 바뀌어 있었다. 두 팔을 테이블 위에 괸 채 앉아 있었지만, 이제는 자세를 고쳐 의자에 등을 기대고 앉았다.

"네. 그런데요? 벤트 박사는 당신을 도왔던 사람이오. 맨 먼저는 당신이 국립정신병원에 입원할 수 있게끔 도와주었고, 그런 다음에는 아모르바흐에서 입주 베이비시터로 일할 수 있게 자리를 알아봐주었고요. 나는 그 사람을 잘 알지는 못해요. 하지만 나를 찾아온 경찰에게 당신과 이 사진 속 남자, 그리고 벤트 박사에 관해 내가 알고 있던 것들을 진작 말해주었더라면, 어쩌면 그가 살아 있을지도 모른다는 생각에 도무지 마음이 편치 않아요. 아울러 당신이 조금만 달리 대처했더라면, 벤트 박사는 분명 아무 탈 없이 살아 있었을 테고."

카페 주인이 커피를 가져왔다. 레오가 자리에서 일어섰다. "잠시 화장실 좀 다녀올게요." 화장실 창문으로 빠져나가 숲속으로 도망치려는 걸까? 그럴 가능성을 배제할 수 없었다. 하지만 화장실에 다녀온다는 것까지 막을 수는 없었다. 카페 주인은 독일 난로에 러시아산 천연가스를 사용하게 되면서 우리 숲이 죽어가고 있다며 말을 붙였다. 그가 속삭이듯 말했다. "러시아인들이 가스 안에 뭔가를 넣고 있어요. 그들에게는 전쟁이나 무기 같은 것이 더는 필요치 않다고요."

레오가 돌아왔다. 눈에는 눈물이 맺혀 있었다. "이제는 말씀해주세요. 제게서 무엇을 원하시는지." 그녀는 아무렇지도 않은 듯 말을 했다. 하지만 그렇게 말하는 것조차 힘이 들어 보였다.

나는 지난 일주일 동안 내게 일어났던 일들을 간략히 이야기해주었다.

"그럼 이제는 누구를 위해 일하시는 건가요?"

"나 자신을 위해서요. 비록 잠시 동안만이라 할지라도, 살면서 한 번쯤은 그리해볼 만한 가치도 있거든요."

"그럼 제가 알고 있는 것들을 알고 싶어 하시는 이유가 단지 관심이나 호기심 때문인 건가요?"

"그 때문만은 아니오." 나는 다시 한 번 사진을 가리키며 말했다. "이 남자로 인해 내 안에서 다시 살아난 것이 무엇인지 알고 싶기 때문이기도 하지요. 참, 이 남자 이름이 뭐요?"

"제가 모든 것을 말씀드린다면, 그럼 그다음에는요?"

"내가 당신을 경찰에 넘길지 궁금한 거요?"

"아닌가요? 그런데 저를 금방 알아보신 거예요?"

"아주 어렵사리 알아봤다고는 말할 수 없겠지요. 하지만 자신의 정체를 드러내고 싶어 하지 않는 사람들을 찾아내는 게 본래 내 일이니까."

"저를 이곳에서 데려가주시겠어요?"

그녀가 의도하는 게 무엇인지 언뜻 이해가 되지 않았다.

"제 말은, 이 사진이 없는 어딘가로 저를 데려가주실 수 있겠느냐는 거예요…… 이 사진은 곧 우체국이며 경찰서며 온갖 곳에 붙게 될 거예요. 예전의 바더와 마인호프 사건* 때처럼요. 심지어는 텔레비전에서도. 참, 텔레비전에서도 이 사진이 공개됐나요?"

"어젯밤에요."

"어디든 생각나는 곳이 있으세요? 그렇다면 저도 알고 싶어 하시는 것을 말씀드릴게요."

나는 잠시 생각할 시간이 필요했다. 테러 단체에 대한 후

---

*적군파의 핵심이던 바더와 마인호프는 슈투트가르트의 슈탐하임 교도소에서 1976년에 자살했다.

원, 비호, 공무집행방해. 머릿속으로 내게 일어날 수 있는 일들이 스쳐갔다. 지금 내 나이에 협상 능력 부족을 주장할 수 있을까? 아니면 그런 주장은 단지 나치 재판에서나 용인되는 것일까? 그들은 내 카데트를 범죄 도구로 판단해 압수하게 될까? 레오가 끔찍하기 짝이 없는 짓을 저질렀다는 사실이 밝혀졌을 때에도, 지금 내가 그녀에게 하려는 약속을 여전히 지켜야만 하는가 하는 도덕적인 문제는 나중에 고민하기로 미뤄놓았다.

나는 자리에서 일어섰다. "좋아요. 당신을 프랑스로 데려다주리다. 그러니 프랑스 국경까지 가는 동안 잘거 양은 알고 있는 것들을 모두 이야기해줘요."

그녀는 여전히 앉아 있는 채로 대꾸했다. "우리가 국경에 도착하면 거기 있는 연방경찰들이 꽤나 친절하게 맞아주겠네요."

그녀 말이 맞았다. 국경이 개방되어 있는 유럽에서도 일단 대규모 수배령이 떨어지면 국경 통과자들에게 특별히 주의를 기울였다. "그럼 숲과 하천을 통과하는 그린 보더*로 국경을 넘도록 해주겠소."

---

*소규모 국경감시초소만이 있는, 숲이나 내륙 수로를 지나는 국경 통과를 의미.

32
배기통 속의 바나나

텔레비전에서는 도로 차단과 검문 실시로 인한 불편 사항에 대해 양해와 협조를 구하고 있었다. 그래서 우리는 트랙터와 농기계, 건초 등을 실어 나르는 마차들이 주로 다니는 작은 길들을 선택했다. 그 길들은 일반인들뿐만 아니라 경찰들 또한 진저리를 치는 길이었다. 우리는 그리 넓지 않은 오덴발트와 크라이히가우를 가로질러 차를 몰았다. 레오폴츠하펜에 이르러 라인 강을 건넜고, 클링겐뮌스터에서는 펠처발트 숲 속으로 들어갔다. 2시 정각, 우리는 노트바일러에 당도했다.

"솔직히 말하면, 이야기할 것도 별로 없어요." 에른스트탈을 떠나면서 레오는 입을 열기 시작했고 얼마 지나지 않아 다시 입을 다물었다. 네카비쇼프스하임에 이를 때까지 그녀는 잔뜩 웅크리고 앉아 멍하니 앞만 바라보고 있었다. 그러면서 담배만 연신 말아 피워대고 있었다. "그런데 이해가 안 되는 게 있어요. 롤프는 그 일에 가담하지도 않았고, 정말로 아무런 관련도 없어요. 그러니 어느 누구에게도 그를 죽여야 할 이유가 없어요. 그런데 누가 왜 그를 죽인 걸까요?"

"처음부터 차분히 얘기해봐요."

"그러면 헬무트 렘케부터 시작할게요. 물론 그는 더 이상 그 이름을 쓰지 않아요. 그래봐야 아무 소용 없지만. 어차피 갖고 계신 사진만으로도 금세 그 이름을 알아내실 테죠. 그는 정말로 큰오빠 같았어요. 아버지가 그를 집에 처음 데려왔을 때 저는 아직 초등학교에도 입학하지 않은 상태였거든요. 그렇다고 저랑 숨바꼭질 하며 놀기엔 너무 많다고 할 정도는 아니었고요. 그리고 내가 좀 더 크자 그는 테니스를 가르쳐주었어요. 내가 늘 오빠가 있었으면 좋겠다고 바랐던 것처럼, 그도 여동생이 있었으면 한 게 틀림없어요."

"당신 아버지는 그를 어떻게 해서 알게 되었죠?"

"헬무트는 대학생이었어요. 방학 때 아버지가 일하던 관청 부서에 나와 실습을 했죠. 그러다가 아버지 눈에 띄게 된 거고요. 1967년에 헬무트는 본에서 하이델베르크로 옮겨 갔어요. 자연히 관계는 전에 비해 훨씬 느슨해졌지요. 하지만 그는 일 때문에 자주 본을 찾았고, 그럴 때면 우리 집에 놀러 와 저와도 이런저런 이야기를 나누었어요. 그러다가 아버지가 갑자기 감옥에 갇히게 되었고, 사람들은 어느 누구도 우리 가족과 더 이상 관계를 맺으려 하지 않았어요. 하지만 그만큼은 너무도 당연하다는 듯이 계속해서 우리 집을 찾았어요. 그러다가 6년 전, 갑자기 땅속으로 꺼지기나 한 것처럼 발길을 뚝 끊었죠."

"그럼 그가 다시 나타난 건 언제쯤인가요?"

"지난해 여름이에요." 어느 날 그가 그녀의 집에 찾아와, 마치 어제 만났던 사람처럼 인사를 건넸다. 그리고 이어지는 몇 주 동안 그들은 거의 날마다 만났다. "우리는…… 그러니까 한편으로는 아주 오래전부터 알고 지내온 사이라 서로에게서 친숙함을 느꼈고, 다른 한편으로는 서로에게서 전혀 새로운 모습을 발견하기도 했어요." 그 말은 그와 연인 관계였다는 의미일까? 두 사람은 테니스를 치고, 트레킹을 하고, 연극을 보고, 요리를 하는 등 많은 시간을 함께했다. 그러던 어느 날, 그가 지난 6년간 감옥에 있었다고 이야기했다. 그는 하이델베르크 모병사무소에 대한 폭탄 테러 혐의로 유죄 판결을 선고받았다.

"징역 6년?" 만하임과 하이델베르크 지역에서 발생했던 극적인 폭발 사건들은 대부분 내가 기억하고 있었다. 하지만 그 같은 테러 공격이 있었는지는 전혀 기억나지 않았다.

"테러 현장에서는 야간 경비원 한 명이 부상당했어요. 하지만 헬무트는 그 테러 공격과는 털끝만큼도 관련이 없었어요. 그는 정치적 소신을 가지고 '서독공산주의연맹(KBW)'에 가입해서 활동했고, 그러면서 경찰과 사직 당국을 끊임없이 자극하고 도발했죠. 그러던 차에 그들은 그에게 뭔가를 덮어씌울 기회를 잡았고, 그를 단숨에 해치워버린 거예요. 헬무트가 어느 경찰관이 아주 솔직하게 털어놓았다던 얘기를 들려줬어요. 지금까지 그가 오랫동안 경찰을 갖고 놀았다면, 이제부터는 경찰이 그를 갖고 즐길 시간이 되었다고."

"그가 한 말이 믿을 만했나요?"

"네. 그리고 저는 그의 복수하려는 심정을 이해할 수 있었어요. 그는 제일 먼저 하이델베르크의 독일군 모병사무소를 날려버리려 했죠. 이번에야말로 정말로 그가, 그리고 아주 제대로 말이에요. 하지만 문득 자신이 노리는 진정한 목표는 모든 것 뒤에 숨어 있는 미국인이라는 생각이 떠오른 거예요. 우리는 가끔 분젠 슈트라세를 오갔고, 호이저 슈트라세에 있는 제 집에서 길모퉁이를 돌아서면 한때 모병소가 있었던 건물이 바로 보였어요. 하지만 그곳에는 이제 모종의 업무를 담당하는 미국인들이 들어와 있었지요. 그가 말했어요. '모병사무소 테러는 결코 어리석은 짓이 아니었어. 모병사무소는 단순히 모병사무소이기만 한 게 아니니까. 미국인들이 들어와서 그곳을 운영하고 있다는 건, 독일 군국주의 뒤에 미국의 제국주의가 숨어 있다는 사실을 그 어떤 폭탄보다도 훨씬 더 분명하게 보여주고 있기 때문이지.' 하지만 그는 자본주의와 제국주의에 맞서 투쟁하는 자신이 그처럼 바보 같은 짓을 할 거라고 생각했다면, 그건 그의 지성을 너무 과소평가한 것이라며 비웃었어요."

1960년대와 70년대에도 이미 나는 그 같은 정치적 구호들을 곧이듣기가 쉽지 않았다. 90년대의 시대정신 또한 그런 주장들을 조금이나마 더 쉽게 받아들이게끔 도와주지는 못했다. 손으로 직접 담배를 말아 피우는 모습을 보면서도, 나는 마르크스와 엥겔스의 저서를 읽고 있는 레오의 모습을 떠올리기가 쉽지 않았다. 나는 그녀에게 자본주의나 제국주의 투쟁에 대해 어찌 생각하느냐고 조심스레 물어보았다.

"그건 헬무트가 짊어진 짐이었어요. 오랫동안 그 짐과 더불어 살아왔고요. 그리고 그 짐을 위해 그렇게 많은 것들을 희생했다면, 자본주의와 제국주의에 맞서는 투쟁이라는 의무를 내려놓기란 결코 쉽지 않을 거예요. 그래서 우리는 가끔 놀리기도 했어요. 그는 좋은 정치란 구체적이고 감동적이며 재미있는 것이란 걸 이해하지 못했거든요. 하지만 그는 우리에게 다른 한편으로 많은 것들을 가르쳐주었죠."

"우리? 그건 당신과 수배 사진에 나와 있는 다른 두 사람을 말하는 건가요?"

"정확히 말하자면 저한테요. 저는 누구도 끌어들이고 싶지 않아요. 그리고 사진 속에 있는 두 사람은 전혀 모르는 사람들인걸요."

나는 더 이상 몰아붙이지 않았다. 그리고 이어지는 이야기 속에서 기젤헤어와 베르트람이라는 두 명의 관련 인물이 더 있다는 사실을 짐작해낼 수 있었다. 레오는 데모를 하다 그들을 알게 되었으며, 그 후로 가끔씩 만나 서로 의기투합하곤 했다.

"하지만 그런 일에도 곧 싫증이 나기 시작했어요. 만날 만나서 이야기해봐야 변하는 건 아무것도 없었으니까. 온갖 추잡하고 잘못된 일들은 여전히 계속되었지요. 숲은 여전히 죽어가고, 대기와 물속에 있는 화학물질들은 점점 늘어가고, 핵발전소와 미사일은 도시를 파괴하고, 경찰들은 더더욱 강력하게 무장하고. 하나 얻은 게 있다면, 신문과 텔레비전에서 좀 더 많은 보도를 접할 수 있게 되었다는 것이었을까요. 하지만 그조차 잠시일 뿐, 단물을 빨아먹고 나면 어느 누구도 더는 숲에 대해 기사를 쓰거나 제보를 하지 않았죠. 그리고 사람들은 모든 게 괜찮다고 생각하고, 그런 가운데 사태는 점점 더 악화되었어요."

그래서 그들은 결국 말로 하는 대신 행동으로 보여주기로 결심했다. 그들은 비블리스에 있는 핵발전소에 폭죽용 폭약 주머니를 쏘아 올렸고, 하이델베르크와 만하임의 섹스숍에 악취 폭탄을 투척했으며, 경찰 순찰차 배기통에 바나나를 꽂아 넣었다. 밤이 되면 도로 표면에 움푹 패인 자리를 만들어 호켄하이머 로터리의 자동차 통행을 방해하려 했고, 키르히하임과 잔트하임 사이에 있는 고압선 전수를 넘어뜨리기도 했다. 하지만 아무 소용이 없었다.

"벤트 박사는 어떤 역할을 맡았었나요? 물론 잘거 양은 어느 누구도 끌어들이려 하지 않았지만……"

"그는 이미 죽었어요. 그리고 그는 우리 모임에서 아무 역할도 맡지 않았다고 아까 말씀드리지 않았나요? 우린 그저 알고 지내는 친구 사이였을 뿐이에요. 어떻게 해서인지는 모르겠지만 롤프와 헬무트는 전부터 이미 알고 있는 사이였고요. 우리가 우연히 술집에서 만났을 때 헬무트가 제게 롤프를 인사시켰어요. 그렇게 해서 알게 된 거예요."

"신문에서는 미군의 군사시설에 대한 테러를 보도하고 있던데."

"그건 새로운 계획이었어요." 헬무트 렘케는 그들에게 피할 수 없는 것들을 저지하려 할 게 아니라, 현재 진행되고 있는 사태들에 숨겨진 끔찍한 본색을 드러나게 해야 한다고 말해주었다. 그리고 그 점은 레오와 그녀의 친구들에게도 분명해졌다. 그래서 그들은 루드비히스하펜에 있는 라인 지역 화학 산업체에 잠입한 뒤 배출물을 조작해서, 대기와 물이 독성 물질로 오염되어 있는 경우 색깔을 띠도록 만들기로 계획을 세웠다. 즉 그들의 계획대로라면 공장 시설들이 배출하는 독성 물질은 보라색 구름과 황금색 라인 강물로 인해 그 정체가 드러날 터였다. 그들은 또한 뢰머크라이스와 비스마르크 광장 그리고 아데나워 광장에서 테러를 시도하기로 계획하기도 했다. 번잡한 출퇴근 시간에 신호등을 멈추게 함으로써 하이델베르크의 교통 마비와 교통 장애 상황을 적나라하게 드러내자는 것이었다. 하지만 실행에 옮기지는 않았다. 대신 헬무트는 캠프파이어 작전을 들고 나타났다.

"캠프파이어 작전?"

"일종의 축하 모닥불이었지요. 우리는 미군 군사시설에 불을 지르려고 했어요. 그렇게 하면 안에 있던 것들이 마침내 일반인들에게 공개될 테니까요. 평소에는 누구도 그 시설 안으로 들어갈 수 없잖아요. 하지만 불이 난다면 혼란 상황이 야기될 테고, 경찰과 소방관, 기자 등 독일인들이 자유롭게 드나들 수 있게 되죠. 물론 그러기 위해서는 모닥불 정도가 아니라 아주 커다란 화재가 필요했고요. 예를 들어 탄약고에 불이 붙는다거나……"

나는 어이가 없었다. 그저 멍하니 그녀를 쳐다보았다. 그리고 그녀는 내가 예상했던 것보다 훨씬 더 빨리 그런 나의 비난으로부터 자신을 변호했다. 지난 몇 주 동안, 그녀는 그녀 자신의 고소인이자 변호인이며 재판관이었다는 사실이 분명하게 느껴졌다.

"물론 그 과정에서 누구도 다쳐선 안 된다는 것만은 우리 모두 같은 생각이었어요. 우리는 그 점을 헬무트에게 누누이 강조했고, 그도 그것만큼은 하늘에 대고 맹세했지요. 물론 그런 경우까지는…… 그렇다고 오해하진 마세요, 그런 부분까지는 미처 계산에 넣지 못했다는 말이니까. 그런 점까지는 미처······" 그녀는 하던 말을 중단했다.

나는 그녀 쪽을 쳐다보았다.

레오는 아랫입술을 꼭 깨물고 있었다. 가슴에 얹은 두 손은 긴장한 듯 가늘게 떨렸다. "옳지 못한 일들을 밝혀내기 위해서는 어쩔 수 없이 옳지 못한 방법을 댁힐 수도 있다고 생각했어요. 아무도 모르게 끔찍한 일들이 벌어지고 있다면, 어찌됐든 그 같은 일들의 진상을 밝혀내는 게 훨씬 더······"

나는 묵묵히 기다렸다. 하지만 그녀는 더 이상 말을 이어가지 못했다. "잘거 양, 대체 무슨 일이 있었던 겁니까?"

그녀는 비밀을 털어놓고 있는 사람이 마치 자신이 아니라 나이기라도 한 듯, 나를 빤히 쳐다보았다. "잘 모르겠어요. 그 작전을 준비하는 데 전 그다지 많이 관여하지 않았거든요. 헬무트와 기젤헤어가 주로 담당했어요. 베르트람은 토스카나에 가 있다가, 테러 예정일 전날 저녁에야 돌아왔고요. 저도 그 작전에 당연히 함께할 거라고 생각했어요. 우리는 늘 언제나 함께했으니까요. 그런데 헬무트는 어떻게 해서든 그 일에서만큼은 저를 빠지게 하려고 했어요. 하지만 그도 자신의 생각을 끝까지 고집할 수만은 없었지요. 저를 포함시킨다 하더라도 행동대원이 한 명 정도 더 필요한 상황이었으니까. 처음에 헬무트는 그 작전을 다섯이 아니라 넷이서 할 수 있도록 계획했어요. 하지만 곧 다섯 번째 조력자를 구해야 했고, 마침내 적당한 사람을 찾아냈지요. 하지만 그 사람의 안전과 우리 조직의 비밀 유지를 위해서 헬무트는 그를 우리에게 데려오지 않았어요. 작전이 개시되고 나서야 우린 서로 만날 수 있었고요. 그는 헬무트와 함께 왔고, 다른 차에는 나와 베르트람 그리고 기젤헤어가 타고 있었어요."

"그때가 1월 초였나요?"

"공현대축일, 그러니까 1월 6일이었어요. 프랑크푸르트로 가는 방향 어디에선가 만났다는 것만 기억날 뿐 정확히 어디였는지는 몰라요. 우리는 하이델베르크나 만하임 교차로에서 차를 타고 아우토반으로 진입해 북쪽으로 한참을 달렸어요. 그러다가 도로의 갓길에서 빠져나와 언덕길을 내려온 뒤 어느 작은 도로로 들어섰고, 그런 다음에는 들판을 가로질러 작은 숲가까지 달려갔어요. 그리고 그곳에서 헬무트와 제5의 사나이를 만나 함께 출발했죠."

"다섯 번째 남자는 알고 있던 사람이었나요?"

"다 얼굴을 시커멓게 칠하고 있어서 헬무트조차 못 알아볼 뻔했는걸요. 한참 뒤에 우리는 철조망 앞에 도착했고, 철망을 잘라내 구멍을 만든 다음 그 안으로 숨어 들어갔죠. 제가 맡은 임무는 퇴로를 확보하는 것이었어요. 지나치게 세세한 부분까지는 어차피 궁금해하시지도 않겠지만, 제 임무는 그러니까 진입로 중간쯤에서 사방을 주시하며 대기하다가 순찰대라도 나타나면 우리 편에게 경고 신호를 보내거나 순찰대의 주의를 다른 곳으로 돌리는 것이었어요. 사방에 안개가 짙게 깔려 있었죠. 그리고 원래 계획대로라면, 20분이 지난 뒤 저는 혼자서 그곳을 빠져나와야 했어요." 그녀가 어깨를 으쓱해 보이고는 이야기를 계속했다. "저는 25분을 기다렸어요. 그때 총성이 들려왔어요. 저는 철조망이 있는 쪽으로 후퇴해그 지역을 빠져나왔어요. 두 대의 자동차를 세워두었던 곳에 다다랐을 때, 폭발음이 들려왔지요. 그리고 곧이어 다시 한 차례 폭발하는 굉음이 들려왔어요. 생각할 겨를도 없이 큰길가까지 달렸어요. 처음에는 차를 세워주는 사람이 없더군요. 시커먼 얼굴을 하고 있었으니 아마 정신 나간 여자로 보였겠지요. 문득 그 생각이 들어서 얼른 얼굴을 깨끗이 씻었죠. 세 번째로 지나가던 차가 드디어 저를 태워주더군요. 슈베칭겐에서 오던 길인 약사였는데, 얼근하게 취해서 저에게 수작을 걸려고 했어요. 하지만 제가 완전히 히스테릭한 반응을 보이며 정신병원으로 가자고 하자, 그는 아마도 제가 그곳 사람이라고 생각했던 모양이에요. 그 사람은 저를 병원 사람들에게 넘겨주었고, 그를 붙잡고 무슨 일인지 캐묻는 사람이 없자 무척이나 기뻐했어요." 그녀는 두 눈을 감고 고개를 좌석 머리 받침대에 기댔다. "롤프는 마침 야간근무를 하고 있었어요. 그는 저를 빈 병실로 데려갔고, 안정제를 놔주었지요. 저는 다음 날 저녁나절까지 깊이 잠들었어요."

33
카이저 빌헬름 기념비 앞에서

햇살이 밝게 내리비치는 들판을 가로질러 차를 타고 가는 도중에도 밤과 안개, 검게 칠한 얼굴들, 잘라낸 철조망, 폭탄과 총성 등에 관한 레오의 이야기는 기이하게도 비현실적인 것처럼만 다가왔다. 노트바일러에서 우리는 차를 교회 앞에 세웠고, 베겔른부르크로 올라가기 시작했다. 숲은 연초록을 한껏 뽐내고 있었고, 새들은 노래하고 있었으며, 불어오는 바람에서는 지난 며칠간 내린 비의 냄새가 묻어났다. 미군의 군사시설에서 폭발이 있었다고? 어떤 군사시설? 어떤 폭발? 레오는 그날 밤 일들을 그렇게 빨리 잊어버리지는 않았다.

"다섯 번째 남자는 왠지 수상쩍게 느껴졌어요. 괜히 멋을 부리며 이리저리 돌아다니더군요. 앞서기도 하고 뒤처지기도 하고, 갑자기 옆쪽에서 불쑥 나타나기도 하고요. 무슨 기계 같은 것만 운반하고 있었는데, 그게 무엇이고 어디에 쓰는 건지는 전혀 알 수 없었어요. 폭약은 우리가 직접 운반하고 있었으니까요."

베겔른부르크로 올라가는 길은 꽤 가팔랐다. 레오는 가방과 외투를 대신 들어달라고 부탁하지 않았다. 내심 다행이라고 생각했다. 그녀는 계속해서 나보다 훨씬 앞서갔고, 저만큼 앞에서 내가 오기를 기다렸다. 레오는 누가 앞에서 끌어주기라도 하는 듯 뛰다시피 올라갔고, 발걸음은 점점 더 가벼워지고 경쾌해졌다. 그녀는 어깨에 메고 있던 가방을 손에 쥐고는 두 팔을 힘껏 흔들어댔다. 머리를 한껏 뒤로 젖히면 머리카락이 바람에 가볍게 휘날렸다. 그녀는 다시 한 번 캠프파이어 작전에 대해 이야기하기 시작했다. 잔뜩 쌓여 썩어가고 있던 장작더미를 보자 당시 마주쳤던 미군의 건물을 떠올렸던 것이다. "꼭 차고 같았어요. 하지만 엄청 크고, 양쪽 측면은 비스듬히 경사가 져 있었지요. 흙이 덮인 그 위에서는 풀이 자라고 있었고요. 아주 기다란 건물도 있었어요. 차고처럼 높고 넓지는 않았지만, 그 위에서도 역시 풀이 자라고 있었죠. 그게 다 무엇이었을까요?" 하지만 실제로 그녀는 그 질문에 빠져 있지 않았다. 그녀를 따라잡고는 풀이 무성히 자라 있었다는 거대한 차고에 대한 추측을 말하려 하자, 그녀가 내 팔을 살며시 잡았다. "쉿!" 길에는 토끼 한 마리가 앉아 우리를 쳐다보고 있었다.

카이저 빌헬름 기념비 앞에서 잠시 휴식을 취했다. 오던 길에 기름을 넣으며 주유소에서 그라니 스미스 사과 1킬로그램과 호두가 들어간 밀크초콜릿 몇 개를 샀었다. "저리로 건너가면 무엇을 할 생각인가?" 기념비 너머에서는 프랑스 영토가 시작되고 있었다.

"돈도 어느 정도 있으니 당분간은 좀 쉬려고요. 세 아이들과 지낸 지난 몇 주는 정말 아주 힘들었거든요. 그러다가 입주 도우미 자리가 구해지면 다시 일하죠 뭐." 그녀는 기념비에 등을 기댄 채 땅바닥에 앉아, 우걱우걱 사과를 씹어 먹으며 눈부신 하늘을 올려다보고 있었다. 다시금 일상적인 생활로 돌아가려면 입주 도우미 말고 다른 일을 해야 하는 거 아니냐는 말이 혀끝을 맴돌았다. 하지만 그건 내가 아니라 결국 그녀 자신이 걱정해야 할 일이었다.

문득 좋은 생각이 떠올랐다. "우리 같이 테신으로 가봅시다. 어차피 나도 그곳에 한 번은 들러야 할 일이 있거든. 그리고 그곳에서 입주 도우미로 일할 생각만 있다면, 내 친구 티베르크가 아마 큰 도움을 줄 수 있을 거요."

그녀는 먹고 남은 사과속을 멀리 던지고는 하늘을 쳐다보면서 이마를 살짝 찌푸렸다. "그럴까요." 그녀가 다시 한 번 손가락을 가볍게 튕겼다.

"그럽시다."

호엔부르크와 뢰벤부르크를 지나 플레켄슈타인 성으로 가는 길은 그리 멀지 않았고, 레오에게는 시간 여유가 있었다.

나는 서둘러서 노트바일러로 돌아갔고, 그곳에서는 차를 몰아 바이센부르크를 통해 국경을 넘었다. 젊은 연방경찰 한 사람이 내게 어디에서 와서 어디로 가는 길인지 물었고, 나는 한 시간쯤 후 플레켄슈타인에 도착했다. 레오는 젊은 프랑스 남자와 이야기를 나누면서 활짝 웃고 있었다. 대화에 열중한 나머지 내가 가까이 다가가는 것도 몰랐다.

마누가 다른 아이들과 놀고 있을 때 가끔 브리기테는 걱정된다는 듯 계속 마누를 쳐다보았고, 마누는 그게 창피한지 묘한 눈빛으로 엄마를 쳐다보곤 하던 게 떠올랐다. 나는 레오도 나를 그런 눈으로 바라보는 게 아닐까 문득 신경이 쓰였다. 하지만 레오는 나를 보자 아무 거리낌 없이 손을 흔들었다.

그날 저녁, 우리는 더 이상 이동하지 않았다. 니더슈타인바흐에 있는 레스토랑에서 레오는 태어나서 처음으로 굴을 먹었다. 그다지 맛있어하지 않았다. 대신 샴페인은 맛있게 마셨다. 샴페인 두 병을 마시고 나자 우리는 마치 보니와 클라이드가 된 듯한 기분이 들었다. 상점이 아직 문을 열고 있었다면 그리로 달려가 권총을 들이대고 내 면도기와 칫솔을 사기라도 할 태세였다. 밤 10시에 브리기테에게 전화를 했다. 그녀는 내가 기분 좋을 만큼 술을 마셨으며 무슨 일이 있었는지 대충 둘러대고 있다는 걸 알아차리고는 속상해하는 눈치였다. 하지만 상관없었다. 그리고 무관심을 가장한 그녀의 부당한 말투를 알아차릴 만큼은 나도 정신이 멀쩡했다. 대범한 브리기테를 만나며, 나는 끄떡하면 불평불만을 늘어놓거나 하소연하던 클라라와의 결혼 생활에서는 일찍이 단 한 번도 하지 않았던 일종의 주도권 싸움을 벌이고 있었다. 방문 앞에 서서 레오에게 잘 자라고 인사하자 레오는 내 뺨에 입을 맞추었다.

로카르노까지는 이틀이 걸렸다. 우리는 굽은 길들을 따라 프랑스 지역과 스위스 지역을 넘나들며 보게젠과 유라 산을 지났다. 무르텐 호숫가 마을에서 하룻밤을 보냈고, 글라우벤뷔엘렌파스, 브뤼니히파스, 누페넨파스 등 이제껏 한 번도 들어보지 못했던 파스라는 지명들을 알게 되었다. 산속 마을이었지만 날씨는 이미 따뜻했고, 우리는 점심나절 담요를 펼쳐놓고 피크닉을 즐기기도 했다.

차를 타고 가며 레오는 대학 생활과 통역, 정치, 그리고 아모르바흐에서 돌봐주었던 아이들에 이르기까지 온갖 이야기를 늘어놓았다. 다리를 조수석 사물함 위로 들어 올리거나 심지어는 오른발을 창문 밖으로 쭉 내밀기도 했다. 그녀는 라디오를 틀어 클래식에서 미국 팝송까지 다양한 음악이 나오는 방송에 채널을 맞췄다. 그리고 스위스에서는 지역방송에 채널을 맞췄다. 9시에서 10시 사이, 예레미아스 고트헬프의 사회주의 소설 《하인 울리》가 스위스 독일어로 낭송되었다. 소설 속의 세상은 아직 멀쩡했다. 하지만 그 세상은 미국의 팝송 속에서는 엉망진창 뒤죽박죽이 되어버렸다. 남자들은 속삭이듯 살랑거렸고, 여자들의 목소리에서는 쇳소리가 났다. 레오는 휘파람을 불며 그 노래를 따라 불렀다. 그녀는 차창 밖으로 스쳐 지나가는 풍경과 도시를 유심히 바라보았다. 이 틀 모두 그녀는 점심을 먹은 뒤 좌석에 앉은 채 잠을 잤다. 간 간이 우리 사이에 놓이는 침묵조차도 전혀 불편하지 않았다. 나는 혼자서 이런저런 생각을 했다. 그리고 가끔은 레오에게 무언가를 묻기도 했다.

"국립정신병원에 있으면서 그날 밤에 뭐가 잘못되었고 다른 동료들에게 무슨 일이 있었는지 알아보았어?" 아침나절 특유의 멍한 상태에서 나는 나도 모르게 슬그머니 말을 놓아 버렸다.

"저도 계속 알아보려고 노력했죠. 제가 들었던 경보음이 혹시나 잘못 들은 것은 아니었을까 하고 얼마나 바랐는지 몰라요. 하지만 그 후로 아무리 전화를 돌려봐도 베르트람이나 기젤헤어와는 연락이 닿질 않았어요. 그렇다고 다른 친구들한테 전화를 하는 것도 조심스러웠고요."

나는 그날 두 명의 사망자가 발생했다는 사실을 상기시켜 주었다. "그날 밤 작전에는 모두 다섯 명이 관여했는데 그중 너희 세 명한테만 수배령이 떨어졌다고."

"우리 세 명이라고요? 한 명은 분명 저였을 테고, 다른 두 명은 누구였을까요?" 그녀는 그렇게 물으며 내가 가져갔던 신문을 들여다보았다. "여기 이 사진 좀 자세히 보세요!" 그녀가 자기 사진 곁에 실려 있던 다른 두 남자의 사진 중 하나를 가리키며 말했다. 나는 차를 길 한쪽에다 세웠다.

"어찌 보면 헬무트 같기도 한데, 절대로 그는 아니에요. 그런데도 자꾸 헬무트가 떠오르는 건 왜일까요?"

그녀의 말이 맞았다. 어딘지 모르게 닮은 점이 느껴졌다. 아니면, 어떤 사진이든 오래 쳐다보고 있으면 모두 다 비슷해 보이기라도 하는 걸까? 다른 남자도 문득 누군가와 닮았다는 생각이 들었다.

유라 산을 넘어가던 중 그녀가 물었다. "롤프의 죽음이 사고사일 가능성은 없는 건가요?"

"헬무트가 죽인 걸까봐 걱정돼서 그러는 거야?"

"누군가 롤프를 살해했다는 게 도무지 상상이 안 돼서요. 제가 알기로 그는 사람들이 흔히 말하는 '적'은 없었거든요. 누군가와 척을 지기에는 매사에 지나칠 정도로 신중했어요. 그리고 아주 영리하고 사려 깊어서, 어색한 상황이라도 연출될라치면 곧바로 사람들의 관심을 다른 데로 돌리곤 했죠. 그런 모습을 저는 병원 안에서고 밖에서고 여러 차례 목격했어요. 하지만 아저씨는 그의 죽음이 우연한 사고일 수는 없다고 생각하시는 거죠?"

나는 고개를 끄덕였다. "분명 총에 맞았거든. 그런데 헬무트와 롤프가 어떻게 아는 사이인지는 모른다고 했지?"

"딱 한 번, 두 사람과 함께 술집에 있었어요. 그곳에서도 잠시 인사를 나눴을 뿐이고요. 두 사람 누구에게도 서로에 대해 물어본 적은 없어요. 병원에서 롤프에게 헬무트에 관해 이야기한 적은 있지만요. 롤프는 제 치료를 담당한 의사였고, 가능한 한 꼼꼼하게 치료를 했어요. 물론 아주 완벽한 치료였다고는 할 수 없겠지만, 그가 치료법을 바꾸려 했다면 저는 그곳을 빠져나왔을 거예요."

"에벌라인 병원장은 '침울한 서리'에 관해 말하면서, 네가 세상을 온통 하얗게 뒤덮은 서리 아래서도 근본적으로는 아주 명랑한 소녀였다고 말했단다."

"맞아요. 저는 언제 어디서나 밝은 소녀였어요. 두려움이 찾아오면 저는 '어서와, 두려움아!' 하곤 약간의 자리를 내주었지요. 하지만 그 두려움이 저를 완전히 지배하는 것만큼은 허용하지 않았어요."

"무엇이 그리 두려웠어?"

"아저씨는 그런 거 느껴본 적 없으세요? 뭔가 안 좋은 일이 일어날 거 같다는 두려움이 아니에요. 그보다는 단지 열이 나거나 몸이 안 좋을 때처럼, 그냥 두렵다고 느껴질 뿐이에요." 그녀가 나를 빤히 쳐다보았다. "아니다, 아저씨는 잘 모르겠네요. 하지만 롤프는 그런 느낌을 잘 알았던 것 같아요. 단지 그런 환자를 통해서거나 책을 보고서가 아니라요. 그래서 제게 무척이나 큰 도움이 되었지요."

"그가 너를 좋아했던 걸까?"

그녀가 두 발을 가지런히 모으며 자세를 고쳐 앉았다. "그건 저도 모르겠어요."

이렇게 말하는 여자들을 나는 잘 믿지 않는 편이다. 레오는 다시금 청바지에 남성용 체크무늬 셔츠를 입고 내 옆에 앉아 있었다. 하지만 그녀의 목소리와 향기, 심지어 초조한 듯 담배를 마는 움직임에서도 나는 레오가 여인임을 느꼈다. 그런데도 롤프 벤트가 자기를 좋아했는지 알지 못한다고?

그녀는 내가 자기 말을 믿지 못한다는 걸 눈치챘다. "맞아요. 그는 저를 좋아했어요. 저는 그런 그의 마음을 인정하려 하지 않았고요. 그게 늘 마음에 걸렸어요. 그는 저를 위해 무척이나 많은 것을 해주었는데, 그 대가로 아무것도 받지 못했고 아무것도 기대할 수 없었으니까요. 하지만 그는 분명, 언제고 내가 그를 사랑하게 되기를 바랐을 거예요."

"그럼 헬무트는?"

그녀가 미심쩍은 눈으로 나를 쳐다보았다.

"그도 너를 좋아한 것 아닐까? 네가 어디 있는지 어떻게 해서라도 알아내려 했거든. 1만 마르크라는 결코 적지 않은 돈을 지불하면서까지 말이야."

"아." 그녀는 얼굴을 붉히며 고개를 창 쪽으로 돌렸다. "그건 당연한 일 아닐까요? 이제껏 나를 돌보고 책임지던 그가 이제는 내가 어디 있는지조차 모르게 되었으니 말이에요."

34

천사는 고양이를 쏘지 않는다

그날 저녁, 우리는 호수가 내려다보이는 무르텐에 앉아 있었다. 크로네 호텔의 테라스에서 늦은 시간 호수에 떠 있는 돛단배들을 바라보고 있었다. 바람 한 점 불지 않는 저녁, 그 배들은 항구를 향해 아주 서서히 다가가고 있었다. 노이엔부르크에서 오는 마지막 증기선 한 척이 자연에 맞서는 자신들의 기술적 우월성을 입증하기라도 하듯 돛단배들 옆을 당당하게 스쳐 지나갔다. 해는 호수 건너편의 산 너머로 지고 있었다.

"풀오버를 가져올게요." 자리를 뜬 레오는 한참이 지나도 돌아오지 않고 있었다. 웨이터는 두 번째 아페리티프 와인을 가져왔다. 호수에서는 고요가 밀려 올라와, 뒤쪽에서 들려오던 시끄러운 소리들을 삼켜버렸다. 나는 뒤를 돌아보았다. 레오가 높다란 유리문을 지나 테라스로 들어서고 있었다. 그녀는 풀오버를 입고 있지 않았다. 좁고 긴 소매가 달린, 몸에 달라붙는 검은 원피스를 입고 있었다. 목 가까이에서부터 무릎 아래까지 흘러내리는 원피스였다. 그리고 굽이 제법 높은 검은 구두를 신고 있었다. 스타킹과 숄, 높이 틀어 올린 머리에 꽂은 붉은색 머리핀. 그녀는 테라스 위를 여유롭게 걸어왔다. 테이블 하나를 피하면서는 허리를 살며시 비틀었고, 좁은 의자 사이를 걸어오느라 몸을 홀쭉하게 빼면서는 두 어깨가 가볍게 치켜 올라가 가슴의 윤곽이 그대로 드러났다. 장애물이 없는 곳에서는 고개를 똑바로 들고 엉덩이를 살랑거리며 걸어왔다. 나는 자리에서 일어나 그녀가 앉도록 의자를 빼주었다. 테라스에 앉아 있던 손님들은 단지 걸어오는 자태 때문에 그녀를 바라보고 있던 것은 아니었다. 입은 원피스의 뒤쪽 절개선이 등이 다 드러날 만큼 깊게 패여 있었다.

"정말 아름답구나."

우리는 마주 보고 앉았다. 그녀의 두 눈은 푸른 하늘 아래에서는 푸르게, 회색 구름 아래에서는 회색으로, 가끔은 초록색으로 비치며 신비롭게 반짝였다. 미소 속에는 지금 자신이 벌이고 있는 유희에 대한 기쁨이 담겨 있었다. 일말의 유혹과 일말의 자기만족, 그리고 일말의 자책. 내가 내뱉은 찬사에 레오는 가만히 고개를 저었다. 네, 저도 알아요, 그러니 그만.

웨이터는 호수에서 잡은 물고기와 호수 건너편 마을에서 생산된 와인을 권했다. 레오는 아주 맛있게 먹어치웠다. 식사를 하는 동안, 그녀가 고등학교 때 1년간 미국에서 산 적이 있

227

고, 저지 천은 구김이 가지 않으며, 벨포트에서 그녀의 조언을 받고 산 셔츠와 재킷이 내게 잘 어울리고, 그녀의 어머니는 원래 동시통역사였는데 좌절한 영화감독과 첫 번째 결혼을 했었다는 사실 등을 알게 되었다. 그녀와 어머니와의 관계가 원만하지 않았다는 사실은 결코 흘려들을 수 없는 포인트였다. 그녀는 내게 사립탐정으로 산다는 게 어떤 모습인지, 탐정 일을 한 지는 얼마나 되었는지, 그러기 전에는 무슨 일을 했는지를 물었다.

"검사였다고요?" 그녀가 깜짝 놀랐다. "그런데 왜 그만두셨어요?"

이제껏 살아오면서 나는 이 질문에 이미 여러 차례 아주 다양한 답을 했었다. 하지만 따지고 보면 그 대답들은 하나같이 다 맞는 것들이었고 동시에 전혀 맞지 않는 것들이기도 했다. 1945년, 사람들은 나치 검사로 낙인찍힌 나를 더 이상 원하지 않았다. 그리고 사람들이 다시금 예전의 나치를 원했을 때, 나는 더 이상 그들을 원하지 않았다. 왜였을까? 내가 더는 예전의 나치가 아니었기 때문에? 법정에서 나의 오랜 동료였고 나의 새로운 동료가 될 수도 있었을 사람들의, 그날은 이제 잊어버리고 싶다는 사고가 나를 힘들게 했기 때문에? 다른 이들이 내게 무엇이 옳고 무엇이 그른 것인가라는 질문에 답하도록 강요하는 게 싫었기 때문에? 사립탐정으로서 내가 나의 주인이 되고 싶었기 때문에? 살면서 이미 끝나버린 일로 인해 다시금 책잡히는 게 싫었기 때문에? 관청에서 나는 냄새가 싫었기 때문에? "글쎄, 정확히 콕 집어 말하기는 쉽지 않구나, 레오. 검사라는 직업은 나한테는 1945년 그렇게 끝나버렸어."

서늘한 바람이 불어오고, 테라스에 있던 사람들은 하나둘 자리에서 일어났다.

우리는 바람이 닿지 않는 건물 벽 쪽의 벤치에 앉아, 생애 처음 마셔보는 그 마을 고유의 불리 와인 병을 마저 비웠다. 달이 둥실 떠올라 호수에 그림자를 드리웠다. 오싹하는 추위가 느껴졌다. 레오는 몸을 따뜻하게 하려는 듯 내게 바짝 달라붙어 앉았다.

"말년에 접어들면서 아버지는 더 이상 아무 말도 안 하셨어요. 말을 할 수가 없었던 건지, 아니면 말하고 싶지가 않았던 건지 그건 잘 모르겠어요. 아마도 두 가지 다였겠죠. 처음에는 아버지와 대화를 해보려고 했던 게 기억나요. 뭔가를 얘기해드리기도 하고 묻기도 하고 했었죠. 아버지가 자신에 대해 좀 더 말해주기를 기대했거든요. 아버지도 가끔은 뭔가를 말하려고 애쓰시거나 가쁘게 숨을 몰아쉬거나 했지만, 대부분은 그저 고집스러운 미소를 띤 채 저를 빤히 쳐다보기만 하셨죠. 마치 제게 용서를 구하거나 제가 애해해주기를 부탁하는 느낌이었어요. 물론 경미한 뇌졸중 발작일 수도 있었지만요. 그러다가 나중에는 그저 아버지가 누워 계신 침대맡에 앉아 손을 꼭 잡아드리거나, 창 밖 정원을 내다보며 나 혼자만의 생각으로 빠져들곤 했어요. 그러면서 저는 침묵하는 법을 배웠어요. 그리고 사랑하는 법도 배웠고요."

나는 가만히 그녀의 어깨를 감싸주었다.

"그런 순간만큼은 아름다운 시간들이었어요. 아버지에게도, 그리고 저에게도. 하지만 그 밖의 시간들은 정말이지 지옥 같았지요." 그녀는 내 재킷 주머니에서 담배를 꺼내 불을 붙이고는 한 모금 깊이 빨아들였다. "돌아가시기 전, 아버지는 더 이상 대소변을 가리지 못하셨어요. 의사는 그게 신체 기관 문제가 아니라 심리적 문제 때문이라고 했어요. 의사가 그 말을 아버지에게도 한 걸 보면, 상황이 그만큼 최악은 아니었다는 의미였겠죠. 아버지에게 일종의 정신적 충격 요법을 쓰는 게 도움이 된다고 판단했던 것일 테니. 하지만 결과는 정반대로 나타났어요. 아버지는 당신으로서도 어쩔 도리가 없다는 걸 보이고 싶으셨나봐요. 그렇게 해서 아버지와 어머니 사이에는, 마치 자신들이 저지른 범죄로 처형 직전에 처한 두 사람이 추는 마지막 춤과 같은 이상한 의식이 시작됐어요. 아버지는 침대에다 똥오줌을 쌌고, 아버지의 자존심과 위신은 뭉개졌지요. 그리고 어머니는 얼굴을 돌린 채 금방이라도 토할 것 같은 표정으로 그런 아버지를 씻기고 침대보를 갈아주었어요. 아버지는 어머니가 자신을 혐오하지만, 스스로도 망가져가고 있던 어머니가 아버지를 돌봐야만 하는 일에서 결코 자유로워지지 못할 것이라는 사실을 알고 있었어요. 너 따위는 안중에도 없어 하고 아버지는 어머니에게 소리치고 싶었겠죠. 하지만 아버지는 그 말을 단지 침대에 가득 싸놓은 똥오줌으로만 말할 수 있었어요. 그리고 어머니는 그 배설물들을 악착스럽게 치우면서, 아버지에게 그가 그저 가련하고 보잘것없는 인간이라는 사실을 보여줄 수밖에 없었고요."

나중에 레오는 다시 한 번 그 일을 입에 올렸다. "어릴 적에는 아버지와 결혼하고 싶어 했어요. 모든 아이들이 그렇잖아요. 하지만 그게 가능하지 않다는 걸 알게 되고는 아버지 같은 남자와 결혼하겠다고 마음먹었지요. 그래서인지 저는 늘 나이 많은 남자들을 좋아했어요. 하지만 아버지와 함께한 마지막 시간들은…… 모든 것이 더없이 추악해지고, 혐오스럽고 천박하며 추접스러워졌어요." 그녀는 커다란 눈으로 내 너머의 어딘가를 망연히 쳐다보았다. "제게는 헬무트가 종종 활활 타오르는 파괴와 심판과 정화의 칼을 든 천사처럼 여겨졌어요. 제게 그를 사랑했냐고 물으셨지요? 저는 그 천사를 사랑했어요. 그리고 가끔은 그가 그 칼로 내 두려움을 태워 없애주기를 간절히 희망했어요. 하지만 그 열기는 제겐 너무 뜨거웠나봐요. 저는…… 제가 그를 배신한 건가요?"

천사는 소파에 앉은 고양이를 쏘지 않는단다. 나는 그녀에게 말해주었다. 하지만 그녀는 내 말을 듣지 못했다.

35
본분을 지켜라?

니더슈타인바흐에서 로카르노로 전화를 걸었다. 티베르크는
반갑게 전화를 받았다. "젊은 여성분하고 같이 온다고? 집사
에게 방 두 개를 준비해놓으라고 이르겠네. 아니야. 더 이상
다른 말은 말게. 두 사람은 호텔이 아니라 내 집에서 머무르
는 거야." 우리는 5시 티타임에 맞춰 로카르노의 몬티에 있는
그의 저택 셈프레베르데에 도착했다.

티테이블은 정원 정자에 차려져 있었다. 테이블과 벤치는
화강암으로 만들어져 있었고, 여름날의 햇빛을 받아 적당히
시원했다. 얼그레이의 향이 짙게 느껴졌다. 곁들여 준비된 고
급 과자는 맛이 있었고, 티베르크는 아주 친절했다. 하지만,
뭔가 이상했다. 티베르크의 친절함은 어딘지 모르게 형식적
이었고, 그러려고 일부러 애를 쓰고 있다는 거리감이 느껴졌
다. 그런 그의 모습이 이해되지 않았다. 전화를 받았을 때만

해도 목소리에서는 진심이 절로 느껴졌었다. 티베르크의 여비서이자 보좌관인 유디트 부헨도르프가 그의 회고록 자료 조사차 여행을 떠나 집을 비웠기 때문일까? 나는 그녀를 그만큼이나 오랫동안 알고 지내왔고, 그보다 더 잘 알고 있었다. 아니면 그와 나 사이에는, 특정한 상황에서는 서로가 아주 소중하게 느껴지지만 실제로는 아무 관계도 맺고 싶지 않은 사람들 사이에서 느껴지는 낯섦이 존재하는 것일까? 우리는 그저 다시 만난 관광객이거나 같은 반 친구, 아니면 전쟁 동료였던 걸까?

차를 마신 후 티베르크는 레오와 나를 데리고 정원을 둘러보았다. 정원은 집 뒤편 산으로까지 이어져 있었다. 그는 우리를 서재로 안내해 자신이 회고록을 집필하고 있는 컴퓨터를 보여주며, 지금 회고록의 적당한 제목을 고민 중이라는 말도 덧붙였다. '화학 공업과 함께한 삶.' 하지만 내게는 '역청과 유황 사이에서'란 제목밖에 떠오르지 않았다. 그리고 그 제목은 그에게는 구약집회서 〈시라의 아들 예수〉의 13장 1절 지옥 불을 연상시켰다. 음악실로 들어선 그는 장식장에서 플루트를 하나 가져와 내게 건넸다. 그는 그랜드피아노 앞에 앉았고, 우리는 텔레만의 〈가단조 모음곡〉을 연주했다. 그런 다음에는 늘 그랬듯 바흐의 〈나단조 모음곡〉을 연주했다. 그의 솜씨는 나보다 훨씬 나았지만, 우리 둘의 합주는 서투르게 시작되었다. 하지만 그는 나를 위해 어느 부분에서 천천히 연주해야 하는지를 알고 있었고, 이윽고 나의 손가락들은 일찍이 그토록 자주 연습했던 곡의 흐름을 기억해냈다. 무엇보다도 우리 두 사람은 일흔 고개를 향해 나아가는 사람들이 이해할 수 있을 만큼 바흐를 이해하고 있었다. 함께하는 음악 속에서, 우리는 서로를 너무나 당연하고도 기쁜 존재로 맞아들였다. 그리고 나는 조금 전 느꼈던 서먹서먹함이 단지 분위기에 따른 일시적인 착각이었다고 생각했다. 하지만 저녁을 먹은 후, 폭풍우가 휘몰아쳤다.

눈이 내린 듯 온통 흰머리에 잿빛 턱수염, 그리고 짙은 눈썹의 티베르크에게서는 은퇴한 정치인, 환상을 품은 러시아 자유사상가, 아니면 할 일을 마치고 여유롭게 쉬고 있는 산타클로스의 풍모가 느껴졌다. 그런 그의 갈색 눈이 이제 나를 차가운 시선으로 유심히 쳐다보고 있었다. "한동안 고민했네. 자네와 단둘이서만 이야기를 해야 할지 말일세. 그리하면 아마도 이 일을 처리하기가 훨씬 수월할지도 모르겠지. 어쩌면 더 어려워질 수도 있고. 적어도 내가 말을 조심하거나 자제해야 할 필요는 없었을 거야." 그가 자리에서 일어나, 테이블 뒤쪽을 이리저리 왔다 갔다 했다. "자네는 이곳 사람들은 독일 방송을 전혀 보지 않을 거라고 생각했나? 이곳 테신에서는 자네와 저 아가씨가 단지 어느 노인과 소녀, 아버지와 딸 내지 할아버지와 손녀 사이로 보일 거라고 생각했나? 그리고 나한테는 게르트 아저씨와 그의 젊은 여자 친구로 비쳐지고?" 예전에 유디트가 그에게 나를 작은아버지인 게르트 아저씨라고 소개한 적이 있었다. 얼마 지나지 않아 그도 그게 내 가명이라는 것을 알게 되었지만, 그 후로도 그는 여전히 나를 게르트 아저씨라 부르곤 했다. "로카르노에도 케이블이 연결되어 있고, 나는 23개의 채널을 보고 있다네. 그리고 이곳에서 독일 텔레비전의 8시 뉴스를 시청하는 사람은 나 혼자만이 아니야. 수백 명의 독일인들이 살고 있다고. 그래 좋네, 수배 사진은 물론 엉터리 이미지를 제공하니까. 그리고 금발머리는 다른 색으로 염색할 수도 있고 말일세. 하지만 나는 당신을," 그는 차가운 눈빛으로 레오를 쳐다보며 말을 이어나갔다. "채 15분도 지나지 않아 알아보았답니다. 그리고 저는 이곳에서 사람들을 유심히 바라보는 게 취미인 유일한 사람이 아닙니다. 이곳에는 수많은 예술가와 화가와 배우들이 살고 있고, 그들 모두는 태생적으로 사람을 면밀히 관찰하는 버릇이 있지요. 그러니, 이리로 오겠다는 생각은 애당초 잘못된 생각이었단 말입니다."

"그건 내 생각이었네."

"그건 나도 알고 있네. 그리고 나는 이 아가씨를 비난하려는 게 아닐세. 나는…… 아니, 지금 사람들이 찾고 있는 이유로 당신을 비난할 생각은 추호도 없습니다. 아직까지는 비난이나 고소가 문제 될 뿐, 유죄 여부는 가려지지 않았으니까요. 단지 내가 이처럼 무례하게 굴어야만 하는 게 안타까울 뿐입니다." 티베르크는 레오를 쳐다보며 살며시 미소 지었다. "내 나이쯤 되면, 누구나 젊은 아가씨들에게 매력적인 인물로 비쳐지길 원하지요. 하지만 지금 이 일은 그러기엔 너무 중차대한 문제입니다. 이 일은 더구나 우리 두 사람의 옛 일과도 관련이 있거든요. 우리가 어떻게 해서 알게 되었는지 그가 말해주던가요?"

레오는 고개를 저었다. 나는 그 모습을 보며 감탄할 수밖에 없었다. 그녀는 자리에 앉아서 조금은 의아한 얼굴로 티베르크를 가만히 쳐다보고 있었다. 그가 지어 보인 미소에 마주 웃음을 짓지도 않았고, 그렇다고 냉랭한 시선으로 응답하지도 않았다. 그녀는 차분히 기다리고 있었다. 그러면서 이따금씩 담배를 말거나, 폭이 넓고 긴 하얀색 여름 치마에 떨어진 담뱃가루를 털어내기도 했다.

"하긴 그건 그가 이야기할 일이기도 하지요. 나는 베두인족처럼 그 일은 비밀로 간직할 겁니다. 어쨌든 게르트 아저씨와 당신은 이제부터 사흘 동안 나의 손님으로 머물게 될 거예요. 그리고 토요일엔 내 집을 떠나주시오."

나는 자리에서 일어섰다. "나도 자네를 곤경에 빠뜨리고 싶은 마음은 눈곱만큼도 없네. 이번 일로 자네를 힘들게 했다면 정말이지……"

"자네는 내 마음을 이해하지 못하는 것 같군. 이건 위험하냐 아니냐 문제가 아닐세. 단지 나는 이번 일에 엮여들고 싶지 않을 뿐이야. 잘거 양은 경찰에 검거되어 당연히 법정에 세워지게 될 테고, 그곳에서 유죄나 무죄를 선고받게 되겠지. 나 또한 진심으로 잘거 양이 무죄를 선고받고 풀려나게 되기를 바란다네. 하지만 나나 자네나 경찰과 법원의 일에 어쭙잖게 끼어드는 것은 결코 올바른 처사가 아니야."

"하지만 그들이 자신들의 할 일을 제대로 이해하고 있지 못하다면? 이번만 해도 그들의 수사 절차에는 뭔가 꺼림칙한 점이 있었네. 먼저, 그들은 무엇 때문인지 이유조차 밝히지 않은 채 레오를 찾아내려 했어. 그런 다음 공개수배령을 내리고는, 그 근거로 몇 달 전에 일어났었던 테러 사건을 마치 어제 일어난 일인 것처럼 설명했지. 그 사건과는 전혀 관계 없는 사람들을 끌어들여서 말이야. 그래서 생각하게 되었어. 이건 아니라고. 뭔가가 분명 잘못되어 있다고." 티베르크가 한 말을 듣고 처음에는 내가 아무 생각 없이, 그리고 분별없이 행동했다는 자책이 들었다. 물론 어떤 경우에도 그를 위험한 상황에 빠뜨릴 만한 여지는 없었다. 하지만 그것은 내가 아니라 그가 판단할 문제였다. 그래서 나는 그가 던지는 비난을 그대로 받아들이려 했다. 하지만 우리 사이의 대화는 이제 전혀 엉뚱한 방향으로 흘러가고 있었다.

"그건 결코 자네가 판단할 몫이 아니네. 그 같은 판단을 책임지는 윗사람도 있고, 심급 절차도 있고, 또 조사위원회도 있고……"

"그럼 나보고 진실을 외면하라는 건가? 뭔가 수상한 냄새가 진동을 하고, 경찰들이 하는 짓은 하나같이 정상적인 것과는 거리가 멀어. 그런데도 가만히 지켜보고만 있으라는 말인가? 우리가……"

"아니, 자네가 하는 말은 더 이상 듣고 싶지 않네. 설사 자네가 우려하는 것들이 다 맞다 할지라도, 자네는 자네가 잘못됐다고 주장하는 경찰들의 책임자와 먼저 이야기를 나눠봤어야 하는 것 아닌가? 지역구 국회의원은 만나봤나? 언론사와는 접촉을 시도해봤고? 당연히 현실을 외면해서는 안 되겠지. 하지만 그렇다고 해서 결코 주제넘은 짓을……"

"주제넘은 짓이라고?" 나는 불끈 화가 치밀었다. "나는 이제껏 살아오면서 너무나 자주 내 본분에만 안주했었네. 군인으로서도, 검사로서도, 그리고 사립탐정으로서도. 나는 사람들이 내게 말해준 것만을 했지. 그게 내 본연의 임무였으니까. 그리고 다른 사람들의 일에는 주제넘게 간섭하려 하지 않았어. 우리 모두는 말 그대로 본분을 지킬 줄 아는 국민이었어. 그런데 한번 보라고. 그런 우리의 나라가 어디로 흘러갔는지."

"지금 히틀러 치하의 제3제국을 말하는 건가? 모두가 자신의 본분을 지켰다면, 결코 그 꼴이 되지는 않았겠지. 하지만 의사들은 환자를 치료하는 데에 만족하지 않고, 우생학적 건강이나 우월한 종족의 보존 따위를 외치며 엉뚱한 일에 몰두

했어. 학교 선생들은 읽고 쓰고 셈하기를 가르치는 대신 저항 의지를 강화하는 데 전념했고, 판사들은 법을 따르는 대신 무엇이 나라에 득이 되고 지도자가 원하는 게 무엇인지만을 고민했지. 그리고 전쟁에서 적을 물리치고 승리하는 게 본분이었던 장군들은 유대인과 폴란드인, 러시아인들을 강제로 끌어다가 총살시키는 데에만 혈안이 되어 있었어. 여보게, 우리는 결코 본분에 충실한 민족이 아니었다네, 안타깝게도."

레오가 물었다. "그럼 화학자들은요?"

"화학자들은 왜?"

"제3제국에서 화학자들의 본분은 무엇이었다고 생각하시는지, 그리고 그들은 그 같은 본분에 충실했다고 생각하시는지 알고 싶어서요."

테베르크는 이맛살을 찡그린 채 레오를 쳐다보았다. "회고록을 쓰기 시작하면서 그 일에 대해 곰곰이 생각해봤어요. 내 생각엔, 화학자들의 본분이라면 연구실과 실험실이 되겠지요. 하지만 그 말은 늘 다른 사람들에게만 책임을 전가하고 우리 연구자들은 아무 잘못 없다고 하는 것처럼 들릴지도 모르겠군요. 더군다나 그런 말이 화학자들 본인의 입에서 나온다면 더더욱."

한동안 세 사람 중 어느 누구도 말을 하지 않았다. 집사가 노크를 하고 들어와 테이블을 정리했다. 레오는 그에게 전채 요리로 나왔던 초록파프리카와 소꼬리를 곁들인 옥수수크래

커가 정말 맛있었다는 말을 요리사에게 꼭 좀 전해달라고 부탁했다. "폴렌타 메다이옹입니다." 집사가 환하게 미소 지으며 정확한 명칭을 알려주었다. 그가 바로 요리사이기도 했고, 고급 별미 요리인 폴렌타의 부흥은 그의 주요 관심사이기도 했기 때문이다. 그는 커피와 디제스티프는 응접실에 준비했노라고 안내했다.

레오가 자리에서 일어서더니 내게로 와 무언가 말하는 듯한 눈빛으로 나를 쳐다보았다. 나는 고개를 끄덕였다. "아저씨는 올라오실 필요 없어요. 아저씨 물건들도 제가 챙길게요." 그녀는 가볍게 키스를 건넸고, 이윽고 멀어져가는 발소리가 들려왔다. 맨발이 석재 타일 계단을 밟는 소리가 들려왔다. 2층에서는 마룻바닥이 삐걱거렸다.

티베르크가 헛기침을 했다. 그는 허리를 숙여 두 손으로 등받이를 짚은 채 의자 뒤에 서 있었다. "우리 나이 때가 되면 더는 예전처럼 많은 사람들을 새롭게 만나고 알기가 어렵지. 그래서 혹여 헤어지게 되더라도 우리가 감당할 만한 사람들을 만나게 되고 말이야. 진심으로 부탁하는데, 지금 떠날 생각은 하지 말게."

"화가 나서 떠나려는 게 아니야. 그리고 언제든 다시 올 거고. 하지만 지금은 아무래도 나와 레오가 호텔로 가는 게 나을 듯하네."

"내가 한번 이야기해보겠네." 그는 응접실을 나섰고, 얼마 후에 레오와 함께 들어왔다. 그녀는 다시금 무언가 물어보는 눈으로 나를 쳐다보았고, 나도 그녀에게 묻는 듯한 웃음을 지어 보였다. 그녀는 어깨를 으쓱했다.

우리는 그날 저녁 시간을 테라스에서 보냈다. 티베르크는 자신의 회고록 가운데 몇 부분을 소리 내어 읽어주었다. 그리고 레오는 전쟁 중에 그와 나의 운명이 어떻게 서로 엇갈리게 되었는지를 듣게 되었다. 티베르크가 의지해 책을 읽고 있던 촛불이 깜박거렸다. 나는 레오의 두 눈에 담긴 표정을 읽어낼 수가 없었다. 머리 위에서 바스락거리며 날아다니는 박쥐 소리가 간간이 들려왔다. 그들은 건물을 향해 쏜살같이 날아오다가 벽 앞에서 갑자기 날개를 휙 접으며 텅 빈 밤하늘 속으로 부딪혀갔다.

다음 날 아침, 나는 혼자였다. 레오의 물건들은 더 이상 방에 있지 않았다. 편지라도 남겼는지 찾아보았지만 아무것도 눈에 띄지 않았다. 한참이 지나서야 나는 지갑 속에 무르텐에서 환전했던 400프랑 대신 쪽지 하나가 들어 있는 것을 발견했다. '돈이 필요해서 가져가요. 언제든 꼭 갚을게요. 레오가.'

2부

1
마지막 봉사

차를 몰아 집으로 돌아오는 길, 숙취로 인한 두통에 시달렸다. 사흘 동안의 해와 바람, 그리고 내 곁에 있었던 레오. 이 모두가 흥을 돋워 나를 취하게 했다.

그래서 나는 레오와 함께했던 여행의 책을 단호하게 덮고 치워버렸다. 그 책은 아주 얇았다. 화요일 아침 아모르바흐에서 그녀를 만났고, 금요일 저녁 나는 다시금 만하임에 돌아와 있었다. 이곳에 돌아오니 일주일은 떠나 있었던 것처럼 느껴졌다. 거리를 오가는 수많은 차량들, 밀고 밀리며 걸어 다니는 행인들, 도처에서 들려오는 공사장의 소음, 대학교가 자리하고 있는 거대하고 황량한 성, 미용실에서 나오는 옆집 바일란트 부인처럼 낯설게만 느껴지는 개축된 저수탑, 케케묵은 담배 냄새에 찌든 나의 집, 이곳에서 나는 무엇을 하려 했는가? 레오 없이 혼자서라도 로카르노에서 팔레르모로 차를 몰고 가거나, 시칠리아에서 이집트로 헤엄쳐 건너가는 게 더 낫지 않았을까? 차라리 지금이라도 다시 차를 타고 떠나야 하는 걸까?

집을 비운 사이 쌓여 있던 신문들을 펼쳐 들고, 어느 미군 군사시설에 가해진 테러 공격, 몸을 숨기기 위해 국립정신병원에 위장 입원했던 레오, 레오의 은신 과정에서 벤트 박사의 역할, 그리고 그의 삶과 죽음에 관한 기사들을 얼른 훑어보았다. 기사들은 하나같이 이미 내가 알고 있던 것들만을 다루었다. 토요일자 신문은 에벌라인 교수가 잠정적으로 병원장 자리에서 물러났으며, 정부에서 파견된 누군가가 일시적으로 그 자리를 대신하게 되었다고 보도했다. 나는 그 사실에 주목했다. 그리고 브리기테가 내게 불만을 갖고 있다는 사실에도 주목했다.

레오가 우려했듯, 우체국에는 수배 전단이 붙어 있었다. 어려서 서부영화에서나 봤던 수배 전단이 테러 행위와 관련해 다시금 사용되기 시작하면서, 나는 어느 날 달그락거리는 박차 달린 부츠를 신고 어깨에는 안장주머니를 메고 허리에는 콜트 권총을 찬 서부 사나이가 우편마차 역으로 들어서기만을 기다려왔다. 그는 수배 전단 앞에 멈춰 서서 전단을 자세히 들여다보다 떼어내어 둘둘 만 다음, 주머니 속에 집어넣는다. 그의 묵직한 발걸음 뒤로 문이 다시 닫히면, 우편마차 역에 일을 보러 왔다 깜짝 놀란 우리들은 우르르 창가로 달려가, 그가 훌쩍 말에 올라타고는 제켄하이머 슈트라세를 따라 유유히 내려가는 모습을 바라다본다. 하지만 그 같은 기다림은 이번에도 역시 헛된 것이었다. 대신 몇 가지 질문과 대답이 떠올랐다. 두 명의 사망자가 테러범이라면, 경찰은 어떻게 해서 레오를 범인으로 지목하고 수배하게 된 것일까? 레오에 관해서 무언가를 알려면, 경찰은 테러범 가운데 적어도 한 명을 생포해 범죄와 관련된 사실들을 자백하게끔 만들었어야 한다. 하지만 경찰은 왜 레오에 관해서는 사실관계를 파악하고 있으면서, 다른 테러범들에 대해서는 전혀 알고 있지 못한 것일까? 그렇다면 경찰은 다른 누구도 아닌 바로 한 사람, 레오가 알려준 바에 따르면 테러가 있기 하루 전날 토스카나에서 돌아왔다는 베르트람을 붙잡아 자백을 받아낸 것임이 분명했다. 베르트람이라면 렘케나 다섯 번째 남자에 대해서는 단지 불충분한 묘사만을 할 수 있었을 테고, 그에 따라 경찰은 엉성하기 짝이 없는 몽타주를 제작할 수밖에 없었을 것이다. 그리고 죽은 사람은 바로 기젤헤어임이 분명했다.

하지만 그 주말에 내 마음을 움직이고 사로잡았던 것은 먼 곳에의 동경과 향수였다. 먼 곳에의 동경은 우리가 아직 알지 못하는 새로운 고향을 그리워하는 것이고, 향수는 우리가 알고 있다고 생각하지만 실제로는 더 이상 알지 못하는 오래된 고향을 그리워하는 것이다. 미지의 것에 대한 이 같은 그리움은 대체 무엇인가? 그리고 내가 진정 바라는 것은 무엇인가?

떠나가기? 아니면 돌아오기? 치통이 이 같은 허튼 생각을 몰아내기까지 나는 그런 생각들을 하며 시간을 보냈다. 치통은 토요일 저녁, 텔레비전의 심야영화에서 독 홀리데이가 그리핀 요새에서 툼스톤으로 말을 타고 갈 때 가볍게 욱신거리며 시작됐다. 마지막 뉴스가 끝나고, 독일 국가에 맞춰 헬골란트 주위를 한 바퀴 돌던 카메라가 위쪽으로 서서히 멀어져갈 무렵, 치통은 관자놀이와 귀 뒤쪽까지 밀고 올라와 쿵쾅대고 있었다. 헬골란트의 동쪽 끝, 이 빠진 모양의 해안선이 자꾸만 나의 사기를 꺾어놓았다. 헬골란트를 차라리 잔지바 섬과 다시 맞바꾸어달라고 청원해볼까?

전에 다니던 치과 의사가 10년 전 세상을 떠난 후 아직까지 새로운 치과를 찾지 않고 있었다. 나는 직종별 전화번호부를 뒤적여 집에서 두 블록 떨어진 치과를 선택했다. 그리고 치통으로 고생한 밤을 보낸 뒤, 월요일 아침 7시 30분부터 5분 간격으로 전화를 걸었다. 8시 정각, 전화기 저편에서 시원시원한 여자 목소리가 들려왔다. "젤프 씨? 다시 이가 아프다고요? 그럼 얼른 오세요. 제가 비어 있는 시간에 넣어드릴게요. 조금 전에 마침 한 분이 예약을 취소하셨거든요." 나는 곧바로 치과로 달려갔다. 시원시원한 목소리의 주인공은 흠잡을 데 없는 치아가 돋보이는 금발의 여성이었다. 나는 전부터 그 치과에 다니고 있던 젤프 씨가 아니었지만, 그녀는 나를 중간에 끼워 넣어주었다. 내가 살고 있는 집 가까이에 나 말고도 또 다른 젤프가 살고 있을 거라고는 전혀 생각도 못 했었다.

의사는 젊은 축이었다. 눈은 자신 있어 보였고, 손은 안정되어 보였다. 주사기가 가까이 다가오고, 시야를 가득 채웠다가, 입 안으로 들어와 주사 놓을 곳을 찾느라 다시금 시야에서 사라지고, 주삿바늘을 찌르기 위해 대기하고, 그러다 마침내 주사를 놓는 끔찍한 순간. 하지만 의사는 기민했고, 나는 아픔조차 거의 느끼지 못했다. 그는 내 이를 치료하고, 자기 일을 하고, 간호보조원과 시시덕거리는 세 가지 일을 동시에 해치웠다. 그는 내게 충치 상태가 너무 심각해 37번 치아, 다시 말해 하악 좌측 제2 대구치를 살릴 수 있을지 모르겠다고 설명했다. 그래도 그는 한번 시도해보겠다고 말했다. 그러기 위해 먼저 치아의 썩은 부분을 제거하고, 생석회를 채워 넣은 뒤, 임시로 브리지를 고정시키게 될 것이란다. 그리고 몇 주 후면, 37번 치아를 살릴 수 있을지 알 수 있을 것이란다. 그러면서 그는 그 같은 치료에 동의하느냐고 물었다.

"그것 말고 다른 치료 방법도 있나요?"

"충치를 지금 바로 뽑아버릴 수도 있습니다."

"그러고 나서는 어찌 되는데요?"

"그 경우에는 브리지 대신에, 35번에서 37번 치아 사이에 탈착 가능한 보형물을 부착하게 됩니다."

"그 말은 제가 틀니를 하게 된다는 겁니까?"

"전체 틀니는 아니고요, 하악 좌측 안쪽 부분만을 커버하는 부분 의치입니다."

하지만 그는 그 구조물이 결국엔 끼웠다 뺐다 할 수 있는 틀니이며, 밤이 되면 유리컵 속으로 들어가 그곳에서 아침이 밝아 내가 데리러 오기만을 기다리는 틀니라는 사실은 부정하시 못했다. 나는 의사에게 37번 치아를 살려낼 수 있는 모든 조처를 강구하는 게 내가 동의하는 치료라는 점을 분명히 밝혔다.

문득 언젠가 보았던 영화가 떠올랐다. 그 영화에서 주인공은 목을 매 자살했다. 이유는 틀니를 끼게 되었기 때문이다. 아니면 사고사였던가? 맨 처음 그는 죽으려고 목을 맸다. 하지만 더럭 겁이 났고, 그래서 목에 건 올가미를 벗어버리려고 했다. 하지만 그럴 수가 없었다. 올가미를 목에 건 그가 밟고 서서 간신히 균형을 유지하고 있던 의자를, 그가 키우던 개가 밀쳐 넘어뜨렸기 때문이었다.

내 고양이 터보도 나를 위해 그 같은 마지막 봉사를 베풀어주려나?

2
정신 나간 짓!

네겔스바흐 경감을 찾아갔다. 그는 내가 어디에 있다 이제야 나타났는지 묻지 않았다. 그는 나의 진술을 받아 조서를 작성했다. 내가 클라인슈미트 부인에게 벤트 박사의 아버지라고 둘러댔다는 사실은 이미 알고 있었다. 또한 그녀가 나를 벤트 박사의 아버지인 줄 알고 집 안으로 들어가게 했다는 사실도 알고 있었다. 하지만 그는 그런 일로 나를 힐책하지 않았다. 나는 벤트 박사의 죽음과 관련해 경찰 수사가 여전히 오리무중에 빠져 있다는 사실을 듣게 되었다.

"장례식은 언제인가요?"

"돌아오는 금요일, 에딩거 공동묘지에서 치러집니다. 벤트 박사의 부모님이 그곳에 살고 계시거든요. '새집을 구하신다고요? 벤트 부동산으로 오세요!' 50년대에 한창 유행했던 이 광고 기억납니까? 비스마르크 광장 아케이드 아래 있던 작은 가게. 그게 바로 벤트 박사의 아버지가 운영하는 사무실이었더군요. 물론 그사이 벤트 부동산은 하이델베르크와 만하임, 슈리스하임 등에 지점을 둔 대형 부동산회사가 되었지만요."

조서 작성을 마치고 다시 그의 방으로 들어서자, 네겔스바흐 경감은 레오에 대해 말을 꺼냈다. "잘거 양이 아모르바흐에 숨어 있었다는 사실을 알고 있었지요?"

"그곳에서 체포됐나요?"

그가 묘한 눈으로 나를 힐끔 쳐다보았다. "아닙니다. TV에서 수배 사진 속 여자를 본 적 있다는 이웃 사람의 신고를 받았을 때는 이미 어디론가 사라지고 난 뒤였습니다. 하기야 시민들뿐 아니라 당사자 또한 수배 방송을 봤을 테니까요."

"지난번에는 잘거 양이 수배된 이유를 뭣 때문에 말해주지 않았던 겁니까?"

"미안하지만, 그 이유는 지금도 여전히 말할 수 없어요."

"TV나 신문에서는 미군 군사시설에 대한 테러 공격이라는 말이 나오던데. 그럼 그곳은 하이델베르크 인근에 있는 군사시설인가요?"

"케퍼탈 아니면 포겔슈탕에 있던 시설인 게 분명해 보입니다. 그러니까 우리가 살고 있는 이곳과는 전혀 관계가 없는 셈이지요."

"그럼 연방범죄수사국은요?"

"연방범죄수사국이 왜요?"

"이번 사건 수사에 개입했나요?"

네겔스바흐 경감은 어깨를 으쓱해 보였다. "그들은 어떤 방식으로든 늘 개입하니까요."

연방범죄수사국이 이번 일에 개입했던 바로 그 방식이 내 관심을 끈 셈이지만, 그의 얼굴은 더 이상 질문해봐야 아무 소용이 없을 거란 사실을 말해주고 있었다. "다른 이야기이긴 한데, 혹시 6년 전에 일어났던 분젠 슈트라세 모병사무소 폭탄 테러 사건을 기억합니까?"

그는 잠시 기억을 더듬는 듯 생각에 잠겼다가 고개를 저었다. "아니요. 분젠 슈트라세에서는 테러가 일어난 적이 없었는데요. 6년 전이건 그 이전이건 아직까지는 말입니다. 그런데 왜 갑자기 그런 이야기를 꺼내는지?"

"얼마 전에 아는 사람이 그런 사건이 있었다고 말하는데, 나도 도무지 기억이 나질 않아서요. 그렇다고 경감님처럼 분명하게 아니라고 말할 확신도 서지 않았고 말입니다."

그는 말없이 듣고만 있었다. 그리고 나는 이제 더 이상 말하고 싶지 않았다. 그사이 우리 만남은 서로 아주 조심스러워져 있었다. 나는 그에게 로댕의 〈키스〉 작업은 어찌 되어가고 있느냐고 물었다. 하지만 그는 그에 대해서도 말하고 싶어 하지 않았다. 나는 부인에게 대신 안부를 전해달라고 부탁했고, 그는 고개만 끄덕였다. 창작상의 위기와 부부간의 위기가 여전히 지속되고 있는 것 같았다. 전에는 고등학교만 졸업하면

대략 큰 어려움은 벗어났다고 생각했다. 하지만 시간이 지나며, 나는 거기에다 대학 졸업과 결혼과 취직, 그리고 마지막으로는 홀아비 신분으로의 진입 따위를 추가하게 되었다. 물론, 그 목록은 그러고도 계속 추가된다.

벤트 박사의 아버지는 하이델베르크의 맹글러 빌딩에 있는 사무실에서 자신의 부동산회사를 운영하고 있었다. 그를 만나기 위해 응접실에서 대기하면서, 굴착기가 아데나워 광장을 다시금 파 뒤집고 있는 모습을 지켜보았다. 크고 텅 빈 책상 위에는 아주 작은 노란색 모형 굴착기와 그만한 크기의 크레인, 그리고 파란색 이삿짐 트럭이 한 대씩 놓여 있었다.

벤트 씨의 주임 여비서인 뷔홀러 부인은 비서라기보다는 책임자 역할을 맡고 있었다. 벤트 씨는 그녀에게 사무 전반을 담당하는 외에도 자신의 개인적 용무 또한 위임하고 있었다. 그녀에게 무슨 일로 벤트 씨를 만나고자 하는지 보고해야 하는 걸까? 뷔홀러 부인은 내 앞에 서서 말없이 내 명함을 들여다보고 있었다. 회색 머리카락과 회색 눈, 회색 옷. 하지만 그녀는 결코 아무 매력 없는 여성은 아니었다. 마치 숙련된 브라질 성형 의사가 그녀의 얼굴 피부와 성대에 있던 주름살을 펴기라도 한 듯 얼굴에는 주름 하나 보이지 않았고, 목소리는 젊은이처럼 들렸다. 그녀는 오늘은 사무실, 내일은 온 세상이 그녀의 것이 되기라도 할 것처럼 행동했다.

나는 그녀에게 벤트 박사와 만나게 된 경위, 그와 나눈 마지막 대화, 마지막 약속, 그리고 그를 찾아 나섰다 죽어 있는 그를 발견하게 된 상황 등을 설명했다. 또한 레오노레 잘거 사건과 관련해 현재 진행되고 있는 수사와 벤트 박사의 죽음 사이의 연관성에 대한 추가적인 조사가 반드시 필요하다는 내 생각을 간략히 전달했다. "아마도 경찰 또한 모든 필요한 조치를 취하겠지요. 하지만 이번 일만큼은 경찰의 대응 방식이 왠지 개운치 않게만 여겨집니다. 무엇보다도 그들은 잘거 양을 검거하려는 이유가 정확히 무엇인지 밝히기를 꺼려하고 있습니다. 그러다 잘거 양의 수사를 갑작스레 공개수배로 전환하기도 했고요. 아울러, 벤트 박사의 죽음과 관련해서도 그들은 그들이 밝히고 있는 것보다 더 많은 사실들을 알고 있거나, 아니면 마땅히 알고 있어야 하는 것조차 알고 있지 못한 것으로 보입니다. 따라서 벤트 박사 사건의 진상 규명을 그들에게만 일임해서는 안 될 것 같다는 게 제 생각입니다. 그래서 제가 여기까지 찾아온 것입니다. 가능하다면 그 사건의 조사를 위임받고 싶어서요. 저는 우연히 이 일에 연루되었고, 그 후로 이 사건은 한시도 저를 마음 편히 내버려두지 않았습니다. 하지만 저 혼자만의 힘으로는 더 이상 이 사건을 조사할 수가 없습니다."

뷔흘러 부인은 내게 자리에 앉기를 권했다. 나는 소파에 앉았다. "만약 당신이 이 사건을 조사하게 된다면, 벤트 씨 부부와 이야기를 나누어야만 하겠지요? 또 두 분에게 이런저런 많은 질문을 던져야만 할 테고요."

나는 모호한 손짓으로 대답을 대신했다.

그녀는 고개를 저었다. "돈 때문이 아닙니다. 벤트 씨는 돈 문제와 관련해서는 늘 대범한 편입니다. 더구나 이제 돈 따위는 더 이상 신경 쓸 필요도 없게 되었고요. 벤트 씨는 자신이 한 모든 행동이 롤프를 위하는 길이라고 생각했습니다. 아드님과의 관계는 좋지 않은 편이었지만. 그렇지 않다면, 롤프는 그처럼 허름한 집에 사는 대신 아버님 집에서 함께 살았을 테지요. 하지만 벤트 씨는 여전히 희망을 버리지 않았습니다. 예전에는 롤프가 아버지의 사업에 뛰어들어 언젠가는 그 일을 물려받기를 기대했습니다만, 시간이 지나면서 그와는 정반대되는 것을 바라게 되었지요. 롤프가 언제고 자신의 병원을 소유하고 싶다는 욕심을 갖게 될 거고, 그때가 되면 자연스레 건물과 경영권을 떠맡게 되리라고 생각했던 겁니다. 그런 생각이 벤트 씨에게는 언제부턴가 누구도 바꿀 수 없는 일종의 고정관념처럼 되어버렸지요. 그래서 우리는 지난 몇 년간 오래된 병원과 학교, 군대 건물 등을 물색하고 다녔답니다. 오직 아들 롤프를 위해서요. 한번은 팔츠 지역에 있는 말 목장을 구입하기도 했는데, 그 목장을 둘러본 벤트 씨가 그곳이야말로 정신병원으로 개축하고 증축하기에 최적의 장소라고 판단했기 때문이었어요. 정말 정신 나간 짓이었지요. 다 허물어져가는 목장을 사는 데 그 많은 돈을 들이다니, 당신이라면 그런 일을 상상이나 할 수 있겠습니까? 어찌 됐든 저는 다행이라고 생각합니다. 우리가……" 그녀가 내게 미소를 지어 보이며 말을 이었다. "젤프 씨가 보시다시피, 저는 오직 부동산 사업에만 전심전력을 다하고 있습니다. 이런, 제가 쓸데없는 소리를 하고 있군요. 당신이 만약 이 일을 위임받고 싶다면, 벤트 씨 부부를 당분간은 귀찮게 하지 않겠다고 약속하셔야만 합니다. 당분간은 조사 경과를 제게 말씀해주시고요. 아시겠습니까?"

나는 고개를 끄덕였다. 그녀는 잡지 모델처럼 다리를 바짝 꼬고 앉아 있었다. 그리고 아주 간결한 손놀림만으로도 언제든 몸을 일으킬 수 있도록, 두 손은 서로 포갠 채 무릎 위에 편안히 올려놓고 있었다. 그녀의 그런 모습에서는 능력과 권위의 기운이 절로 느껴졌다. 나도 언제고 한번 그렇게 앉아봐야겠다고 마음먹었다.

그녀가 자리에서 일어섰다. "이렇게 찾아와주셔서 감사합니다. 결과는 바로 연락드리도록 하지요."

3
미적지근한

그날 저녁, 사건을 위임받았다.

이번에는 주변 사람들을 자극하게 될까봐 지나치게 걱정하거나 신경 쓸 필요도 없었다. 또한 여자 친구와 남자 친구들, 동료와 지인들, 집주인, 스포츠 클럽, 단골 술집, 카센터 등 가능한 모든 단서들을 원하는 대로 다 조사해나갈 수 있었다. 나는 벤트 박사가 솔레 도로 레스토랑에서 만났던 젊은 여성, 그와 함께 브라질과 아르헨티나와 칠레로 여행을 떠났던 대학 친구, 카드게임 친구들, 실직한 학교 선생님, 하이델베르크 심포니 오케스트라의 여성 바이올리니스트, 그가 정기적으로 찾았던 에펠하임의 스쿼시센터 직원 등을 탐문했다. 그들 중 벤트 박사의 죽음에 당혹해하지 않는 이는 아무도 없었다. 하지만 그들의 당혹스러움은 벤트 박사 개인에 대해서라기보다는, 자신들이 알고 지냈던 누군가가 살해당했다는 사실에 기인하는 것이었다. 그들에게 살인이란 TV나 신문에서만 봐왔던 것이었고, 하필이면 그 당사자가 벤트 박사라는 사실이 무엇보다 놀라웠던 것이다. 그와 알고 지냈던 사람들 모두는 그를 좋은 사람이었노라고 높이 평가했다.

여성 바이올리니스트는 내게 그 같은 말을 했던 세 번째 사람이었다.

"높이 평가한다고요? 그럼 그를 좋아하지는 않았습니까?"

그녀는 손톱이 짧은 자신의 손가락을 쳐다보며 대답했다. "우린 한동안 만났지만 뭔가 불꽃같은 건 번쩍이지 않았어요. 제 말 이해하시겠죠?"

솔레 도로에서 그를 만났던 여성 또한 똑같은 말을 했다. 그녀는 벤트 박사가 거래하던 은행인 도이체방크에서 근무하다 그와 알게 되어 몇 차례 만나 데이트를 했던 사이였다. "예금계좌건 우리가 만나는 시간이건, 그가 모든 걸 결정했어요."

"그 말은 꽤나 미적지근하게 들리네요."

"그럼 뭘 원하셨는데요? 우린 한 번도 제대로 뜨거웠던 적이 없었어요. 처음엔 그가 거만하고 콧대가 높아 나를 꺼려하는가 생각했지요. 그는 대학을 졸업한 의사인데, 나는 그저그런 은행 수습사원이었으니까요. 하지만 그건 아니었어요. 그는 천성적으로 다른 사람과 잘 어울리지 못했던 거예요. 서는 기다렸지요. 하지만 달라진 건 아무것도 없었어요. 어쩌면 그에게 아무것도 없었는지 모르고요. 사람들은 정신과 의사라고 하면 그 이면에 뭔가가 있을 거라고 생각하는데 그건 아닌 것 같아요. 저도 은행에서 일하지만, 그렇다고 해서 돈이 많은 건 아니니까요."

점심시간에 짬을 내어 나를 만나준 그녀는 투피스 정장에 블라우스를 받쳐 입은 모습이었다. 독일에서 가장 큰 은행에 근무하는 직장 여성다워 보였다. 하지만 머릿속에는 돈이나 금리보다 더 많은 것이 들어 있었다. 자신만의 틀 속에서 좀처럼 빠져나오지 못하던 롤프 벤트, 그에게 호감을 느껴 한동안 그를 만나던 그녀는 처음엔 자신이 뭔가 잘못했나 고민하다, 이내 그에게 무슨 문제가 있는 건 아닌지 생각해보게 되었고, 이윽고 다른 사람들은 그리 분명하게 보고 말할 수 없었던 것들을 깨닫게 되었다. 그건 그가 여자들과의 관계에 있어서 적극적이지 못했다는 따위의 문제가 아니었다. 에펠하임의 스쿼시 트레이너도 비슷한 말을 했다. "그가 의사였다고요? 세상에, 전혀 몰랐네요. 스쿼시를 아주 잘 쳐서 다른 사람들과 연결시켜주려고 했지요. 생긴 지는 얼마 안 됐지만, 우리 스쿼시센터는 제대로 시스템이 갖춰져 있거든요." 갑자기 그가 나를 위아래로 훑어보더니 계속해서 말했다. "선생님도 운동을 좀 하셔야겠네요. 어쨌거나 벤트 씨는 늘 소극적이었고 혼자 있으려고만 했어요."

클라인슈미트 부인은 내가 벤트 박사의 아버지가 아니었다는 사실을 알고도 별달리 나를 탓하거나 원망하지는 않았다.

"셜록 홈즈 같은 사립탐정이시라고요?" 그녀는 나를 거실로 안내하곤 커피포트에 물을 올렸다. 부엌과 연결된 그곳에는 모퉁이벤치와 찬장이 있었고, 바닥에는 리놀륨이 깔려 있었다. 세탁기와 전기오븐은 아주 새거였다. 커튼과 부엌 찬장의 창유리 커튼, 식탁보 그리고 냉장고에는 델프트 도자기 무늬가 들어 있었다.

"네덜란드와 무슨 연관이라도 있으신가요?"

"정원에 있는 튤립을 보신 건가요? 그래서 추측하신 거예요?" 그녀는 나를 신기하단 듯 바라보았다. "첫째 아이가 그곳에 살고 있어요. 이름은 빌렘이지요. 장거리 화물트럭 운전 기사인데, 로테르담에 갈 때면 꼭 튤립 구근을 가져다주곤 해요. 내가 튤립을 좋아하는 걸 알고 있거든요. 더욱이 그쪽에 아는 사람이 있어서, 구근을 사느라 굳이 돈을 내지 않아도 된다는군요. 그렇지 않으면 아이들도 있는데 저 많은 꽃들을 산다고 그리 많은 돈을 쓸 수는 없었을 거예요. 요즘은 둘째 아이도 다 커서 시내에서 튤립을 사다 주곤 하지요."

"그럼 아이들은 다 커서 독립했군요?"

"예." 그녀가 한숨을 내쉬며 대답했다. 커피 물을 올려놓은 주전자에서 물 끓는 소리가 들렸다. 그녀는 필터 위에다 끓는 물을 천천히 따랐다.

"그러면 젊은 세입자가 들어와서 무척 반가우셨겠네요."

"예, 맞아요. 하지만 월세는 그리 많이 받지 않았어요. 제 남편에게 이야기했거든요. '귄터, 우리 젊은 의사 선생님이 국립정신병원에서 일하신대. 그곳에는 돈 없는 환자들이 주로 온다네요. 돈이 많은 사람들은 다들 다른 좋은 병원으로 가니까.' 하지만 제가 생각했던 것처럼은 되지 않았어요. 물론 벤트 박사는 예의 바른 사람이었지요. 저를 보면 늘 살갑게 인사하고, 어찌 지내는지 안부도 묻고 했으니까요. 하지만 저녁때나 쉬는 날에는 우리랑 같이 식사를 하자고 해도 한사코 거절했어요. 하루 종일 앉아서 공부하지 않을 때도 말이에요. 정원에서 일하다보면 창문으로 그가 책상 앞에 앉아 책과 씨름하는 모습이 종종 보였거든요."

"그럼 친구들은요? 여자 친구는?"

클라인슈미트 부인은 고개를 저었다. "우리로서는 여자 친구 한 명쯤 데려올 거라고도 생각했어요. 그래도 아무 상관 없었으니까요. 남자 친구도 마찬가지고요. 하지만 아마도 외톨이였나봐요."

상황은 마찬가지였다. 벤트 박사에게는 그다지 눈에 띌 만한 만남이나 활동은 전혀 없었다. 말 그대로 일과 책밖에 모르는 인물이었던 게 분명했다. 예전에 클라인슈미트 부인에게 레오의 사진을 한 번 보여준 적이 있었지만 나는 다시 한 번 시도해보았다. 아울러 헬무트 렘케의 사진도 보여주었다. 하지만 그녀는 두 사람 다 본 적이 없다고 대답했다.

"경찰이 벤트 박사의 집을 봉인했습니까?"

"한번 들어가 둘러보시게요?" 그녀가 자리에서 일어나더니, 벽에 걸린 고리에서 집 열쇠를 가지고 왔다. "경찰이 그집으로 들어가는 건 수사가 마무리될 때까지 금지라고 말하긴 했어요. 그래서 정문으로는 들어갈 수 없겠지만, 지하실의 보일러실을 통하면 자물쇠에 부착된 봉인을 훼손하지 않아도 들어갈 수 있어요."

나는 그녀를 따라 지하실로 내려갔고, 보일러실과 창고를 지나 벤트 박사의 집으로 들어갔다. 경찰은 현장 감식 및 수색 작업을 빈틈없이 수행했고, 집 안은 완전히 뒤죽박죽이 되어 있었다. 결국 그들이 찾아내지 못한 것은 나 또한 마찬가지일 수밖에 없었다.

그렇게 며칠이 지나갔다. 나는 내 할 일을 차질 없이 진행했다. 하지만 진상 규명에는 조금의 진전도 없었다. 에벌라인 교수를 만나 묻고 싶은 게 많았다. 하지만 그는 이미 어디론가 여행을 떠난 뒤였다. 벤트 박사의 여동생 또한 만나보고 싶은 사람들 가운데 한 명이었다. 함부르크에서 결혼해 살고 있는 그녀는 오빠와 마찬가지로 전화는 사용하지 않았다. 그녀가 오빠의 장례식에 참석할지는 뷔흘러 부인도 알지 못했다. 그녀 또한 아버지와 갈등이 있었고, 오빠와의 사이도 좋지 않은 편이었다. 나는 결국 그녀에게 편지를 쓰는 것으로 만족해야 했다.

하루는 티츠케한테서 전화가 걸려왔다. "고마웠습니다, 지난번에 곧바로 제게 제보하게끔 해줘서요."

"내가 뭘 어쨌는데요?"

하지만 그렇게 묻는 순간, 나는 그가 무슨 일로 그러는지 알아차렸다. 왜 미처 그 생각을 하지 못했을까! 티츠케는 경찰 순찰차나 구급차와 거의 동시에 벤트 박사의 사건 현장에 모습을 나타냈었다. 그리고 그처럼 신속하게 그곳 상황을 알려줄 수 있었던 사람은 나밖에 없었다. 나, 아니면 살인범.

4
페쉬칼렉의 후각

장례식장에서 네겔스바흐 경감, 대학 친구, 카드게임 친구들, 도이체방크 여직원, 에펠하임 스쿼시센터 트레이너, 클라인슈미트 부인, 뷔흘러 부인 등 모두를 다시 만났다. 에벌라인 교수만은 보이지 않았다. 나는 일찌감치 장례식장에 도착해 맨 뒷줄 의자에 앉았다. 예배당 안은 사람들로 서서히 채워지고 있었다. 그러다가 갑자기 60명쯤 되는 사람들이 한꺼번에 몰려 들어왔다. 그들끼리 나누는 귓속말을 듣고, 벤트 씨가 회사 직원들에게 장례식에 참석할 것을 지시했음을 알게 되었다. 정작 벤트 씨 본인은 한참이 지나서야 모습을 나타냈다. 키가 크고 몸집이 우람한 그는 얼굴이 잔뜩 굳어 있었다. 짙은 검은색 베일을 쓴 그의 아내는 남편의 팔을 잡고 함께 등장했다. 오르간 연주가 시작되자, 페쉬칼렉이 내 옆 빈자리로 얼른 다가와 앉았다. 첫 번째 찬송가 〈높이 세워진 도시 예루살렘〉이 불리는 동안, 그는 자그마한 카메라의 필름을 능숙하게 갈아 끼웠다. 노랫말이 부동산과도 관련이 있고 뷔흘러 부인이 매서운 눈초리로 지켜보고 있음에도, 벤트 씨 사람들의 노랫소리는 희미하니 음정도 제대로 맞지 않았다.

"그런데 여기는 어쩐 일로 오셨나요?" 페쉬칼렉이 옆구리를 쿡 찌르며 물었다.

"그건 내가 묻고 싶은 말인데."

"그러면 우리는 아마 같은 목적으로 여기 와 있나봅니다."

목사 다음으로 국립정신병원 신임 병원장의 추도사가 이어졌다. 그는 성심성의껏 환자를 돌보고 연구 분야에서도 혁혁한 성과를 남긴 젊은 동료 의사에 대해 따뜻함과 존경이 담긴 연설을 했다. 그 뒤를 이어 에펠하임의 스쿼시센터 트레이너가 앞으로 나서서, 롤프 벤트와 함께했던 클럽 활동의 소중한 시간들을 공유했다. 마지막 찬송가를 부르는 동안, 문이 살며시 열리며 젊은 여성이 안으로 들어섰다. 그녀는 머뭇거리며 주위를 둘러보았다. 그러고는 결심한 듯 당당하게 맨 앞줄로 걸어가 벤트 부인의 옆자리에 앉았다. 롤프의 여동생?

묘 앞으로 나가서도 나는 한쪽 옆에 물러서 있었다. 네겔스바흐 경감도 사람들을 면밀히 지켜볼 수 있도록 어느 정도 거리를 유지한 채 서 있었다. 페쉬칼렉은 추모객들 주위를 한 바퀴 빙 돌며 부지런히 사진을 찍어댔다. 마지막 삽으로 뜬 흙이 무덤 위에 뿌려지자 추모객들은 순식간에 흩어졌다. 뒤쪽에서 작은 굴착기에 시동 거는 소리가 들려왔다. 굴착기 덕분에 요즘에는 공동묘지의 인부들도 훨씬 쉽게 일을 마무리할 수 있었다.

페쉬칼렉이 내 곁으로 바싹 달라붙었다. "어느새 모든 게 다 끝났네요."

"나도 그 생각을 하고 있던 참입니다."

"작고한 벤트 씨와는 개인적으로 친분이 있으셨나요?"

"예." 그에게 굳이 말하지 못할 이유가 없었다. "지금은 아버지의 위임을 받아 그의 살인 사건을 조사하고 있고요."

"그렇다면 우리는 정말로 같은 목적으로 여기 온 게 맞네요. 물론 저는 위임 같은 것을 받아서가 아니라, 자발적으로 이번 사건을 조사하고 있기는 하지만 말입니다. 뭐 어쨌든 이번 사건의 진상을 밝혀내는 게 우리의 목표인 건 같으니까요. 어디 가서 저랑 점심이라도 하시겠습니까? 젤프 씨 차는 여기 세워두고 제 차로 같이 가시지요. 나중에 이곳까지 다시 모셔다드리겠습니다."

우리는 라덴부르크로 갔다. '츠비벨' 레스토랑에는 처빌 수프와 오븐에 구워낸 감자를 곁들인 양고기 요리가 준비되어 있었다. 페쉬칼렉은 '포르스터 블라우어 포르투기저' 레드와인 한 병을 주문했다. 후식으로는 신선한 딸기가 나왔다. 나는 당연히 페쉬칼렉이 왜 이 사건을 조사하고 있는지, 또 무엇을 찾고 있으며 무엇을 찾아냈는지 궁금했다. 하지만 서두르지 않았다. 그와 함께하는 시간은 이번에도 역시 유쾌하고 즐거웠다. 그는 사진을 찍으러 유럽과 미국, 아프리카와 아시아로 떠났던 여행에 대해 언급했다. 또한 자신이 찍었던 전쟁, 콘퍼런스, 예술 작품, 범죄, 기아, 저명인사의 결혼식 등에 대해서도 아주 가볍고도 거침없이 이야기해주었다. 나는 깜짝 놀랐다. 먼 곳에의 동경이 망설여지며, 내가 지금의 나 같은 시골뜨기로 살아가고 있다는 게 다행스럽게 여겨졌다. 미국에 잠시 머물렀던 시간들, 함께 대학 생활을 했던 그리스 여자 친구가 소유한 요트를 타고 몇 차례 떠났던 에게 해 요트 여행, 그리고 클라라와 함께했던 리미니, 케른텐, 랑게오크 섬에서의 휴가들, 그게 전부였다. 그래서 그만큼 더 멀리 가고 싶어 한다. 하지만 그게 얼마나 사진적인 가치가 있을지는 몰라도, 내전이나 내란, 또는 타지마할을 배경으로 한 로타 슈페트와 엘리자베스 테일러의 결혼식 등은 결코 보고 싶지 않다는 생각이 들었다.

삼부카와 에스프레소를 마시고 담배를 피우며 페쉬칼렉은 자연스레 말을 꺼냈다. "벤트 박사의 장례식에서 제가 뭘 찍었는지 궁금하시죠? 정확히 뭐가 찍혔는지는 사실 저도 몰라요. 다만 제 후각은 뭔가 자극적인 스토리가 숨겨진 것 같은 낌새 하나는 기가 막히게 맡아냅니다. 그런 화끈한 스토리가 숨어 있는 곳에서는 예리한 사진들을 찍어내는 능력도 있고 말이죠. 그저 글만 쓰는 것은 대단치도 않고 그리 영향력도

268

없어요. 물론 저도 급할 때는 어쩔 수 없이 그렇게 하지만요. 조사한다는 것은 계산하는 것이고, 조사한다는 것은 사진 찍는 것입니다. 사진 속에 없는 것은 세상에도 존재하지 않습니다. 제 말 이해하시겠습니까?"

그는 사진기자로서 자신이 갖고 있는 신념을 열정적으로 토로했고, 나는 연신 고개를 끄덕였다.

"그럼 이번에 당신의 후각에 포착된 건 무엇이오?"

그가 재킷 안주머니에서 종이 한 장을 꺼냈다. "제가 1 더하기 1을 계산해보겠습니다. 일주일 전 어제, 벤트 박사는 살해됐습니다. 그는 젊은 테러리스트인 레오노레 잘거를 국립 정신병원에 숨겨주었지요. 그녀가 미군 군사시설에 대한 테러 공격으로 수배된 뒤에 말입니다. 잘거에 대한 공개수배령은 벤트 박사가 살해되던 날 저녁 TV를 통해 방송되었어요. 저는 월요일 저녁 TV 방송에서 보았고, 화요일 아침 신문기사를 확인했습니다. 설마 그게 다 우연이었다고 말씀하시지는 않겠지요? 잘거가 벤트를 살해한 걸까요? 아니면 CIA나 FBI, 또는 마약 단속국에서 나온 누군가가? 아킬레 라우로 호 사건* 이후, 양키들은 자신들의 군사시설을 공격하고 자국민을 납치하거나 살해하는 행위를 더 이상 용납하려 하지 않

---

*1985년 10월 7일 이집트의 알렉산드리아 항에 정박 중이던 이탈리아 국적의 여객선 아킬레 라우로 호가 네 명의 팔레스타인해방전선(PLF) 소속 테러리스트에게 납치된 사건.

죠. 그래서 그들은 일체의 테러 행위를 물리치고 반격을 가합니다. 그리고 지금 문제가 되는 테러가 있던 날 두 명의 사망자가 발생했다고 보도가 되었지요."

나는 그의 손에 들린 종이를 가리켰다. "그건 뭐요?"

"이제 점점 미스터리해집니다. 젤프 씨가 얼마나 주의 깊게 살펴보셨는지 모르겠지만, 경찰은 벤트 살인 사건의 살해 동기나 피의자 등 상세한 상황에 관해 전혀 밝히지 않았어요. 네, 좋아요, 그 정도는 충분히 이해하죠. 경찰 측도 아마 아직 사건을 충분히 파악하지 못했을 테니까요. 하지만 테러가 발생한 정확한 시간과 장소, 범행 방식은 왜 밝히지 않는 걸까요? 정확한 피해 상황도 보도되지 않았죠. 그런 점들이 저는 도무지 이해가 안 간단 말입니다. 텔레비전이고 신문이고 자세한 것들은 전혀 보도를 하고 있지 않아요. 저는 일부터 바더와 마인호프와 슐라이어 사건을 다룬 당시 신문기사들도 찾아봤습니다. 당시 기사들도 불분명하기는 비슷했지만, 적어도 지금 우리가 보고 듣는 기사들보다는 훨씬 더 구체적이고 상세했어요. 제 말 듣고 계십니까?"

"아 물론이에요. 그리고 지금 당신이 말한 건 비단 언론에만 해당되는 게 아니에요. 경찰 또한 이번 경우엔 평소와 달리 아무런 입장 표명도 하지 않고 있거든요."

"저도 이상하다고 생각했습니다. 테러 공격에 관해 이번처럼 금세 떠벌려 소문을 냈다 다시 저렇게 입을 딱 다물 수는 없는 법이지요. 그런 사건이 아무도 모른 채 덮였더라면……
하지만 저로선 그런 일은 상상이 안 돼요. 많은 사람들이 무
슨 일이 일어나고 있는지 눈치채지 못할 수는 있겠지만, 누군
가는 반드시 알아차릴 수밖에 없어요. 그리고 그랬다면 그 또
한 혼자서만 비밀로 간직할 순 없고요. 물론 그렇다고 제가
모든 곳을 돌아다니며 사람들에게 일일이 물어볼 수는 없는
노릇이지요. 대신 저는 모든 지역신문들을 샅샅이 살폈습니
다. 〈만하이머 모르겐〉, 〈라인-네카 차이퉁〉, 〈라인팔츠〉, 그
외 이런 신문의 많은 지역판까지도요. 주로 세세한 사건 사고
기사에 주목했습니다. 그러다가 어제 저녁, L.이라는 농장 주
인이 찬장 속의 그릇들이 덜그럭대고 창문이 덜컹거리는 진
동 때문에 잠에서 깨어났다는 기사를 발견했지요. 하지만 그
진동의 원인이 무엇이었는지는 아직까지 밝혀지지 않았어
요…… 제 말뜻을 아시겠죠?"

"그래서 뭔가 얻어낸 게 있습니까?"

그가 자신만만한 미소를 지으며 내게 들고 있던 종이를 건
넸다. 신문기사를 복사한 그 종이에는 〈피른하이머 타게블라
트〉라는 신문 제호와 3월 어느 날이라는 날짜가 적혀 있었다.

"한번 읽어보세요!"

탄약고에서의 폭발 사고?
"지난 몇 년간, 피른하임의 미국 전투부대 탄약고에서 폭발

사고가 일어났는가? 그곳의 위병들이 몇 달 전부터 특수 방탄복을 입고 근무한다는 것이 사실인가?"

이는 어제 군의회에서 녹색당이 군의회 의장인 S. 카넨구트 박사에게 그가 맡고 있는 베르크 슈트라세 지역 재난방지위원회 위원장이라는 직무와 관련해 문의한 내용이다. 녹색당 당대변인 J. 알트만은 그 같은 문의를 하게 된 배경에 대해서는 자세히 언급하지 않았다.

군의회는 당연히 그 같은 문의에 대해 즉석에서 성급한 답변을 내놓지는 않았다. 대신 그 사안에 대해 진위를 파악한 뒤, 다음번 회의 때 서면으로 제출하겠다고 약속했다.

분명한 사실은, 올해 1월의 어느 날 밤에 내가 차를 타고 인근 숲 지역을 지나가다 우연히 탄약고 위로 불빛이 어른거리는 것을 목격했다는 점이다. 부대 정문 앞에 와 있던 피른하임 경찰은 권한 밖의 일이라는 이유로 아무런 정보도 제공하지 않았고, 부대 공보실에 제기된 다수의 문의에 대해 미군 당국은 일절 답변하지 않고 있다.

H. 발터스

5

가스에서는 악취가 나지 않는다

나는 그 신문기사를 두 번 읽었다. 그러고도 다시 한 번 읽었다. 내가 놓치고 지나간 무엇인가가 있는 것일까? 아니면 내 이해력이 더딘 편인가? 지난 1월 피른하임의 탄약고에서 테러가 발생한 것으로 여겨지며, 그 같은 사실에 H. 발터스가 주목하고 있다는 내용이 레오가 내게 들려주었던 이야기들을 입증해준다는 사실 외에는, 그 기사에서 다른 무언가를 추론해낼 수 없었다. 페쉬칼렉은 물론 그 사실조차도 짐작할 수 없었다. 그렇다면 그는 대체 그 기사에서 어떤 흥미로운 점을 찾아냈다는 것일까?

나는 곧바로 질문을 던졌다. "군의회는 이 질문에 대해 어떤 답변을 내놓았습니까?"

"역시! 그렇게 질문하실 줄 알았습니다. 독일과 미국 측의 관련 부서에 관한 조사에서는 탄약고에서의 폭발 사고에 관한 아무런 단서도 나오지 않았습니다. 부대원들은 훈련의 목적으로 종종 방탄복을 입으며, 피른하임 탄약고의 운영에 있어서 인근 지역 주민의 안전을 위협할 만한 특이 사항은 결코 발견되지 않았다는 답변이 나왔을 뿐이고요."

"알트만은 만나봤습니까? 아니면 발터스라도?"

"알트만에게는 군의회에 답변을 요청한 일에 대해 감사드린다고 인사했지요. 하지만 그것 말고는 저를 실망시켰을 뿐입니다." 페쉬칼렉이 히죽 웃으며 나를 쳐다보았다. "그리고 저는 파이프담배 흡연자로서도 실망했습니다. 차라리 젤프 씨의 담배를 한 대 얻어 피울 수 있을까요?" 그는 거듭된 시도에도 불구하고 좀처럼 불이 붙을 기미가 보이지 않던 파이프를 집어치우고, 내 담뱃갑에서 담배 한 대를 꺼내 물었다. "알트만에게는 별다른 정보가 없어요. 오히려 그 뒤에 발터스가 있지요. 발터스가 어느 날 밤 우연히 목격했던 것에 의지해 알트만이 군의회를 약간이나마 움직이게 했던 것이니까요. 발터스에게 뭔가가 더 있는지는 아직 모르겠습니다. 어제는 그를 만날 수 없었거든요." 페쉬칼렉이 창문 너머로 시계를 쳐다보고는 내게 물었다. "저랑 같이 피른하임으로 가서 그를 만나보실래요? 지금쯤이면 분명 편집사무실에 있을 겁니다."

헤데스하임에서 피른하임으로 차를 타고 가며, 오래전에 맡아 처리했던 피른하임 종파분쟁 사건이 떠올랐다. 가톨릭 성당에서 성 카타리나가 그려진 제단 성화 하나가 사라졌다. 성당 신부는 개신교도들을 의심했고, 설교단에 서서는 성화를 훔친 이교도들을 꾸짖었다. 그 후 개신교 교회와 가톨릭 성당 벽에는 누군가가 휘갈겨 쓴 낙서가 붙게 되었고, 심지어 교회 창문이 부서지는 일도 벌어졌다. 모두 아주 오래전 일이다. 그러던 차에 종파를 뛰어넘는 보편적인 성향의 장로 한 사람이 사라진 성화를 찾아달라는 임무를 내게 맡겼다. 그리고 나는 그 성화를 독일 여배우 우쉬 글라스에 열광해 있던 어느 사춘기 복사의 집에서 찾아냈다. 우쉬 글라스와 성화 속 성 카타리나의 얼굴은 놀랄 만큼 서로 꼭 닮아 있었다.

발터스는 다름슈타트 대학에서 공학을 전공했다. 하지만 피른하임에서 태어나 자라고 그곳에 뿌리를 박고 살고 있었다. 그는 남성합창단 1846의 단원이었고, 카니발협회 1915와 체스클럽 1934, 스포츠사격협회 1953, 팡파르 취주악대 1969의 회원이기도 했다. "이 정도면 가히 타고난 지역신문 기자라 할 만하지 않겠습니까? 저는 정치적으로는 어느 한쪽으로도 기울어져 있지 않습니다. 알트만 씨에게 탄약고에 관한 정보를 제공했던 것과 마찬가지로, 저는 기민당에게는 기획 중인 라인-네카 센터의 공영화에 대해서, 그리고 사민당에게는 빌리 정 합자회사에서 자행되고 있는 미성년자 고용 실태에 대해서 정보를 제공할 용의가 있습니다. 제 소개는 이쯤하지요. 두 분은 군의회에서의 알트만 질의에 관한 제 보잘것없는 기사를 읽고, 그 사안에 관해 좀 더 자세히 알고 싶어 저를 찾아오셨다고요? 저부터도 좀 더 많은 것을 알았으면 원이 없겠습니다." 비좁은 그의 사무실 공간은 책상과 회전의자와 손님용 의자 하나로 꽉 차 있었다. 발터스는 내게 손님용 의자를 내주었고, 페쉬칼렉에게는 책상 모서리에 걸터앉을 것을 권했다. 좁은 창문을 통해 시청으로 이어지는 길이 내다보였다. "이 창문은 유감스럽게도 열리지가 않습니다. 그러니 담배는 잠시 참아주시기 바랍니다."

페쉬칼렉은 파이프를 집어넣으며, 마치 진정한 삶의 기쁨이 사라지고 담배와 성냥과 파이프와의 가망 없는 싸움만이 남았다는 듯 길게 한숨을 내쉬었다. 그가 말을 꺼냈다. "신문 기자에게는 결코 충분히 알고 있다는 말이 적용되지 않습니다. 그리고 그런 관점에서 보자면 〈슈피겔〉, 〈파리 매치〉, 〈뉴욕 타임스〉, 아니면 〈피른하이머 타게블라트〉 어디에서 일을 하든 우리 기자들 모두는 다 똑같다 할 수 있죠. 저는 발터스 씨가 쓴 작은 기사가 마음에 들었습니다. 그 기사는 사안의 요지를 정확히 짚어내고 있었고, 문체는 유려했으며, 무엇보다도 자신의 모든 것을 쏟아붓는 참신하고도 직설적인 방식을 통해 확신을 심어주었습니다. 그 밖에도 발터스 씨가 찾아낸 배후 관계와 주변 상황에 대한 정보의 견실한 토대를 느낄 수 있었습니다. 동료로서 발터스 씨에게 다시 한 번 경의를 표하는 바입니다."

처음에는 페쉬칼렉이 너무 지나치게 찬사를 늘어놓아 역효과를 불러일으키는 게 아닐지 우려되었다. 하지만 발터스에게는 말 그대로 효과 만점이었다. 그가 회전의자에 앉은 채 말했다. "그렇게 말씀해주시니 그동안의 노고가 헛되지 않은 것 같아 정말 기쁘기 그지없습니다. 저는 〈피른하이머 타게블라트〉 같은 신문을 풀뿌리 언론이라 부릅니다. 저 같은 기자는 풀뿌리 언론인이라 부르고요. 저는 언제든 피른하임의 상황을 피른하임의 신문에 실을 준비가 되어 있습니다. 〈슈피겔〉, 〈파리 매치〉, 〈뉴욕 타임스〉라고 말씀하셨던가요? 그들도 제 기사를 영어나 프랑스어로 실어야 마땅할 것입니다."

"저도 기꺼이 계속해서 지켜보고 있겠습니다. 그리고 피른하임이 화제가 되면, 아마도 발터스 씨에게 르포르타주 한 꼭지를 부탁드리게 될 것입니다. 하지만 이번 사건이 화제에 오르기는 아무래도 좀…… 불빛이 어른거렸다고 해서 반드시 어떤 재해나 참사가 일어난 것을 의미하지는 않으니까요. 그나저나 그 일은 언제 일어난 겁니까?"

페쉬칼렉은 드디어 본론으로 들어갔다. 그리고 우리는 1월 6일 밤 12시경, 여자 친구가 살고 있는 휘텐펠트에서 피른하임 방향으로 차를 타고 가던 발터스가 탄약고의 정문 앞에 경찰차 세 대가 서 있는 것을 보았다는 사실을 알게 되었다. 그는 무슨 일인지 알고 싶어 했지만 이내 그곳에서 강제로 쫓겨날 수밖에 없었다. 차를 타고 가면서 그는 탄약고 위로 불빛이 어른거리는 것을 보았다. "불이나 불꽃은 보이지 않았습니다. 당연히 호기심이 발동했지요. 그래서 그 자리를 완전히 떠나는 대신, 피른하임 동쪽 나들목에서 아우토반으로 들어서서 로쉬 방향으로 달렸습니다. 삼각형을 이루는 교차로를 지나면서는 아주 천천히 달렸지요. 탄약고는 3111번 지방도로와 6번 아우토반 사이에 위치하고 있거든요. 하지만 불빛은 이미 사라지고 보이지 않았습니다."

"그게 전부입니까?" 페쉬칼렉은 실망했고, 그런 기색을 굳이 감추려 하지도 않았다.

"차를 세우고 밖으로 나오니 무슨 냄새가 나는 것 같았습니다. 그 뒤에도 람페르트하임 숲을 지나면서 다시 한 번 그 냄새를 맡았지요. 저는 로쉬까지 아우토반을 타고 차를 몰아야 했고, 그곳에서부터는 지방도로를 타고 휘텐펠트를 지나 피른하임으로 향했습니다. 하지만 아무 냄새도 맡지 못했지요. 그러다 문득, 독가스는 냄새가 나지 않는다는 사실을 떠올렸습니다."

"독가스라고요?" 페쉬칼렉과 나는 거의 동시에 되물었다.

"오래전부터 그런 소문이 떠돌았거든요. 피쉬바흐, 하나우, 피른하임, 이 세 곳에 미군이 종전 후 독가스 저장고를 설치했다는 소문이요. 많은 사람들은 오래전 독일군이 저장하고 있던 전쟁용 독가스를 이곳에 파묻었다고도 하고, 소문에 의하면 피쉬바흐에서는 독가스가 이미 제거되었다고도 합니다.

피른하임에서도 마찬가지고요. 아니면 그 두 곳에는 애당초 독가스가 없었다고도 하죠. 또는 그곳에 아직까지도 독가스가 매립되어 있고, 피쉬바흐에 있던 독가스 이전을 둘러싼 논란이 피른하임에 존재하는 독가스에 대한 관심을 다른 쪽으로 돌리고 있다고도 합니다. 아무튼 저는 지난 1월 6일 이후로 독가스 문제에 대해 관심을 갖기 시작했습니다." 그가 고개를 설레설레 저었다. "진정 악마의 물건이라 할 만하지요. 포스겐, 타분, 사린, 신경가스 VE와 VX, 이것들이 어떤 끔찍한 재앙을 불러일으키는지 읽어보신 적 있으십니까? 알게 된다면 아마도 생각이 완전히 달라질 겁니다."

"경찰차들은 그때까지도 정문 앞에 서 있었습니까?"

"아뇨. 하지만 미군의 소방차 한 대가 정문에서 빠져나와 사라졌습니다."

페쉬칼렉이 그 부분에 대해 다시 물었다. "그 소방차는 어디로 향하던가요? 그리고 그 사실은 왜 발터스 씨가 쓴 기사에는 들어 있지 않은 거지요?"

"저는 제 기사를 통해 하나씩 진상을 드러낼 작정이었습니다. 하지만 편집 데스크에서 미군의 소방차를 다룰 예정이던 기사가 그다지 흥미롭지 않았는지 게재를 취소하더군요. 뭐 아무튼 그 소방차는 니벨룽겐 슈트라세와 엔트라스퉁스 슈트라세를 따라갔습니다. 제 생각에는 아마도 미군 병영으로 돌아간 것 같지요."

우리는 그에게 고맙다고 인사했다. 발터스의 사무실에서 나오자 페쉬칼렉은 한껏 고무되어 있었다. "제가 말하지 않았습니까? 물론 제가 말한 것보다 더 잘됐지만요. 이번 테러는 단순히 미군 군사시설을 공격한 게 아니라, 그들의 독가스 저장고를 목표로 삼았던 겁니다. 미국인들이 그런 것을 숨길 수 없다는 건 틀림없는 사실이에요. 그렇다면 벤트 박사가 그 같은 테러를 연출한 걸까요? 그리고 그 대가로 목숨을 잃은 거고요? 아니면, 미국 측이 그를 매수하기라도 한 걸까요? 그래서 그는 동료들을 배신하고, 잘거는 그런 그를 처단한 거고요. 아마 두고 보면 알게 될 겁니다. 벤트 박사는 그저 우연히 살해된 게 결코 아니라는 사실을요."

6
어느 여름날의 목가적인 전원 풍경

세상 누구도 그냥 그렇게 우연히 살해되지는 않는다. 벤트 박사의 서류 가방 속에 들어 있던 지도는 바로 피른하임 삼각지대를 가리키고 있었다. 나는 편집사무실 복도에 붙어 있던 커다란 지도를 보는 순간, 프랑크푸르트-만하임 아우토반과 바로 그 머리 위로 지나가는 카이저스라우테른 행 아우토반을 곧바로 알아보았다.

페쉬칼렉도 멈춰 섰다. "어떠세요? 우리 그리로 가서 한번 직접 살펴볼까요?"

우리는 로쉬어 벡을 타고 숲을 가로질러 달렸다. 왼편으로는 높다란 울타리와 그 뒤로 나 있는 아스팔트 길이 우리가 가는 길과 나란히 달려가고 있었다. 표지판들은 독일어와 영어로 폭발물, 순찰대와 경비대, 경비견 그리고 총기 사용을 조심하라고 경고하고 있었다. 500미터쯤 지나 만나게 된 출

입구는 여러 개의 철문, 오렌지색과 파란색으로 깜박이는 경고등, 그리고 금연을 포함해 모든 안전 사항에 유의할 것을 경고하는 표지판들로 안전을 기하고 있었다. 울타리는 이윽고 왼쪽으로 휘어졌고, 길은 계속해서 앞으로 뻗어 있었다. 그리고 다음번 교차로에서 왼쪽으로 늘어선 우리는 커다란 반원을 그리며 위와 아래로 나 있는 아우토반 사이를 지나 다시금 피른하임 쪽으로 달리고 있었다.

"여기 사는 사람들과도 이야기를 나눠봐야 할 것 같습니다." 차를 타고 지형을 살피는 동안 페쉬칼렉은 그다지 말이 없었다. 하지만 피른하임에 다다르자 다시 말이 많아졌다. "독가스에 대해서는 젤프 씨도 이미 들어보셨을 거예요. 여기 사람들이 그 문제에 관심을 가질 거라고 많이들 생각하겠지만, 사실은 그렇지가 않아요. 저는 우리의 정신 나간 젊은 기자가." 그가 손가락으로 〈피른하이머 타게블라트〉가 있다고 생각되는 쪽을 가리켰다. "그 같은 기사를 썼다는 것 자체가 신기할 따름입니다. 이곳 사람들 누구도 그런 기사를 읽으려 하지 않거든요." 그는 헤데스하임으로 향하는 길로 들어섰다. 하지만 이내 오른쪽으로 방향을 틀었다. "조금만 우회해 길을 돌아가겠습니다."

푸른 하늘 아래로 노란 유채 밭을 지나, 길게 늘어선 과일나무들을 따라 우리는 차를 타고 달렸다. 저 멀리로는 산들이 솟아 있었고, 채석장들이 햇빛을 받아 반짝이고 있었다. 우리 앞으로 작은 교회 하나가 모습을 나타냈다. 얼마 안 되는 농가와 건물들과 목초지로 둘러싸인 교회의 지붕 용마루 위에는 작은 탑과 저수탑이 솟아 있었다. 말 그대로 어느 여름날의 목가적인 전원 풍경이었다.

"슈트라센하임에는 처음 와보시는 거죠?" 나는 고개를 끄덕였다. 페쉬칼렉은 속도를 줄여 천천히 차를 몰았다. "여기엔 왜 왔냐고, 젤프 씨를 왜 여기까지 데려온 거냐고 묻고 싶으시죠? 한번 자세히 보세요." 교회 옆에 서 있던 웅장한 건물이 눈에 들어왔다. 그곳은 안내판이 말해주고 있듯, 만하임 경찰청 소속의 말들과 마약 및 폭발물 탐지견이 머무르는 곳이었다. "정신 차리고 보셔야만 합니다. 저기 오른쪽하고 왼쪽에 있는 두 대의 차, 저게 무엇인지 아십니까? 급수차입니다. 저마다 마시고 요리하고 가축한테 줄 물 몇 톤씩을 담고 있지요. 저 급수차들이 여기서 무얼 하고 있는 걸까요?" 그는 자신만만한 얼굴로 본론으로 접어들고 있었다. "어쩌면 이제 다른 물들은 마실 수가 없는 것 아닐까요? 슈트라센하임은 행정구역상으로는 만하임에 속합니다. 하지만 이곳의 상수도는 어쩌면 만하임 내지 피른하임이나 헤데스하임과 연결되어 있는 게 아니라, 이곳만의 수원을 갖고 운영되고 있을지도 모릅니다. 그런데 그 수원에서 이제 더는 물이 솟아나질 않는 겁니다. 왜 그런 걸까요? 샘물이 말라버린 걸까요? 지난주까지 비가 그렇게 쏟아졌는데? 그건 분명 아닐 겁니다. 샘에서는 물이 여전히 솟아나고, 그 물은 심지어 아주 맑아 보이기도 하죠. 그런데 약간 이상한 냄새가 날지도 모릅니다. 물론 아닐 수도 있고요. 아니면 물맛이 좀 이상하게 느껴질 수도 있겠습니다. 어쩌면 그 역시 아닐 수도 있고요. 그 물을 마신 사람이 그 자리에서 고꾸라져 죽어야만 할 필요까지는 없습니다. 그저 어떤 사람에게는 메스껍게 느껴지고, 어떤 사람에게는 구역질이 날 것만 같고, 또 어떤 사람은 혈변을 보거나 식도로 역류하는 담즙을 토해낼지도 모릅니다."

슈트라센하임은 우리 뒤편에 자리하고 있었다.

"그걸 다 어떻게 해서 알고 있는 거요?"

"그저 1 더하기 1을 계산했을 뿐이지요. 저라고 달리 방법이 있겠습니까. 공식 기관에 문의해서는 아무것도 알아낼 수가 없어요. 그들은 쉬쉬하며 감추려고만 들고, 그것만 봐도 뭔가 수상하다는 낌새가 느껴지죠." 그가 다시 속도를 내 차를 몰기 시작했다. "우리는 이제 막 식수원 보호구역인 케퍼탈의 경계를 지나고 있습니다. 이곳에 뭐가 있는지는 굳이 말씀드리지 않아도 알고 계시겠죠? 바로 탄약고가 이 구역 외곽에 자리하고 있어요. 그리고 슈트라센하임 뒤편으로 2킬로미터쯤 떨어진 피른하임 교차로에서는 식수원이 시작되고요. 지하수의 물줄기가 어떻게 흘러가는지는 아무도 모릅니다. 하지만 어느 구역에 속하든 슈트라센하임은 그 안에 포함되어 있는 겁니다." 그는 화가 나 못 참겠다는 듯 오른손을 들어

이마를 탁 소리 나게 치고는, 숱이 적은 머리카락을 뒤로 쓸어 넘겼다. 그러고는 혀와 입술로 코밑수염을 끌어당겨 이로 잘근잘근 씹어댔다.

하늘이 여전히 파랗게 빛났는지, 유채 밭이 여전히 노랗게 물들어 있었는지 나는 더 이상 신경 쓰지 못했다. 나는 신, 시간과 공간의 상대성, 흡연의 유해성, 오존층의 구멍 등 내가 보고 느끼지 못하는 그 어떤 것들의 존재를 믿어야만 하는가 하는 회의에 여전히 사로잡혀 있었다. 또한 페쉬칼렉의 주장에 대해서도 회의적이었다. 탄약고에서 케퍼탈의 벤저민 프랭클린 빌리지*까지는 불과 몇 킬로미터밖에 떨어져 있지 않았고, 이는 곧 그곳에 살고 있는 미국인들도 심각한 위험에 노출될 수 있다는 것을 의미했기 때문이다. 또한, 슈트라센하임보다 탄약고에 훨씬 더 가까이 위치하고 있는 피른하임에서는 상수도 급수에 아무런 문제도 발생하지 않은 것처럼 보였기 때문이기도 했다. 그 밖에도 페쉬칼렉은 슈트라센하임의 물을 직접 맛본 적도 없고, 그렇다고 그곳의 수질 검사를 정식으로 의뢰하지도 않았다.

우리는 다시 에딩겐으로 들어섰다. 그렌츠회퍼 슈트라세를 따라가고 있는데, 뷔홀러 부인과 벤트 회사 사람들이 레스

---

*BFV(Benjamin Franklin Village)로도 불리는 독일 만하임의 케퍼탈에 있는 미군 시설로, 미군과 그들 가족의 거주를 위해 마련되었다. 제2차 세계대전 후 1947년에 생겼다가 2010년 즈음 유럽 주둔 미군 감축 작업의 일환으로 폐쇄되었다.

토랑에서 나오는 게 보였다. 문상객을 대접하는 데 꽤나 오랜 시간이 걸린 것 같았다. 공동묘지 앞에는 내 카데트가 세워져 있었다.

"오늘 보고 들은 것들에 대해서는 아무래도 좀 더 차분히 이야기할 필요가 있겠군요."

그가 내게 명함을 내밀었다. "시간 되실 때 전화 주십시오. 제 말씀을 믿지 않으시는 눈치군요. 그저 떠도는 헛소문이거나 어느 기자의 허튼소리려니 생각하시면서요. 저도 제발 그러길 바라고 있습니다."

7
비극 아니면 소극?

페쉬칼렉이 주장했던 오염된 지하수는 꿈에서도 나를 괴롭혔다. 꿈속에서 슈트라센하임의 작은 교회당은 크게 변해 있었고, 그 지붕에서는 초록색과 노란색과 빨간색 물이 콸콸 솟아나고 있었다. 고무로 만들어진 그 교회당이 점점 부풀어 오르는 사면의 벽과 함께 팽창하는 것을 보았을 때, 교회당은 이미 원래 모습을 잃고 있었다. 교회당은 쾅 하고 터지고 말았고, 그 안에서는 욕지기나는 갈색 점액이 흘러나왔다. 그 점액이 내 발밑에까지 이르렀을 때, 나는 잠에서 깨어났다. 더이상 잠을 잘 수 없었다. 페쉬칼렉과 대화할 때만 해도 두렵지가 않았다. 하지만 이제 나는 두려웠다.

아버지가 들려주었던 옛날이야기가 떠올랐다. 내가 학교에 다닐 때는 아버지는 제1차 세계대전 때 일을 한마디도 해주지 않았다. 학교 친구들은 *끄떡*하면 자신들의 아버지와 관련된 영웅담을 떠벌였다. 그럴 때마다 나도 그럴 수 있었으면 좋겠다고 바랐다. 나는 아버지가 여러 차례 부상을 당했고, 훈장을 받았으며, 또 진급했다는 사실을 알고 있었다. 그런 이야기들은 당연히 들려주어야 했고, 그래서 나는 그 이야기들을 자랑스레 이야기할 수 있어야 했다. 하지만 아버지는 그러고 싶어 하지 않았다. 아버지는 돌아가시기 몇 년 전이 되어서야 비로소 그때 일들을 이야기하기 시작했다. 어머니는 돌아가셨고, 아버지의 날들은 외로웠다. 그리고 내가 찾아뵐 때면, 아버지는 전쟁을 포함해 많은 것들에 대해서 이야기를 들려주셨다. 아마도 아버지는 전쟁이라는 대가를 치르고서라도 더 많은 삶의 공간을 확보해야만 한다는 생각에서 내가 자유로워지기를 바라셨던 것 같다.

아버지는 모두 세 차례 부상을 당하셨다. 아버지의 말에 따르면, 처음 두 차례는 이페른에서 수류탄 파편을 맞은 것과 페로네에서 총검에 찔려 당한 남부끄럽지 않은 부상이었다. 하지만 세 번째는 아버지가 속했던 중대가 베르당에서 독가스 공격을 당하며 입은 것이었다. "머스터드가스였어. 염소가스처럼 색이 있거나 악취가 나는 게 아니라서 미리 알아차리고 대비할 수가 없었지. 그건 진정 비열한 독가스였다. 보이지도 않고 아무런 냄새도 나지 않았으니까. 동지들이 목을 부여잡고 괴로워하는 모습을 미처 보지 못했거나 아니면 육감을 발휘해 재빨리 방독마스크를 꺼내 쓰지 못했다면, 순식간에 모든 게 끝나버리는 거야." 아버지는 다행히 육감을 발휘했고 살아남을 수 있었다. 하지만 아버지의 다른 중대원들 대부분은 목숨을 잃었다. 아버지도 이미 상당한 양의 독가스를 마셨고, 그래서 몇 달 동안 고생을 해야만 했다. "열은 곧 가라앉았단다. 하지만 현기증만큼은 절대 사라지지 않더구나. 나는 계속 토하고, 토하고, 또 토해야만 했지. 머스터드가스는 시력도 손상시킨단다. 그게 무엇보다 무서웠어. 다시는 앞을 보지 못할지도 모른다는 두려움을 결코 떨칠 수 없었으니까."

나는 독가스 공격에 대한 이야기를 여러 번 들었다. 그리고 방독마스크를 꺼내 써야만 했던 상황에 대해 이야기할 때면 아버지는 늘 두 눈을 꼭 감고 두 손으로 얼굴을 감싸 쥐시곤 했다. 그러다 야전병원에서 퇴원하는 대목에 이르러서야 비로소 편안함을 되찾으셨다.

레오는 자신이 피워 올린 축하의 모닥불이 어떤 결과를 초래할지 알고 있었을까? 그렇게 되기를 바랐던 것일까? 레오는 그 일로 인해 피소되고, 중형을 선고받게 될까? 렘케는 무슨 일이 일어났는지 알지 못했을 거라는 그녀의 말을 나로서는 도저히 받아들일 수 없었다.

잠이 들기는커녕 정신이 점점 더 맑아졌다. 독일에서의 테러 행위. 모든 역사적인 사실은 두 차례에 걸쳐 일어난다고 마르크스가 어디에선가 말했던 것을 읽은 적이 있다. 한 번은 비극으로, 한 번은 소극으로. 그래서 나는 70년대와 80년대의 테러, 그리고 그로 인해 야기된 선동과 그에 맞서 싸우는 투쟁을 늘 일종의 소극으로 받아들이곤 했다. 하지만 이제 나는 그동안 내가 잘못 생각했던 것은 아닌지 자문할 수밖에 없었다. 대기와 물과 땅에 스며든 독가스, 그것은 더 이상 소극이 아니었다. 그리고 나는 마치 세상에 단 한 번뿐인 봄이 찾아오기라도 한 듯, 레오와 함께 차를 타고 프랑스와 스위스를 가로질러 여행했다.

그렇게 자기 비난은 두려움이 되어 엄습했다. 어떤 자세로 침대 위에 누워 있든 전혀 편하지가 않았다. 두 눈을 뜨고 있든 감고 있든, 나의 생각은 계속해서 같은 곳만을 맴돌았다. 희미하게 아침이 밝아오고 새들이 노래하기까지, 무디고 아프게만 제자리를 맴돌았다. 일어나 샤워를 하고 나서야 다시금 명석하고 이성적이며 회의적인 나로 돌아와 있었다.

8
한번 잘 생각해보세요!

토요일, 브리기테와 마누와 함께 하이델베르크로 놀러 가기로 약속했었다. 쇼핑을 하고, 아이스크림을 사 먹고, 동물원과 성을 둘러보고 하는 게 목적이었다. 우리는 전차를 타고 비스마르크 광장에 도착했다.

그곳에 가본 지도 오래였다. 정거장, 버스정류소, 가판점, 벤치, 휴지통 등 모든 게 보라색 천지였다. 그 사이로 노란색 우체통 하나와 창백한 비스마르크 동상만이 튀어 보였다.

"여성해방운동이 이곳 비스마르크 광장까지도 점령해버렸나봐."

브리기테가 멈춰 섰다. "또 그놈의 멍청한 남성우월주의 타령인가? 퓌루찬은 필리프를 꼼짝 못하게 제압하고, 나는 당신을 휘어잡고, 여성들은 비스마르크 광장을 점령했어요. 그런데도 가련한 남자들은 아직도 상황 파악을 못 하고 있으니……"

"됐소, 됐소. 그저 농담 한번 했을 뿐인걸."

그녀는 깔깔대고 웃으며 나와 마누에게는 같이 가자는 눈짓이나 몸짓 한번 주지 않고 앞서 걸어갔다. 양심에 거리낄 건 하나도 없었지만, 왠지 미안한 마음이 들었다. 그녀는 브라운 서점으로 들어갔고, 나는 밖에서 기다렸다. 순종하는 눈빛에 어깨는 축 늘어뜨리고 공감할 만한 질문을 던지며 나도 그녀를 따라 '신여성'의 줄에 서야 하는 걸까? 마누는 노니와 함께 내 곁에 머물러 있었다.

우리는 소피엔 슈트라세를 꽉 채우다시피 오가는 수많은 차들을 바라보았다. "저 차들은 대체 어디로 다시 나오나요?" 마누가 소피엔 슈트라세의 지하주차장 입구로 사라져가는 자동차들을 가리키며 물었다.

"내 생각엔 저 나무들 뒤편 어딘가로 나올 것 같은데."

"아니면, 얼마 전 우리가 차를 주차시켰던 곳으로 나올 수도 있나요?"

나는 언뜻 그 말이 이해되지 않았다. "혹시 하일리히-가이스트 교회 뒤편의 지하주차장을 말하는 게냐?"

"네, 들어간 곳하고 전혀 다른 곳에서 나타나는 경우도 많잖아요. 주차장이 꽉 차거나 길이 차들로 잔뜩 밀려 있을 때는, 들어간 곳에서 다른 지하주차장으로 옮겨 갈 수 있으면 되게 편할 것 같은데. 아저씨도 한번 잘 생각해보세요!" 마누는 마치 내가 쉽사리 이해를 못 하고 있는 게 안타깝다는 듯 나를 쳐다보았다. 그러고는 장황하게 설명을 해주었다.

나는 마누의 말에 집중할 수 없었다. 교통 체증 없는 땅속 세계에 대한 마누의 비전을 듣고 있자니 페쉬칼렉이 했던 지하수 오염에 관한 주장이 다시 떠올랐던 것이다.

"제 말을 전혀 안 듣고 계시네요."

브리기테가 서점에서 나왔다. 나는 그녀에게 폭이 넓은 치마를 하나 사주었고, 그녀는 내게 반바지 하나를 골라주었다. 반바지를 입은 내 모습은 〈콰이 강의 다리〉에 나온 영국인 같아 보였다. 마누는 청바지를 원했다. 그것도 아무 청바지가 아니라, 아주 특별한 청바지였다. 우리는 그런 청바지를 찾아 하우푸트 슈트라세에서 하일리히-가이스트 교회까지 샅샅이 뒤지고 다녔다. 나는 보행자 전용구역을 배회하는 소비자들의 무리를 고운 눈으로 바라보지 않는다. 그들은 무리지어 돌아다니는 패거리들이나 행군하는 병사들과 마찬가지로, 심미적이지도 않고 도덕적이지도 않다. 하지만 독가스에 대한 우려가 사실이라면 나는 전차가 다시금 즐겁게 종을 울리며 큰길을 달려가고, 자동차들이 신이 나서 경적을 울려대며, 사람들이 단지 구경하고 사 먹고 쇼핑할 것들만이 아니라 무언가 그들이 할 일이 있는 곳을 향해 바쁘고도 활기찬 걸음으로 걸어가는 모습을 더는 체험하시지 못하게 될 것이다.

"우리 하이델베르크 성에 가지 말까?" 브리기테와 마누는 실망한 듯 뿌루퉁한 얼굴을 해 보였다. "동물원에도 가지 말고."

"하지만 당신이……"

"대신 더 좋은 생각이 있어. 오늘은 비행기를 한번 타보자!"

두 사람을 설득하고 말고 할 필요도 없었다. 우리는 다시 전차를 타고 만하임으로 돌아와, 노이오스트하임 비행장 역에서 내렸다. 작은 관제탑, 작은 사무실, 작은 활주로, 작은 비행기들이 보였다. 마누는 리우데자네이루에서 프랑크푸르트로 오는 길에 이미 큰 비행기를 타본 적이 있었지만 그래도 무척이나 좋아했다. 나는 30분짜리 비행을 신청했다. 우리를 태워주게 될 비행기 조종사가 전화로 호출되었고, 4인용 프로펠러 비행기는 출발 준비를 갖추었다. 우리는 활주로 위를 따따따 소리 내며 달려가다 이륙했다.

만하임은 장난감 도시처럼 깔끔하고 정리된 모습으로 우리 발아래 놓여 있었다. 도시를 정방형으로 건설하도록 지시했던 선제후도 이런 모습을 한번쯤 볼 수 있었으면 좋았을 텐데 하는 생각이 절로 들었다. 라인 강과 네카 강은 햇빛을 받아 반짝이고 있었다. 라인 강변의 화학 공장 굴뚝들은 하얀 연기 구름을 꾸역꾸역 하늘로 밀어 올리고 있었고, 저수탑의 커다란 물통에서는 분수들이 춤을 추고 있었다. 마누는 루이제 공원과 쿠어팔츠 다리 그리고 브리기테의 마사지숍이 있는 콜리니 센터를 한눈에 알아보았다. 친절한 조종사는 마누가 막스-요제프 슈트라세에 자리한 자신의 집을 볼 수 있도록 한 바퀴 더 공중에서 선회해주었다.

"이제는 피른하임 쪽으로 한번 크게 돌아주시겠습니까?"

"그곳 출신이신가요?"

"한때 그곳에서 살았었죠."

브리기테가 귀를 쫑긋 세웠다. "언제요? 전혀 몰랐는데."

"전쟁이 끝나고. 하지만 그리 오래 살지는 않았지."

우리 아래로 벤저민 프랭클린 빌리지가 보였다. 골프장, 아우토반 인터체인지, 라인-네카 센터, 시청과 교회 주변의 좁고 구불구불한 길들. 어느새 우리는 피른하임의 마지막 건물 위를 날아가고 있었다. 조종사가 비행기 머리를 오른쪽으로 돌렸다.

나는 왼쪽을 가리키며 말했다. "헤데스하임 쪽으로 선회하는 것보다는 차라리 숲 위로 돌아가는 게 나을 듯싶습니다."

"그러려면 지금보다 고도를 훨씬 더 높여야만 하는데요."

"왜요?"

조종사는 바인하임 쪽으로 날아가며 고도를 높이기 시작했다. "미국인들 때문이죠. 숲에다 저장고를 세웠답니다. 이곳에서는 사진도 찍을 수가 없어요."

"고도를 낮춰 비행하면 격추시키기라도 할까요?"

"글쎄요, 그건 저도 모르겠네요. 특별히 보고 싶은 게 있으신가요?"

"솔직히 말씀드리면, 전 그 저장고에 관심이 있습니다.

1945년에 이곳엔 포로와 격리된 환자들을 위한 수용소가 있었어요. 그 수용소 때문에 이 숲을 알게 되었고요."

"옛 추억을 되짚어보고 싶으신 겁니까? 그럼 한번 시도해보지요 뭐." 그는 크게 커브를 그리면서 날았다. 하지만 더는 고도를 높이지 않은 채 좀 더 빠른 속도로 비행했다.

물론 울타리를 식별할 수는 없었다. 하지만 풀이 무성하게 자란 벙커들을 확인할 수 있었다. 그들 중 어떤 것들은 툭 트인 벌판에 있기도 했고, 어떤 것들은 나무들 사이에 숨어 있기도 했다. 서로 연결되어 있는 아스팔트길과 숲 속의 공터들도 보였다. 그곳에는 위장용 칠이 된 트럭이나 컨테이너들이 빽빽이 세워져 있었다. 거의 풀이 자라지 않은 넓은 평지에는 차 바퀴나 탱크 자국만이 어지럽게 나 있었다.

잠시 후, 아우토반에서 그리 멀리 떨어지지 않은 곳에서 굴착기와 컨베이어벨트, 트럭들이 작업하고 있는 게 보였다. 테니스코트만 한 크기의 평지는 땅이 파헤쳐진 상태였다. 얼마나 깊이 팠는지는 확인할 수 없었다. 심지어 무언가를 파낸 건지, 아니면 파묻은 건지조차 알 수 없었다. 평지의 한쪽 끝에는 시커멓게 타 숯이 되다시피 한 나무줄기들이 서 있었다. 바로 그곳에서 불이 났던 것이다.

9
진부한 이야기

마누는 잠이 들고, 우리는 나이 든 노부부답게 소파에 앉아 TV를 보고 있었다. 브리기테가 물었다. "정말로 피른하임의 수용소에 있었던 건 아니죠? 전에 당신이 하는 말 들어보면, 그곳 관련 얘기는 전혀 없었거든."

"그렇지. 그냥 지금 내가 맡고 있는 사건과 관련이 있을 뿐이야."

"혹시 피른하임에서 뭔가 알아내고 싶은 게 있다면…… 그곳에 내 친구가 살아요. 동료이기도 하고. 당신도 알다시피 목사나 미용사처럼 우리 마사지사들도 아주 많은 일들을 들어 알게 되거든."

"정말 좋은 생각이군. 그럼 그 친구와 만날 수 있게 주선해주겠소?"

"나도 가끔은 쓸모가 있죠?" 브리기테가 미소 지으며 일어나 리자에게 전화를 걸고는, 일요일에 만나 함께 커피를 마시는 걸로 약속을 잡았다. "리자도 딸아이와 함께 혼자 살아요. 이름은 소냐인데, 마누랑 동갑이에요. 전부터도 언제 한번 만나자는 말만 서로 하고 있었는데. 게다가 리자는 아주 오래전부터 궁금해하고 있거든요, 내가 대체 어떤 남자를……"

"……낚았는지?"

"맞아요." 브리기테는 다시 내 곁으로 와 앉았다. 영화 속 노인은 어느 젊은 여인을 사랑했다. 그 여자도 노인을 사랑했다. 하지만 두 사람은 헤어졌다. 그는 늙었고, 그녀는 젊었기 때문이다. "말도 안 되는 영화네. 하지만 오늘 하루는 정말 행복했어요, 그렇죠?" 그녀는 그렇게 물으며 나를 바라보았다.

처음엔 망설였다. 그렇다고 대답하면 분명 결혼이나 아이 문제 같은 이야기가 따라 나올 테고, 그러다보면 다시금 언성이 높아질 것이기 때문이다. 상대방이 "으음"만으로도 만족할 수 있는 경우라면, 절대 '예스'나 '노'를 말하지 말라. 하지만 나는 이내 예스를 말해버렸다. 그리고 브리기테는 말없이 내 품으로 파고들어 행복한 미소를 지었다.

다음 날 아침 10시, 나는 피른하임의 부활 교회에 앉아 있었다. 몇 년 전 내게 성 카타리나의 그림을 찾아달라고 부탁했던 장로의 이름을 기억해보려고 했다. 하지만 끝내 떠오르지 않았다. 설교와 성가 합창이 끝난 뒤, 그 장로는 종이 달린 헌금주머니를 사람들이 앉아 있는 줄 사이로 돌렸다. 그러면서 나를 알아보고는 고개를 끄덕여 인사했다. 설교는 욕망의 위험성을 다루고 있었고, 찬송가는 육신의 완고함에 관한 주제였다. 그리고 헌금은 중독자들을 돕기 위한 것이었다. 나는 기꺼이 내 스위트애프턴 담뱃갑을 헌금주머니에 넣어버리고, 영원히 담배를 끊을 마음의 준비를 했다. 하지만 예배가 끝난 뒤 담배가 피우고 싶어질 땐 어떡하나?

"젤프 씨, 여긴 어쩐 일이십니까?" 그는 교회 앞에 서서 그를 기다리고 있는 나를 보자마자 곧바로 다가왔다. 우리 뒤로 전차가 지나가고 있었다.

"궁금한 게 있는데, 혹시 장로님이라면 알고 계실지도 몰라 여쭤보려고요. 저랑 아침술이라도 한잔하시겠습니까?"

우리는 '황금 양' 레스토랑으로 갔다. "아, 벨러 씨, 오늘은 일찍 오셨네요." 웨이터는 우리를 단골손님용 테이블로 안내했다.

"조용히 나눌 이야기가 있어 조금 일찍 왔습니다. 다른 분들도 곧 오실 겁니다." 벨러가 대답했다. 우리는 와인 두 잔을 주문했다.

"살인 사건을 맡아 조사하고 있는 중입니다. 그런데 피살자의 서류 가방에서 피른하임 북쪽 숲과 피른하임 벌판, 람페르트하임 국유림이 들어 있는 지도가 발견되었습니다. 물론 그 지도 때문에 살해되었다고는 생각하지 않습니다만, 관계가 있는 것은 아닐까 하는 생각이 들어서요. 그 숲과 관련해 말들이 많고, 신문에 기사가 났다는 것도 알고 있습니다. 장로님도 아마 지난 3월에 〈피른하이머 타게블라트〉에 실린 그 기사를 읽어보셨겠지요?"

그는 고개를 끄덕였다. "그뿐만 아니라 〈슈피겔〉에도 숲 속 독가스에 판한 기사가 실렸어요. 〈슈테른〉에도 마찬가지고요. 자세한 내용은 아무도 모르지요. 소문만 무성할 뿐. 오히려 제가 젤프 씨에게 무슨 일인지 물어야 할 것 같은데요." 그가 백발이 된 머리를 흔들었다.

문득 그가 쿠션 전문가라는 사실이 떠올랐다. 당시 가게를 운영하던 그는 사람들이 싼 게 비지떡이라는 것도 모르고 그저 값싼 소파며 안락의자를 사기 위해 이케아로만 몰려간다고 푸념을 늘어놓았었다. "지금도 쿠션 가게를 운영하십니까?"

"예. 요즘은 하이델베르크나 만하임에서 찾아오는 손님들도 많아서 다시 잘 나가고 있습니다. 할머니나 할아버지한테 물려받아 쓰던 소파나 안락의자 같은 예전 물건에 새로 쿠션을 입히기를 원하는 경우가 대부분이지요. 그런데 숲과 관련해서는 어떤 부분이 궁금하신 건데요? 무슨 일이 일어나고 있는지는 모르지만, 저는 개인적으로 그 일에 그다지 신경 쓰고 있지 않아요. 사람들도 결국엔 아무 일도 아니었다는 것을 알게 될 겁니다. 다른 사람들이 자기 일을 어찌 처리하든, 제가 그들에게 뭐라고 말해서는 안 되겠지요. 그들도 마찬가지로 제 일을 갖고 이러쿵저러쿵 말해서도 안 되고 말이지요. 그리고 무슨 일인가가 일어난다면, 그건 그럴 만해서 그렇게 된 거라고 저는 생각합니다. 그렇다고 해서 집이며 하던 일이며 모두 내팽개친 채 이곳을 떠나갈 수는 없는 노릇 아닙니까? 그건 단지 신문에다 삼류기사나 실어대는 엉터리 기자들을 도와주는 일일 뿐입니다."

키가 작은 진지한 표정의 남자가 우리가 앉아 있는 테이블로 다가왔다. 그가 주먹으로 테이블을 두 번 톡톡 치더니, 안녕하세요? 하고 인사하며 자리에 앉았다.

"하젠클레 씨입니다." 벨러가 그를 소개시켰다. "교장 선생님이시죠." 벨러에게서 지금까지 오가던 대화 주제를 간략히 전해 들은 그는 곧바로, 여기 아이들이 위험에 처하게 된다면 자기는 이곳에서 더 이상 아이들을 가르치지 못할 것이라고 말했다.

"그럼 뭘 하시게요?"

"새삼 말할 것도 없지요. 저는 20년이 넘도록 학교 선생님이었습니다. 앞으로도 우리 아이들을 위해 할 수 있는 걸 전부 해야지요."

얼마쯤 지나자, 약사, 의사, 저축은행 지점장, 빵집 주인, 직업소개소 소장 등 일요일 예배 후 정기적으로 모이는 또 다른 단골손님들이 테이블로 속속 모여들었다. 람페르트하임 국유림의 독가스요? 그건 진부한 얘기예요. 직업소개소 소장이 운을 떼자 저축은행 지점장이 말을 받았다. "그런 소문이 점점 번져나가는 게 결코 우연이 아니죠. 산업지대인 피른하임은 현재 주변 지역과 힘든 경쟁을 벌이고 있습니다. 우선 한 푼이라도 더 벌어들이려고 애쓰는 만하임이 있지요. 바인하임은 공업시대를 아우토반 인근 지역까지 확장시키고 있고요. 또, 우리는 아직 투자자들과 제대로 된 협상을 벌이지도 못하고 있는 상황에서 옆 마을인 람페르트하임은 아주 좋은 조건을 제시하고 있지요. 떠도는 소문 뒤에는 실질적이고 중차대한 이해관계가 숨어 있습니다. 아주 이기적인 이해관계가 말입니다." 다른 사람들도 그의 말에 고개를 끄덕였다. "저는 피쉬바흐에서 그 물건이 제거되었다는 사실이 반갑기만 하군요. 독가스를 둘러싼 논란은 이제 더 이상 화젯거리가 될 수 없을 테니까요." "하지만 어쩌면 그 때문에 우리 피른하임이 피쉬바흐 대신에 논란의 중심에 서게 될 수도 있지 않습니까?" "결코 그렇지는 않을 겁니다. 린트부름 작전과 더불어, 독일 내에 있던 모든 독가스들이 제거되었다는 기사를 어느 곳에서나 접할 수 있으니까요." "〈타게블라트〉가 지난 3월에 그런 기사를 실었다는 게 도무지 이해할 수가 없네요." "며칠 전부터 기자 한 사람이 우리 마을을 헤집고 돌아다니고 있다는 걸 여러분도 알고 계십니까?" "우리는 그런 사람들에게도 친절하게 대해주어야만 해요. 그렇지 않아 혹 앙심이라도 품게 되면 우리 모두에게 피해가 돌아올지 모르니까요."

"또한 공산주의자들을 잊어서도 안 됩니다." 내 옆에 앉아 있던 하젠클레 교장이 나를 쳐다보며 속삭이듯 말했다. "그들에게는 좋은 먹잇감이 생긴 셈이니까요."

"요즘도요?"

"늙은 헨라인 씨는 공산주의자였거든요. 그는 60년대와 70년대에 숲과 관련해 삐라를 뿌리고, 사람들을 선동하려 했었지요. 다행히도 요즘 들어서는 더 이상 그에 관한 이야기가 들려오지 않네요. 마르크스와 레닌에 대해서도 마찬가지고요. 제 견해를 물으신다면, 저는 우리 마을에 있는 '카를─마르크스 슈트라세'라는 이름은 도무지 말도 안 되는 발상이라고 말씀드리겠습니다. 레닌그라드도 이제는 다시 페테르부르크라는 옛 이름을 되찾은 마당에 그게 어디 가당키나 한 일입니까? 몇 년만 지나면 아마 동유럽에서는 마르크스 광장이나 마르크스 슈트라세라는 이름은 더 이상 찾아볼 수 없게 될 겁니다. 단지 피른하임만…… 그러니 우리도 어서 그 거리 이름을 켐니츠 슈트라세로 바꿔야 해요. 마르크스가 켐니츠에게 빚진 것도 있고 하니 말이에요.* 그런 일은 투자가들에게도 일종의 긍정적인 신호가 될 게 확실해요."

나는 둘러앉아 있던 사람들에게 슈트라센하임의 급수차에

---

*켐니츠는 독일 동부 작센 주의 도시로, 1953년 동독 정부에 의해 '카를 마르크스 슈타트'로 이름이 바뀌었다가 1990년 독일 통일 이후 켐니츠로 다시 환원되었다.

대해서도 물어보았다. 모두가 그 일에 대해서도 알고 있었다. "독일 정부기관의 관용차인 THW의 오렌지색 급수차 말씀 하시는 거죠? 그 차들은 종종 와 있었어요. 일종의 훈련을 한 다나요."

나는 작별 인사를 나누고 사리에서 일어섰다. 거리는 텅 비어 있었다. 사람들은 대부분 집에 앉아 일요일의 점심 만찬을 들고 있었다. 나는 서둘러 브리기테의 집 오븐에서 구워지고 있는 튀링겐식 양 허벅다리를 먹으러 갔다. 그녀는 독일의 재통일을 음식으로 완성하고 있었다.

'황금 양'에서의 만남과 대화에서는 단지 나만 속마음을 감추고 있었던 것일까? 아니면 다른 사람들도 모두 마찬가지였을까? 그들은 모두 자신의 양심과 소신에 따라 진심을 말했던 것일까? 나는 알 수 없었다. 벨러의 입장은 분명했다. 설사 숲 속에 독가스가 보관되어 있어 그와 다른 이들의 안전을 위협한다 할지라도 그 때문에 이제까지의 자신의 삶을 송두리째 포기할 수 없다는 것이 그의 요지였다. 예순이 다 된 나이에 생면부지의 낯선 장소에서 다시 처음부터 시작해야 한단 말인가? 그건 50대가 아니라 40대에도 결코 쉽지 않은 일이었다. 단지 차이가 하나 있다면, 젊을수록 그만큼 자기 자신을 기만하기 쉽다는 사실뿐이었다. 나는 그들의 입장을 충분히 이해할 수 있었다. 그럼에도 불구하고, 음산하고 매캐한 연기로 가득 찬 만남의 자리에서 자신들만의 음모론을 지어

내던 그들과의 만남이 내게는 실체 없는 유령처럼 음울하게만 여겨졌다.

오후가 되자 햇빛이 환해졌고 바람도 시원하게 불었다. 우리는 정원에 앉아 커피를 마셨다. 마누는 소냐와 어울려 노느라 여념이 없었다. 리자는 호감이 가는 젊은 여성이었다. 그녀도 당연히 숲 속의 독가스에 관한 이야기를 알고 있었다. 또한 헨라인 노인과 관련해서도, 곱사등의 키 작은 그가 토요일마다 아포스텔 광장에 나와 전단을 나눠주던 모습을 기억하고 있었다. 그녀는 일정한 간격을 두고 피부 발진, 화농성 전두동염, 경련, 구토와 설사 등을 하소연하던 환자들에 관해서도 이야기해주었다. 그리고 그런 환자들의 숫자가 예전에 거주하면서 일을 했던 로어바흐와 비교할 때 상당히 높았다는 사실도 말해주었다.

"그런 사실에 대해 그곳 의사들과 이야기해보셨나요?"

"네, 그랬지요. 그리고 그곳 의사들도 저와 비슷한 견해를 갖고 있었어요. 하지만 우리에겐 그런 사실을 입증할 만한 증거가 없잖아요. 그런 견해를 입증하기 위해서는 먼저 누군가가 검사 결과와 비교 집단을 분석한 통계자료를 제공해야만 하는데. 그런 다음에는 의료보험조합이 자료를 토대로 사안을 종합적으로 검토한 후, 결론을 추인해주어야 하고요. 다른 지역과 비교해 피른하임 지역에서 그런 환자가 더 많이 발생한다는 사실이 확연히 드러난다면요."

"걱정되십니까?"

그녀가 나를 똑바로 쳐다보며 대답했다. "당연히 걱정되지요. 체르노빌 원전 사고, 온실효과, 열대우림 파괴, 종 다양성 와해, 암과 에이즈…… 이런 세상에서 누군들 어찌 아무런 걱정 없이 살 수 있겠어요?"

"피른하임에서 발생하는 그런 환자의 빈도수가 유달리 높은 편인 건 분명합니까?"

그녀는 두 어깨를 으쓱해 보였다. 그리고 대화를 마무리할 무렵이 되자 나의 말과 행동은 오전의 모임에서와 마찬가지로 다시금 신중하고 계산적이 되었다. 일요일이었고, 일요일에는 굳이 계산적으로 행동할 필요가 없다는 속담조차 아무런 도움이 되지 못했다.

10
두 노래가 조화롭게 어울리다

터보를 다시 집으로 데려왔다. 터보는 생쥐 루디의 목을 부러 뜨렸고, 뢰센은 그런 터보에게 참치로 보답했다. 그리고 나는 그로 인해 터보의 몸매에 문제가 생겼다고 판단했다.

그날 저녁 시간은 소파에게 헌정했다. 나는 면도날을 가져 왔다. 오래되고 큼지막하며 단단하고 손에 잘 잡히는 면도날 이었다. 소파를 엎어놓은 다음, 면도날로 뒤편 아래쪽의 박음 질한 솔기를 선을 따라 주르륵 뜯었다. 그러고는 안에 채워진 쿠션 속을 헤집어 렘케의 권총에서 발사된 총알을 찾아냈다. 단테의 베아트리체를 지옥으로 밀어 넣었던 또 다른 총알 하 나는 렘케의 갑작스러운 습격에 당황했던 내가 아무 생각 없 이 깨진 유리 조각들과 함께 치워버렸었다.

그 총알은, 한참이 지난 후에야 비로소 소파에서 끄집어낸 총알과 달리 그리 잘 보존된 상태는 아니었다. 발사된 후 대리석에 부딪혔고, 그 바람에 납작하니 눌린 채 여기저기 긁힌 자국이 나 있었다. 하지만 지금 소파에서 끄집어낸 총알은 소파 속을 채우고 있던 내용물에 의해 부드럽게 멈춰졌다. 나는 매끄럽고 반짝반짝 빛이 나며 원래의 형태를 갖추고 있는 위험천만한 총알을 터보에게 보여주었다. 하지만 터보는 그 총알을 갖고 놀 생각이 없어 보였다.

박음질한 솔기를 뜯어내는 것보다는 다시 꿰매어 봉합하는 게 훨씬 힘들었다. 나는 본래 바느질과 다림질을 활동적인 명상으로 인식하고 있었고, 그 같은 명상을 마음껏 즐길 수 있는 행복을 누리는 수많은 여성들을 부러워했었다. 하지만 지금의 나에게 바느질이란 그저 가죽과 바늘과 골무와 실과 맞서서 벌이는 일종의 사투였다.

바느질을 마친 다음 소파를 다시 똑바로 세웠다. 바느질 도구들을 정리해 치우고 발코니로 나갔다. 날씨는 적당히 포근했다. 이번 여름 들어 처음 보는 나방들이 유리창에 달라붙어 퍼덕거리거나, 어딘가를 통해 창문 안으로 날아 들어와 천장의 등불 주변을 춤추며 맴돌았다. 나는 내 나이에 대해 전혀 불만이 없다. 하지만 가끔은, 젊지 않고 사랑하지 않는 사람들은 이 세상 어디에서도 자신의 자리를 찾지 못하는 초여름의 저녁 시간들이 찾아오곤 한다. 나는 한숨을 내쉬고, 문을 닫고, 커튼을 쳤다.

전화벨이 울렸다. 수화기를 드니, 처음엔 지지직거리는 소음만이 들려왔다. 그리고 잠시 후, 희미하고 멀게 느껴지는 목소리가 들렸지만 무슨 말인지는 알아들을 수 없었다. 이윽고 목소리는 점점 더 분명하고 가깝게 들려왔다. 물론 목소리 뒤의 지지직거리는 소음은 여전했고, 내뱉는 말마다 메아리치듯 울려 퍼졌다. "게르트? 여보세요, 게르트?" 레오였다.

"너 어디 있는 거야?"

"아저씨에게 알려드리려고 전화했어요…… 헬무트 때문에 더는 걱정하지 않아도 된다고요."

"너는 어떤데? 어디야 지금?"

"여보세요? 여보세요? 목소리가 안 들려요. 제 말 듣고 계셔요?"

"지금 어디냐고?"

전화는 끊어졌다.

자신의 본분에 충실한 사람들에게 보내던 티베르크의 찬사가 생각났다. 나는 헬무트와 함께 팔레스타인이나 리비아에 가 있는 레오의 모습을 떠올렸다. 함께 있으면서 나는 그녀에겐 테러리스트로 경력을 쌓아갈 생각이 눈곱만큼도 없다는 사실을 확인했었다. 그녀는 어쩌다 그만 멍청한 일에 끌려들게 되었고, 이제는 가능한 한 깔끔하고 피해 없이 그곳에서 빠져나와 다시금 평범한 삶을 살기를 원했다. 그것도 예전의 삶이 아니라 새로운 삶을. 나는 그게 레오에게는 최상의 해결책임을 확신했다. 감옥에 가둬놓는다 해서 아이들이 나아지는 것은 아니다. 팔레스타인이나 리비아에서의 게릴라 트레이닝도 마찬가지다.

그런 생각들을 하다보면 편히 잠들기가 결코 쉽지 않다. 나는 아침 일찍 일어나 하이델베르크로 네겔스바흐 경감을 찾아갔다.

"우리 다시 화해한 거 맞습니까?"

그는 미소 지었다. "우리는 같은 사건을 수사하고 있습니다. 듣기로는, 이번엔 벤트 박사의 아버지로부터 사건을 위임받았다고 하더군요. 하지만 우리 둘 모두는 다른 한 사람이 어느 정도까지 나아갔는지는 알지 못하고 있지요. 내 말이 맞습니까?"

"하지만 우리 둘 모두는, 다른 한 사람이 나아가는 길이 완전히 잘못된 길일 수는 없다는 사실 또한 잘 알고 있지요."

"나 역시 그러기를 바랍니다."

나는 총알을 꺼내 그의 책상에 올려놓았다. "이 총알이 벤트 박사를 쏜 권총에서 나온 것인지 확인해줄 수 있겠습니까? 그리고 오늘 저녁에 시간 좀 내주시지요. 경감님 댁 정원이나 내 집 발코니 어디서든 상관없습니다."

"그럼 집으로 오시지요. 아내도 좋아할 겁니다." 그가 총알을 집어 손바닥에 올려놓고는 이리저리 살폈다. "감식 결과는 오늘 저녁에 알려드리지요."

〈라인-네카 차이퉁〉에 찾아간 나는 티츠케가 컴퓨터 앞에 앉아 있는 모습을 보았다. 그가 앉아 있는 모습은 망대를 들고 길모퉁이에 서 있던 여호와의 증인을 연상시켰다. 둘 모두에게서 똑같이 느껴지는 쓸쓸하고 낙이 없고 희망이 없는 성실성. 지금은 어떤 우울한 주제에 관해 기사를 쓰고 있냐고 그에게 묻지 않았다.

"커피 한 잔 마실 시간 있습니까?"

그는 계속해서 키보드를 두드릴 뿐 고개도 들지 않고 말했다. "정확히 30분 후 '샤프호이틀레'에서 뵙지요. 모카 한 잔하고 반숙 달걀 두 개, 그레이엄 빵, 버터, 꿀, 아펜젤러나 에멘탈. 어때요?"

"좋아요."

그는 입맛을 다시며 맛있게 먹어치웠다. "렘케요? 당연히 알죠. 적어도 예전엔요. 1967년과 68년엔 하이델베르크의 유명인사였거든요. 13호 강의실을 온통 뒤집어놓던 그 모습을 젤프 씨도 한 번쯤 보았으면 정말 좋았을 텐데. 그가 모습을 나타내면 특히나 그를 싫어하던 우파들이 '하일 렘케! 만세 렘케!' 구호를 외쳤고, 그러면 렘케는 그에 맞서 '호, 호, 호치민'을 지휘했지요. 세상에! 분위기는 점점 달아오르고, 우파들이 입을 모아 외쳐대던 구호가 서서히 잦아들라치면 그는 더욱 크게 소리쳐 외쳤어요. 그래서 우파들이 다시 소리를 높이면 그는 갑자기 입을 꾹 다문 채 강단 앞에 꼼짝도 않고 서서 잠시 기다렸지요. 그러다 마침내 두 팔을 높이 치켜들고선

불끈 쥔 두 주먹으로 교탁을 내리치며 '호, 호, 호치민'의 박자를 맞췄고요. 처음에는 우파들이 내지르는 함성에 파묻혀 그의 목소리는 전혀 들리지 않았어요. 하지만 이내 몇몇 학생들이 그의 박자에 맞춰 노래 부르기 시작했고, 점점 더 많은 이들이 나 함께 입을 모아 노래했죠. 그러면 이제 그는 다시 입을 다물고, 잠시 후에는 주먹으로 교탁을 내리치던 것도 그만두었어요. 대신, 이제 그는 진짜 지휘자인 듯 허공에 대고 힘차게 지휘를 하기 시작하죠. 그러다가 종종 우스꽝스러운 모습을 연출하기도 했고, 그럴 때면 강의실 안은 온통 웃음바다가 되었어요. 수적으로는 우파들이 훨씬 더 많았을 때도 '호, 호, 호치민'은 '하일 렘케! 만세 렘케!'를 이겼습니다. 그는 적절한 타이밍을 찾아내는 데 탁월한 능력이 있었던 것 같아요. 우파들이 여전히 목청껏 외쳐대고 있지만 실질적으로는 기운이 빠져나가기 시작할 무렵, 바로 그때 렘케는 자신의 노래를 시작했으니까요."

"개인적으로도 친분이 있었던 거예요?"

"당시 저는 정치에 관심이 없었어요. 그는 독일사회주의학생연맹(SDS) 회원이었고요. 하지만 다른 곳을 기웃거렸던 것처럼 저는 그곳에도 가끔씩 찾아갔죠. 말하자면 울타리 밖의 구경꾼이랄까요. 하지만 렘케를 만나 알게 된 건 그곳이 아니라 영화관에서였어요. 1967년과 68년이 마카로니웨스턴의 전성기였던 것 기억하세요? 영화관에서는 레오네, 코르부치,

콜리치 등등 온갖 이름의 주인공이 등장하는 새로운 영화가 매주 한 편씩 개봉되었었죠. 그리고 한동안은 양키들 또한 그런 영화가 서부영화의 새로운 스타일이며, 실제로도 몇몇 훌륭한 작품들이 있었다는 사실을 인정할 수밖에 없었고요. 당시에 새로운 영화는 목요일이 아니라 금요일에 들어왔어요. 매주 금요일 2시면 렘케는 새로 들어온 마카로니웨스턴 영화의 첫 상영 시간에 맞춰, 독일사회주의학생연맹의 몇몇 친구들과 함께 영화관의 맨 앞줄에 앉아 있곤 했죠. 저 또한 두 번째 상영 시간까지 기다리지 않았어요. 우리 말고는 영화관이 텅 비어 있다시피 했으니까 언제부턴가 자연스럽게 서로 이야기를 나누게 되었지요. 물론 정치가 아니라 영화에 관해서요. 〈카사블랑카〉에서 독일군 장교들이 〈라인 강의 파수꾼〉이라는 독일 군가를 부르자 프랑스인들이 그에 맞서 프랑스 국가 〈라 마르세예즈〉를 부르던 장면을 기억하실지 모르겠지만, 그 두 노래는 아주 조화롭게 어울렸어요. 언젠가 렘케가 말하더군요. '호, 호, 호치민'과 '하일 렘케! 만세 렘케!'를 통해 바로 그 장면에서와 같은 효과를 끌어내고 싶었다고요. 그리고 그게 우리 사이에 오갔던 가장 정치적인 주제의 대화였습니다. 그때만 해도 그런 그가 무척이나 마음에 들었었는데."

"그럼 이후로는 그를 좋아하지 않았단 말인가요?"

"독일사회주의학생연맹의 활동이 전면 금지되자, 그는 간부정당이라는 이름 아래 중앙위원이니 서기장이니 하는 온갖 잡동사니 명목들로 치장한 서독공산주의연맹에 가입해 활동했어요. 처음에는 후보자였지만 얼마 후 중앙위원회 위원이 되고, 프랑크푸르트에 있는 고층 빌딩에 거주하면서 당의 홍보물을 편집하는 임부를 맡아 책임졌죠. 그러고는 검은색 사브 자동차를 타고 인근 지역을 돌아다녔어요. 운전기사까지 있었는지 아니면 차장에 커튼이 달려 있었는지 그런 것까지는 저도 잘 모르겠어요. 하지만 그가 대학을 졸업하지는 못한 걸로 알고 있습니다. 이후에도 '와인 동굴'이란 술집에서 가끔 만나긴 했는데, 그는 더 이상 영화를 보지 않았고 저는 세계혁명이니 러시아와 중국과 알바니아의 길이니 하는 주제로 그와 얘기하고 싶은 마음은 조금도 없었어요. 그러다 1980년대 초에 서독사회주의학생연맹이 완전히 와해되고 난 뒤, 그들 중 일부는 녹색당이나 독일공산당에 가입했고, 일부는 급진적 무정부주의자가 되었고, 일부는 정치라면 진저리를 칠 정도로 무관심해지기도 했다지요. 렘케가 어떤 길을 갔는지는 저도 모르지만, 들리는 말로는 서독사회주의학생연맹이 와해될 때 금고에서 상당한 액수의 돈을 빼돌려 미국으로 도망갔다고도 하고, 주식 투기에 손을 댔다고도 하더군요. 간혹 그가 바로 거물 테러리스트인 카를로스라는 말도 들려왔고요. 하지만 그런 건 모두 소문으로 떠도는 헛소리일 뿐입니다."

"렘케를 최근에 다시 만난 적이 있나요?"

"아뇨, 그 후로는 없습니다. 당시 영화관 맨 앞줄에서 자주 만났던 다른 친구는 한 번 만난 적이 있어요. 그 친구는 이제 신학자가 되어서 후줌에 있는 개신교 아카데미를 이끌고 있더군요. 예전의 대학 시절에 관해 잠시 이야기를 나누었는데, 자신이 아카데미 세미나에서 68세대가 나아갔던 길을 종합적으로 고찰하고 있다고 말해주더군요. 이제 제가 알고 있는 것들은 거의 다 말씀드린 것 같네요. 자, 저도 슬슬 다시 사무실로 들어가봐야 할 것 같습니다. 그나저나 어떤 이야기가 지금 문제가 되고 있는 건지 정말 궁금하군요."

"나도 그걸 좀 알았으면 좋겠습니다."

II
배나무 아래에서

의미심장한 눈으로 아틀리에를 바라보자, 네겔스바흐 경감은 고개를 저었다. "오늘은 보여드릴 게 없네요. 성냥개비로 만든 로댕의 〈키스〉는 이제 더 이상 존재하지 않습니다. 어리석은 생각이었어요. 얼마 전 제가 젤프 씨한테 성냥개비 조각에 관한 헛소리를 지껄였지요. 그때 당신도 그저 당황해서 나를 바라보았고요. 다행히도 저한텐 레니가 있습니다."

우리는 풀밭 위에 서 있었다. 그는 아내의 어깨를 감싸 안고 있었고, 그녀는 그런 남편의 품에 가만히 안겨 있었다. 그들 두 사람이 얼마 전 부부 싸움을 벌이고 있을 때도 그들을 바라보며 늘 행복한 부부라고 믿어 의심치 않았었다. 하지만 오늘은 그 어느 때보다도 더욱 행복해 보였다.

레니가 말했다. "그사이 무슨 일이 있었는지 젤프 씨가 궁금한가봐요. 어서 말씀드려요."

"그럴까요. 그러지 뭐." 네겔스바흐 경감이 씩 웃어 보였다. "루카의 청동 모델이 집에 도착해서, 저기 저 건너편에 놓았습니다. 그러자 레니가 말했지요. 우리도 한번 저렇게 포즈를 취하고 앉아보자고요. 그러면 조각상을 훨씬 더 잘 느낄 수 있을지도 모른다면서. 그래서 우리는 그렇게……"

"그렇게 모든 게 다시 좋아졌군요."

저 건너편, 활짝 핀 철쭉 사이에서는 로댕의 연인들이 키스하고 있었다. 네겔스바흐 경감은 조금 더 수척해져 있었고, 그의 아내는 조금 더 살이 올라 있었다. 하지만 로댕은 그들이 그대로 따라해 만들어낸 새로운 모델에 특히나 기뻐했을 것이 분명했다. 우리는 배나무 아래에 앉았다. 그리고 레니는 딸기를 내왔다.

"당신이 가져온 총알은 벤트를 쐈던 총에서 발사된 것이더군요. 그렇다면 범인이 누구인지도 알고 있는 건가요?"

"그건 아직 몰라요. 대신, 그동안 내가 어느 정도까지 알게 되었는지 말씀드리리다. 지난 1월 6일, 네 명의 남자와 한 명의 여자가 람페르트하임의 국유림에 위치한 미군 군사시설에서 폭탄 테러를 감행했습니다."

"케퍼탈에서지요." 그가 말을 가로막고 나섰다.

"젤프 씨가 계속 얘기하게 해요." 그녀가 남편을 바라보며 한마디 했다.

"여자와 남자 둘은 거기서 빠져나올 수 있었어요. 하지만 남자 하나는 죽었고, 다른 한 명은 현장에서 체포되었지요. 언론에서는 두 명의 사망자가 발생했다고 했는데, 다른 한 명의 사망자는 군인이거나 위병이었던 게 분명합니다. 그리고 사망 원인이 폭발 때문이었는지 총격 때문이었는지는 아직 몰라요. 사실 그건 그리 중요한 요소가 아니기도 하고요."

"내가 듣기로는 폭탄 때문이었다고 하던데."

"경찰은 한 명을 생포하기는 했지만 그다지 운이 좋지는 않았지요. 어떻게 해서인지는 모르지만 경찰은 베르트람이라는 남자를 붙잡아 입을 열게 하는 데까지는 성공했습니다. 하지만 안타깝게도 그는 공범들에 대해 거의 아는 것이 없었어요. 잘거 양과 사망한 기젤헤어라는 남자에 대해서는 알고 있지만, 도망친 남자 둘에 대해서는 전혀 아는 게 없었지요. 그건 공모자들이 서로를 알지 못해 밀고할 수 없도록 함으로써 자신들의 지휘 체계를 안전하게 지키겠다는 테러 조직 특유의 전략 때문이 아니었습니다. 그보다는 오히려 그들의 테러 공격이 상당 부분 즉흥적이었다는 데 그 원인이 있었지요. 베르트람이라는 테러범은 다른 두 남자에 대해 제대로 된 인상착의조차 줄 수 없었어요. 그는 그들을 알지 못했고, 밤의 어둠 속에서는 외형을 인식하기가 결코 쉽지 않으니까요. 더군다나 그들은 얼굴을 검댕으로 시커멓게 칠해 위장하고 있었지요. 그들을 공개수배하며 제시한 사진들은 그가 묘사한 바에 근거해 만든 합성사진입니다. 맞지요?"

"그 사건에 관여하진 않아 자세한 내막은 모릅니다만 그들의 이름을 알아내지 못했다면…… 언론에서는 그 사진들이 합성된 몽타주라고 말하지 않았던가요?"

"내가 흘려들었는지도 모르겠네요. 어쨌거나 테러 공격은 1월 6일에 발생했습니다. 그리고 5월이 되어서야 비로소 테러범들을 공개수배했지요. 테러가 있고 나서 곧바로 일반 시민들의 도움을 요청할 수도 있었을 텐데요. 체포된 범인이 잘거 양의 정체를 밝히고 두 남자의 인상착의를 묘사했을 때 곧바로 언론에 그 사진들을 돌릴 수도 있었고 말이지요. 늦어도 2월이면 분명 그리할 수 있었을 겁니다. 왜냐고요? 그때라면 경찰이 이미 잘거 양을 찾아 나서고 있었으니까요. 이상한 부분은 또 있습니다. 공개수배령이 내려졌을 때에도 테러 공격과 관련된 정확한 시간과 장소, 주변 상황과 피해 등에 대해서는 전혀 언급되지 않았습니다. 그런 상황을 두고도 설마 또 일반적인 경우라고 하진 않겠지요?"

"다시 말씀드리지만, 나는 이번 사건에 관여하고 있지 않아요. 하지만 미군 측이 자신들의 군사시설에서 발생한 테러 사건에 대한 수사를 일단은 비공개로 진행하고, 아울러 공개수배 여부에 대해서도 신중하게 판단해달라고 부탁해온다면, 우리로서는 당연히 그 부탁을 들어줄 겁니다."

"미군 측은 왜 그런 부탁을 하게 되었을까요?"

"그야 모르지요. 하지만 아마도 성전을 치르는 테러범들의 공격을 자신들이 이스라엘을 지지하는 행위에 대한 보복으로 인식했거나, 아니면 파나마 정부가 밝혔듯이 노리에가*를 석방하라는 은근한 협박으로 받아들였기 때문일 수도 있겠지요. 그래서 미국 측은 그 사건에 외교적으로 어떻게 대처해야 할지 고민했을 수도 있습니다. 그럴 만한 이유는 수도 없이 많지 않겠습니까."

"그렇다면 왜 하필 벤트 박사가 살해되던 날, 공개수배령이 내려지게 된 걸까요?"

"두 날짜가 그렇게 겹치고 있나요?"

레니가 고개를 끄덕였다. "맞아요. 기억나요. 잘거라는 이름이 마감뉴스에 나오던 날, 두 분이 벤트라는 사람 때문에 밖에서 언성 높여 다투는 소리가 들렸었거든요."

"두 사건은 같은 날 있었습니다. 그리고 그건 벤트 박사의 서류 가방에서 테러가 일어난 장소이자 미군의 군사시설이 위치하고 있는 람페르트하임 국유림의 일부 지역이 그려진 지도 복사본이 발견되었기 때문이지요. 테러는 케퍼탈에서 발생했고, 피른하임은 경감님의 관할 구역이 아니라 헤펜하임 군 당국과 다름슈타트 검찰청 소관 지역이며, 아울러 테러 행위에 대해서는 연방범죄수사국이 담당한다고 말씀하실 거

---

*파나마의 군인이자 정치가인 마누엘 노리에가. 1989년 미국은 파나마를 침공해 노리에가 정권을 전복시키고 그를 미국으로 압송해, 미국 내 마약밀반입 등의 혐의로 징역 15년형을 선고했다.

라는 건 알고 있습니다. 하지만 하이델베르크 경찰청의 누군가가 두 사건 사이의 연관성을 발견해냈고, 그래서 그 사건을 책임질 만한 위치에 있는 이들에게 서둘러 공개수배령을 내려야만 한다고 분명하게 밝혔을 겁니다. 벤트 박사의 살인 사건이 어떤 결과를 불러오게 될지 더 이상 가만히 앉아서 지켜보고만 있는 것은 너무나 위험하다고 판단했기 때문에. 그리고 그의 판단은 정확했습니다."

네겔스바흐 경감은 포커페이스를 유지하고 있었다. 그가 그 같은 연관성을 발견해낸 이였을까? 처음부터 다른 어느 곳도 아닌 피른하임에서 테러가 발생했다는 사실을 알고 있었던 걸까? 그 일이 너무나도 까다롭고 은밀한 사건이기에, 차라리 아둔한 듯 무언가를 체념한 것처럼 보이려 했던 것일까? 나는 그의 아내 쪽을 쳐다보았다. 그녀는 그가 관계된 일에 대한 모든 정보를 이제껏 늘 공유하고 있었다는 사실을 나는 알고 있었다. "자식이 없는 부부 사이에는 직무와 관련해 비밀이란 있을 수 없지요." 그는 늘 그렇게 말했었다. 그녀는 긴장되어 보였다.

"벤트 박사를 사살한 총알은 당신들이 쫓고 있는 두 남자 가운데 한 명의 총에서 발사된 겁니다. 이름은 헬무트 렘케. 나이는 40대 중반이고, 하이델베르크에서는 잘 알려지지 않은 인물이지요. 최근의 사진까지는 확보하지 못했습니다. 하지만 이 사진이 그래도 몽타주 사진보다는 상태가 훨씬 좋아

보이네요. 연방범죄수사국의 사진사들도 자신들이 그를 15년
은 더 나이 들어 보이게 만들었다는 사실을 인정할 겁니다."
나는 그에게 레오의 앨범에서 가져온 사진의 사본을 건네주
었다.

"왜죠?"

"렘케가 왜 벤트 박사를 살해했냐고요? 네겔스바흐 부인,
그것까지는 저도 알지 못합니다. 단지 벤트 박사가 렘케의 권
총에 의해 사살되었다는 정도만 알고 있을 뿐입니다. 제 생각
에, 부인의 남편분과 저는 아마도 비슷한 정도로 함께 나아가
고 있는 것 같습니다."

"내가 어찌 도와드리면 될까요? 젤프 씨는 나보다 훨씬 많
은 것을 알고 있는데 말이지요. 물론 우리 경찰 측에서도 클
라인슈미트 부인이 목격했다는 남자와 그가 타고 온 골프 차
량을 추적하고 있는 중입니다. 이웃 사람들이나 범행 발생 시
간을 전후해 산책했던 사람들 중심으로요. 하지만 이미 아시
는 것처럼 그 같은 탐문 수사는 아무런 소득 없이 마무리되었
습니다. 뭔가를 목격했다는 사람은 아무도 없고, 유용한 단서
라고 할 만한 것도 건진 게 전혀 없죠. 골프가 주차되어 있던
집에서는 아이들이 엄마를 기다리며 간간이 창밖을 내다봤다
고 하는데, 여자아이는 차 색깔이 빨간색이었다고 하고, 사내
아이는 검은색이었다고 하더군요. 두 아이 모두 자동차 번호
판은 보지 못했다고 하고." 그가 웃으면서 말을 이었다. "어

이없는 노릇은, 이제 길을 가다 빨간색이나 검정색 골프를 보면 나도 모르게 한 번 더 운전사를 쳐다보게 된다는 겁니다. 제 심정 이해하시겠죠?"

"당연하지요." 나는 짧게 대답하고 기다렸다. 하지만 네겔스바흐 경감은 더 이상 말이 없었다. "그 말씀은 벤트 박사 사건이 서류철 속에서 잠자고 있다는 것처럼 들리는군요."

"솔직히 말씀드리면, 이제는 어찌해야 할지 모르던 상황입니다. 다행히 젤프 씨가 무언가 단서가 될 만한 것들을 알려주셨으니, 다시 또 시작해봐야지요. 그런데 렘케는 누굽니까? 그와 벤트 박사 두 사람은 어느 지점에서 서로 교차하게 된 걸까요? 결국 벤트 박사가 테러에 가담한 다섯 번째 인물이었던 건가요?"

"그렇진 않아요."

"그 부분도 속 시원히 알려줄 순 없나요? 아니면 그런 사실을 어떻게 해서 알게 되었는지도 역시 말 안 해주실 거고요?"

"그렇게까지 얘기하시니, 그 총알이 어디서 났는지는 알려드리지요." 나는 내가 렘케와 만나게 되었던 경위를 상세히 이야기해주었다. "이제 경감님은 나한테서 훨씬 더 많은 걸 알아내셨습니다. 내가 경감님한테서 얻어낸 것보다 더요."

레니가 내 말을 편들고 나섰다. "오늘은 당신이 젤프 씨에게 신세를 졌네요."

네겔스바흐 경감이 반박했다. "무슨! 하지만 나도 젤프 씨에게 이번 사건의 추이에 대해 앞으로도 계속해서 성심껏 알려줄 거요. 그에게는 총알이 하나 있었고, 나에게도 한 알이 있었소. 우리 둘은 각자 자신의 총알을 꺼내놓았고, 그 둘을 비교해 같은 총에서 발사되었다는 걸 확인한 거지. 그리고 그렇게 해서 이제 우리 두 사람 모두 한 걸음씩 앞으로 나아갈 수 있게 된 것이고. 내가 이제 어찌할 건지는 이미 말했고, 젤프 씨는 내일 아침 일찍 사건의 의뢰인에게 전화를 걸어, 현재까지 얻어낸 결과들을 일차적으로 보고하게 될 거요."

12
그루터기와 돌부리를 넘어

다음 날 아침, 나는 네겔스바흐 경감의 말대로 했다. 뷔흘러 부인은 만족해했다. 하지만 벤트 부부와는 아직 만날 수 없다고 했다. 그들 부부가 딸과 함께 바덴바일러로 여행을 떠났기 때문이었다.

아침 바람은 상쾌했다. 나는 풀오버에 코르덴 바지를 입고 등산화를 신었다. 프리드리히-에버르트 다리를 건너 프리드리히-에버르트 슈트라세를 지나고, 케퍼탈과 포겔슈탕을 가로질러, 엔트라스퉁스 슈트라세 너머 피른하임으로 향했다. 그리고 그곳 니벨룽겐 슈트라세에서부터 다시 또 하나의 프리드리히-에버르트 슈트라세로 들어섰다. 모든 것은 흘러간다. 우리는 똑같은 이름의 프리드리히-에버르트 슈트라세를 걸어가지만, 그 길은 조금 전의 그 길이 아니다. 우리는 지금의 우리이지만, 우리는 이미 지금의 우리가 아니다.

울타리 왼편의 로쉬어 벡으로 들어선 뒤, 카데트를 한쪽에 세워놓고 걷기 시작했다. 울타리를 따라가며, 숲을 가로질러 서쪽으로 향했다. 발아래 밟히는 땅바닥은 푹신푹신했고, 새들은 노래했으며, 나무들은 바람에 흔들리며 쏴쏴 소리를 냈다. 불어오는 바람에서는 송진과 퀴퀴한 나뭇잎과 신선한 풀 냄새가 났다. 울타리 뒤편 아스팔트에서는 경비견도 순찰대도 만나지 않았다. 울타리 자체에는 지난 몇 달 사이에 훼손되거나 보수된 흔적 따위는 남아 있지 않았다. 15분쯤 지나자 쏴쏴 소리는 더욱 커졌다. 하지만 그 소리를 일으키는 것은 이제 바람이 아니라 아우토반이었다. 울타리는 아우토반 옆에서 나란히 북쪽으로 이어지고 있었다. 자동차들은 쌩쌩 비행기 소리를 내며 내 곁을 달려갔고, 한번은 빈 깡통이 날아와 내 머리 옆을 거의 스칠 듯이 지나갔다. 이윽고 울타리는 다시 숲 속으로 뻗었고, 나는 그렇게 숲 속 길로 따라갈 수 있어 마음이 편해졌다.

하지만 문득 다른 생각이 들었다. 이런 식이라면, 레오의 일행이 테러 당일 타고 갔던 자동차 바퀴의 흔적은 더 이상 찾아내지 못할 터였다. 하지만 나는 지금 그들이 탄 차가 어떤 길로 달려갔는지를 확인하기 위해 여기에 와 있다. 경사면은 승용차가 다니기에는 큰 문제가 없어 보였다. 내 눈에 자동차가 다닐 만한 또 다른 산길 하나가 들어왔다. 경사면을 통해서도 충분히 도달할 수 있는 길이었다. 길은 성장이 멈춘

덤불과 바짝 마른 풀들과 블루베리 관목들과 들꽃들이 가득한 들판으로 뻗어 있었다. 들판을 가로질러 숲을 향해 달려갔다고 레오는 그날 밤의 길을 묘사했었다. 그리고 나는 광활한 들판을 가로질러, 울타리가 나무들 뒤편으로 이어져 있는 게 분명한 곳을 향해 나아갔다. 숲가에 무성히 자란 나무딸기 관목들을 바라보며 8월이면 수확하러 다시 와야겠다고 생각했다. 숲으로 들어서자 이내 울타리가 다시 눈앞에 나타났다.

울타리는 새로 만든 것이었다. 울타리 뒤편에서 비행기를 타고 가며 보았던 굴착기와 컨베이어벨트 그리고 트럭 소리가 나는지 귀를 기울였다. 새소리, 바람 소리, 멀리서 달려가는 자동차 소리. 그 소리들 말고는 아무 소리도 들리지 않았다. 시계는 10시를 가리키고 있었다. 휴식 시간인가? 나는 가까이에 있던 바위 위에 앉아 잠시 기다렸다.

얼마나 지났을까? 무슨 소리가 들려왔다. 처음에는 무슨 소리인지 분간이 안 되었다. 컨베이어벨트가 굴러가는 소리인가? 굴착기에서 나는 길고 날카로운 소리? 하지만 그러기에는 모터 소리가 들리지 않았다. 울타리를 감시하는 경비원들이 산악자전거를 타고 둘러볼 거라는 생각은 들지 않았다. 하지만 들려오는 소리는 분명 자전거 소리 같았다. 이윽고 사람들의 목소리가 들려왔다. 하나는 맑았고, 하나는 굵직했다.

"에바! 조심해라!"

"네에, 할아버지. 조심하고 있어요."

"그렇게 아무 데로나 마구 가지 마! 그러다가 할아버지 뼈 부러지겠다. 이렇게 지독하게 흔들리고 덜컹거리면, 자꾸 기침이 나와."

"할아버지, 그건 흔들려서가 아니고 담배 때문이에요."

"어휴, 이 할아버지가 괴로운 건 담배가 아니라 두 다리 때문이란다!"

온몸이 땀에 젖은 에바는 열여덟 살쯤 되어 보였다. 그리고 휠체어에 앉아 있는 할아버지는 적게는 여든 살에서 많게는 백 살도 넘어 보였다. 키가 아주 작고 바짝 마른 머리에는 듬성듬성 흰머리가 나 있었고, 코 밑에는 중국인처럼 가늘게 기른 콧수염이 자라고 있었다. 곱사등인 그는 구부정하게 앉아 두 손으로 손잡이를 꽉 붙잡고 있었고, 무릎 아래쪽이 절단된 왼쪽 다리는 높게 설치된 발판에 갖다 댄 채 힘껏 버티고 있었다. 오른쪽 다리는 무릎 위쪽에서 절단되어 있었다. 산길을 오르느라 잔뜩 긴장해 있던 에바와 할아버지는 내가 자리에서 일어나고서야 비로소 나의 존재를 눈치챘다. 두 사람은 마치 다른 별에서 온 외계인인 듯 나를 쳐다보았다.

"안녕하세요? 오늘 날씨가 참 좋네요." 그 말 말고는 달리 적당한 인사말이 떠오르질 않았다.

에바가 내 인사에 답했다. "안녕하세요?"

"쉿!" 할아버지가 나와 에바 사이의 대화를 가로막으며 속삭였다. "무슨 소리가 들리지 않냐?"

우리는 귀를 기울였다. 굴착기와 컨베이어벨트 그리고 트럭 소리가 확연하게 들려왔다.

　"저 사람들이 이제 막 아침식사를 마치고 다시 일을 하기 시작했나봅니다." 두 사람은 그렇게 말하는 나를 놀란 얼굴로 쳐다보았다. "어르신이 말씀하신 게 저기 새 울타리 뒤편에서 작업하는 소리인 거 맞죠? 어르신도 그게 관심이 있어서 여기까지 오신 거예요?"

　"여기 분이 아닌가보오? 정년퇴직을 하고 아직 두 다리가 멀쩡했을 때만 해도, 콜록, 날마다 이곳에 올라와 울타리를 둘러보고는 했었지. 그러다가는 조금씩 올라오는 횟수가 줄어들기는 했지만, 그래도 지금까지는 일주일에 한 번은 꼭 올라온다오. 이제는 저 아이가 시간이 될 때면 이렇게 나를 데리고 올라오지만 말이오. 댁이 여기 사람이라면 내가 알 텐데. 댁도 나를 알 테고. 콜록. 이 길로는 나 말고는 평소 아무도 다니지 않거든."

　"어르신에 대해 이야기를 들은 적이 있습니다. 헨라인 어르신 맞으시죠?"

　"에바야, 너도 들었냐? 사람들이 아직도 이 할아버지 이야기를 한다는구나. 댁은 그럼 녹색당 사람인 게요? 댁들도 다시 숲을 돌보기로 작정한 거고? 나도 그런 이야기는 들었지요, 콜록. 하지만 당장 결과를 보겠다고 서둘러서는 안 된다오. 그러다보면 또 실망하고 말 테니까. 서두르며 대충대충

해서는 되는 것이 아무것도 없다오. 콜록. 더 나은 세상을 만들 생각이라면, 내가 하는 말에 귀 기울일 시간쯤은 한번 내보시구려."

"어르신께서 아직까지도 활동하고 계시는 줄은 미처 몰랐습니다. 지금은 어디 사세요? 어디 가면 어르신을 만나 뵐 수 있나요?"

"만하임까지만 오시면 된다오. E 6에 있는 양로원으로 말이오. 지금은 더 이상 피른하임에 살고 있지 않거든. 에바야, 우리도 이제 그만 어서 가자."

나는 두 사람이 떠나가는 뒷모습을 지켜보았다. 에바는 나름 능숙해 보였고, 지나가기에 어느 쪽이 편하고 어느 쪽이 힘든지를 한눈에 알아보았다. 하지만 그녀라고 해서 모든 그루터기나 돌부리를 피해 갈 수는 없었다. 그렇게 휠체어 바퀴가 뭔가에 걸려버리면, 그녀는 할아버지의 잔소리를 들으면서도 휠체어를 밀어 그 장애물을 넘어서려고 갖은 힘을 썼다.

나는 그들에게로 달려갔다. "아저씨가 도와줘도 될까?"

"됐소. 괜찮다오. 콜록."

"할아버지는 괜찮겠지요. 하지만 저는 도움이 필요하다고요." 에바가 말했다.

휠체어를 밀어가며 큰길까지 내려오는 데는 거의 두 시간 가까이 소요되었다. 헨라인 씨는 그사이에도 쉬지 않고 투덜대고 기침하면서, 세상의 근본을 규명하고 바로잡기 위해 60

년대와 70년대에 걸쳐 자신이 펼쳤던 활동들에 관한 이야기를 들려주었다. "양키들의 독가스는 따지고 보면 최악의 것이라 할 수도 없는 것이라오. 그들 스스로도 어느 정도는 조심하고 주의할 테니까. 하지만 그 오래된 것들은……" 그는 1935년 강제수용소로 끌려갔다. 그리고 1945년, 그동안 생산되었던 독가스를 이전해 매립하는 작업에 투입되었다. "로사, 존더스하우젠, 딩엘슈테트에서 작업했지요. 나는 훗날 그 당시의 일에 대해 글을 썼고, 이리로 건너와 전단을 나눠주기도 했다오. 하지만 사람들은 그런 나를 쫓아냈지. 잘난 공산당원들이 말이오. 여하튼 그런 다음에는 여기 피른하임으로 오게 되었소. 당시에는 제1차 세계대전의 산물인 황십자나 청십자 또는 로스트라는 이름의 독가스들이 이미 있었소. 우리는 거기에다 타분과 사린을 추가로 파묻었다오." 강제수용소에서 풀려난 뒤 그는 이리로 저리로 떠돌았다. 그러다가 1953년 만하임으로 오게 되어 BBC에 들어갔다. 그리고 1955년 결혼을 했고, 피른하임에 집을 지었다. 이곳으로 오게 된 것을 그는 일종의 숙명으로 받아들였다. 그는 람페르트하임 국유림에 묻혀 있는 시한폭탄을 제거시키기 위해 투쟁하는 일을 자신의 타고난 사명이자 의무로 여겼다. "아마도 그 시한폭탄은 이미 오래전부터 더는 똑딱거리지 않을 거요. 아마도 양키들이 1945년 이후 모든 독가스들을 파내어 폐기시켰을 테니. 하지만, 하지만 그 말이 믿어지오?"

나는 헨라인 씨와 에바를 '장미 정원' 레스토랑으로 안내해 점심을 대접했다. 그리고 점심을 먹은 다음 양로원까지 모셔다 드렸다. 그의 방은 온통 서류철로 가득 차 있었다. 1955년 이후부터 자료들을 모아놓고 있었다. 독가스가 어떻게 생산되고 보관되며 투입되는지, 어떤 증세를 일으키는지, 어떻게 해야 독가스로부터 자신을 보호할 수 있는지, 그리고 독일의 어느 곳에서 독가스를 생산해 보관하는지 등을 읽었다. 아울러, 두 번에 걸친 세계대전 이후 독가스들이 어디에 파묻혔는지는 여전히 밝혀지지 않고 있다는 자료도 읽었다. 그는 거의 모든 크고 작은 신문들에 실린 지역 관련 기사들을 스크랩해 모아두었다. 그리고 그 안에서는 람페르트하임 국유림이나 피른하임 벌판에 있는 것으로 추정되는 독가스의 존재와 관련된 온갖 애매모호한 정황 증거나 간접 증거들을 찾아볼 수 있었다. 또한 똑딱거리는 시한폭탄을 특히나 위험하게 만들 수도 있을 지역 관련 모든 프로젝트들에 관한 기사도 보관하고 있었다. 실현된 것이든 실현되지 않은 것이든, 그들 프로젝트에서는 독일연방공화국의 발전 과정이 그대로 반영되어 있었다. 사냥숲, 전원주택단지, 테마파크, 재처리시설, 자동차주행검사장, 자연보호구역, 골프장. 미국으로부터 관리권을 돌려받은 후로, 사람들은 숲과 들에 점점 더 큰 의미를 부여하게 되었다.

"혹시 1945년에 독가스 저장고에 관한 지도가 제작되었는지도 알고 계십니까?"

"아마 그랬을 거요. 제1차 세계대전 때 생산된 독가스들이 어디에 묻혔는지를 보여주는 지도도 제작되었을 거고. 하지만 그런 지도를 찾아낼 만한 어떤 단서도 발견하지 못했다오. 한번 상상해보시구려. 여전히 독가스들이 묻혀 있는데 양키들이 그 지역을 반환한다고. 바로 그렇기에 그 지도들은 정말이지 어마어마한 가치를 지니고 있다 할 수 있을 것이오."

13
삶의 환상

살인을 할 만한 충분한 동기? 피른하임 벌판과 람페르트하임 숲의 전원주택단지라면 벤트 씨 같은 부동산 재벌도 관심을 가질 만했다. 그 프로젝트 자체만으로도 가치가 있었겠지만, 부동산 시장에 끼치게 될 전반적 영향 또한 상당했기 때문이다. 얼마 안 되는 증권 투자였지만 나는 별다른 수완을 보이지 못했다. 그런 나조차도 독가스 매립지 지도만 있다면 엄청난 투기 이익을 올릴 수 있을 거란 사실을 충분히 짐작할 수 있었다. 적당한 타이밍에 공개된다면, 그 지도들은 도시계획을 저지하거나 강요하고 부동산 가격을 상승시키거나 곤두박질치게 만들 수 있을 것이었다.

양로원에서 나와 로터리 쪽으로 걸어갔다. 카데트를 세워 둔 곳이었다. 스위트애프턴 한 보루를 사고, 검푸른 바탕에 하얀 작은 구름 무늬가 박힌 넥타이를 샀다. 그리고 아이스크림도. 그러고는 급수탑 뒤편에 있는 벤치에 앉아 아이스크림을 먹었다. 졸졸졸 분수에서 들려오는 물소리를 들으며, 나는 다시금 생각에 잠겼다. 벤트 씨, 당신은 불법적인 사업을 위해 그 지도들이 필요했고, 그 지도들을 손에 넣기 위해 아들을 이용했다는 사실을 이제 알게 되었소. 당신의 아들은 그 와중에 살해되었지. 물론 당신이 죽이지는 않았겠지만. 하지만 그렇게 만든 건 결국 당신이야.

사람들은 그저 돈 때문에 살인을 저지르지는 않는다. 사람들은 대개 한 가지 이유로 사람을 죽인다. 일생 동안 품어온 삶의 환상을 달리는 구해낼 방법이 없기 때문이다. 질투로 인한 살인—사랑하는 여인이 죽는다면 그녀는 나의 것, 어느 누구도 내게서 그녀를 빼앗아 갈 수 없다, 그녀 자신뿐 아니라 다른 어느 누구도. 살인청부업자의 살인—아무것도 할 수 없고 아무것도 갖고 있지 않은 그는 하찮은 존재지만 직업적인 성공이 안겨줄 결과를 누리려 한다. 폭군들이 살인을 저지르는 이유는 지금의 모습보다 더 위대해지고 싶기 때문에. 그리고 살해당한다, 누군가는 세상을 지금의 모습보다 더 낫게 만들려고 하기 때문에. 집단적인 환상으로 인한 집단 살인도 있다. 그리고 20세기의 세계사는 그러한 집단 살인으로 점철되어 있다. 당연히 탐욕으로 인한 살인도 있다. 하지만 그 궁극적인 목적은 돈을 긁어모아 부풀리는 게 아니다. 그 또한 위대함과 가치를 구해내려 함이다. 벤트 씨는 이미 오래전부터 부동산 제국의 황제이기를 더 이상 꿈꾸지 않았다. 그는 단지 아들과 화해하고 사이좋게 지내는 아버지이기만을 바랐다. 그래, 그는 아들의 죽음과 아무 관련이 없어.

그렇다면 게르하르트 젤프, 네 삶의 환상은 어떠하지? 네 일생의 환상은 어떠했는데? 하지만 나로서는 게르하르트 젤프와 대화를 이어나가고 싶은 마음이 전혀 없었다.

사무실 자동응답기에는 좋은 생각이 떠올랐다는 페쉬칼렉의 메시지와 확인하는 대로 전화를 달라는 필리프의 메시지가 저장되어 있었다. 아무 말 없이 도로 끊은 전화도 몇 통 있었다. 그러고는 감이 멀게 느껴지는 시끄러운 소리, 윙윙거리는 소리, 장거리전화의 신호음 같은 게 들려왔다. 목소리가 들리기도 전 나는 레오의 전화라는 사실을 알아차렸다. "게르트? 저예요. 레오." 그녀는 한참을 기다렸다가 말을 이었다. "헬무트는 롤프를 죽이지 않았어요. 아저씨만큼은 그걸 알았으면 해서요." 그녀는 잠시 쉬었다가 말을 이었다. "저는 멀리 와 있어요. 아저씨도 잘 지내세요." 그 말과 함께 전화를 끊었다. 렘케가 벤트 박사를 살해했다면, 그녀에게 전화를 걸어 그렇게 말하도록 시켰을 것 같다는 느낌이 문득 들었다.

필리프에게 전화를 걸자 그가 대뜸 투덜거렸다. "왜 이렇게 통화하기가 힘들어? 5월이라고 밤마다 재미 보는 거야?"

"헛소리. 그냥 브리기테한테 갔었어. 하지만……"

"변명할 것까지는 없어. 충분히 이해하니까. 그냥 부러워서 그래. 나의 전성기는 지나가고 있는데, 누구는 한창 깃발을 휘날리고 있는 게 말이야."

"무슨 일로 전화했는데?" 에이즈 말고 필리프를 멈추게 할 게 있을까?

"금요일에 우리 결혼해. 네가 결혼 입회인이 되어주었으면 해서."

이제 곧 육십 고개로 들어설 필리프에게 결혼하기에는 너무 늦은 나이 아니냐고 말할 생각은 없다. 그렇다고 여자만 보면 꽁무니를 쫓아다니는 그에게 결혼하기에는 너무 이른 거 아니냐고 말할 생각도 없다. 나는 그저 그가 결혼을 한다는 게 믿기지 않을 뿐이었다. "농담하는 거 아니지?"

"5분 전 10시까지 시청으로 와. 10시 정각에 시작할 거거든. 식이 끝나면 안탈리아 튀르크에서 파티를 벌이기로 했어. 그러니까 시간 넉넉하게 비워두고, 브리기테랑 같이 와." 그는 서둘렀다. "결혼식 전에 너랑 한번 만나 신나게 놀고 싶은데. 쥐루찬도 휴가를 냈거든. 하지만 요즘 내가 얼마나 바쁘게 지내는지 모를 거야. 식을 치른 다음에 한번 뭉치자고. 쥐루찬도 좋아할 거야."

터키의 전통에 따라 남편이 하는 일에 아내가 끼어들거나 말참견을 해서는 안 된다는 것은 너무 시대에 뒤떨어진 나만의 생각일까? 아니면 그렇기 때문에 쥐루찬은 일부러 터키 남자가 아닌 필리프를 결혼 상대로 고른 걸까? 그도 아니면,

필리프가 실수를 한 걸까?

페쉬칼렉은 단지 좋은 생각만 떠올린 게 아니었다. 그에게
는 제안이 하나 있었고, 그에 관해 나와 이야기하고 싶어 했
다. 우리는 헤르쉘바트의 사우나에서 만나기로 약속했다.

사우나라는 말에 그는 군말 없이 응했다. 그도 나처럼 사우
나 중간 중간에 담배를 피웠다. 짧은 간격으로 세 번 핀란드
식 사우나를 하고, 그런 다음 긴 간격으로 두 번 터키식 사우
나를 하는 나의 방식을 그 또한 즐기고 있었다. 큰 탕 속에서
우리는 푸시킨 제독의 법칙에 따라 물장난을 쳤다. 불룩 나온
배와 대머리, 물방울이 송골송골 맺힌 덥수룩한 콧수염의 그
는 마치 다정한 바다사자 같아 보였다. 하얀 수건이 깔린 간
이침대에 누워 잠이 들었고, 이윽고 잠이 깨어 기지개를 켜고
나자, 우리는 어느새 스스럼없는 편안한 사이가 되어 있었다.

"지난번 만났을 때는 대체 왜 그런 쇼를 한 거요? 같이 점
심식사를 하다가 마치 우연히 〈피른하이머 타게블라트〉를 찾
아갈 생각을 하게 되었고, 발터스 씨와 이야기를 나누다가 탄
약고에 독가스가 있을 수도 있다는 이야기를 마치 처음 들은
사람처럼 연기했잖아요? 독가스와 탄약고 이야기를 이미 알
고 있었는데."

"젤프 씨 눈은 도무지 속일 수가 없군요. 인정. 제가 어쭙
잖은 쇼를 벌인 이유는 젤프 씨를 자극해 이 일에 적극적으로
뛰어들게 만들고 싶어서였어요. 젤프 씨가 독가스 이야기를

진지하게 받아들이지 않고, 자칫 그 일에 무관심해질까봐 걱정이 되었거든요. 전 젤프 씨의 도움이 필요합니다." 그가 주위를 한번 둘러보고 말했다. "이제는 제 계획을 말씀드려야겠네요. 우리가 함께 미군을 찾아가, 사건의 진상이 무엇인지 말하도록 하는 겁니다."

"멋진 생각이군요!"

"농담이 아니에요. 물론 다짜고짜 찾아가서 우리 이름을 밝히고, 지난 1월에 일어났던 테러에 대해 설명해달라고는 할 수 없겠지요. 그래서 제 계획은 우리가 공식적으로 그들을 방문하는 겁니다."

"페쉬칼렉 장군과 해군하사 젤프로 말이오?"

"해군이 아니라 연방 방위군으로요. 그리고 소령이 더 낫겠네요. 군인으로는 저만 분장하면 됩니다. 젤프 씨는 연방대통령 비서실에서 나온 것으로 하고요. 방문 목적은 연방대통령이 화재를 진압한 소방관들과 불의의 사고로 부상당한 위병들에게 훈장을 수여하기 위해서. 우리는 훈장의 숫자와 훈장에 새기게 될 이름과 문구에 대해 소방서장과 상의하기 위해 찾아가는 겁니다."

"직권 남용과 공문서 위조죄, 그리고 아마도 군복과 훈장 도용까지, 장난이 아니군요. 그 대가로 우리는 기껏해야 테러가 케퍼탈이나 포겔슈탕이 아니라 피른하임에서 일어났으며, 그곳에는 구형 독가스나 신형 독가스, 아니면 둘 다가 보관되어 있다는 확신을 갖게 될 뿐이고 말이오? 하지만 그런다 해도 나는 벤트 박사 사건과 관련해 여전히 단 한 걸음도 앞으로 나아가질 못하겠군요."

"그런 건가요? 벤트 박사 사건이 수수께끼고 은폐된 테러 공격과 관련이 있다는 게 젤프 씨가 기대를 걸고 있는 유일한 단서지요. 하지만 테러와 관련해 미스터리한 부분이 전혀 없고 아무것도 은폐된 게 없다면, 그마저도 굿바이인 셈이고요." 그는 한 손을 들어 손바닥을 편 다음, 그 위에 놓인 단서를 훅! 하고 가볍게 불어 날리는 시늉을 했다.

"우리 신분이 들통 날까 걱정되지는 않소?"

"우리 미군부대 방문 계획이 틀어지는 일 없게 세심히 준비하고 있지요." 그는 군복과 위조된 신분증을 어디에서 어떻게 준비할 것인지, 그리고 누구로부터 관련 인물들의 이름과 직위 및 업무 관련 사항 등을 알아내려 하는지 설명했다. 그는 내가 아직 만족하지 못했다는 것을 눈치채고 계속해서 말했다. "또 뭐가 궁금하신가요? 그들이 혹시라도 우리가 제시한 근무처에 전화해, 우리가 실존하지 않는 가공의 인물들이라는 사실을 확인하기라도 할까봐 걱정되십니까? 우리는 결코 평범한 직책을 제시하지는 않을 겁니다. 그리고 그게 바로 이번 작전의 핵심이지요. 바람피우는 남편들 가운데 가장 어리석은 인간들이나 아내에게 거짓 출장지와 미팅 시간을 알려주고 친구나 동료들을 만난다고 둘러대지요. 실제로 존재하기는 하지만 거짓말할 당시만 해도 가까이 살거나 자주 만나지 않는 사람들 이름을요. 하지만 그런 거짓말은 언젠가는 결국 탄로 날 수밖에 없어요. 그와 달리, 머리를 굴릴 줄 아는 사람들은 완전히 새로운 친구나 사업상 파트너와 활동을 꾸며내지요. 원래 아무것도 없으니, 들통 날 것도 전혀 없는 셈이거든요. 미군들은 젤프 씨가 소속되어 있다고 밝힌 대통령 비서실에 절대 전화하지 않을 겁니다. 저는 현재 연방대통령 비서실에 파견 나와 근무하는 중이고, 원 소속근무지는 실제로는 존재하지 않지만 충분히 있을 수도 있는 곳으로 꾸며댈 거고요. 아직도 확신이 서지 않으십니까? 시간을 갖고 생각해보세요. 준비가 끝나면, 수일 내로 연락드리겠습니다."

14
좋지 않은 인상

다음 다음 날 아침, 그에게서 전화가 왔다. "9시에 잠시 들르겠습니다. 두 시간 정도면 충분할 거 같아요. 젤프 씨 신분증도 가지고 가겠습니다. 의상은 짙은 색 계통 양복으로 준비해 주세요!"

"신중하게 준비한다더니 어찌 된 일이오? 설마 하루 만에다……"

그가 웃었다. "솔직히 말씀드리면, 준비는 벌써 한참 전에다 끝났어요. 젤프 씨한테 성공할 거라는 확신이 들고서야 여쭐 수 있었던 거죠. 그리고 계획대로 맞아떨어질지는 준비하는 과정에서 확신하게 되었고요."

"내가 함께할 거라는 건 어찌 알았소?"

"함께해주신다고요? 잘됐네요. 이미 우리 두 사람 이름을 방문자로 접수해놨거든요."

"당신이 나를……"

"제가 젤프 씨에게 재촉하거나 강요를 하고 있는 건가요? 원하지 않으시면 안 하셔도 돼요. 곧 뵙죠."

나는 암갈색 양복을 꺼내 입고, 독서용 안경을 썼다. 하반부만 반원형으로 된 하프 글라스*였다. 그 안경을 코끝으로 반쯤 밀어내리고 테 위쪽으로 쳐다보는 내 모습은 꼭 나이 든 정치인처럼 보였다. 단지 진상을 캐내기 위해 그와 함께하려는 것만은 아니었다. 그렇게 하지 않으면 페쉬칼렉 혼자 곤경에 처하게 될 것 같은 생각이 들었기 때문이기도 했다.

우리는 기차역까지 걸어갔다. 그가 입은 제복은 너무 꽉 끼는 듯했다. 하지만 그는 독일군 군복은 잘 맞지 않기로 유명하다며 나를 안심시켰다. "말씀드렸듯이 우리는 대통령 비서실에서 나온 사람들입니다. 젤프 씨는 일반적인 말만 몇 마디 해주시면 됩니다. 상세한 부분은 제가 맡지요. 지난 1월 6일 출동했던 소방관과 경비원들이 그 공로를 인정받아 훈장을 수여받게 되었다는 말 정도면 충분할 겁니다. 혹시 영어로 말하는 게 힘드시다면, 그 부분은 제가 도와드릴 거고요."

기차를 타고 본에서 막 도착한 사람들인 것처럼 우리는 기차역 앞에서 택시를 타고 포겔슈탕으로 향했다. 페쉬칼렉은 재킷 주머니에서 은행카드만 한 크기의 플라스틱 신분증 두

*원시를 교정해주는 렌즈가 들어 있는, 보통 렌즈 절반 크기의 안경. 테 위의 빈 공간은 먼 곳을 보는 데 사용한다.

개를 꺼내, 그와 내 옷의 상의 옷깃에 집어주었다. 모습은 그럴듯해 보였다. 신분증에 찍힌 내 컬러사진은 마음에 들었다. 벤트 박사의 장례식 때 그가 찍어둔 것이었다.

그가 도와준다고 말하기는 했지만, 영어로 대화할 생각을 하니 은근히 걱정이 되었다. 문득 '뤼브케 영어'*에 관한 유머가 유행했던 시절이 떠올랐다. 나는 그가 말하는 유머를 종종 이해하지 못했지만, 다른 사람들 앞에서는 알아들은 척 낄낄대며 웃곤 했다. 하지만 내 영어 실력이 문제라는 생각을 떨쳐버릴 수는 없었다.

"무슨 일로 오셨습니까?" 하얀색 철모를 쓰고 하얀색 허리띠를 맨 채 정문 앞에 부동자세로 서 있던 위병이 다가와 경례를 하며 물었다.

페쉬칼렉은 군대식으로 절도 있게 경례하며 인사를 받았다. 나도 오른손을 경례하듯 가볍게 들어 올렸다. 페쉬칼렉은 소방대장과 약속이 있어 찾아왔다고 대답했다. 위병은 전화를 했고, 지붕이 열린 지프 한 대가 우리 앞에 멈춰 섰다. 우리는 차에 올라탔다. 나는 운전병 옆자리에 앉아, 미국의 전쟁영화에서 보고 배웠던 대로 당연하단 듯 발을 측면 발판 위에 올려놓았다. 우리를 태운 차는 나무와 풀로 둘러싸인 작은

---

*언어 사이에 존재하는 구문과 의미상의 차이점을 무시하고 '단어 대 단어 번역'으로 만들어진 무의미한 영어를 의미한다. 1960년대 독일의 유머 작가인 하인리히 뤼브케가 유머 소재로 사용하며 인기를 끌었다.

길을 따라 달려갔다. 구보로 행군하는 여군들이 맞은편에서 오는 게 보였다. 저 멀리로 하얗게 칠한 목조 건물이 보였다. 그 건물의 크고 높다란 문 앞에는 소방차들이 주차되어 있었다. 소방차들은 빨간색과 노란색으로 칠해져 있지 않았고, 내가 예상했던 것과는 달리 주변의 다른 모든 것들과 마찬가지로 초록색이었다.

운전병은 바깥쪽 계단을 통해 우리를 차고 위에 자리한 2층 사무실로 안내했다. 말쑥한 모습의 미군 장교 한 명이 우리를 보자 깍듯이 인사했다. 페쉬칼렉도 마주 경례했다. 내가 제대로 들은 것인가? 그는 나를 대통령 비서실에서 일하는 젤프 박사라고 소개했다. 우리는 둥그런 테이블에 앉았고, 곧이어 연한 커피가 나왔다. 커다란 창문 밖으로는 숲이 내다보였고, 책상 뒤편으로는 미국 국기가 세워져 있었으며, 벽에서는 부시 대통령이 우리를 내려다보고 있었다.

"젤프 박사님?" 미군 장교가 내 이름을 부르며, 무슨 일인지 궁금하단 눈으로 나를 쳐다보았다.

"우리 대통령님께서는 지난 1월 6일 밤, 위험을 무릅쓰고 용감하게 대처했던 이들에게 훈장을 수여하고자 합니다." 나는 준비했던 영어로 말을 꺼냈다.

미군 장교는 여전히 의아하단 눈으로 나를 쳐다보았다. 그러자 페쉬칼렉이 잽싸게 끼어들었다. 그는 피른하임과 경악할 만한 테러에 관해 이야기했다. 아울러 독일 연방대통령은 그들에게 훈장이 아니라 메달을 수여할 것이라고 덧붙였다. 그는 또한 증서와 연설 및 리셉션 등에 대해서도 언급했다. 하지만 나는 그들이 왜 그리고 어떤 리셉션에서 메달을 수여받는다는 것인지 이해하지 못했다. 나는 그들이 대통령을 공식 방문한 자리에서 직접 받는 것이 좋겠다고 생각했다. 아울러 군인들에게는 장엄함이 어울리니, 장중한 연설이 적절할 것이라고 제안했다. 하지만 그 같은 제안은 그다지 호응을 받지 못했다. 두 사람 사이에 오가는 대화 속에서는, 아무래도 미국 군인들은 유달리 민감한 편이니 하는 말이 자주 들렸다.

"걱정 마십시오." 나는 미군 장교를 위로했다. 하지만 내가 뭔가 말을 꺼내려 하자 페쉬칼렉이 다시 끼어들었다. 그는 메달과 증서를 준비하기 위해 필요하다며 관련자들의 이름을 다시 한 번 알려줄 수 있는지 물었다. 아울러 그들 각자가 수행했던 일들이 통합적으로 평가할 만한 것인지, 아니면 두 가지 등급으로 차등을 두어 평가해 그에 따른 메달을 수여해야 할 만큼 차이가 있는 것인지도 물었다.

미군 장교는 책상 앞에 앉아, 서류 더미에서 가제본된 서류 하나를 끄집어내 펼치더니 뒤적이기 시작했다. 나는 페쉬칼렉 쪽으로 잔뜩 몸을 숙이고 속삭였다. "너무 과하지 않게 조심해요!" 1월 6일 피른하임에서의 테러 공격에 관해 이야기를 나누고, 미군 장교가 그에 대해 아무런 이의도 제기하지 않자, 나는 우리의 미션이 성공했음을 직감했다. 페쉬칼렉도 내 쪽으로 한껏 몸을 숙였다.

그때 페쉬칼렉이 내 의자의 한쪽 다리를 붙잡더니 휙 낚아챘다. 순간 나는 의자에 앉은 채로 그만 바닥에 나동그라지고 말았다. 그러면서 머리와 팔꿈치를 바닥에 꽝! 하고 부딪쳤다. 팔꿈치가 끊어져 나갈 듯 아팠고, 머리는 띵했다. 나는 곧바로 일어나지 못했다.

미군 장교가 어느새 내 곁으로 달려와 나를 부축해 의자에 앉혀주었다. 그런 나를 걱정스레 바라보는 페쉬칼렉에게서 안타까운 신음 소리가 새어 나왔다. 다행히 그는 거든다고 내 몸에 손을 대지 않았다. 그렇지 않았다면, 당장이라도 그의 몸을 잡아당겨 목을 비틀어버렸을지도 모를 터였다.

하지만 페쉬칼렉은 아무 일도 없다는 듯 천연덕스럽게 행동했다. 그는 내 왼손을 잡고는 미군 장교에게 오른편에서 도와달라고 부탁했다. 두 사람은 그렇게 나를 부축해 문을 지나고 계단을 내려왔다. 그사이에도 페쉬칼렉은 쉬지 않고 뭔가를 이야기했다. 아래에서는 지프가 대기하고 있었다. 페쉬칼렉과 미군 장교는 나를 뒷좌석 한가운데에 앉혔다. 페쉬칼렉이 지프에 올라타도록 나를 돕는 사이, 나는 멀쩡한 팔꿈치로 그의 명치를 은근슬쩍 쿡 찔렀다. 그가 저도 모르게 훅! 하고 바람 빠지는 소리를 냈다. 하지만 그는 아무렇지도 않은 듯 미군 장교에게 계속해서 말을 건넸다.

택시가 왔다. 미군 장교는 유감이라고 말했고, 페쉬칼렉도 유감이라고 말했으며, 나도 유감이라고 말했다. 그러면서 덧붙인 내 엉터리 영어에 미군 장교는 다시금 나를 이상하게 바라보았다. 하얀 철모를 쓰고 허리띠를 찬 위병이 문을 열어주었다. 우리는 택시에 탔고, 그는 문을 닫았다. 나는 마지막 인사를 하려고 창문을 내렸다. 하지만 미군 장교와 위병은 이미 돌아서서 걸어가고 있었다.

"요즘 들어 특별한 일이 없다 했더니 별일이 다 생기는군." 그가 같이 걸어가던 위병에게 나직이 건네는 소리가 들려왔다. 그리고 내가 알아들은 영어가 맞다면, 우리의 방문은 그에게 좋지 않은 인상을 남긴 게 분명했다.

15
문서로 확실하게

"지금 제정신인 게요?"

"죄송해요." 그가 속삭였다. "자세한 이야기는 나중에."

그는 택시 기사에게 기차역으로 가자고 말했다. 가는 내내 그는 택시 기사에게 말을 해댔다. 12시 기차에 늦지 않게 서둘러달라고 부탁을 하면서, SEL과 BBC가 얼마나 큰지, 언제부터 만하임에 전차가 다니는지, 국립극장에서는 무슨 프로그램이 상연되고 있는지, 저수탑에는 물이 충분한지 등 이런 저런 것들에 대해 물었다. 또한 우리는 전에 만하임에 와본 적이 없으며 늦지 않게 본으로 다시 돌아가야 한다고 수다를 떨어댔다. 아무리 위장이라 해도 너무 과한 게 아닌가 싶었다. 나는 욱신거리는 머리를 두 손으로 감싸고 차창 밖을 바라보았다. 그러면서 나중에라도 택시를 기다리는 나를 그가 다시 알아보지 않기를 바랐다.

우리는 정문을 통해 역 대합실로 들어섰다가 좌측 옆문으로 다시 빠져나왔다. "재킷 벗으세요, 택시 승차장에서 이쪽이 잘 보일지도 몰라요."

나는 그가 시키는 대로 했다. 기차역에서 어느 정도 멀어졌다는 생각이 드는 순간, 그가 갑자기 내 쪽으로 돌아서며 소리쳤다. "됐어요! 해냈다고요!" 그가 재킷을 땅바닥에 집어던지고 환호성을 지르며 서류 뭉치를 높이 치켜들었다. 내가 땅바닥에 넘어져 정신이 없던 틈에 책상에서 서류 뭉치를 집어 옷 속에 감췄던 것이다. 그가 내 팔을 잡으며 나를 마구 흔들었다. "젤프 씨, 그런 눈으로 쳐다보지 마요! 정말 잘했어요, 우리 둘 다요. 이제 이 서류가 있으니, 어느 누구도 더는 아무 일 없었노라 말하지 못할 겁니다."

나는 그의 손을 뿌리치며 말했다. "하지만 그 안에 뭐가 들어 있는지는 아직 모르잖소."

"예, 맞아요. 그러니 이제 들여다봐야지요. 일단 어디 가서 뭐라도 먹읍시다. 제가 한턱 쏘지요. 우리는 자축할 만한 충분한 이유가 있고, 게다가 제가 젤프 씨에게 빚진 것도 있으니. 사실 미리 말씀드릴까도 고민했는데, 그러면 자연스레 몸에 힘이 들어갈 테고, 긴장해서 정말로 다칠 수도 있잖아요. 젤프 씨가 제 계획에 순순히 따라줄 거라는 확신도 들지 않고."

하지만 나는 그와 함께 식사를 하고 싶은 생각이 없었다.

나는 가까이 있는 복사 가게로 가서 그가 갖고 있는 서류를 복사하자고 말했다. 그는 나의 말에 달가워하지 않았다. 하지만 못내 주저하면서도 나의 제안을 거절하지는 못했다. 복사가 완료되고, 우리는 그렇게 헤어졌다.

나는 집으로 돌아오자마자 아스피린 두 알을 먹었다. 터보는 바깥 지붕 위에서 어슬렁거리고 있었다. 냉장고에는 달걀, 슈바르츠발트 햄, 참치, 생크림과 버터가 들어 있었다. 그리고 냉동실에는 시금치 팩이 있었다. 나는 베아르네즈 소스를 만들고 냉동 시금치를 데쳤다. 달걀 두 개를 끓는 물속에 넣어 삶고, 햄은 프라이팬에 살짝 볶았다. 참치는 그릇째 끓는 물속에 넣어 데웠다. 터보는 참치를 차가운 상태 그대로 먹는 것을 좋아했다. 하지만 그건 건강에 좋지 않을 수 있었다. 나는 요리한 음식을 발코니에 내다 놓았다.

나는 영어 사전을 갖다 놓은 뒤, 커피를 마시며 미군이 작성한 서류를 읽었다. 울타리의 일부가 손상되자 경비원들 사이에 알람이 울렸다. 짙은 안개로 인해 울타리에 난 구멍을 찾아내기까지는 시간이 제법 소요되었다. 안개는 또한 인근 지역을 체계적으로 수색하는 것조차 힘들게 만들었다. 얼마 후 그들은 침입자로 여겨지는 두 사람을 발견했다고 생각하고, 복무규정 937 LC 01/02에 따라 소리쳐 경고한 뒤 총격을 가했다. 그 후 첫 번째 폭발이 일어났고, 그들이 폭발 현장에 도착했을 때 두 번째 폭발이 일어났다. 그 과정에서 한 명의 침입자와 한 명의 위병이 사망했다. 그리고 또 한 명의 침입자는 부상당한 채 생포되었다. 두 번째 폭발은 보관 중이던 화학 약품을 불태웠다. 위병들은 급히 소방대와 구급차를 불렀고, 그들은 즉시 현장에 도착했다. 화재는 몇 분 만에 진압되었고, 독성 물질은 방출되지 않았다고 기록되어 있었다. 그리고 그와 관련해 보고서 〈1223.91 CHEM 07〉과 〈7236.90 MED 08〉을 참조하라고 되어 있었다. 〈1223.91 CHEM 07〉에는 향후 화학 약품의 보관과 관련한 권고 사항이 지시되어 있고, 탄약고 입구에 모습을 나타냈던 독일 경찰이나 다른 관계 부서에 대한 개입은 어느 시점에서도 요청된 적이 없다고 기술되어 있었다. 그 밖에 소방대 측의 간략한 보고서도 첨부되었는데, 거기에는 소방대와 경비부대를 단위부대로 묘사했고, 두 명의 사망자와 생포자 이름을 레이 삭스, 기젤헤어 베르거, 베르트람 몬호프로 적시하고 있었다. 각각의 보고서에는 해당 부서 책임자의 서명이 들어 있었다.

이제 어느 정도 명백해졌다. 페쉬칼렉이 투덜대면서 보고서 〈1223.91 CHEM 07〉과 〈7236.90 MED 08〉을 어떻게 하면 손에 넣을 수 있을지 고민하는 모습이 눈에 선했다. 이번에는 청소부로? 미군의 군목 복장을 하고? 나는 그와 함께 도널드와 데이지로 분장해 화학실과 의무실에서 근무하는 젊은이들의 기분을 전환시켜주고 싶은 생각은 조금도 없었다.

16
묀히, 아이거, 융프라우

아직은 이른 오후 시간이었다. 나는 아우토반을 달렸고, 발도르프 분기점에 이르러서야 빠져나갈 곳을 지나쳐 왔다는 사실을 깨달았다. 나는 다음번 나들목에서 아우토반을 빠져나와, 한 번도 와본 적이 없는 마을들을 지나 차를 몰았다. 국립 정신병원에 도착해 굽은 길을 따라 오래된 본관 건물을 향해 서서히 올라가는데, 저 앞에서 그 건물이 반짝반짝 빛나는 게 눈에 들어왔다. 그사이 비계는 치워졌고, 건물은 노란색으로 말끔하게 칠해져 있었다.

에벌라인 병원장의 사무실에는 슈투트가르트에서 파견 나온 임시 관리자가 앉아 있었다. "제가 말씀드려야 할 것은 이미 경찰과 검찰에 다 말했습니다." 그의 표정에서는 원치 않는 나의 방문에 대한 거부감이 그대로 묻어 나왔다.

"에벌라인 교수님은 언제 돌아오시나요?"

"언제 그분이 돌아오실지 저는 모릅니다. 오실지 안 오실지도 모르고요. 딜스베르크의 운터레 슈트라세에 있는 그분의 집주소를 모르시나보군요. 정확한 주소는 제 비서가 알려드릴 것입니다."

나는 곧바로 원장실에서 나왔다. 그는 내게 앉으라고 권하지도 않은 채, 장교 앞에 불려 간 사병처럼 나를 그의 책상 앞에 서 있게 했다. 문 쪽으로 향해 가는데, 그가 비서실로 전화를 연결해 에벌라인 교수가 남기고 간 명함 한 장을 전해주라고 지시하는 소리가 들렸다. 문을 열고 비서실로 들어서자 여비서는 벌써 작은 봉투 하나를 손에 들고 서 있었다. 수위는 나를 보고 인사를 할까? 아니었다. 알록달록 인쇄된 신문을 읽고 있던 그는 단지 눈을 들어 흘긋 나를 쳐다볼 뿐이었다.

나는 에벌라인 교수에게 전화부터 하는 대신 곧바로 딜스베르크로 향했다. 성문 앞에 차를 주차시킨 뒤 운터레 슈트라세에 있는 그의 집을 찾았다. '전망 좋은 집에 있음. E.' 그의 집 문에는 그렇게 적힌 쪽지가 투명 테이프로 붙어 있었다. 그는 레스토랑 '전망 좋은 집'의 테라스에 앉아 아름다운 경치를 감상하고 있었다.

"당신이 어쩐 일로?"

"다른 사람을 기다리고 있는 줄은 저도 압니다. 저를 위해 붙여놓은 쪽지라고는 생각하지 않았으니까요. 하지만 잠시 앉아도 되겠습니까?"

"그러시죠." 그는 앉은 채로 가볍게 고개 숙여 인사했다. "저기 좀 보세요!" 그가 남쪽을 가리켰다.

그곳에서는 딜스베르크 마을이 클라이넨 오덴발트 산과 자연스럽게 이어지고 있었다. 경치는 아름다웠고, 우리가 앉은 테라스는 가히 그런 이름을 내걸 만한 자격이 있었다.

"아니, 아니." 그가 말했다. "좀 더 위를 보세요."

"저건……" 나는 내 눈을 믿을 수가 없었다.

"그렇습니다. 알프스지요. 묀히, 아이거, 융프라우, 몽블랑. 다른 산봉우리 이름들은 기억나지 않네요. 1년에 단 며칠은 여기서 저 산봉우리들을 바라볼 수 있답니다. 기상학자들은 왜 그런지 이유를 말해줄 수 있겠지요. 저는 6년째 이곳에서 살고 있습니다. 그리고 저 산봉우리들을 보는 건 오늘이 두 번째고요."

지평선 위의 하늘은 짙은 파랑으로 물들어 있었다. 하늘이 점점 더 밝아지는 곳에는 가늘고 섬세한 붓 하나가 그려 넣은 산봉우리들이 이어지고 있었다. 그들은 안개 속에서 좌우로 사라져갔다. 그리고 그 위로는 청명한 초여름 하늘이, 딜스베르크의 남쪽에서 펼쳐지는 경이로운 신비에 관해서는 아무것도 말해주지 않는 평범한 라인-네카 지역의 하늘이 활 모양으로 둥글게 드리워져 있었다.

"어쩌면 저 광경을 보고 있는 사람은 우리 둘뿐인지도 모르겠네요." 테라스에는 우리 말고는 아무도 없었다.

그가 웃었다. "그래서 더 아름답게 느껴지는 걸까요?"

순간의 마법에 홀려, 나는 그가 정신과 의사라는 사실을 잊고 있었다. 그는 내가 한 말에서 무엇을 유추해낼까? 내가 함께 나누지 못한다는 사실? 내가 외아들이라는 사실? 나 혼자만 알고 있을 뿐 다른 사람들이 진실을 아는 것은 원치 않았기에 내가 탐정이 되었다는 사실? 유치하게도 나는 내가 믿는 것만 지키고 있다는 사실?

"젤프 씨, 벤트 박사에 관해 저와 이야기하고 싶으신 거죠? 경찰로부터 젤프 씨가 이제 그의 아버지를 위해 일하고 있다는 말은 전해 들었습니다. 조사에는 어느 정도 진전이 있었습니까?" 그는 나를 유심히 쳐다보았다. 햇볕에 탄 편안한 얼굴, 단추를 푼 셔츠, 어깨에 두른 풀오버, 더 이상 필요 없다는 듯 난간에 기대어 세워둔 은제 손잡이 지팡이…… 지난 몇 주 동안 그가 힘들었다면, 그가 그런 사실을 보여주지 않고 있거나 내가 눈치채지 못했거나 둘 중 하나였다.

나는 그에게 벤트 박사를 죽인 총알이 그가 레만으로 알고 있었던 렘케의 총에서 발사된 것이라는 사실을 알려주었다. 아울러 렘케가 벤트 박사를 죽였는지, 그리고 그렇다면 왜 그랬는지 그 이유는 아직 알지 못한다는 사실도 말해주었다. 또한 모든 살인은 일생의 환상을 구해내기 위해 저질러지며, 그래서 나는 관련자들 모두의 일생의 환상을 알고 있어야 마땅하지만, 실제로는 그렇지 못하다는 사실을 이야기했다.

"벤트 박사가 가진 삶의 환상은 무엇이었을까요? 그는 어떤 사람이었나요?"

"젤프 씨가 삶의 환상이라고 말하는 게 뭔지 알 것 같습니다. 하지만 젤프 씨가 생각하는 그런 의미에서의 삶의 환상이 존재한다고는 믿지 않아요. 삶에는 각각의 주제가 있고 벤트 박사의 주제는 제대로 하는 것이었습니다."

"무엇을요?"

"모든 것을요. 이제껏 벤트 박사처럼 신뢰할 수 있는 사람은 없었습니다. 환자를 돌보는 일이든, 병원 동료들과의 관계든, 공동연구의 논문 발표든, 하다못해 자잘한 행정 업무든, 그는 자신이 맡은 과제를 최선을 다해 끝낼 때까지는 결코 편히 쉬는 법이 없었습니다."

"그 때문에 늘 과로의 기색이 역력했던 거군요."

에벌라인 교수는 고개를 끄덕였다. "과로에서 자신을 지키려면 완벽주의자는 스스로 제한하고 줄여야만 하지요. 풍요롭게 살아서는 안 돼요. 그에 따라 업무도 조정했고요. 개인적인 삶도 자연스레 애처로워졌습니다. 친구들에게 제대로 하고 싶었기에 친구와의 만남을 기뻐하거나 즐기지 못했습니다. 여자들에게도 제대로 하고 싶었기에 여자들을 감히 사랑하지 못했고요. 그는 행복하지 않았지만, 자신의 불행한 삶을 토대로 삼아 다른 이들의 불행에 대한 공감 능력을 키우는 데에는 성공했지요."

"완벽주의자는 어떻게 해서 되는 건가요? 어쩌다 벤트 박사는……"

"어찌 보면 참으로 바보 같은 질문이군요. 젤프 씨, 우리 슈바벤 사람들의 피 속에는 완벽주의자의 성향이 흐르고 있습니다. 신교도들은 천국에 가기 위해 완벽주의자가 됩니다. 그리고 아이들은 부모들이 그러기를 기대하기에 완벽주의자가 됩니다. 만족하냐고요? 벤트 박사는 사려 깊고, 다정하고, 재능 있고, 사랑스러운 젊은이였습니다. 그래서 그의 완벽주의를 분석할 이유가 전혀 없었지요. 그는 행복하지 않았습니다. 하지만 우리가 행복하기 위해서 살고 있다는 말이 어디 쓰여 있습니까?" 그는 지팡이를 들어 물음표 아래 점을 찍었다.

나는 한동안 기다렸다. "레오노레 잘거 양과 관련해 어떻게 된 사연인지, 그리고 벤트 박사와 그녀와의 관계가 어떠했는지 알고 계셨습니까?"

그는 미소 지었다. "바로 그 때문에 저는 해고당했답니다. 그러니까 제가 그런 것들에 관해 당연히 뭔가를 알고 있었어야 한다는 것이지요. 실제로 저는 잘거 양이 무슨 일에 연루되어 있는지 알았습니다. 그리고 저는 그 또한 마약이나 일에 빠져드는 것과 마찬가지라고 받아들였습니다. 잘거 양이 그러한 상황에서 벗어나고 싶어 한다는 사실은 분명했습니다. 그리고 어릴 때부터의 친구인 렘케, 다시 말해 미카엘 대천사인 레만이 불길한 역할을 맡고 있다는 사실 또한 분명했습니다. 벤트 박사가 그와 알고 지냈다는 사실은 이미 알고 계시지요? 벤트 박사가 70년대 초 사회주의 환자연대 회원으로 활동하고 있을 때, 아마도 당시 간부정당을 구축하던 렘케와 접촉을 가졌던 모양입니다."

나는 정신병 치료나 정신병원에 대해서는 아는 게 없다. 하지만 괴성을 지르며 날뛰는 미친 사람들과 격자 창살이 쳐진 문과 창문이 연상되는 정신병원은 시대착오적인 발상이라는 것 정도는 알고 있다. 그래서 반갑기도 하다. 에버하르트가 입원해 있을 당시만 해도 정신병원의 상황은 결코 좋지 않았다. 하지만 레오가 정신병원에 들어가야만 했다는 사실은 제대로 이해가 가지 않았다. 이미 친분이 있을 뿐 아니라 그녀를 사랑했고, 그 외에도 그녀가 치료를 통해 벗어나고자 했으며 또 벗어나야만 했던 렘케와 알고 지내는 벤트 박사를 통한 치료는 전혀 설득력이 없어 보였다. 그보다는 오히려 치료를 가장한 다른 어떤 목적, 다시 말해 경찰로부터의 은신을 위한 의도가 좀 더 분명했다. 그리고 그 모두는 에벌라인 병원장이 지켜보는 가운데 이루어졌다. 나는 그를 병원장의 자리에서 물러나게 한 상급 관청의 결정이 이해되었다. 나는 그같은 의심을 넌지시 드러냈다.

"잘거 양이 우리 병원을 찾아왔을 때는 심한 우울증에 시달리고 있었습니다. 잘거 양이 벤트 박사를 알고 있으며, 벤트 박사가 렘케를 알고 있고 그녀 또한 렘케를 알고 있다는 사실들은 모두 나중에야 비로소 밝혀지게 되었고요. 젤프 씨 생각이 맞습니다. 치료를 위한 적절한 상황은 결코 아니었지요. 하지만 그렇다고 해서 치료를 중단하는 것 또한 쉽게 결정하기는 어려운 문제였습니다. 우리가 그 같은 문제를 공식적으로 논의하게 되었을 때, 벤트 박사는 올바른 결정을 내렸습니다. 그는 자신의 치료를 곧바로 중단했고, 정신병원 입원이라는 잘거 양의 은신 또한 끝이 난 것입니다."

그의 설명에도 내 모습은 여전히 회의로 가득했던 게 분명했다.

"제 설명이 충분치 않았나보군요? 젤프 씨는 여전히 제가 잘거 양과 벤트 박사를 경찰에 신고했어야 한다고 생각하는 거죠?" 그는 왼손을 들어 그렇지 않다는 손짓을 해 보였다.

알프스는 어느새 사라져 보이지 않았다.

17
너무 늦은

저녁이 되어 잠자리에 들었다. 나는 여전히 알프스를 꿈꾸기를 바랐다. 딜스베르크에서 힘껏 뛰어올라 하늘로 날아오르고, 커다란 두 날개로 편안히 날갯짓을 해 오덴발트와 크라이히가우와 슈바르츠발트를 넘어 알프스로 날아가고, 그곳에서 봉우리들을 선회하다 얼음으로 뒤덮인 어느 산 위에 내려앉기를 꿈꾸었다.

잠이 들자마자 전화벨이 울렸다. 이번에도 지지직거리는 소음이 들려왔고, 전화 속 말소리는 산울림처럼 메아리쳤다. 하지만 나는 그녀의 목소리를 분명히 알아들었고, 그녀도 아마 내 목소리를 듣고 있는 것 같았다.

"게르트?"

"잘 지내고 있는 거야? 많이 걱정되는구나."

"아저씨, 두려워요. 헬무트와는 더 이상 같이 있고 싶지 않아요."

"그럼 어서 그의 곁을 떠나."

"미국으로 건너가고 싶어요. 어떻게 생각하세요?"

"나쁠 것 없지. 그 나라와 그 나라 사람들이 좋다면야 그리 해야지. 학교 나닐 때노 이미 한 번 가본 적 있고 말이다."

"게르트?"

"그래, 왜?"

"살면서 모든 것을 책임져야만 하는 건가요?"

"그건 나도 잘 모르겠구나, 레오. 말해봐라, 미군 군사시설에 독가스가 보관되어 있다는 사실을 너도 알고 있었던 게냐?"

"이제 그만 끊어야겠어요. 나중에 다시 전화할게요." 그녀는 전화를 끊었다.

나는 잠이 깬 채 침대에 누워, 하일리히-가이스트 교회 시계탑의 종이 15분마다 시간을 알려주는 종소리를 듣고 있었다. 아침이 희미하게 밝아올 무렵 나는 잠이 들었다. 그러고는 다시 또 전화벨 소리에 잠에서 깨어났다. 이번에는 네겔스바흐 경감이었다.

"지금 막 젤프 씨에 대한 체포영장이 떨어졌습니다."

"뭐라고요?" 나는 시계를 쳐다보았다. 8시 30분이었다.

"테러 단체에 대한 지원과 공무집행방해가 주요 혐의입니다. 영장에는 젤프 씨가 잘거 양에게 수사와 관련된 사항을 미리 알려주었으며, 그녀를 도와 국경을 넘어 도주하게 했다고 적혀 있어요."

"대체 누가 그런 말을?"

"나한텐 더 이상 숨겨서는 안 됩니다. 익명의 신고가 접수되었고, 그에 따라 연방범죄수사국이 조사를 벌인 모양입니다. 아모르바흐에서 누군가가 당신이 잘거 양과 함께 있는 것을 보았다고 진술했고, 에른스트탈의 레스토랑 주인도 같은 사실을 증언했습니다. 말해봐요, 전혀 사실이 아닌 거죠?"

"그러면 지금 당장 만하임 순찰차가 출동해 나를 체포해 가는 겁니까?" 문득 10시에 필리프의 결혼식에 입회인으로 참석해야 한다는 사실이 기억났다. 그리고 보니 아직 결혼 선물도 준비하지 못한 상태였다. "체포영장 집행을 잠시만 미뤄줘요. 오늘 저녁에 자진해서 출두하겠습니다. 필리프가 오늘 결혼식이에요. 지난 연말에 경감님도 만난 적 있는 병원 간호사 퀴루찬과요. 제가 결혼식에 입회인으로 참석하기로 되어 있어요. 그러니 두 사람의 인연을 맺어줄 수 있도록 그 정도의 시간은 허락해줄 수 있겠지요?"

한동안 말이 없었다. "그럼 혐의 사항이 사실인 겁니까?"

나는 대답하지 않았다.

"오늘 저녁 6시까지 이리로 나와주십시오."

커피메이커의 스위치를 켰다. 서눌러 샤워를 하고 암갈색 양복을 꺼내 입었다. 복도 계단에 나와서야 작은 여행 가방 생각이 났다. 코르덴 바지, 풀오버, 잠옷, 치약과 칫솔, 샴푸와 화장수. 어쩌면 감방에서는 두려움에 흘린 땀 냄새와 쥐오줌 냄새가 날지도 모르니까. 나는 고트프리트 켈러의 책 한 권과 케레스의 체스 기보집도 집어 들었다. 터보는 내게 작별 인사를 하는 대신 지붕 위를 어슬렁거렸다.

바일란트 부인이 터보를 돌봐주기로 약속했다. "주말 여행이라도 떠나시는 건가요?"

"대충 그런 셈이지요."

여행 가방을 차에 실었다. 갑자기 멍청한 생각이 들었다. 구치소에도 죄수들을 위한 주차장이 있을까? 공항에서와 마찬가지로 장기 주차장과 단기 주차장이 있을까? 미결수에게 일급을 지불하고 국가에 독방 사용을 위한 추가 금액을 지불하는 구치소 보험도 있을까? 시청으로 가는 길에 파라솔 하나를 샀다. 이제껏 발코니에 앉아본 적이 거의 없던 필리프에게는 파라솔이 없었다. 하지만 이제부터는 달라질지도 몰랐다. 그곳에 앉아 퓌루찬은 뜨개질을 하고, 필리프는 수술 도구들을 닦아 광을 내고 있게 될지도 모른다. 또한 가끔은 이웃들과 담소를 나누고, 발코니 난간에는 제라늄이 활짝 피어 있게 될지도 모를 일이었다.

두 개의 석조상이 떠받치고 있는 호적계의 발코니 아래에서는 퓌루찬이 그녀의 가족들과 함께 기다리고 있었다. 밝은 살구색 드레스를 입고, 검은 머리에 하얀 장미를 꽂은 모습이 진정 사랑스러워 보였다. 풍만한 몸을 자랑하는 그녀의 어머니에게서는 일찍이 황제나 왕 혹은 재상에게나 어울릴 것 같은 기품이 느껴졌다. 어린 가지처럼 날씬한 여동생은 연신 킥킥대며 웃고 있었다. 남동생은 쿠르디스탄의 거친 산악지대에서 이제 막 말을 타고 내려와 말쑥하게 몸단장을 한 사람 같아 보였다.

"아버지는 3년 전에 돌아가셨어요." 주위를 두리번거리는 내 눈빛을 눈치채곤, 퓌루찬이 남동생을 가리키며 말했다. "오늘은 남동생이 저를 필리프의 아내로 인도해줄 거예요."

시청에서 10시를 알리는 종이 울렸다. 나는 이야기를 나눠보려고 시도했다. 하지만 어머니는 독일어를 할 줄 몰랐다. 여동생은 내가 질문할 때마다 매번 어린아이 같은 웃음으로 대답했고, 남동생은 좀처럼 이를 드러내려 하지 않았다.

"남동생은 카를스루에 공대에서 조경학을 공부하고 있어요." 퓌루찬이 남동생과 내가 만날 수 있을 법한 다리를 놓아주고는, 바빌론의 세미라미스 공중 정원과 루이제 공원에 관해 이야기를 나누도록 유도했다. 하지만 그는 여전히 입술만 깨물며 침묵하고 있었다.

그녀의 어머니는 가끔씩 터키어로 날카롭고 빠르게 무슨 말인가를 내뱉었다. 하지만 퓌루찬은 어머니의 그런 말들에는 반응을 보이지 않았다. 그녀는 침착하고도 자신만만한 얼굴로 시청 앞 광장을 둘러보았다. 겨드랑이 아래 밝은 살구색

드레스는 땀에 젖어 짙게 물들어가고 있었다.

나도 땀이 났다. 광장은 사람들로 혼잡했다. 어머니는 가까이 놓여 있던 가판대 위의 근대를 바라보며 칭찬하고 있는 것 같았다. 넓은 길 위에서는 물건을 배달하는 짐차 한 대가 경적을 울려댔고, 전차가 딸랑딸랑 종을 울리며 지나갔다. 카페 주르날 앞의 테이블에는 일찌감치 산책을 나섰던 이들이 자리 잡고 앉아 밝은 햇살을 즐기고 있었다. 웨이터는 파라솔을 펴고 있었다. 모든 것이 엄청난 재난 속으로 휩쓸려 들어갈 때에도 나는 침착함을 유지할 것이다. 하지만 자잘한 재난들은, 그리고 폭넓은 삶의 흐름 속에서 만나는 터키산 재난은 나를 무너지게 만들고 있었다.

내가 그를 보기 전, 나는 퓌루찬의 깜짝 놀란 상처받은 두 눈에서 필리프가 다가오는 것을 보았다. 저만큼에서 이제 막 모습을 나타낸 그는 말끔하게 차려입었다. 짙은 남색 양복, 흰색 옷깃에 푸른색과 흰색 줄무늬가 난 셔츠, 그리고 페이즐리 넥타이에 금색 넥타이핀. 애써 몸을 가누며 큰 걸음으로 성큼성큼 다가오던 그는 여기저기 서 있는 가판대에 부딪히기도 했고, 달리 피해 갈 길이 보이지 않으면 지나가는 사람들을 밀치기도 했다. 그는 기다리고 서 있던 우리를 발견하자, 손을 들어 흔들어 보이며 멋쩍은 웃음을 지었다.

"내가 너무 늦고 말았네." 그가 미안하단 듯 어깨를 으쓱해 보였다. "우리 곧바로 안탈리아 튀르크로 가지 않을래? 그러니까 내 말은, 우리가 오늘 이렇게 만나고 다음에 또 보게 되는 것도 괜찮다는 거지. 미처 결혼식을 올리지 않았어도 축하할 일은……"

"필리프……"

그는 고개를 떨군 채 바닥만 바라보았다. "퓌루찬, 미안해. 안 되겠어. 게르트가 늘 마시던 술 한 병을 비웠어. 그런데도 어쩔 수가 없네. 나도 기꺼이 하고 싶어. 하지만 지금은 도저히……" 그가 다시 고개를 들었다. "조금만 더 지나면 괜찮아질 거야. 당신도 알잖아. 지금은 술을 너무 많이 마셔서, 식을 올린다 해도 결국은 무효로 처리되고 말 거야."

어머니가 날카로운 목소리로 비난하듯 무슨 말인가를 했고, 퓌루찬도 맞받아 소리를 질렀다. 남동생이 손을 들어 퓌루찬의 뺨을 때렸다. 그녀는 깜짝 놀라 믿을 수 없다는 듯 두 손으로 얼굴을 감싸 쥐었다. 그녀는 남동생에게 몇 마디 쏘아붙였고, 그 말에 남동생의 얼굴은 창백하게 질려버렸다. 그녀는 모두 꺼져버리라는 듯 치켜든 손등을 휘두르다 남동생의 얼굴을 쳤다.

나는 퓌루찬의 반지에 맞아 찢어진 채 피가 나는 그의 입술을 바라보았다. 하지만 그의 손에 들린 칼이 번쩍이는 것은 보지 못했다. "진정해, 진정하라고." 필리프는 두 사람을 말리려고 누나와 남동생 사이로 끼어들었고, 왼쪽 옆구리를 칼에 찔리고 말았다. 남동생이 칼을 뽑아 다시 찌르려고 하는 순간, 나는 들고 있던 파라솔로 그를 찔러 간신히 저지할 수 있었다. 내가 갑자기 들이댄 파라솔에 다쳤다기보다 깜짝 놀란 그는 들고 있던 칼을 땅바닥에 떨어뜨렸다. 그가 몸을 숙여 다시 칼을 집어 들려고 하기에 나는 재빨리 구둣발로 그의 손을 저지했다. 필리프는 바닥에 쓰러졌고, 남동생은 그 모습에 만족한 듯 누나 쪽에다 침을 한 번 뱉고는 돌아서서 그 자리에서 사라졌다.

"상처를 묶어야 해." 필리프가 왼손으로 찔린 상처를 감싸쥐고는 나지막이, 하지만 분명하게 말했다. "서둘러. 비장에서 피가 엄청 나네. 입고 있는 셔츠를 찢어."

나는 상의와 셔츠를 벗었다. 셔츠를 찢으려고 했지만 마음처럼 되지 않았다. 뷔루찬이 셔츠를 빼앗아 가더니 이로 잡아당겨 길게 뜯어내었다.

"좀 더 세게." 그녀가 찢어낸 셔츠 조각으로 상처를 감싸자 그가 소리쳤다.

지나가던 사람들은 걸음을 멈추고, 무슨 일인지 구경하기도 하고 도움을 주기도 했다. "여동생더러 파라데 광장에서 택시를 불러 오라고 시켜도 될까? 좋아. 그럼 게르트, 우리 병원에 전화를 해서 서둘러 수술 준비를 해달라고 재촉 좀 해줘. 이런, 폐도 찔렸나보네." 필리프가 피가 솟아나는 입으로 말했다.

어린 여동생이 뛰어갔다. 공중전화 부스에서 그녀가 몇 분

후 택시를 잡아타고 돌아오는 모습이 보였다. 칼에 찔린 부위를 천으로 감싸 응급 조치를 마친 퓌루찬은 필리프를 택시에 밀어 넣었다. 택시 기사는 필리프를 술에 취해 다친 사람쯤으로 간주하는 것 같았다. 그의 눈에는 피는 보이지 않았고, 흥건히 젖어버린 짙은 남색 양복만이 보였기 때문이었다. 퓌루찬이 필리프와 함께 택시에 올라탔다. 그녀의 어머니는 모여 있던 사람들을 손으로 위협하며 쫓아내고 있었다. 퓌루찬이 택시 기사에게 뭐라고 말했는지는 알 수 없었다. 하지만 기사는 황급히 차를 출발시켜 그 자리에서 떠나갔다.

18
마음의 평화

"대체적으로는 모든 게 다시 정상으로 되돌아온 것 같습니다. 비장을 제거했고, 폐의 기능도 회복시켰습니다." 필리프의 수술을 집도한 의사는 초록색 수술모를 벗어 쓰레기통에 던졌다. 그가 담배를 피우고 있던 나를 쳐다보았다. "저도 한 대 피울 수 있을까요?"

나는 그에게 담뱃갑과 라이터를 건네주었다. "필리프한테 들어가봐도 될까요?"

"그러세요. 대신, 가운은 걸치셔야 합니다. 의식을 회복하려면 조금 더 시간이 걸릴 거예요. 그리고 그의 여자 친구가 돌아오면 교대해주시면 되고요."

내가 병원에 도착했을 때 퓌루찬은 이미 그곳에 없었다. 어쩌면 그녀는 곧바로 남동생을 쏴버렸을지도 몰랐다. 아니면 그와 서로 화해했을지도 몰랐다. 그도 아니면 필리프에게 앙심을 품고 다시는 그를 보지 않겠다고 마음먹었을지도 몰랐다. 나는 그가 누워 있는 침대 곁에 앉아, 그가 내쉬는 거친 숨소리를 들었다. 환자복 아래 갈비뼈 사이로 삽입되어 있는 고무관이 연결된 펌프에서는 연신 쉭쉭거리는 소리가 났다. 또 다른 고무관 하나는 수액이 든 병에서 손등으로 연결되어 있었다. 머리카락은 땀에 젖어 이마에 달라붙어 있었다. 그의 머리숱이 그처럼 성기고 드문드문한지 이제껏 전혀 몰랐었다. 자존심이 센 내 친구는 헤어드라이어의 명수였던 걸까? 아니면 내가 미처 신경 써 보지 못했던 것일까? 그의 입가에 묻은 핏자국은 갈색으로 말라붙어 아직까지 그대로 남아 있었다. 가끔씩 그의 눈꺼풀이 경련을 일으키듯 움찔거렸다. 햇빛과 블라인드가 방 안에 줄무늬 그림자를 그려냈고, 그 그림자는 병실 바닥과 침대보 그리고 벽 위를 천천히 떠다녔다. 간호사가 수액을 갈아주는 사이, 그가 깨어났다.

"귀가 예쁜 마리아 간호사구나." 그런 다음에야 그는 곁에 있던 나를 알아보았다. "게르트, 저 예쁜 귓불하고 가슴을 잘 봐두라고."

"박사님!" 마리아가 눈을 흘겼다.

"나는 원래 바른말밖에 못 한다고." 필리프는 짐짓 진지한 목소리로 속삭였다.

간호사는 하던 일을 마치고 병실에서 나가 조용히 문을 닫았다. 잠시 후 필리프가 눈을 찡긋해 보이며 말했다. "비장은 제거했대? 그래도 심장은 뛰고? 가끔씩 죽음에 관한 꿈을 꿨어. 나는 지금처럼 어느 병원의 어느 병실 어느 침대에 누워 있고, 내 인생의 모든 여자들과 작별을 하는 거야."

"모든 여자하고?" 나도 나직이 속삭였다. "그럼 그 여자들이 모두 저 밖 복도와 계단 아래에까지 길게 줄지어 늘어서 있는 거야?"

"그녀들은 저마다 나 같은 남자는 다시는 만나지 못할 거라고 말을 하지."

"흠."

"그리고 나도 그녀들에게 당신 같은 여자는 다시는 만나지 못할 거라고 말을 하고."

"자네한테는 아무래도 문이 두 개 달린 병실이 필요하겠네. 하나는 앞문이고, 하나는 뒷문으로. 자네랑 작별 인사를 나눈 여자들이 아직 문 앞에서 기다리고 있는 여자들과 마주쳐서는 안 될 테니까 말이야. 장사진을 치고 기다리는 사람들 가운데에서 누군가가 갑자기 '필리프가 모든 여자한테 당신 같은 사람은 처음이야라고 말한대요' 하고 소리친다고 상상해 보게나."

필리프는 한숨을 내쉬고는 잠시 말이 없었다. "게르트, 자네는 사랑이 뭔지 몰라. 내 꿈속에서 그들은 나와 작별한 뒤 어차피 서로 만나게 되어 있어. 그들은 내 임종을 지켜본 뒤 내가 그들을 위해 만찬을 준비해놓은 '푸른 오리' 레스토랑으로 가는 거야. 그러고는 먹고 마시며, 나를 회상하고 추모하는 거고."

필리프의 꿈 이야기가 왜 나를 슬프게 하는지 나는 알지 못한다. 내가 사랑을 전혀 이해하지 못하기 때문일까? 나는 그의 손을 잡았다. "걱정하지 마. 시간은 아직 충분하니까. 자네는 아직 안 죽어."

"그래, 알아." 그는 말하는 것조차 점점 힘에 부치는 것 같았다. "하지만 이제는 나 또한 모든 여자들과 이야기할 수는 없을 거 같아. 그러기엔 너무 약해졌거든." 그는 다시 잠이 들었다.

5시쯤 퓌루찬이 왔다. 나는 그녀가 남동생에게 맞는 것을 보았다. 그리고 그녀는 내게 남동생과 화해했다고 속삭이듯 말했다. "필리프가 나도 용서해줄까요?"

나는 이해할 수 없었다.

"동생은 원래 나를 찌르려 했던 거예요."

나는 여성해방 같은 잔소리는 포기했다. "필리프는 분명 당신을 용서할 겁니다."

나는 필리프가 다시 깨어날 때까지 기다리지 못했다. 6시에는 네겔스바흐 경감을 찾아갔고, 7시에는 파울렌 펠츠에 있는 구치소에 도착했다. 네겔스바흐 경감은 거의 말이 없었다. 나도 마찬가지였다. 그는 내가 안에 들어갈 무렵이면 식사 시간이 끝났을 거라면서 나와 함께 장을 보러 갔다. 라우겐브

레첼 빵, 카망베르 치즈, 바롤로 와인 한 병 그리고 사과를 샀다. 오전에 시청 광장에서 보았던 근대가 생각났다. 나는 사람들에게 과소평가받는 근대라는 친숙한 채소를 오븐에 살짝 구워내거나 샐러드로 먹는 것을 특히나 좋아한다. 샐러드를 할 때는 근대를 살짝 데쳐 마리나데 소스에 절인 다음, 몇 시간 동안 충분히 스며들게 해주어야만 한다.

파울렌 펠츠에는 검사로서 마지막으로 찾아왔었다. 그리고 40여 년 후, 나는 그곳 구치소의 지형을 알아보지 못했다. 하지만 그곳의 냄새와 걸어갈 때 울리는 소리, 달그락거리는 열쇠 뭉치에서 맞는 열쇠를 골라내는 소리, 문을 열고 닫을 때 나는 소리는 어렴풋이 기억이 났다. 교도관이 문을 닫은 뒤 잠갔고, 네겔스바흐 경감은 떠나갔다. 점점 멀어져가는 그들의 발소리가 들려왔다. 나는 브레첼과 치즈와 사과를 먹었다. 그리고 바롤로를 마시며, 고트프리트 켈러의 《취리히 단편집》을 펼쳐 들었다. 그러고는 그라이펜제의 태수로부터, 자신의 옛 연인들을 자기 집에 한꺼번에 불러 모으고자 했던 그의 갈망에 대해서 가르침을 받았다. 그리고 생각했다. 필리프 또한 익살맞은 그 이야기의 교훈적이고 사랑스러운 결말과 마음의 평화를 찾고 있는 걸까?

나무 침대에 누워 잠을 청하기까지는 아무 문제도 없었다. 두꺼운 벽에서는 습하고 차가운 기운이 피어올랐고, 동시에 여름 바람은 채광창을 통해 후끈한 열기를 계속해서 안으로 불어넣고 있었다. 바람은 또한 술집을 전전하는 술꾼들의 떠드는 소리, 만나고 헤어지며 질러대는 외침, 천둥 치는 남자들의 웃음소리와 구슬이 굴러가는 여자들의 웃음소리까지도 함께 데려왔다. 잠깐 동안, 주위가 아주 조용해졌다. 그러다가 멀리서 발소리와 두런거리는 소리가 점점 가까이 다가오고, 점점 커지다, 멀리로 희미하게 사라져갔다. 가끔은 누군가가 나누는 대화가 들려오기도 했고, 가끔은 한 쌍의 연인이 내 방 창문 아래로 다가와 머무르기도 했다.

갑자기 저 바깥세상의 밝고 따뜻하고 화려한 삶에 대한 그리움이 엄습해왔다. 마치 몇 년 전부터 이 감방에 갇혀 있었고, 앞으로도 몇 년 이 감방에 갇혀 있어야만 할 것같이 느껴졌다. 이 감방에서의 몇 년, 그게 바로 내 앞에서 나를 기다리고 있는 나의 삶일까? 나는 불행을 가져오는 교만과 교만 뒤의 불행에 관해 생각했다. 그리고 살아오면서 내가 바랐던 성공과 내가 겪었던 실패에 대해 생각했다. 나는 평준화하는 불의라는 원칙의 승리를 체험했는가?

아침에 일어나, 몇 차례 무릎 운동과 팔굽혀펴기를 했다. 그게 오랜 동안의 독방 감금 생활을 견뎌내는 데 도움이 된다는 글을 어디선가 읽었던 기억이 났다.

19
계류 중인 사건

9시 30분, 조사를 받으러 갔다. 블레크마이어와 라비츠가 와 있을 거라 예상했었다. 하지만 내 앞에는 지적인 얼굴에 세련된 손을 가진 젊은 남자가 앉아 있었다. 그는 자신을 연방검찰청 소속 검사 프란츠 박사라고 소개했다. 그는 분명하고도 편안한 목소리로 내가 받은 혐의를 읽어주었다. 테러 결사에 대한 지원에서부터 공무집행방해에 이르기까지 그 안에 모든 게 들어 있었다. 그는 변호사의 도움을 원치 않는다는 나의 의사를 확인하고자 했다. "젤프 씨께서도 저와 같은 법조인이라는 사실은 알고 있습니다. 하지만 저는 제가 관계된 다툼에는 일체 관여하지 않습니다. 자기 자신의 이해관계가 걸려 있는 일에는 절대 관여하지 마라. 그게 바로 우리 법조인들의 오랜 원칙이니까요. 또한, 젤프 씨의 경우에는 특히나 형량이 문제가 됩니다. 따라서 젤프 씨가 갖고 있지 못한 전반적인 안목과 경험이 필요할 수도 있습니다." 그는 상냥한 미소를 지어 보였다.

"잘거 양에 관한 일을 말씀하시는군요. 제가 법 집행을 방해했다는 근거가 대체 무엇입니까?"

"저는 아직 아무것도 말하지 않았습니다. 그리고 그 근거는 지난 1월 6일 케퍼탈에서 발생한 테러입니다."

"케퍼탈요?"

프란츠 검사는 고개를 끄덕였다. "하지만 우리는 그보다는 당신에 관해 묻고자 합니다. 당신은 잘거 양을 아모르바흐에서 만나 불법으로 국경을 넘어 프랑스로 데려갔습니다. 하지만 여권법 위반에 대해서는 걱정하지 않으셔도 됩니다. 그 부분은 무시하고 넘어가겠습니다. 그러니 국경을 넘어간 다음의 일에 대해 설명해주시기 바랍니다." 그는 여전히 상냥한 미소를 띤 채 나를 바라보았다.

만하임으로 돌아와 레오와 함께했던 여행기를 덮어버리고 치워버렸던 후로 나는 더 이상 그 책에 손을 대지 않았다. 그런데 이제 그 책은 저절로 내 앞에서 활짝 펼쳐지고 있었다. 잠시잠깐, 나는 내가 어디에 와 있는지를 잊었다. 내게는 탁자가 보이지 않았고, 지저분한 노란색 벽들과 창문의 창살이 보이지 않았다. 그 대신, 레오의 얼굴과 무르텐 호수의 달, 그리고 알프스의 시원한 바람에 대한 일련의 기억들이 떠올랐다. 이윽고 그런 기억의 물결이 물러가고, 나는 프란츠 검사 앞에 마주 앉아 있었다. 그의 미소는 찌푸린 얼굴로 굳어졌다. 아니, 그에게는 레오와 함께한 여행 책이 덮인 채로 남아 있었다. 그런데 그게 어떻게 공무집행방해지? 공무집행방해는 실제로 행해졌거나 처벌 가능한 행위를 전제로 하는 것 아닌가? 1월 6일 케퍼탈에서의 테러가 존재하지 않는다면, 공무집행방해죄도 존재하지 않는 것 아닌가? 테러가 존재하지 않는다면, 내가 행했다고 말해지는 테러 결사 지원 또한 존재하지 않는 것 아닌가? 케퍼탈에서의 테러 대신 람페르트하임 국유림에서의 테러가 존재한다면, 그 경우엔 또 어찌 되는 거지?

내가 마지막 질문을 던지자, 프란츠 검사는 당황한 기색으로 되물었다. "하나의 테러 대신 다른 테러가 존재한다고요? 무슨 말씀인지 선뜻 이해가 되지 않습니다."

나는 자리에서 일어났다. "방으로 돌아가겠습니다."

"진술을 거부하시는 겁니까?"

"진술을 거부하는 건지 아닌지는 나도 아직 모르겠습니다. 일단은 먼저 생각부터 정리해봐야 할 것 같습니다." 그가 내 말에 반박하려 했다. 하지만 무슨 말을 하려는지 나는 이미 알고 있었다. "예, 진술을 거부하겠습니다."

그는 어깨를 으쓱하곤 벨을 눌렀다. 그러고는 아무 말도 없이, 들어서는 교도관에게 나를 데리고 나가라는 손짓을 해 보였다.

방에 돌아와서는 나무 침대에 걸터앉아 담배를 피웠다. 하지만 맑은 머리로 생각을 정돈할 수는 없었다. 나는 마치 그이름이 아주 중요한 의미라도 있는 듯, 대학 시절 형법 강의를 들었던 교수의 이름을 기억해내려고 애를 썼다. 그러고는 내가 참석했던 심문과 공판과 집행 과정 등 검사 시절의 장면들을 머릿속에 떠올렸다. 하지만 일련의 그 그림들 속에는, 공무집행방해의 특성이나 내가 처한 현재 상황과 연관된 형법상의 문제들에 대해 도움을 줄 만한 요소들은 들어 있지 않았다.

교도관이 다시 와 나를 면회실로 데려갔다.

"브리기테!"

그녀는 울고 있었다. 나는 아무 말도 할 수가 없었다. 교도관은 우리가 서로 껴안는 걸 모른 척했다. 하지만 잠시 후 그가 기척을 내면서 헛기침을 했고, 우리는 떨어져 탁자를 사이에 두고 마주 앉았다.

"내가 여기 있는 줄은 어떻게 알았소?"

"어제 저녁 네겔스바흐 경감님이 전화를 주셨어요. 그리고 오늘 아침에는 페쉬칼렉 기자라는 당신 친구가 연락을 해왔고요. 그가 날 여기까지 데려다줬어요. 그분도 당신을 만나고 싶다고 전해달래요." 그녀가 나를 바라보았다. "왜 나한테 전화하지 않았어요? 당신이 구치소에 있는 걸 숨길 생각이었어요?" 그녀는 네겔스바흐 경감에게서 내 상황이 심각하며, 당장 변호사를 알아봐야 한다는 이야기를 들었다고 말했다. 그녀는 또한 환자는 당연히 훌륭한 전문의를 만나 치료받아야하듯, 나 또한 유능한 변호사가 필요하다 싶어 하이델베르크법학 교수들에게 전화를 걸었다고도 말했다. "어떤 사람들은자기들은 그런 일에 대해선 아는 게 별로 없다고 하더군요.마치 자신들은 내과의사라 수술을 할 수 없다는 말처럼 들렸어요. 또 어떤 이들은 변호를 맡을 순 있지만 제 말만 들어서는 어떤 상황인지 충분히 파악이 안 된다고 했고요. 그리고또, 계류 중인 사건에는 관여하고 싶지 않다고 말하는 이들도있었어요. 원래 그런 거예요? 계류 중인 사건에는 변호인이간섭해서는 안 되는 거예요? 난 오히려 그렇기 때문에 변호인이 필요하다고 생각했는데."

"그래서 마땅한 변호사는 구했소?"

그녀는 고개를 저었다.

"걱정 마요. 아마 나한테 변호사는 필요치 않을 테니. 설사필요하다 할지라도 내가 아는 사람들도 있고 하니. 내가 구치소에 들어갔다니까 마누는 뭐라 하던가?"

"말도 안 되는 일이라며 화를 냈어요. 그 아이는 당신 편이에요. 나도 당연히 그렇고요."

페쉬칼렉도 내 편임을 자신 있게 밝혔다. 걱정된다는 듯 그는 콧수염을 비비 꼬면서 뭐든 필요한 것이 있는지 물었다."오늘 저녁에 '리터' 레스토랑의 메뉴라도 넣어드릴까요? 여

기서 몇 걸음만 가면 있거든요." 그가 스위트애프턴 담배를
가져왔다.

"내가 구속되었다는 건 어찌 알았소? 혹시 나와 관련된 기
사가 벌써 신문에라도 난 게요?" 이곳에서 얼른 다시 나가기
만 한다면, 뷔흘러 부인은 그사이 내게 일어난 일에 관해서는
아무런 이야기도 듣지 못할 것이었다.

"댁으로 전화를 드렸는데 받지 않으시더라고요. 그래서 여
자 친구분에게 전화를 넣었지요. 그랬더니 젤프 씨 상황에 대
해 얘기를 해주시더군요. 신문에는 아직 아무런 이야기도 실
리지 않았어요. 제 생각에는, 지역신문이든 주요 일간지든 다
음 주쯤이나 되어야 보도가 나갈 겁니다. 하지만 이런저런 자
세한 이야기들은 소송이 시작되어야 비로소 오가겠지요. 반
대 심문을 받고 있는 전직 검사! 젤프 씨는 분명 언론의 스타
로 떠오를 겁니다. 그렇게 되면 젤프 씨가 거꾸로 칼자루를
쥐게 되는 거고, 피고인에서 고소인으로 입장이 바뀌어 테러
의 정확한 장소와 피해 상황 그리고 결과를 캐묻는 겁니다.
결국엔 폭탄을 터뜨리는 것이지요. 테러는 람페르트하임 국
유림의 독가스 저장소를 타깃으로 삼아 발생했으며, 그동안
그곳에 독가스가 보관되어 있다는 사실을 숨겨왔기에 그와
관련된 이번 테러 또한 은폐될 수밖에 없었다고 말입니다. 그
렇게만 된다면 더 이상 바랄 게 없지요. 솔직히 말씀드리면,
저는 젤프 씨가 은근히 부러울 지경입니다." 그는 환한 표정

을 짓고 있었고, 자신이 기획한 시나리오와 그 안에서의 내 역할에 한껏 고무되어 있었다. "게다가 우리에게는 약간의 로맨스도 있는걸요. 판사가 그런 것에 관심이 있을지는 모르겠지만, 독자들은 분명 좋아할 겁니다. 똑딱거리는 시한폭탄과 콩콩 뛰는 심장, 노인과 소녀, 그것이야말로 완벽한 스토리를 구성하는 소재지요. 노인과 소녀." 그가 두 단어를 음미하듯 반복했다. "노인과 소녀를 제목으로 하면 어떨까요? 전체 스토리가 아니라면, 적어도 일부분을 차지하는 챕터의 소제목으로 말입니다."

"아주 날 껍질째 벗겨먹을 작정이군요. 나를 잡아서, 굽고, 토막 내고, 접시에 담아내려고 말이오. 페쉬칼렉, 하지만 나는 아직 살아 있소. 늙은 사슴인 내게는 지금은 수렵기가 아니라 금렵기란 말이오."

그는 얼굴을 붉힌 채 애꿎은 콧수염만 잡아 뜯었다. 그가 갑자기 훤한 이마를 탁 치며 웃었다. "아뿔싸! 독수리 같은 언론, 하이에나들! 결국은 그 같은 언론인들에 대한 선입견을 제가 확인시켜드렸나봅니다. 가끔은 저 자신도 깜짝깜짝 놀라지요. 단지 쓸모 있는 이야깃거리인지 아닌지만 판별하려 할 뿐, 그것 말고는 아무것도 보고 듣지 못하는 저를 발견할 때면 말입니다. 현실은 카메라에 담길 때 비로소 현실이 됩니다." 그는 평소 카메라가 걸려 있던 옆구리를 툭툭 쳤다. "또는 기사가 인쇄되거나 배포될 때 비로소 그 실체를 드러내고요. 그 점은 이미 말씀드렸었지요. 신문에 실리지도 않고 TV에도 나오지 않는다면, 그 누가 사실이며 진실 따위에 신경을 쓰겠습니까? 아무런 영향도 발휘하지 못하는 것에는 그 누구도 관심을 갖지 않습니다. 단지 영향을 끼치는 것만이 현실입니다. 그것만큼은 아주 분명하지요."

나는 페쉬칼렉이 미디어와 관련된 그 자신만의 현실론을 이야기하도록 내버려두었다. 그렇다고 그가 나의 이야기에서 단지 그만의 스토리를 보았노라고 덧붙이지도 않았다. 그는 내게 자신의 '기자다운 왜곡'에 대해서 양해를 구했다. 그러고는 걱정되는 듯 조심스레 내 상태를 물으면서, 다시금 예전의 친근한 바다사자 같은 모습으로 나를 쳐다보았다. 그랬다. 나는 그의 생각을 결코 나쁜 의도로 받아들이지 않았다. 하지만 그에게 청하고 싶었던 것들을 나는 브리기테에게 부탁했다. 그리고 그녀에게, 그에게는 이번 일과 관련해 더 이상 아무것도 말하지 말라고 당부했다.

20
마치

감방에서의 첫날밤은 편치 않았다. 그리고 두 번째 날 밤은 더욱 편하지 못했다. 무엇보다도 밤이 거듭될수록 상황은 점점 더 안 좋아질 거라는 두려움이 나를 힘들게 했다.

꿈속에서 나는 신문의 1면을 조판해야 했다. 내게 주어진 사진과 기사들을 만족스럽게 배치했다는 생각이 들 때마다 매번 뭔가가 여전히 눈에 띄었다. 그때마다 나는 맡은 임무를 해결할 수 없음을 알았다. 면은 이미 꽉 차 있었고, 새로 발견된 것을 넣을 공간은 전혀 없었다. 하지만 나는 매번 다시 시작했고, 모두를 이리저리 옮겨보았으며, 이내 해냈다는 생각이 들었다. 하지만 그럴 때면 다시금 기사 한 꼭지나 사진 한 장을 빠뜨렸음을 확인해야만 했다. 나는 불안에 빠졌고, 그와 동시에 완강한 집착에 사로잡혔다. 그러다가는 내가 그 자료를 아직껏 제대로 검사하지 않았다는 사실을 깨닫고, 놓쳤던 것을 보충했다.

　기사들은 모두가 하나같이 '젤프는 그 자신이다'라는 터무니없는 제목들을 달고 있다. 그리고 사진들은 모두가 다 똑같이 깜짝 놀라 어색하게 웃고 있는 내 모습을 담고 있었다. 하지만 그러면서도 나는 꿈에서 깨어나지 못했다. 그러고는 계속해서 사진과 기사들을 이리저리 옮겨가며 맞춰보다가 또다시 실패했다. 마침내, 햇빛이 나를 깨웠다.

　"일요일의 심문. 당신이 판사 앞에 서기 전에 우리는 한 번 더 당신과 이야기하고 싶었습니다." 프란츠 검사는 다시금 상냥한 미소를 짓고 있었다. 그 옆에는 네겔스바흐 경감이 의기소침한 얼굴로 앉아 있었다. 블레크마이어는 짜증스러운 표정을 짓고 있었고, 그새 살이 더 찐 것 같은 라비츠는 깍지 낀 두 손으로 배를 붙들고 있었다. "약간의 바보 같은 실수로 인해 젤프 씨를 금요일이 아니라 토요일에 체포한 것으로 기입하고 말았습니다. 그 결과, 우리는 판사 배정을 어제가 아니라 오늘에서야 비로소 신청했습니다. 부탁드리건대, 젤프 씨가 토요일에 체포된 것처럼 이해하고 넘어가주셨으면 고맙겠습니다."

　네겔스바흐 경감이 나의 체포 날짜를 장부에 잘못 기입한 것일까? 그래서 저리 의기소침해 보이는 걸까? 그에게 화를 낼 생각은 조금도 없었다. 판사의 심문이 하루 더 늦춰지거나 당겨지거나 내게는 전혀 중요하지 않았다. 하지만 '마치'란 검사의 철학은 대체 어떻게 받아들여야 하는 걸까?

"나는 판사 앞에서 마치 어제 체포된 것처럼 연기할 것입니다. 나는 마치 잘거 양이 케퍼탈에서 저지른 어떤 범행으로 인해 처벌을 받게 될 것처럼 공무집행방해라는 혐의를 받고 있습니다. 그리고 피른하임에서의 테러는 마치 케퍼탈에서 일어났던 것처럼 다뤄지고 있습니다. 아무래도 이건 '마치'가 너무 많은 경우 아닙니까?"

라비츠가 황급히 손을 풀고 프란츠 검사 쪽을 쳐다보며 말했다. "이건 쓸데없는 짓입니다. 저 사람이 판사 앞에서 원하는 대로 떠들게 내버려두십시오. 판사가 저 사람을 풀어준다면 우리는 다시 붙잡아 들일 겁니다. 그리고 걱정 마십시오. 공판이 열리기 전까지는 피른하임이니 케퍼탈이니 하는 허튼소리를 다시는 입에도 못 올리게 조치해놓겠습니다."

"당신들은 누군가를 붙잡아다 놓고, 그 사람에게 소송을 제기하려고 합니다. 그가 전혀 저지르지도 않은 범행을 이유로 그에게 유죄 판결을 내릴 셈입니까? 당신들은……"

"범행, 범행." 프란츠 검사는 더 이상 참지 못하겠다는 듯 내 말을 가로막았다. "당신은 범죄행위에 관해 아주 독특한 생각을 갖고 계신 것 같습니다. 범행은 기소로 인해서 비로소 생겨납니다. 기소는 무한하고 개관 불가능한 온갖 사건과 행위와 결과들의 홍수 속에서 먼저 몇몇만을 뽑아내고, 그것들을 우리가 범죄라고 부르는 행위로 조합해냅니다. 여기에서는 누군가가 총을 쏘고, 저기에서는 누군가가 죽어 나자빠집니다. 그리고 바로 그 시간, 새들은 노래 부르고, 자동차는 거리를 달리며, 제빵사는 빵을 굽고, 당신은 담배에 불을 붙입니다. 기소는 총의 발사와 죽은 자에게서 살인을 만들어내는 것이 무엇인지, 무엇이 중요한지 알고 있습니다. 그리고 그 밖의 것들은 모두 무시합니다."

"여기에서는 누군가가 총을 쏘고, 저기에서는 누군가가 죽어 나자빠진다고 말씀하시는군요. 하지만 정확하게 말하자면 테러는 케퍼탈이 아니라 피른하임에서 일어났습니다. 케퍼탈은 여기도 아니고 저기도 아닌 것입니다."

"하!" 라비츠가 비웃듯이 물었다. "케퍼탈은 여기도 아니고 저기도 아니다? 그럼 케퍼탈은 대체 어디입니까?"

블레크마이어가 끼어들며 말했다. "장소는 그 장소에서 무엇이 일어났는가 하는 것과는 별개의 문제입니다. 벌을 받는 것은 일어난 행위이지 장소가 아니니까요." 그는 자신 없는 눈빛으로 사람들을 한번 둘러보았다. 그러고는 아무런 반응이 없자 한마디 덧붙였다. "말하자면 그렇다는 것이지요."

"장소는 이곳도 아니고 저곳도 아니며, 장소는 처벌받지 않는다고요? 이런 말도 안 되는 헛소리를 대체 얼마나 더 듣고 있어야만 합니까? 오늘은 일요일, 저는 집에 가고 싶습니다."

"헛소리라고요?" 그 말에 블레크마이어가 발끈했다.

"여러분." 프란츠 검사가 진정시키며 나섰다. "공간과 시간에 관한 철학적 논쟁은 두 분 모두 이쯤에서 그만하기로 합시다. 그리고 젤프 씨, 당신에게는 그보다 더 중요한 문제가 있습니다. 당신 말이 맞습니다. 우리는 누군가를 체포했습니다. 그는 케퍼탈에서의 테러를 자백했고, 법정에 서게 될 것입니다. 그리고 법정에 서서, 독일인 판사와 미국인 관계자들 앞에서 그같이 진술하게 될 것입니다. 그러니 아무 소득 없는 예비 절차는 그만두고, 이제 당신과 잘거 양의 이야기로 넘어갑시다."

"오늘 아침 제 앞으로 온 우편물을 가져다주실 수 있겠습니까?" 나는 나를 심문 장소로 데려온 교도관에게 어제 브리기테에게 부탁했었던 편지에 대해 물었다. 편지는 도착해 있었다. 하지만 판사의 검열을 거친 뒤 월요일 아침에야 내게 전달되도록 예정되어 있었다. "만일 검사님이 그 편지를 개봉해 읽어보는 경우라면, 판사의 허락 없이도 가능합니다."

이런저런 논의가 오간 뒤, 프란츠 검사는 그 편지를 가져오게 했다. 그는 봉투를 열어 미군의 문서 사본을 꺼내 들었다.

"한번 읽어보십시오!"

그는 서류를 읽기 시작했다. 그의 입가에 묘한 움직임이 포착되었다. 그는 읽은 서류를 한 장씩 차례로 라비츠에게 건네주었고, 라비츠는 그 서류를 다시 블레크마이어와 네겔스바흐 경감에게 넘겨주었다. 10분 가까이, 조사실 안에는 정적이 흘렀다. 작은 창문 사이로 하이델베르크 성의 일부가 보였다.

가끔씩 자동차들이 파울렌 펠츠 위쪽 길을 따라 지나가는 소리가 들렸다. 밀리에서는 누군가가 치고 있는 피아노 소리가 들려왔다. 네겔스바흐 경감이 마지막 페이지를 읽을 때까지, 조사실 안의 모두는 침묵을 지키고 있었다.

"이 문서의 원본을 확보해야 합니다. 가택 수색이 필요합니다!"

"분명 집 안 어딘가 찾기 힘든 곳에 숨겨놓았을 겁니다."

"당연합니다. 하지만 시도해본다고 해서 나쁠 것은 없지요."

"미군 측과 상의해보면 어떨까요?"

네겔스바흐 경감이 애처로운 눈으로 나를 바라보며 입을 열었다. "이번 사건 자체는 저도 마음에 들지 않습니다. 하지만 피른하임에서의 테러, 그리고 그 과정에서 미군이 보유하고 있던 것이든 아니면 과거 독일이 생산해 보관하고 있던 재고든, 독가스가 방출되었다는 사실은 그와는 전혀 다른 문제임이 분명합니다."

"독가스가 방출되었다고요?" 내가 물었다.

"우리 미군 측 동료들은," 블레크마이어가 말을 꺼내다가 라비츠의 제지하는 눈빛을 보고는 얼른 입을 다물었다. 나는 다시 한 번 물었다.

"설사 독가스가 전혀 방출되지 않았다 할지라도, 소송이 그 사안을 다루게 되고, 언론이 그 문제에 관심을 갖기 시작한다

면, 그다음 일은 어찌 될지 누구도 알 수 없습니다. 공황 상태
가 일어나는 것은 막을 수 있다 할지라도 피른하임은 낙인찍
힌 마을이 되고 말 것입니다. 사람들이 피른하임과는 더 이상
아무런 교류도 하지 않으려고 할 테니까요. 체르노빌처럼 말
이지요. 물론 그 같은 피해 가능성과 잠재된 위험 요인이 있
다 하여 결코 테러리스트들의 범죄행위를 정당화할 수는 없
을 것입니다. 하지만 한갓 테러리스트들 때문에 일반 시민들
을 엄청난 공포 속으로 몰아넣을 수는 없는 노릇입니다."

"당신의 그 말은 그럼 그들의 행위를 정당화……"

"아닙니다." 프란츠 검사가 말을 가로막고 나섰다. "젤프
씨는 지금 논리를 온통 뒤섞고 있는 겁니다. 물론 소송이 그
렇게 흘러가지 않을 수도 있습니다. 하지만 그렇다고 해서 그
것이 범죄자들이 법망을 빠져나가게 한다는 사실을 정당화해
주지는 않습니다. 핵심은 우리에게 이중의 책임이 존재한다
는 사실입니다. 하나는 그 지역, 특히나 피른하임에 살고 있
는 주민들에 대한 것입니다. 그리고 다른 하나는 국가의 형벌
권 집행에 대한 책임입니다. 그것 말고도 물론 또 다른 책임
이 있습니다. 우리로서는 미국 측의 입장도 고려해야 한다는
점입니다. 독미 관계뿐만 아니라, 세계대전이 남긴 부담이라
는 문제는 체계적이고 포괄적인 해결책을 필요로 한다는 사
실 또한 고려해야 하고요. 피른하임에 얼음이 존재한다면 그
것은 빙산의 일각인 게 분명하고, 우리는 얼음 조각이라는 부

분이 아니라 빙산이라는 전체를 보아야만 합니다. 당신도 나와 마찬가지로 똑같은……"

나는 그의 말에 더 이상 귀를 기울이지 않았다. 말하는 데에 지쳐버렸다. 이중, 삼중, 사중, 오중의 책임과 같은 번지르르한 말에 짜증이 났고, 내 머리를 놓고 벌어지는 흥정에 질려버렸다. 케퍼탈 소송을 중단시키겠다는 협박이 갑자기 더는 나와 관계없는 일인 것처럼 여겨졌고, 그 소송을 막기 위해 나를 풀어주겠다는 게 더는 중요치 않은 것처럼 느껴졌다. 나는 내 감방 내 나무 침대로 돌아가, 아무것도 그리고 그 누구도 신경 쓰고 싶지 않았다.

프란츠 검사가 나를 쳐다보았다. 그는 내 대답을 기다리고 있었다. 그가 뭘 물었었지? 네겔스바흐 경감이 나를 돕고 나섰다. "프란츠 검사님은 쌍방의 조화, 그러니까 한편으로는 사법적인 절차에 있어서의 젤프 씨의 역할, 그리고 다른 한편으로는 처벌 및 책임 문제 사이의 절충을 말씀하시는 겁니다." 그들은 나를 기대에 찬 눈으로 바라보았다.

나는 그들이 내게 넌지시 맡기려는 역할을 원치 않았다. 나는 그들에게 그 점을 분명히 밝혔다. 그들은 교도관을 불렀고, 나를 감방으로 돌려보냈다.

21
말을 더듬다

그날 늦은 오후, 나는 풀려났다. 더 이상의 조사는 없었고, 판사의 심문도 없었다. 모범수 한 사람이 내게 꽃양배추 수프와 카셀러 돼지갈비 요리, 라이프치거 채소 샐러드, 감자, 바닐라 푸딩이 담긴 쟁반을 가져다주었다. 그때 말고 나는 내내 혼자만의 시간을 즐겼고, 케레스의 《체스 기보 명국선》의 도움을 받아 세계챔피언 알레킨을 외통수로 몰아넣었다. 교도관이 와서 나가도 된다고 말했다. 그는 나를 구치소 문 앞까지 안내했다. 구치소는 환자들이 건강해져도 주말에는 그들을 퇴원시키지 않는 병원과 달라서 좋았다.

　나는 작은 여행 가방을 들고 구치소 문 앞에 서서 자유의 냄새와 햇볕의 따뜻함을 만끽했다. 네카 강으로 다가가자, 죽은 물고기 냄새와 모터오일 냄새, 그리고 오랜 기억들의 냄새가 났다. 그 냄새들조차 마음에 들었다. 카를 성문의 갑문 앞

에는 화물운반용 거룻배 한 척이 떠 있었다. 화물칸 위의 덮
개에는 천이 씌워져 있었고, 놀이용 울안에서는 어린아이 하
나가 놀고 있었다.

"저를 태워주시겠습니까?"

뱃사공은 자기한테 소리치는 말인 줄은 알아차렸지만, 무
슨 말인지는 알아듣지 못했다. 나는 손을 들어 차례로 나와
거룻배를 가리켰고, 그런 다음에는 네카 강의 하류 쪽을 향해
손을 흔들어댔다. 그는 웃으면서 어깨를 으쓱해 보였다. 나는
그 웃음을 허락의 의미로 받아들였고, 서둘러 제방을 내려가
배에 올라탔다. 배가 갑자기 갑실 안으로 쑥 들어섰다. 그 안
은 위에 있을 때보다 어둡고 선선했고, 뒤편의 갈라진 틈새로
는 뒤편 갑문에서 물이 콸콸 쏟아져 나오는 게 보였다. 이윽
고 앞쪽의 갑문이 열리고, 우리 앞으로 강물이 흐르고 오래된
다리와 구시가의 실루엣이 나타났다. 그 모습은 아름다웠다.

"그렇게 뛰어서 올라타시면 위험해요." 뱃사공의 아내가
아이를 팔에 안고 서서는 나를 나무라듯 말했다. 그런 그녀의
눈빛에는 호기심 또한 담겨 있었다.

나는 고개를 숙여 인사했다. "과자라도 들고 왔으면 좋았을
걸 그랬나봅니다. 하지만 제과점 앞을 지날 때만 해도 당신들
이 탄 배는 전혀 보지 못했어요. 혹시라도 남편분께서 저를
배 밖으로 내던지시려나요?"

물론 그는 그리하지 않았다. 그리고 그의 아내는 내게 직접

구운 파운드케이크를 대접했다. 나는 뱃전에 걸터앉아 물 위에 늘어뜨린 두 다리를 흔들며 케이크를 먹었고, 내 앞을 스쳐 지나가는 도시를 바라보았다. 옛 다리 아래를 지나갈 때는, 엄마가 배에다 입맞춤을 하자 간지럼을 참지 못하고 깔깔대는 어린아이의 웃음소리가 메아리치며 들려왔다. 그리고 새로 만든 다리 아래를 지나갈 때는, 전쟁이 끝난 후 바로 그 자리에서 네카 강을 건너게 해주었던 나무다리가 기억 속에 떠올랐다. 그리고 강 한가운데 떠 있는 섬의 모습은 아늑한 은신처와 모험을 찾아 나섰던 어린 시절에 대한 그리움을 불러일으켰다. 이윽고 우리가 탄 배는 수로를 지나고 있었고, 앞쪽으로 아우토반 다리가 시야에 들어왔다. 둑 위로 올라서면, 벤트 박사가 누워 있던 곳이 보일 것만 같았다.

나는 나를 당혹케 했지만 굳이 밝혀내려 하지 않았던 사건의 전말을 일목요연하게 정리했다. 몇몇 젊은이들이 테러를 감행한다. 경찰은 그 테러 사건을 숨긴 채 얼버무려 넘기면서도, 테러범들을 처벌하고자 한다. 그러기 위해 그들은 테러 발생 장소를 여기에서 저기로 옮기자는 아이디어를 낸다. 블레크마이어식으로 말한다면 일종의 자리 바꾸기인 셈이다. 그렇게 함으로써 그들은 사건의 대처에 필요한 신중함과 섬세함을 충족시키고, 젊은 테러범들에 대한 수배 작전을 굳이 떠벌려 소문내지 않아도 된다. 케퍼탈에서의 테러 때문에 그들을 수배한다는 발표 내용. 그리고 체포 현장에서나 체포

후, 돌아가는 카메라 앞이나 펜을 꺼내 들고 있는 기자들 앞에서 그들이 피른하임에서의 테러에 관해 언급하는 것. 이 둘은 서로 어울리지 않는다. 그래서 경찰은 테러와 모종의 관련이 있는 것으로 보이는 벤트의 살해 사건이 일어날 때까지 은밀히 테러범들을 수배한다. 하지만 또다시 예기치 못한 상황이 일어날지도 모른다는 우려 속에 더 이상은 공개수배를 늦출 수 없다는 결정이 내려지고, 경찰은 공개수사로 전환한다. 경찰의 수중에는 테러 현장에서 생포한 범인이 한 명 있고, 그와의 형량 협상은 완벽하게 진행된다. 그는 케퍼탈에서의 테러를 진술하고, 그 대가로 본래보다 가벼운 형벌을 선고받는 이득을 취한다. 어쩌면 그는 주요 증인이자, 또한 감형을 받을 목적으로 공범자에 대하여 불리한 증언을 하는 일종의 공법 증인이 될 수도 있다. 경찰은 물론 다른 범인들이 자신들의 계획을 망쳐버리거나 동참하지 않을지도 모른다는 위험을 무릅쓴다. 하지만 사소한 실수는 바로잡을 수 있다. 그리고 그들이 동참하지 않을 이유가 어디 있겠는가?

벤트 박사의 죽음이 테러와 모종의 관련이 있다는 사실 말고는, 나도 더 많은 것을 알고 있지는 못했다. 죽은 벤트 박사는 피른하임의 지도를 소지하고 있었다. 그리고 그는 렘케의 권총에서 발사된 총알을 맞고 죽었다. 그는 전부터도 렘케와 알고 지내는 사이였고, 렘케의 소개를 통해 레오와도 알게 되며, 테러 사건이 발생한 후에는 레오를 돕는다. 그가 바로, 렘케가 테러를 위해 데려왔던 제5의 남자일까? 그를 레오는 알아보지 못했던 것일까? 그리고 그는 그녀보다 앞서 국립정신병원으로 돌아와 있었던 것일까?

슈바벤하이머 갑문에서 나는 배에서 내렸다. 나는 네카 강변에 있는 슈바벤하이머 호프까지 걸어가, 레스토랑 '닻을 향해'의 정원 테이블에 앉았다. 많은 가족들이 걷거나 자전거를 타고 라덴부르크와 네카하우젠, 또는 하이델베르크에서 놀러와 있었다. 커피 시간은 이미 지나서 아버지들은 맥주를 마시고 있었고, 아이들은 자기들도 뭐든 먹고 싶다며 징징대고 있었다. 하지만 정작 뭘 먹고 싶은지는 졸라대는 아이들 자신도 알지 못했다. 어느 건물 벽의 벽감 속에는 연푸른색의 옷을 입고 검푸른색의 숄을 두른 성모 마리아가 서 있었다. 두 테이블 건너에는 중년의 여성이 혼자 앉아 신문을 읽으며 와인을 마시고 있었다. 나는 그녀가 마음에 들었다. 굳이 거창한 여성해방까지 끌어다 대지 않는다 하더라도, 혼자서 레스토랑을 찾아 신문과 와인을 여유롭게 즐기는 것, 그것은 여자들이 아니라 주로 남자들의 모습이었다. 그리고 그녀는 그렇게 하고 있었다. 가끔씩 그녀는 고개를 들었고, 가끔씩 우리들의 눈빛은 마주쳤다.

레스토랑 주인이 나를 위해 부른 택시가 왔다. 나는 계산을 하고, 그녀가 앉아 있는 테이블로 가 옆에 앉았다. 그러고는 그쪽이 마음에 든다고 말했다. 그녀가 당황해 미소를 지으며 칭찬해줘서 고맙다는 인사를 채 마치기도 전, 나는 자리에서 일어나 그곳을 떠났다. 그녀에게 말을 하며, 약간은 말을 더듬은 것 같다는 생각이 들었다.

하이델베르크로 돌아가는 택시 안에서, 처음에는 내가 뿌듯하게 생각되었다. 나는 원래 소심하고 내성적인 편이다. 그런 내가 언제부턴가는 화를 내기 시작했다. 나는 왜 도망치듯 떠나온 걸까? 왜 그곳에 더 앉아 있지 않았을까? 초대하는 듯싶었던 그녀의 시선, 그리고 미소에 담겨 있던 유혹의 느낌을 보지 않았던가?

나는 당장이라도 택시 기사에게 레스토랑으로 되돌아가자고 말하고 싶었다. 하지만 그러지 않았다. 한꺼번에 너무 많은 것을 바라거나 기대해서는 안 된다. 그리고 어쩌면 그녀는 나를 보고 그 유혹을 굳이 책임지지 않아도 된다는 사실을 알아차렸기에 그렇게 유혹을 던졌는지도 몰랐다.

22
기사를 하나 쓰세요!

브리기테의 집에는 페쉬칼렉이 앉아 있었다. "브리기테와 같이 면회를 가려고 했어요. 그런데 그때 네겔스바흐 경감님에게서 전화가 왔지요. 진심으로 축하드려요. 공판이 열릴 때까지는 미결 구류 상태에서 풀려나셨다고요?"

"잘 모르겠소. 어쩌면 굳이 공판까지 가지 않아도 될 것 같기도 하네요. 케퍼탈이 아니라 피른하임에서 테러가 일어났었다고 고집스레 주장하는 완고한 늙은이를 차라리 소송에서 빼버리는 게 속편하겠다고 생각할지도 모르니까요."

페쉬칼렉이 이마를 찡그렸다. "테러가 피른하임에서 있었다고 말씀하신 거예요?"

나는 고개를 끄덕였다. "아마도 그래서 그들이 나를 풀어준게 아닌가 하는 생각이……"

"제정신이십니까? 대체 왜 그러신 거예요?" 페쉬칼렉이 당혹스러운 얼굴로 따지듯이 물었다. "제가 말씀드렸잖습니까? 앞으로 어찌어찌 하셔야 한다고요. 그 폭탄은 아껴두었다가 소송 때 터뜨렸어야만 하는 겁니다. 이제는 누구도 들으려 하지 않고 누구도 보려 하지 않을, 그저그런 폭탄이 되고 말았네요. 그 소송에서는 이제 기대할 게 별로 없겠군요." 그는 아무래도 화를 못 참겠는지 짜증스레 다시 물었다. "대체무슨 생각을 하신 겁니까? 젤프 씨 덕분에 그동안 제가 쌓아올린 공든 탑이 와르르 무너지고 말았습니다. 처음부터 다시시작해야 할까요? 경찰이 어떤 테러를 은폐하려 한다는 사실에 이제 더는 관심이 없어진 겁니까? 그 소송이 그저 한 편의 코미디로 호지부지 끝나고 만다 해도 아무 상관 없으십니까?" 이제 그는 나를 향해 거의 소리치다시피 하고 있었다.

나는 선뜻 이해되지가 않았다. "대체 왜 그리 화를 내는 거요? 폭탄을 터뜨리는 것은 당신 일이지 내 일이 아니오. 그러느니 차라리 기사를 하나 쓰시오!"

"기사 하나를!" 그는 거부의 손짓을 해 보였다. 하지만 단지 피곤해 보일 뿐 더는 화를 내지 않았다. "정말 미칠 것 같네요. 양키들로부터 보고서를 빼내 왔을 때만 해도, 이제 목적지에 거의 다 왔다고 생각했는데. 젤프 씨는 소송을 목전에두고 있었고요. 그런데, 이제는 다 끝나버리고 말았네요."

브리기테가 나와 그를 차례로 쳐다보며 말했다. "보고서라면, 내가 어제 아침에……"

나는 브리기테가 더 이상 말하는 것을 원치 않았다. 페쉬칼 렉이 왜 이처럼 야단법석을 떠는지 그 의도가 정확히 파악되지 않는 한, 내가 경찰에게 그 보고서를 보여주었다는 사실을 그가 알게 하고 싶지 않았다. 그래서 나는 페쉬칼렉에게 야단치듯 되물었다. "대체 뭐가 끝나버렸다는 거요? 그리고 낭신은 목적지 바로 앞에 있고 나는 소송을 앞두고 있다는 말은 또 무슨 소리요? 당신의 목적이란 게 대체 무엇이냐고요?"

하지만 그는 다시금 손을 내두르며 자리에서 일어났다. 그가 억지로 미소를 띠며 말했다. "죄송해요. 제가 너무 시끄럽게 했나봅니다. 그건 사실 젤프 씨하고는 상관없는 일입니다. 원래 아버지한테서 물려받은 유전이니까요. 어머니는 보청기를 끼고 있었다는 이유 하나로 그런 아버지를 견뎌낼 수 있었답니다. 아버지의 목소리가 커지면 보청기를 꺼버렸거든요."

브리기테는 식사라도 하고 가라며 그를 붙잡았다. 식사 후 그는 마누의 글짓기 숙제를 도와주었다. '천체투영관을 다녀와서'는 멋진 현장 방문기가 되었고, 마누는 그에게 반해버렸다. 브리기테도 호감을 보였다. 설거지하는 브리기테를 도우면서 그는 그녀에게 서로 편하게 말을 놓자고 했다. 와인을 마시면서, 그녀는 나와 그도 서로 말을 놓는 게 좋겠다고 제안했다. 나는 그런 그녀에게 대놓고 거절하고 싶진 않았다. '게르트', '잉고'. 결국 우리는 서로의 이름을 부르며 잔을 부딪쳤다. 하지만 나는 그런 호칭이 좀처럼 편하지 않았다.

23
RIP, 고이 잠드소서

다음 날, 차를 몰아 후줌으로 갔다. 세상 끝으로의 드라이브였다. 기센을 지나자 산과 숲들은 밋밋해졌고, 카셀을 지나면서는 볼품없는 도시들이 이어졌으며, 잘츠기터에 이르러서는 평평하고 황량한 벌판이 눈앞에 펼쳐졌다. 남쪽 만하임에서 추방되는 반체제 인사들이 이곳 슈타인후더 호수로 귀양을 온다면 적당할 듯싶어 보였다.

개신교 아카데미 사무국에 전화를 걸었다. 직원은 원장이 현재 워크숍 '위협받고, 억압받고, 당황하고: 질주하는 시간 속의 위험에 대처하기'를 진행하고 있는 중이라며, 그냥 그곳에 앉아 있다 쉬는 시간에 만나보면 될 거라고 알려주었다. 그는 티츠케가 렘케의 예전 동료 가운데 한 명이라고 알려주었던 인물이었다. 나는 워크숍이 진행되는 장소를 찾아갔고, 맨 뒷줄 비어 있는 자리로 조용히 들어가 앉았다. 발표자는 발표가 끝나가고 있음을 알렸지만, 발표는 그 뒤로도 좀처럼 끝날 기미가 보이지 않았다. 나는 억압은 수동적인 마음가짐이고 당황은 능동적인 마음가짐이며, 미친 듯이 달려가는 시간에게 굴복당할 것이 아니라 당당하게 대처해야 한다는 주장을 들었다. 또한 엔트로피의 법칙에 대해서도 알게 되었다. 하지만 그 이론에 따르면 세상은 결국 좋지 않은 결말을 맞이할 뿐이었다. 나이가 50대쯤 되어 보이는 수염을 기른 남자가 발표자에게 수고했다며 인사를 했다. 그는 발표자가 오늘 발표와 더불어 따뜻하고 열린 손을 내밀었으며, 우리 모두는 진심으로 그 손을 잡고 악수하고 싶어 한다고 말했다. 아울러 그럴 수 있는 가능성은 2시 30분에 시작될 토론에서 있을 것이며, 이제부터는 잠시 점심 휴식 시간을 갖겠다고 공지했다. 저 사람이 아카데미 원장인가? 1967년과 68년, 렘케와 함께 영화관 맨 앞줄에 앉아 마카로니웨스턴을 보던 세 남자들 중 한 명? 그는 워크숍 참석자들에 의해 둘러싸여 있었다. 하지만 그들이 발표자와 함께 어디론가 사라지자, 그는 혼자 남아 무언가를 적고 있었다.

　나는 그에게 다가가 인사를 하고, 내가 누구인지를 밝혔다. "궁금한 게 하나 있습니다. 워크숍과는 관계없는 질문입니다. 저는 사립탐정이고, 살인 사건을 조사하고 있습니다. 당신은 아마도 피의자를 알고 있거나, 예전에 알고 지냈던 사이일 겁니다. 당신은 1967년과 68년 하이델베르크 대학교 학생이었지요?" 그는 내게 신분증 제시를 요구했고, 벤트 부동산 비서실에 전화를 걸게 해 뷔흘러 부인으로부터 내가 벤트 박사의 아버지의 위임을 받아 그의 살인 사건을 조사하고 있는 중이라는 사실을 확인했다. 전화기를 내려놓는 그의 얼굴은 하얗게 질려 있었다. "제가 알고 있는 누군가가 그런 끔찍한 범죄의 피해자라니. 아주 슬픈 소식이로군요. 젤프 씨에게는 직업상 일상에 속할지도 모르겠지만, 제가 사는 세상에서는 심각한 위협으로 받아들여지는군요."

그는 그렇게 말했다. 그리고 나는 그에게 악수를 청하거나, 억압받는 대신에 당황하라는 조언을 건네는 것을 그만두었다. "롤프 벤트 씨와는 언제부터 알게 되었습니까?"

"하이델베르크에서 사회주의 환자연대가 활동했던 게 언제이지요? 그 단체가 활동을 접었을 때, 롤프는 새로운 길이나 새로운 방향을 추구했습니다. 그러면서 우리와 알게 되었고, 한동안은 우리와 뜻을 같이하는 일종의 동지였지요. 당시 그는 열일곱이나 열여덟쯤 되었을 겁니다."

"'우리'라고 말씀하시는군요. 당신과 헬무트 렘케를 의미하는 건가요?"

"헬무트, 리하르트, 그리고 저입니다. 우리 세 사람은 유달리 친했었지요." 그는 오래전 일들을 기억해냈다. "롤프의 소식을 접하고 처음에는 무척이나 당황했지만, 돌이켜 생각해보니 제게는 고인이 된 롤프가 여전히 살아 있는 다른 친구들과 전혀 다를 것도 없는 것처럼 느껴지네요. 그들하고도 벌써 몇 년째 아무런 연락조차 하지 않고 있으니. 그 당시 우리는 마치 내일이라곤 없는 사람들처럼 살았다고 말해야 할 것 같군요. 당시만 해도 우리의 모든 생각과 감정은 현실에 초점이 맞춰져 있었어요. 세계 혁명이 한창이었지만 말입니다. 아니면 오히려 그 때문이었을까요? 사람이 나이가 들면 가슴 한 구석은 늘 과거에 매달려 있기 마련이죠. 머리는 미래를 걱정하면서요. 그러고는 우정은 영원하다는 말을 더는 믿지 않게 되지요." 해마다 세상의 중요한 문제들을 워크숍 주제로 담아내면서, 그렇다면 그는 대체 무엇을 믿는다는 것인지 나는 언뜻 이해가 되지 않았다. 그가 자리에서 일어서며 말했다. "밖으로 나가실까요? 요즘 들어 바깥 공기를 쐰 기억이 거의 없네요."

건물 앞의 벤치에 기대어 서서 그는 얼굴 가득 햇볕을 쬐었다. 나는 그에게 렘케와 롤프 사이가 유달리 좋았는지 아니면 유난히 나쁜 관계였는지 물었다. 그리고 렘케에게는 모두가 나름 특별한 관계였다는 대답을 들었다. "사람들은 그를 떠받들거나 그와 마찰을 빚거나 했습니다. 아니면 둘 다인 경우도 있었고요. 그와 늘 한결같은 관계를 유지한다는 건 쉽지가 않았어요. 그리고 제가 우리는 롤프에게 큰형이나 마찬가지였다고 말한다면, 솔직히 말해 완전한 사실은 아닙니다. 헬무트는, 롤프가 유난히 우러러봤던 인물이었죠."

"숭배, 불화, 결코 한결같지는 않았던 만남. 그런데도 당시가 황금기로 기억되고 있다는 겁니까?"

그는 자리에 앉아서 나를 바라보았다. 그의 이마는 50대 나이임에도 주름 하나 없이 매끈했다. 하지만 두 눈은 세월에 지쳐 있었다. 직업 때문에 사람들을 사랑해야만 하는 이들은 그들이 자신을 피곤하게 할 때에도 저렇게 바라보곤 한다. 목사나 치료사, 또는 타고난 재주가 있는 누군가로서 그는 그가 가졌던 것보다 더 많은 조언을 하고 위안을 주고 용서를 베풀었다. "황금기라. 저는 그렇게 말하지 않았고, 앞으로도 그리 말할 생각은 없습니다. 제 사무실에는 당시의 사진이 한장 걸려 있는데, 그 사진 속에서 저는 모든 것들을 다시 알아봅니다. 그 시절이 황금기였다면 황금을, 그리고 이런저런 속박과 갈등은 물론 현재 느끼는 집에 와 있는 듯한 아늑함까지요. 원하신다면 나중에라도 그 사진을 보여드리지요."

"당신들의 모임은 얼마나 지속되었나요?"

"서독공산주의연맹에서의 헬무트의 지위가 상승일로를 걷게 되기까지였지요. 그때부터는 더 이상 함께 테이블축구를 즐기거나 마카로니웨스턴 영화를 볼 시간이 없었으니까요. 그에게는 단지 서독공산주의연맹과 관련된 정책만이 중요했습니다. 신기한 건, 우리 중 어느 누구도 그와 함께 서독공산주의연맹에 가입하지 않았다는 사실입니다. 그가 없으면 우리들은 모두 중심을 잃고 뿔뿔이 흩어질 만큼 그의 역할이 컸

없는데도 말입니다. 어쩌면 그가 우리가 함께하는 것을 원하지 않았는지도 모르겠네요. 그도 서독공산주의연맹에 가입하도록 우리를 부추기지 않았습니다. 그러고는 어느 날 갑자기, 그냥 그렇게 우리 곁을 떠나고 말았지요."

"그러면 롤프 또한 하루아침에 그렇게 내버려졌던 겁니까?"

"네. 제가 알기로는 두 사람 사이에 모종의 갈등이 있었던 것 같아요. 오직 리하르트만이 그 뒤로도 헬무트와 꾸준히 관계를 맺고 있었지요. 헬무트 역시 그와의 관계를 유지하려고 노력했고요. 그런 관계가 얼마나 지속되었는지는 저도 모릅니다. 제가 마지막으로 리하르트를 본 것은 대학 졸업시험을 치를 때였는데, 당시 저는 포르츠하임으로 부목사를 만나러 가기 위해 하이델베르크 역에서 기차를 기다리고 있었지요. 그는 전과 달리 실험실 조수가 아니라 변호사 사무실에서 일하고 있었습니다. 이혼 전문 변호사 사무실이라고 했는데, 하지만 저는 이혼 전문 변호사가 아니라 테러리스트들과 관련된 사건을 주로 담당하는 변호사 사무실일지도 모른다고 혼자서 생각했었지요. 리하르트는 우리가 마카로니웨스턴을 보기만 했을 뿐 그렇게 살고 있지는 못하다며 여전히 안타까워했습니다. 대지주들, 부패한 장군들, 한편으로는 탐욕스러운 성직자들, 그리고 다른 한편으로는 하얀 파자마를 입은 가난한 멕시코 농부들, 가슴에 십자형 탄띠를 두른 혁명가들, 잘

익은 망고 열매, 와인 그리고 마리아치*. 그는 그런 것들을 우리에게로 가져오고 싶어 했습니다."

점심시간이 지나갔다. 또 다른 워크숍에 참가한 이들이 공원에 모습을 나타냈다. 그들 중 일부가 우리를 힐끔힐끔 쳐다보자 그가 벌떡 일어섰다. "저 사람들이 당신을 아마도 다음 번 발표자쯤으로 생각하고 있나봅니다. 아니면 저를 쳐다보고 있는 건지도 모르겠고요. 이제 곧 워크숍이 다시 시작될 시간입니다. 가시지요. 제가 아까 말한 사진을 보여드리겠습니다."

사진은 그의 사무실에 걸려 있었다. 직접 보기 전까지만 해도 나는 우편엽서만 한 크기의 사진을 연상했었다. 하지만 그 사진은 포스터 크기로 확대한 흑백사진이었고, 검은 틀의 액자에 들어 있었다. 피크닉 장면을 찍은 사진이었다. 풀밭, 과일과 빵과 와인이 놓인 하얀 천, 그 옆의 마주 앉아 있는 렘케와 벤트, 그 뒤의 지금 내 옆에 서 있는 아카데미 원장. 당시에도 이미 수염을 기르고 있던 그는 허리를 숙이고 꽃을 꺾고 있었다. 그리고 그곳에서 몇 걸음 떨어진 곳에는 보그바르트 자동차 한 대가 서 있었다. 뚜껑이 열린 그 차의 번호판에는 숫자 대신 'RIP'라는 알파벳이 적혀 있었다. 렘케는 벤트에게 뭔가를 열심히 말하고 있었고, 벤트는 무릎 위에 받친 두 손

*멕시코 전통음악을 연주하는 유랑 악사나 그들이 연주하는 음악.

으로 얼굴을 받친 채 그가 하는 말에 귀 기울이고 있었다. 시선은 높은 곳을 향해 있었고, 구부정한 자세로 꽃을 꺾는 미래의 아카데미 원장의 얼굴과 시선 또한 위를 향하고 있었다. 그들은 아마도 피크닉 장소에다 가늘고 반짝거리는 깃대에 매단 작고 붉은 깃발을 세워놓았던 것 같다. 그리고 막 까치 한 마리가 깃대와 깃발을 문 채 날아가고 있었다.

"이건…… 평범한 스냅사진이 아니군요, 그렇지요?"

"마네의 〈풀밭 위의 식사〉를 생각하시는 건가요? 일부러 그런 장면을 연출한 건 아닙니다. 까치도 우리가 주문한 건 아니고요. 물론 전에 까치가 우리 은제 포크를 하나 물어 간 적이 있어서, 리하르트가 이번에도 까치가 깃발을 어렵지 않게 물어 갈 수 있도록 일부러 헐렁하게 꽂아두긴 했지만요. 그는 그날 오후 내내 카메라를 들고 우리 주위를 어슬렁거렸습니다. 가까이에서도 찍고 멀리서도 찍고, 망원렌즈를 껴서도 찍고 없이도 찍고. 많이도 찍었지요. 그러다가 여기 이 사진을 찍고서야 비로소 그만두었답니다. 어떠세요? 마음에 드십니까?"

그 사진은 내 마음에 쏙 들었다. 동시에 왠지 나를 우울하게도 만들었다. 검은색 재킷에 하얀 셔츠를 받쳐 입고 좁은 검은색 넥타이를 맨 렘케의 모습은 전형적인 청년 같아 보였다. 그러면서도 자의식과 에너지가 절로 느껴졌다. 벤트의 얼굴에는 일찍이 그에게서 느껴졌던 과로의 기색이 이미 드러나 있었다. 날아가는 새를 바라보며 환호하고 싶어 하는 순진하면서도 겁을 먹은 듯한 그의 얼굴은 하지만 감히 드러내놓고 즐거워하고 있지는 못했다. "그런데 저 멋진 보그바르트 자동차는 왜 고이 잠들어 있어야만 하는 겁니까?"

그는 내 말을 이해하지 못했다.

"RIP, '고이 잠드소서'라는 말은 보그바르트 자동차, 즉 자본주의를 향한 것 아닌가요? 아니면……"

그가 소리 내어 웃었다. "그건 원래 자동차에 붙어 있던 게 아닙니다. 리하르트가 나중에 수정해 집어넣은 것이지요. 그는 특히나 만족스러운 작품이다 싶으면, 그 사진 어딘가에 늘 자기 이름의 머리글자를 집어넣곤 했습니다. RIP, 그건 그의 이니셜, 리하르트 잉고 페쉬칼렉을 뜻합니다."

24
가을이 가고 겨울이 오다

나 스스로 그런 사실을 알아차릴 수 있었을까? 그 질문은 당연히 아무 쓸모 없는 것이었다. 하지만 괴팅겐을 지날 때까지도 그 질문은 계속해서 내 머릿속을 맴돌았다. 감방에 갇혀 있을 때 나눴던 대화가 떠올랐다. 그때 페쉬칼렉은 나와 레오에 관해서 노인과 소녀라고 말했었다. 나는 레오에 관해서는 그에게 아무것도 말한 적이 없었다. 그렇다면 그는 그 같은 말을 렘케에게서 들은 것일까? 그가 불쑥 브리기테의 집에 나타났던 것도 떠올랐다. 나는 그에게 그녀에 관해 이야기한 적이 전혀 없었는데. 그가 나를 염탐했던 것일까? 아우토반에서 만났던 우리의 첫 대면도 우연이 아니었던 것일까? 그 당시에도 그는 이미 내 뒤를 밟으며, 자연스레 접근할 기회만을 노리고 있었던 것일까?

모든 것이 더더욱 혼란스러워졌다. 페쉬칼렉이 렘케에게

서 나와 레오에 관해 이야기를 들었을 것이라는 가정과, 그런 그가 동시에 렘케의 테러에 관한 진실을 찾아내려 동분서주하고 있다는 사실은 서로 맞아떨어지지 않았다. 그렇다면 그는 경찰로부터 나와 레오 그리고 나의 사건 조사에 관해 이야기를 들은 것일까? 그는 〈피른하이머 타게블라트〉에 실린 기사를 읽는다. 그러고는 궁금해져 조사를 벌이고, 경찰에 있는 정보원을 통해 나 또한 테러 사건을 조사하고 있다는 사실을 듣게 된다. 그래서 내 뒤를 쫓기 시작한다? 그리고 그 모든 것 뒤에는 그의 오랜 친구인 렘케가 숨어 있다? 하지만 그러기에는 너무 많은 우연들이 필요했다.

오랜 운전 끝에 만하임에 다시 도착하자 허리가 끊어질 듯 아파왔지만 내가 던진 질문들에는 여전히 아무런 대답도 떠오르지 않았다. 나는 어디에서 그에 대한 답을 찾아낼 수 있을지 이미 알고 있었다. 전화번호부에는 뵈크 슈트라세에 있는 페쉬칼렉의 집과 아틀리에 주소가 나와 있었다. 나는 브리기테에게 전화를 걸어, 아직 가고 있는 중이며, 8시쯤이면 도착할 것 같다고 말했다. 그리고 그녀에게 페쉬칼렉도 초대해 8시에 같이 저녁을 먹자고 제안했다. 그러고는 차를 뵈크 슈트라세에 주차시켰다. 8시가 못 되어 그가 집에서 나왔고, 골프에 올라타자마자 차를 몰고는 그곳을 떠났다. 그는 단 한 번도 집 앞의 길 쪽을 쳐다보지 않았다. 나는 초인종 옆에 붙어 있는 이름을 확인하고 건물 안으로 들어섰다.

현관 안쪽은 좁고 어두웠다. 몇 걸음 걸어 들어가자 복도가 왼쪽 계단참 쪽으로 넓어졌다. 복도는 쭉 뻗어 뒷마당 쪽으로 나 있었다. 페쉬칼렉의 초인종은 6개의 벨이 달린 이름표 옆에 끼워 넣어져 있었다. 그것은 곧 뒤채임을 의미했다. 눈이 어둠에 익숙해지자, 인내판에 그려진 화살표가 앞쪽으로 똑바로 갈 것을 가리키고 있는 게 보였다.

마당에는 오래된 느릅나무 한 그루가 있었고, 2층짜리 목조 건물은 옆집의 방화벽과 맞대어진 채 세워져 있었다. 2층으로 올라가는 옥외 계단 옆으로 '페쉬칼렉의 아틀리에'라고 적힌 안내판이 있었고, 나는 화살표를 따라 위로 올라갔다. 층계참은 페쉬칼렉이 테이블 하나와 침대의자 두 개를 놓고 발코니로 사용할 만큼 충분히 넓었다. 문에는 밖을 볼 수 있는 작은 구멍이 하나 있었고, 층계참과 이어진 창문에는 창살이 덧대어져 있었다. 나는 주머니에 손을 넣어 각종 열쇠가 달려 있는 커다란 열쇠고리를 꺼냈다. 그러고는 열쇠들을 하나씩 열쇠 구멍에 넣어보았다. 마당 안은 고요했다. 느릅나무 가지에서는 바람이 스쳐가는 소리가 들려왔다.

구멍 속으로 딱 맞아들어가는 열쇠를 찾기까지는 제법 시간이 걸렸다. 열쇠가 돌아가고, 자물쇠가 열렸다. 문이 열리며 안쪽으로 커다란 공간이 나타났다. 길게 나 있는 벽은 석회반죽을 칠하지 않은 옆집 외벽이었다. 오른쪽으로는 각기 작은 침실과 옷장만 한 부엌, 화장실 겸 암실로 들어가는 세 개의 문이 나 있었다. 화장실 겸 암실에서는 필름 현상의 욕구보다 몸 관리의 필요성이 절실했다. 왼쪽으로는 두 개의 커다란 창문을 통해 옆집 마당이 건너다보였다. 하펜 슈트라세의 건물들 사이로 난 틈새로는 무역항의 광장과 크레인들, 그리고 지는 해가 창백한 하늘에 남긴 붉은 줄무늬들이 보였다.

땅거미가 지고 있었다. 집 안은 낮처럼 환하게 밝혀줄 수 있을 램프들로 가득했지만, 서둘러야 했다. 창문에는 검정 블라인드도 달려 있었다. 하지만 그중 하나는 꽉 끼어 움직이지 않았다. 나는 그곳에 무엇이 있는지 먼저 두루 살펴보아야 했다. 그리고 창이 없는 화장실 겸 암실에서 뭔가 흥미로운 것을 찾아내야만 했다.

얼마 지나지 않아 램프, 커튼, 병풍, 베네치아 안락의자, 피아노 의자, 대형 괘종시계, 스티로폼, 주크박스 등이 뒤죽박죽인 상태에도 불구하고 페쉬칼렉이 나름 질서와 정돈을 중시하고 있다는 사실을 알아차렸다. 그의 책상 첫 번째 서랍에는 레터헤드가 인쇄된 편지지가 들어 있었고, 두 번째 서랍에는 레터헤드가 없는 편지지가 들어 있었다. 그 옆 서랍에는 편지봉투가 크기에 따라 정리되어 있었고, 마지막 서랍에는 펀처에서 가위에 이르기까지 각종 문방구가 보관되어 있었다. 처리하지 못한 우편물과 지불하지 않은 청구서들은 책상 위 작은 바구니에 담겨 있었다. 시급한 처리를 요하지 않는 것들은 모두 서류철 속에 들어가, 문 사이에 있는 오른쪽

벽을 가득 채우고 있었다. 서류철에는 표제어 대신 1.1에서부터 1.7까지 번호가 붙어 있었고, 14개의 다른 시작 숫자 아래로 2에서 11까지의 연속 숫자들이 붙어 있었다. 시작 숫자는 인물평론, 누드, 패션, 정치, 범죄, 광고 등의 주제를 나타냈다. 그리고 연속 숫사는 각각의 대규모 프로젝트나 1년 단위 소규모 프로젝트들을 의미했다. 그 시스템은 아주 간단했다. 시작 숫자 15 아래에다가 페쉬칼렉은 자신의 대규모 르포르타주를 철해놓고 있었다. 15.1은 이탈리아의 콘트라베이스 제작자, 15.2는 폐쇄된 로트링겐 제철소, 그리고 다음 세 개는 축구, 알펜호른 연주, 독일에서의 아동성매매였다. 서류철 15.6은 피른하임 테러에 배당되어 있었다.

15.6 서류철을 들고 화장실 변기에 앉기 전, 브리기테에게 전화를 걸어 도로 공사 때문에 차가 많이 밀린다고 상황을 이야기했다. "잉고는 왔소? 나는 아무래도 10시 전에는 도착하기 힘들 것 같은데. 기다리지 말고, 먼저들 식사해요."

그들은 이미 수프를 먹고 난 뒤였고, 이제 막 아귀 요리를 먹기 시작하고 있었다. "당신 것도 따뜻하게 데워놓을게요."

다른 서류철에서와 마찬가지로 여기에서도 먼저 사진들이 나오고, 그런 다음에 텍스트가 따라 나왔다. 한참이 지나서야 나는 비로소 사진들이 무엇을 보여주는지 알아볼 수 있었다. 사진들은 어두웠고, 나는 언뜻 그 사진들을 잘못 나온 것이라 간주하고 지나치려 했다. 하지만 그건 야간에 촬영된 것들이었다. 자동차 한 대, 숲 속에 있는 위장한 사람들의 형체, 위장한 사람들이 부지런히 쌓아 올리고 있는 흙더미, 제복 입은 사람들, 허공으로 날아 올라가고 있는 두 명의 몸뚱이가 보이는 폭발, 화재, 달려가는 사람들. 그것들은 사진으로 보는 피른하임 테러였다.

텍스트는 지역신문과 전국 주요 신문사에 보내는 편지 한 통으로 시작되고 있었다. 그리고 그 편지에서는 '가을이 가고 겨울이 오다'라는 이름의 그룹이 람페르트하임 국유림에서의 독가스 저장고 테러 공격을 지지하고, 자본주의와 식민주의 그리고 제국주의에 대한 비난을 외치고 있었다. 그보다 늦게 작성된 편지에서 페쉬칼렉은 이제는 테러에서 손을 떼고 싶어 하는 한 명의 테러리스트에 관해 쓰고 있었다. 그 테러리스트는 페쉬칼렉에게 자신의 속마음을 털어놓았고, 테러 행위를 자백하는 자술서를 주었으며, 피른하임의 독가스 저장고 폭탄 테러 장면이 담긴 비디오필름을 건네주었다. 페쉬칼렉은 그 자료들을 칭찬했고, 그 자료의 질을 입증하기 위해 비디오필름 일부를 편집하고 자술서 일부를 발췌해 첨부했다. 그리고 그 자료들 전부를 넘겨주는 대가로 100만 마르크를 요구하고 있었다. 그 편지의 수신자는 독일 제2텔레비전방송(ZDF)으로 되어 있었다. 서류철 안에 들어 있던 두 번째 종이에는 다수의 라디오 방송국들, 시사잡지와 주간지, 가십 위주의 저급 신문 및 황색 언론 등 그가 편지를 발송하고

자 하는 수신처의 목록이 차례로 적혀 있었다.

그다음으로는 그가 보낸 편지에 대한 답장들이 정리되어 있었다. 답장 안에는 기껏해야 보내준 내용을 보고 놀랐다는 언급 정도만이 들어 있었다. 아울러 그가 보내준 자료는 흥미로워 보이지만, 피른하임 독가스 저장고 테러에 관해서는 이제껏 알려진 것이 전혀 없다는 말들도 적혀 있었다. 테러에 관해 경찰이 아무것도 모르고 있다는 말은 언뜻 오만하게 들리기까지 했다. 누군가는 이미 조사를 했고, 분노하고 있었기 때문이다. 대부분의 경우 답장은 미리 인쇄된 일반 서식 용지를 사용하거나, 아니면 통상적인 상용구를 사용해 그의 요구를 거절하고 있었다.

마지막으로 그 서류철에는 테러리스트의 자술서와 미군 문서가 들어 있었다. 80페이지 분량의 자술서는 페쉬칼렉의 편지들과 동일한 프린터에서 출력된 것처럼 보였다. 그리고 미군에게서 빼내 온 문서는 비닐 안에 들어 있었다. 나는 15.6으로 번호가 매겨져 있는 비디오필름을 보는 것은 포기했다. 발췌된 편집본이면 충분했다.

브리기테의 집으로 출발할 수 있기까지는 마음을 추스르기 위해 어느 정도의 시간이 필요했다. 나는 사진 몇 장을 챙겨넣었고, 화장실의 불을 끈 다음, 서류철을 원래 있던 자리에 돌려놓았다. 그러고는 베네치아 안락의자에 앉아 창밖을 내다보았다. 맞은편 발코니에서는 세 명이 모여 앉아 카드게임을 즐기고 있었다. 자극하고 반응하는 소리들이 들려왔고, 가끔은 카드를 쥔 주먹으로 테이블을 내려치는 소리가 들리기도 했다. 무역항 위에서는 빨간 불빛이 깜박거리며 날아가는 비행기들에게 타워크레인을 주의하라고 경고하고 있었다.

렘케와 페쉬칼렉은 결국 미디어를 위해 구경거리를 연출했던 것일까? 렘케가 이제 더는 정치적 투쟁 따위를 믿지 않는다는 사실을 나는 진즉에 눈치챘어야만 했다. 정의의 광신자, 테러리스트. 이 같은 단어들은 그에게 어울리지 않았다. 그는 단지 그에 상응하는 역할을 맡았고, 그가 맡은 역할을 그럴싸하게 연기해냈다. 하지만 그게 전부였다. 렘케는 연기자였고, 전략가였으며, 투기꾼이었다. 몇 명의 멍청한 젊은이들을 이끌고, 미디어가 그의 테러에 매료되어 그가 제공하는 자료들을 앞 다투어 원하게끔 그는 테러리즘을 연출했다. 아마도 본래 의도한 바는 아니었겠지만, 그 과정에서 사망자도 발생했다. 그리고 그 같은 사고는 오히려 구경거리와 자료의 가치를 상승시키는 데 도움이 되었다. 하지만 그들이 예상했던 것과는 달리, 어느 누구도 그들의 놀이에 장단을 맞춰주려 하지 않았다. 미국인들도, 경찰들도, 언론들도. 그리고 그들이 챙기려던 100만 마르크는 물거품이 되고 말았다.

25
신기하네요

나는 네겔스바흐 경감에게 전화하지 않았다. 대신 곧바로 브리기테의 집으로 갔다. 그녀는 페쉬칼렉과 마누와 함께 코코아와 에스프레소와 삼부카를 마시며 보드게임을 하고 있었다. 그들의 즐거워하는 모습이 그다지 마음 편하지만은 않았다. 하지만 오랜 시간 운전을 한 탓인지 피곤함이 몰려왔다. 나는 옆에서 게임을 구경하며, 남은 음식을 먹어치웠다.

일대 격전이 벌어졌다. 몇 년 동안 리우에 살았던 후로, 마누는 어떤 대가를 치르더라도 남미를 기어이 차지하고 지켜냈다. 그리고 남미의 안전을 보장하기 위해 그는 북미와 아프리카를 소유하려고 시도했다. 하지만 그 밖의 세계에는 그다지 관심이 없었다. 브리기테는 애당초 분위기를 망치지 않기 위해 함께 게임을 하고 있을 뿐이었다. 그래서 오스트레일리아를 차지하는 순간 그녀는 원주민들과의 조화로운 삶을 꿈

꾸며 또 다른 정복에는 관심을 보이지 않았다. 그렇게 해서 페쉬칼렉은 어렵지 않게 유럽과 아시아를 취할 수 있었다. 하지만 그의 과제는 오스트레일리아와 남미를 해방시키는 것이었다. 마누나 브리기테와는 달리 그는 자신의 임무를 진지하게 받아들였고, 마침내 두 개의 전선에서 치러지는 무모한 전쟁을 시작하고야 말았다. 그러고는 마누와 브리기테에게 처절한 패배를 당하고 나서야 비로소 마음의 평화를 얻을 수 있었다.

마누와 브리기테는 기뻐했고, 페쉬칼렉도 함께 웃었다. 하지만 그는 게임에 진 걸 못내 분해했다. 그는 훌륭한 패배자가 아니었다.

"자, 이제 잘 시간!" 브리기테가 손뼉을 치며 말했다.

"싫어요, 조금 더 놀다 잘래요." 마누는 기분이 좋아서 들떠 있었고, 거실에서 부엌으로 부엌에서 거실로 뛰어다니다 텔레비전을 켰다. 유고슬라비아가 갈라졌고, 로스토크는 파산했다. 뤼덴샤이트의 병원에서 유괴되었던 갓난아기가 레버쿠젠의 공중전화 부스에서 발견되었다. 마닐라에서 벌어진 체스 세계챔피언 도전자 결정전에서 프랑스인 마르셀 크루스트가 러시아인 빅토르 크렘펠을 꺾고 도전자 자격을 확보했다. 연방검찰청은 테러 혐의로 수배 중이던 헬무트 렘케와 레오노레 잘거를 스페인의 어느 마을에서 검거해 독일로 압송 중이라고 발표했다. TV에서는 수갑이 채워진 두 사람이 경찰의 감시를 받으며 헬리콥터에 올라타고 있는 모습이 자료화면으로 방송되었다.

"저 사람들……"

"맞소."

브리기테는 레오를 내 책상 돌사자에 기내어 세워져 있던 사진으로 봐서 알고 있었다. 그녀는 고개를 절레절레 저었다. 감지 않아 헝클어진 머리, 밤을 꼬박 새운 듯 피곤해 보이는 얼굴, 지저분한 체크무늬 셔츠의 레오에게서는 평소의 그녀 모습이 쉽사리 떠오르지 않았다.

"저 아가씨를 다시 만나볼 참이에요?" 그녀가 무심하게 물었다. 레오와 함께 로카르노에 다녀왔다고 이야기했을 때도 그녀는 그 일을 마음에 담아두거나 하지 않았다. 하지만 당시에도 나는 그녀의 그런 모습을 액면 그대로 받아들이지 않았다.

"글쎄, 아직은 모르겠소."

페쉬칼렉은 아무 말 없이 TV만 바라보고 있었다. 나는 그의 얼굴을 똑바로 볼 수가 없었다. 뉴스가 끝나자 그가 헛기침을 했다. "오늘날 유럽 경찰의 공조는 정말 대단하군요." 그는 나를 향해 돌아앉아서는 인터폴과 쉥겐조약, 유럽 검찰청 등에 대해 일장연설을 늘어놓았다.

"자네, 두 사람을 만나볼 셈인가?"

"아무래도 그래봐야 하지 않을까요? 아니면?"

"……그래서 내가 떠맡으려 하지 않았던 역할을 연기하도록 설득하려고?"

그는 그 대답에 내가 또 어떤 질문을 던질지 몰라 잠시 고민하는 것 같았다. 그는 확신이 서지 않는지 말을 돌렸다. "한번 두고 보자고요."

"저들에게는 그래 무엇을 제시할 참인가?"

"그건 또 무슨 소리?" 그가 언짢은 기색으로 되물었다.

"이제 연방검찰청은 기소 항목을 삭제하고 훨씬 가벼운 징계를 요구하며 사면이나 감형을 주선할 수도 있네. 케퍼탈 테러를 고집하기 위해서. 그렇다면 자네는 두 사람에게 무엇을 제안할 수 있을까? 돈?"

"내가 돈을요?"

"아주 대단한 르포르타주 하나면 떼돈을 벌 수도 있지. 그렇지 않나?"

"그리 대단할 건 없어요." 그가 자리에서 일어서며 말했다. "이제 그만 가볼게요."

"그리 대단할 건 없다고? 10만 마르크는 거뜬하고, 제대로 된 사진과 텍스트만 있다면 그보다도 더 많이 받아낼 수 있는데? 어쩌면 100만 마르크도 가능하지 않을까?"

순간 그가 당황한 얼굴로 나를 쳐다보았다. 내가 그처럼 거침없이 말을 하는 게 대체 무슨 의미인지 알고 싶어 하는 눈치였다.

하지만 그의 내면에서는 도주 본능이 승리했다. "그럼 다음에 또 봬요."

브리기테는 그런 우리 두 사람을 어리둥절한 표정으로 바라보고 있었다. 페쉬칼렉이 문을 열고 나가기가 무섭게 그녀는 대체 무슨 일이냐고 물었다. "두 사람이 싸우기라도 한 거예요?" 나는 대답을 피했다. 이윽고 자리에 눕자, 그녀가 내 팔을 베고 누운 채 나를 빤히 쳐다보며 물었다.

"당신?"

"뭐?"

"그들이 당신을 풀어준 대가가 저거였나요? 그 두 사람이 어디 있는지 그들에게 말해준 거예요?"

"무슨 그런 말도 안 되는 소리를……"

"난 그게 당연하다고 봐요. 그 아가씨를 잘 모르긴 하지만, 그 남자랑 같이 어울렸잖아요. 그것도 당신을 습격했던 사람이랑. 아까 그 남자가, 일전에 피투성이가 돼서 쓰러진 당신을 발견하던 날, 당신 집에서 뛰쳐나왔던 그 사람 맞죠?"

"맞아. 하지만 나는 그 두 사람이 스페인에 숨어 있는지는 전혀 몰랐어. 레오가 한두 번 전화를 걸어오기는 했지만, 감이 너무 멀어서 통화조차 제대로 할 수가 없었거든."

"신기하네요." 그녀는 돌아누워 등을 내 몸에 바짝 붙이고는 그대로 잠이 들었다.

그녀가 무엇을 두고 신기하다 말하는지는 분명했다. 인적이 드문 스페인의 어느 작은 시골 마을에서 어떤 경찰관이 대체 독일인 테러리스트에게 신경을 쓰겠는가? 그 어떤 제보가 없었다면 그건 결코 가능하지 않은 일이었다. 외국에서 어느 독일인 관광객이 경찰서로 찾아가, 옆에 있는 방갈로에서 수배 중인 테러리스트들을 보았노라고 신고하는 장면을 머릿속으로 상상해보았다.

라비츠와 블레크마이어를 내게로 이끌어준 제보, 그리고 무엇보다도 나를 감방에 처넣었던 제보가 불현듯 기억 속에서 되살아났다. 그건 결코 그저 어떤 관광객에게서 나온 것일 수가 없었다. 티츠케를 벤트 박사가 살해당한 현장으로 불러들였던 전화도 마찬가지였다. 백 번을 양보해, 화창한 여름날 날씨에 이끌려 오덴발트와 아모르바흐로 산책 나왔던 어느 만하임 시민이 우연히 나를 보았던 사실을 기억해 나에 관해 제보할 수는 있었다. 하지만 벤트 박사의 살해 현장에 대해 제보할 수 있었던 이는 오직 한 사람, 살인자뿐이었다.

26
뾰족한 턱, 큼지막한 엉덩이

필리프는 병실에 있지 않았다.

"정원에 나가 계셔요." 간호사가 나를 창가로 데려가며 말했다. 그는 가운을 걸친 채 마치 살얼음 위를 걷듯 한 걸음 한 걸음 조심스레 내디디며 자그마한 둥근 연못을 돌고 있었다. 나는 그런 그를 지켜보며 생각했다. 나이 든 노인들은 곧잘 저렇게 걷지. 그리고 필리프가 다시 건강해져 제대로 걷게 된다 해도 언젠가는 저렇게 걸을 수밖에 없을 거야. 어느 날엔가는 나도 그렇게 되겠지.

"벌써 세 바퀴째야. 고마워. 하지만 붙잡아주지 않아도 돼. 지팡이라도 주려 하기에 그것도 필요 없다고 거절했지."

나는 그의 옆에서 함께 걸었다. 그러면서 그처럼 조심스레 발걸음을 내딛고 싶은 충동을 억지로 참아냈다.

"얼마나 더 입원해 있어야 한대?"

"아마도 며칠쯤? 길어야 일주일 정도일 거야. 의사들이 자네한테도 아무 말 안 하려 하지? 굳이 감추거나 속일 필요 없다고 해도 의사들은 그저 웃기만 해. 내가 내 몸을 직접 수술했다면, 언제쯤 퇴원할 수 있을지 당장이라도 알려줄 텐데."

그럴 수도 있는 건가 하는 생각이 들었다.

"어쨌든 여기서 얼른 나가야만 해." 그가 손을 휘저으며 말했다. 지나가던 젊고 예쁜 간호사들이 그에게 손을 흔들어 보였다. "이건 말도 안 돼. 나는 상냥하건 고약하건, 바삭바삭하건 야들야들하건 그들을 늘 좋아했어. 나는 가슴 큰 여자나 금발머리만 쫓아다니는 그런 남자가 아니라고. 그들이 젊다면, 그들이 다 알고 있는 건지 아니면 아무것도 모르는 건지 도무지 알아차릴 수 없는 텅 빈 눈빛을 갖고 있다면, 그리고 그들에게서 단지 젊은 여인의 향기가 난다면, 난 그걸로 충분했어. 그런데 지금은……" 그가 고개를 설레설레 저으며 말했다. "지금은 단지 한 여인만이 그토록 상냥할 수 있고, 아름다운 눈으로 나를 바라볼 수 있어. 그 외 다른 여자들은 지금의 모습이 아니라, 이다음에 나이가 들고 난 노파의 모습으로 보이고 말야."

나는 그게 무슨 말인지 이해가 되지 않았다. "투시력이라도 갖게 되었단 거야?"

"뭐라고 불러도 상관없어. 예를 들어, 아침이면 센터 간호사가 병실에 들어오곤 했어. 예쁘장한 얼굴, 부드러운 피부,

뾰족한 턱, 자그마한 가슴, 큼지막한 엉덩이. 쌀쌀맞기는 해도 나를 보며 자주 웃어주었지. 전에는 그런 웃음소리가 옥구슬 굴러가는 것처럼 들렸었어. 하지만 이제 그녀를 보게 될 때면, 내 눈에는 쌀쌀맞은 게 아니라 불쾌한 심술이 입가에 덕지덕시 달라붙고, 두 뺨에는 정맥이 불끈 솟아오르고, 엉덩이 비곗살이 허리 위까지 밀려 올려온 모습이 보여. 그리고 말이야, 자네는 모든 여자들이 턱이 뾰족하고 엉덩이가 큼지막하다는 사실을 전부터도 알고 있었나?"

나는 내가 알고 있는 여자들의 턱과 엉덩이 모습을 머릿속에 떠올려보려 했다.

"또 야간당직 간호사인 베레나는 진짜 멋진 여자이지. 하지만 그런 그녀도 조금 있으면 타락하고 방탕한 모습으로만 보이고 말 거야. 전에는 그런 것들은 아무래도 상관없었어. 그런데 이제는 그런 게 다 눈에 보인다고."

"그럼 방탕한 여성이 싫다는 말인가? 나는 자네가 모든 여자에게서 헬레나*의 모습을 찾고 있는 줄 알았는데."

"당연히 그랬었지. 그리고 늘 그럴 줄만 알았어. 언제까지고 말이야." 그가 슬픈 눈으로 말했다. "하지만 이제 더는 내 마음 같지가 않아. 이제는 모든 여자들에게서 크산티페**의 모습만이 보인다고."

*그리스 신화에 등장하는 미녀.
**소크라테스의 아내로, 악처의 대명사로 불리는 인물.

"그건 어쩌면 자네가 아파서 그런 걸지도 몰라. 이제껏 아파본 적이 없었지?"

그 또한 나의 이런 설명을 이미 생각해보았다. 하지만 그는 그런 변명이나 위로를 가차 없이 걷어차버렸다. "언제고 한 번 병원에 입원해, 환자로서 간호사들의 보살핌을 받는 게 내 오랜 꿈이었다네."

나로서는 그의 기운을 북돋워줄 마땅한 방도가 없었다. 병동으로 돌아오는 길에, 그는 몸을 의지했다. 에바 간호사가 그가 침대에 눕는 것을 도와주었다. 그녀는 이름만 에바인 게 아니라, 모습도 실제로 그래 보였다.* 하지만 그는 그런 그녀에게 눈길조차 주지 않았다. 내가 그곳을 떠나려 하자 그가 나를 붙잡았다. "내가 모든 여자들을 사랑했던 죗값을 이제 이렇게 치러야만 하는 걸까?"

나는 떠났다. 하지만 너무 늦게 떠났다. 그의 우울한 사색이 내게로 전염되었다. 누군가가 여자들을 자기 삶의 의미로 삼는다. 이는 명성이나 명예처럼 덧없는 것이 아니고, 돈이나 재산처럼 외적인 것이 아니며, 미혹시키는 학식도 아니고, 공허한 권력도 아니다. 하지만 그런 것은 그에게 아무런 도움이 되지 않는다. 그에게도 다른 사람들과 마찬가지로 삶과 의식의 위기가 찾아온다. 필리프의 일생의 환상을 지켜줄지도 모

---

*'에바'는 창세기에 나오는 '이브'의 독일식 이름이다.

를 범죄가 무엇인지 내게는 짐작조차 되지 않았다.

나는 뷔흘러 부인에게 전화를 했다. "살인자를 찾아냈습니다. 하지만 살인 동기는 아직 밝혀내지 못했고, 증거도 확보하지 못했습니다. 어쩌면 벤트 박사의 아버님은 생각보다 더 많은 것을 알고 계실지도 모르겠습니다. 이제 그분을 만나 뵙고 이야기를 나눠봐야 할 것 같습니다."

"몇 시간 있다가 한 번 더 전화주세요. 시간을 낼 수 있는지 알아볼게요."

나는 루이제 공원으로 갔고, 오리들에게 먹을 것을 주었다. 3시 정각에 다시 뷔흘러 부인과 통화를 했다. "내일 오전에 젤프 씨 사무실로 직접 찾아뵙겠다고 전해달라시네요. 정확히 몇 시쯤일지는 모르지만, 반드시 들르시겠다고요." 그녀가 잠시 머뭇거리는가 싶더니 다시 말했다. "그분은 권력에 익숙한 분이세요. 그래서 상전 행세를 하거나 자칫 무례하게 행동할지도 몰라요. 동시에 무척이나 섬세하고 예민한 편이기도 하고요. 그분에게 아드님이나 아드님의 죽음과 관련해 뭔가 마음 아픈 말을 해야만 한다면, 모쪼록 조심해서 해주세요. 그리고 청구해야 할 영수증이나 계산서는 그분께 직접 드리지 말고 저한테 보내주시고요."

"뷔흘러 부인, 저는……"

그녀는 전화를 끊었다.

27
신중한 계획 철저한 마무리

9시 정각, 나는 사무실로 들어섰다. 종려나무 화분에 물을 주고, 재떨이를 비웠으며, 책상과 서류 캐비닛의 먼지를 닦아내고, 만년필과 연필을 가지런히 정리했다.

전화벨이 울렸다. 자동차 전화로 운전사는 벤트 씨가 30분쯤 후 내 사무실에 도착할 것이라고 알려주었다. 그는 메르세데스를 타고 왔다. 운전사는 자동차 문을 열어주었다. 그는 차에서 내리기 전, 건물과 내 사무실, 예전의 담뱃가게 쇼윈도와 유리문, 그리고 금색 글씨로 '게르하르트 젤프 탐정 사무실'이라고 적어놓은 간판을 훑어보았다. 그는 힘들게 몸을 움직여 차에서 빠져나왔고, 마치 육중한 몸의 균형을 잡으려는 듯 차체를 더듬거리며 조심스레, 그리고 가만히 서 있었다. 몸을 움직이며 머리와 긴 코를 이리저리 흔들어대는 코끼리 한 마리. 그를 보면 그가 힘쓰는 법을 잊은 건지, 아니면 이제 곧 성큼성큼 걸음을 내디뎌 모든 것을 납작하게 만들지 알 수 없었다. 그가 힘들게 걸음을 옮겨 문 쪽으로 다가왔다. 나는 문을 열어주었다.

"젤프 씨?" 그의 목소리가 묵직하게 울려 나왔다.

나는 정중히 인사했다. 더운 여름날임에도 그는 추운 듯 외투를 걸치고 있었다.

책상을 사이에 두고 마주 앉자마자 그는 본론으로 들어갔다. "아들을 죽인 게 누구입니까?"

"아마도 벤트 씨는 모르는 사람일 겁니다. 그와 아드님은 한때 친구였고, 그 뒤로는 오랫동안 아무 관계도 없었습니다. 그러다가 이제 그들의 길은 다시 교차하게 되었고, 서로 맞붙어 싸우게 된 것입니다. 그가 아드님을 압박했던 것인지 아니면 아드님이 거꾸로 그를 압박했던 것인지, 그가 아드님에게서 무언가를 받아내려 했던 것인지 아니면 아드님이 그에게서 무언가를 받아내려 했던 것인지는 아직 확인하지 못했습니다. 아드님이 사망하기 전, 아드님과 만나거나 연락한 적이 있으신가요?"

"대체 무슨 생각으로 그런 질문을 하는 거요? 우리는 아버지와 아들 사이요! 그 아이는 대학을 다녔고, 국가고시를 치렀고, 의사가 되었소. 가끔은 그 아이가 말하고 행동하는 게 나로서는 이해하기 어려울 만큼 고상하고 수준 높을 때도 있었지만 그 아이도 종종 내가 하는 일이 어떻게 굴러가는지 이해하지 못했소. 그래도 그 아이는 늘 나를 존중해주었소. 언제나." 벤트 씨는 우렁찬 목소리로 말했다. 그렇게 말하는 동안 그의 얼굴은 경직되어 있었다. 뼈가 툭 튀어나온 관자놀이와 볼과 턱은 살이 쪘음에도 각이 져 있었다. 시원한 이마와 불거진 눈썹 아래의 두 눈은 눈동자나 눈꺼풀조차 움직이지 않은 채 앞만 주시하고 있었다. 단지 입만이 움직이며 말들을 쏟아내고 있었다.

"벤트 씨, 피른하임과 람페르트하임 사이의 지역을 알고 계십니까? 미군 군사시설이 있는 숲지대 말입니다."

"그건 왜 묻는 거요?"

"아드님은 그곳에서 감행된 테러와 관련이 있습니다. 정확히 말하면 테러를 자행한 범인들과 말입니다. 아드님의 서류가방 속에는 그 지역의 지도가 한 장 들어 있었습니다. 경찰에서는 그와 관련해 아무 말도 없었습니까?"

그는 고개를 저었다. "어떤 종류의 지도였소?"

"특별할 건 없습니다. 피른하임 아우토반 분기점과 인근 수 킬로미터 지역을 담고 있는 A4 크기의 종이에 흑백으로 복사된 지도였고, 경계 및 구획번호가 매겨져 있었습니다."

"롤프가……" 그는 더 이상 말을 하지 않았다.

"예?"

"내 아들을 위해서라면 무엇이든 다 해주고 싶있소. 딩신도 그 아이가 어디서 어떻게 살았는지 알고 있지 않소? 집이라고 할 수도 없을 그런 곳에서 지냈다니! 내가 무엇 때문에 평생을 일해왔는데."

나는 아무 말도 못 한 채 기다렸다.

"그 아이는 내 모든 것을 가질 수 있었소. 하지만 그 지도만은……"

"무슨 지도 말입니까?"

그는 우리 사이에 놓여 있는 책상 바닥만을 뚫어져라 바라보았다. 그가 연필을 집어 통나무 같은 손으로 빙글빙글 돌렸다. "나는 모든 게 다시 시작되는 걸 원치 않았소. 그 아이가 당시 그 일에 얼마나 깊이 연루되어 있었는지는 알지 못해요. 하지만 그 아이는 그곳에서 쉽게 빠져나오지 못했소이다. 그 아이가 병원에서 일을 시작했을 때, 이제는 잃어버린 시간을 거의 다 만회했구나 생각했소. 그러니 그 아이가 원한다면 무엇이든 다 할 수 있는 지금, 개인병원을 차리거나 종합병원을 세울 수도 있을 지금에 와서 그 아이가 다시 그 일에 엮여 들어가게 할 수는 없었소."

"아드님이 70년대에 참여했던 정치적인 활동과 조금 전 말씀하셨던 지도 사이에 어떤 관련이 있습니까?"

연필이 뚝 부러졌다. 그는 두 조각 난 연필을 책상에다 내팽개쳤다. "날 심문하라고 당신을 고용한 게 아니오."

나는 아무 말도 못 했다.

그 또한 아무 말 없이, 마치 쓴 약이라도 바라보듯 씁쓸한 표정으로 나를 바라보았다. 삼킬까? 아니면 삼키지 말까? 내가 뭔가 말을 시작하려 하자 그가 손짓으로 저지하며 말하기 시작했다. 롤프는 죽기 며칠 전, 전쟁이 끝나갈 무렵 피른하임 벌판과 람페르트하임 국유림에 독가스를 매립한 장소가 어디인지 표기된 지도를 갖고자 했다. 그는 전에도 한 번 그 지도를 원했던 적이 있었다. "당시 그 아이는 아직 고등학생이었고, 훔친 차를 무면허로 운전하다 사고를 낸 직후였소. 나는 어떻게 해서든 그 아이가 저질러놓은 일들을 바로잡으려고 온갖 애를 썼지. 그리고 마침내 그 일들을 무마했을 무렵, 나는 그 아이가 한밤중에 내 책상과 금고를 뒤져가며 그 지도를 찾고 있는 걸 목격한 거요. 그날, 나는 그 아이를 정말이지 죽지 않을 만큼 흠씬 두들겨 팼다오. 어쩌면……" 그의 눈빛이 불안하게 흔들렸다. "그러고 나서는 문제 될 만한 행동을 해 화를 돋우는 일은 더 이상 없었소. 그 아이는 고등학교를 무사히 졸업했고, 대학을 마치고 의사가 되었지요. 어쩌면 그때 패준 것이 효과가 있었는지도 모르겠군. 외과의사가 되지 않았다고 그 아이에게 특별히 뭐라 하지도 않았소. 그것도 다 자기가 알아서 해야 할 일이니까. 무슨 이야기를 들었는지는 모르지만, 그 아이가 더는 나와 말을 하려 하지 않았다는 것도 어찌 보면 사실이 아니오. 특정한 나이대가 되면 사내아이들은 아버지와 멀어지곤 하니까. 하지만 그런 시기도 이내 지나가버리고 말지." 그는 나를 다시 안정된 눈빛으로 바라보았다.

"아드님은 왜 그 지도를 원했던 겁니까?"

"처음 그랬을 때는 내가 그런 말이라면 입에 담지도 못하게 했소. 두려웠거든. 그리고 두 번째 때는 그 아이가 그 이유를 밀하려 하시 않았고. 아들을 죽인 살인자가 그 지도를 원했던 거요? 그 아이에게 지도를 내주었더라면 그 아이가 아직 살아 있었을지도 모른다고 말하려는 거요?" 그가 자리에서 벌떡 일어섰다. "그 아이를 위해서 그랬소. 나한테는 오직 그 아이만이 중요하단 말이오. 나는 미쳐 돌아가는 정치 짓거리와는 완전히 관계를 끊게 하고 싶었소. 그것만 아니라면, 그 지도를 그 아이에게 주어도 아무 상관 없었어. 나한텐 그 지도가 더 이상 필요하지도 않았으니까."

나는 그가 듣고 싶어 하는 말을 해줄 수가 없었다. 비 오던 어느 날 오후, 아우토반 다리 아래에서 롤프가 죽기 전 어떤 일들이 일어났는지 나는 알지 못했다. 하지만 그 지도가 설사 살인을 저지를 만한 가치가 있는 것이었다 할지라도, 누군가가 그 지도를 얻어내기 위해 그를 죽였다는 사실을 나로서는 상상할 수 없었다. 나는 그런 생각을 벤트 씨에게 말했다. "그 지도가 그럴 만한 가치가 있는 것입니까?"

"현재 말이오? 한때는 그랬을지도 모르겠지만. 루드비히스하펜, 만하임, 하이델베르크로 이어지는 드넓은 지역을 한번 자세히 봐요. 그 지역을 모두 함께 발전시키는 대신에, 부담을 덜어주기 위해 제대로 된 도시 하나를 새로이 건설하고자 한다면, 그 후보지로 떠올릴 수 있는 곳은 람페르트하임과 로쉬, 그리고 피른하임 정도일 뿐이오. 무엇보다도 그 지역은 고속도로와 철도 연결이 용이하지. 고속열차를 타면 프랑크푸르트까지 20분이면 갈 수 있다오. 마찬가지로 20분이면 자동차를 몰고 하이델베르크에 도착할 수도 있고. 또한 오덴발트며 펠처발트 등 주변의 자연은 손을 내밀면 금방이라도 와 닿을 듯 가까이 있소. 어떻소? 듣기만 해도 근사하지 않소? 60년대와 70년대에는 더더욱 그러했지. 하지만 요즘 사람들은 더는 그리 생각하지 않고 그리 계획하지도 않아요. 요즘은 모든 것이 다 다시 작아지고 귀여워졌지. 자그마한 창이나 첨탑까지도 말이오. 그사이, 사람들은 단지 고속열차만을 건설하느라 분주하다오. 굳이 내 견해를 묻는다면, 우리가 당시 조금 더 신중하게 준비하고 철저하게 마무리했다면, 지금쯤 우리 모두는 훨씬 더 잘 살고 있었을 거라고 말씀드리고 싶소."

"미국인들은 그 당시 철수를 계획하고 있었나요?"

"그랬답니다. 그래서 우리는 땅을 사들이기 시작했지. 노이슐로스에서는 땅값이 치솟았고, 프랑크푸르트에서 온 부동산 중개인들은 특히나 약삭빨랐다오. 심지어 그들은 헴스바흐로 가는 큰길가의 낡은 산림감시원의 관사를 50만 마르크에 구입했소." 그가 껄껄 소리 내어 웃으면서 어이없다는 듯 다시

한 번 되풀이했다. "50만 마르크에!"

"그럼 그 지도가 있으면, 어느 지역이 살 만한 가치가 있고 어디에서 손을 떼야 할지 알 수 있었겠군요."

"그건 아니지. 실제 그 지역에는 전혀 손을 댈 수가 없었소. 그곳에는 미군이 주둔하고 있었으니까. 하지만 그들이 떠나가고 나면, 그들이 그곳에 머무르는 동안 스스로 알아서 그것들을 제거하지 않았다면, 그리고 그곳에 도시가 건설되게 된다면, 그 지도는 말 그대로 엄청난 가치를 지니는 것이라오. 하지만 계속해서 이어지는 가정들은 그 지도를 결코 확실한 승자로 만들어주지 못했소이다."

"그 지도는 그럼 어디서 구하셨나요?"

"샀소."

나는 의아한 얼굴로 그를 바라보았다.

"당연히 헌책방에서 사거나 한 것은 아니오. 어느 날, 한 젊은이가 돌아가신 아버지의 유품에서 그 지도를 찾아냈고 그 젊은이는 그게 부동산 사업에 유용하다는 걸 생각해냈지. 그래서 그 지도를 들고 나를 찾아왔고, 난 제법 큰돈을 들여 그것을 구입했던 거요."

나는 그에게 레오의 앨범에서 가져온 사진 속, 젊은 시절의 렘케의 모습을 보여주었다. 그는 사진을 보자 고개를 끄덕였다. 나는 그 지도를 돌아가신 아버지의 유품 속에서 발견했다는 렘케의 말을 믿지 않았다. 레오는 아버지가 근무하던 국방부에서 렘케가 실습을 마쳤다고 이야기한 적이 있었다. 당시 그는 그 지도의 존재를 알았고, 결국 그 지도를 훔쳐낸 게 분명했다. 그는 그 지도를 벤트 씨에게 팔았고, 그러고는 그의 아들을 통해 다시 훔쳐 오게 하려고 시도했다. 아마도 그 지도를 가지고 또 다른 부동산 업자와 똑같은 거래를 하려 했을 것이다. 서독공산주의연맹의 자금을 확보하기 위해서거나, 아니면 자기 자신의 주머니를 채우기 위해서.

"벤트 씨, 혹시 아드님에게 그 지도를 어떤 경로로 구입하게 되었는지 말해준 적이 있습니까?"

"지금이라도 가능하다면 그리하고 싶군."

"그랬었다면 도움이 됐을 텐데요. 때려서 고치려 했던 것보다 훨씬 더 말입니다. 벤트 씨에게 그 지도를 판 젊은이는 바로 렘케였고, 그는 당신에게서 그 지도를 도로 가져오도록 아드님께 시켰습니다. 물론 자기가 벤트 씨에게 그 지도를 팔았다는 말은 결코 하지 않았겠지요. 돈에 대해서도 마찬가지이고 말입니다. 그 대신에, 그는 아마도 숭고한 정치적 목적과 관련된 근사한 말들로 아드님을 그리하도록 부추겼을 겁니다. 그는 아드님에게 정치적 우상이었고, 아드님은 그가 하는 말이라면 무조건 믿었거든요. 렘케가 거짓말로 자신을 기만했으며, 자신을 단지 이용했을 뿐이라는 사실을 깨닫게 되기까지는 말입니다."

"그럼 그가……?"

"아닙니다. 아드님을 살해한 사람은 렘케가 아닙니다."

그는 부러진 연필 조각을 집어 들고는 그 둘을 서로 맞춰보려고 시도했다.

"제가 그 지도를 한번 볼 수 있을까요?"

"그게 사건 규명에 도움이 되겠소?"

"아마도 그럴 거라고 생각합니다."

그는 말없이 나를 바라보았다. 그는 대화하느라 지친 것 같아 보였다. 그는 내 허락을 구하지도 않은 채 사무실 전화기를 집어 들었다. 그러고는 기사에게 차를 문 앞에다 대라고 지시했다. 책상을 짚고 균형을 잡으며 자리에서 일어선 그는 창가로 다가가, 자신의 차가 문 앞에 와 서기를 기다렸다. 문 앞에 선 채로 그가 뒤를 향해 말했다. "전화하리다."

28
붉은색 표시

벤트 씨의 대답을 듣기까지 그리 오래 기다리지는 않았다. 브리기테와 전화를 하고 나자, 뷔흘러 부인에게서 전화가 걸려왔다. 그녀는 지금 막 심부름꾼을 보냈다고 말했다. 또한 벤트 씨는 보내드리는 내용물이 이성적이고 분별 있게 사용될 거라 믿고 있으며, 다시 돌려줄 필요는 없다고 말했다고 전해주었다. 아울러 조사가 종결되고 나면 서면으로 상세히 보고받기를 기대하고 있다고도 말했다. "보고서는 저에게 보내주시면 됩니다. 청구서도 제게 보내주시고요. 좋은 결과가 있기를 기대하면서 오늘은 이만 끊겠습니다."

나는 심부름꾼이 오기를 기다리며, 창문 밖을 내다보고 있었다. 아우구스타 안라게에서는 걸어 다니는 사람들을 보기가 쉽지 않았다. 가까이에는 학교가 몇 군데 있었지만 아이들은 큰길 대신 주로 옆길로 다녔다. 크고 작은 사무실들도 몇

곳 있었지만, 그곳에서 일하는 사람들은 대부분 차를 타고 다녔다. 주차 위반 차량을 단속하는 여자 경찰이 걸어가는 게 보였다. 그러고 나서는 한동안 창문 앞은 텅 비어 있었다. 잠시 후 밝은 색 양복을 입은 흑인 남자 두 명이 시야에 들어왔다. 그들은 잠시 멈춰 서서 뭔가 이야기를 주고받았다. 그러다가 한 사람은 잔뜩 화가 나서, 그리고 다른 한 사람은 근심 어린 얼굴로 그곳에서 떠나갔다. 젊은 여자 하나가 유모차를 밀며 창문 앞 풍경 속을 지나갔다. 책가방을 멘 어린 사내아이 하나도 그 앞을 뛰어 지나갔다. 나는 담배에 불을 붙였다.

심부름꾼은 오토바이를 타고 왔다. 그는 오토바이의 엔진을 켜둔 채 계단을 올라와 문 앞으로 와서는 내게 노란 봉투를 건네고 수령증에 사인을 받았다. 그는 다시 오토바이에 올라 따따따 천둥소리를 내며 그곳을 떠나가기 전, 가볍게 손가락을 들어 경례하듯 인사했다.

나는 얼른 책상 위에 있는 것들을 치워버리고 그 위에 지도를 활짝 펼쳤다. 지도는 전혀 중요한 것처럼 보이지 않았다. 각기 침엽수림과 활엽수림을 표시하는 작은 초록색 숫자들인 1과 2가 곳곳에 적혀 있었고, 푸른색 바움홀츠그라벤 호수 서쪽 편으로는 갈색 등고선이 몇 개 그려져 있었다. 지역 전체는 벌채로 생겨난 회색 숲길로 인해 여러 개의 직사각형들로 구분되어 있었고, 직사각형마다에는 10에서 40까지의 숫자가 적혀 있었다. 11개의 지점에서는 숲길 옆에 붙어 있는 2

센티미터 길이의 성냥개비처럼 좁은 지역이 붉은색으로 표시되어 있었다. 몇몇 지점들은 유난히 넓은 빗금으로 그려져 있었고, 몇몇 곳에는 물음표가 붙어 있었다. 그곳들이 제1차 세계대전의 독가스들이 매립되어 있거나 그렇다고 추정되는 지점들인 걸까? 지도에는 부호 해설이나 일러두기는 전혀 없었다. 표제도 붙어 있지 않았고, 단지 여러 자리 숫자 하나, 축척 표시, 제국시대의 독수리와 나치의 하켄크로이츠가 있는 스탬프, 그리고 해독 불가능한 수결만이 들어 있었다.

나는 지도를 다시 접었다. 사무실에는 금고가 없었다. 하지만 누군가가 침입해 서류 캐비닛을 뒤진 적은 아직까지 단 한 번도 없었다. 나는 지도를 서류 캐비닛의 가운데 칸, 공포탄 권총 아래에다 넣었다. 이 지도의 사본이 있을까? 아마도 그 당시에 렘케가 하나쯤은 만들어놓았을 수도 있을 것 같았다. 그리고 그 사본을 이번 테러 작전을 준비하며 사용했을 가능성이 농후했다. 아울러 지도가 있었기에 애당초 피른하임 테러라는 아이디어도 떠올릴 수 있었을 것이다. 그렇지 않았다면 그 지도는 예나 지금이나 아무런 가치가 없었을 것이다. 어떤 부동산 업자도 지도를 사겠다며 돈을 내지 않았고, 어느 신문사도 그 지도에 관심을 가지려 하지 않았을 테니까.

그런 뒤 나는 햇빛과 사무실 유리문의 금빛 글자가 바닥 위에서 마법처럼 펼쳐내는 그림자 연극을 관찰했다. 길고 가벼운 글자들은 서로에게서 멀어지며 위쪽을 향해 우아하게 떠올랐다. 저녁이 될 때까지는 특별히 할 일이 없었다. 그리고 아무것도 하고 싶지 않았다. 나는 이제 이 사건을 끝내고 싶었다.

　나는 장미 정원에서 레몬소스 송아지고기 커틀릿을 먹었다. 그리고 이른 오후에 상영되는 영화 한 편을 보았다. 영화 속 그녀는 처음에는 그를 사랑했다. 하지만 그는 그녀를 사랑하지 않았다. 그러고는 그가 그녀를 사랑했으나, 이번에는 그녀가 그를 사랑하지 않았다. 그런 다음에는 어느 누구도 서로를 사랑하지 않았다. 그리고 몇 년이 지나 우연히 다시 만난 두 사람, 마침내 그는 그녀를 사랑했고 그녀는 그를 사랑했다. 나는 헤르셸바트에서 땀을 빼고, 수영을 하고, 잠을 잤다. 페쉬칼렉과 브리기테가 생일 케이크를 가져오는 바람에 잠에서 깨어났다. 케이크에 꽂은 촛불을 불어서 끄려 했지만 꺼지지가 않았다. 두 사람은 내 곁에 서서, 내게 뭐라고 말을 하며 내 어깨를 툭 쳤다. 그러면서도 두 사람은 여전히 서로의 손을 잡고 있었다. 두 사람이 서로의 손을 꼭 붙잡고 있다는 걸 확인한 나는 돌아서려 했다. 하지만 돌아서지지가 않았다. 두 사람은 나를 나사 바이스로 물어 고정시키고 있었다.

　내 몸은 아마포 시트로 둘둘 휘감겨 있었다. 시계를 보았다. 이제 출발할 시간이었다.

29
전혀 다른 문제

문에 맞는 열쇠를 기억해놓고 있었다. 그리고 문은 곧바로 열렸다.

주위를 둘러보았다. 1시간 30분 안에 끝내야만 했다. 내 제안을 기꺼이 받아들여 다시 한 번 페쉬칼렉을 초대한 브리기테를 그보다 더 기다리게 할 수는 없었다. 나는 그녀에게 전화를 걸었다. "미안한데……"

"오늘도 또 늦어질 것 같아요?"

"응"

"괜찮아요. 마누도 아직 안 왔어요. 그럼 언제쯤 집에 도착할 것 같아요?"

대형 괘종시계가 8시를 알렸다. "이제 8시니까 9시 30분이면 갈 수 있을 것 같아. 그러니 먼저들 식사해요. 내 것도 좀 남겨놓고."

"그럴게요."

지난번 찾아왔을 때보다 낮이 약간 길어졌다. 아직까지는 불을 켜지 않고도 제대로 볼 수 있었다. 이번에는 책상 위를 몇 차례 훑어보는 것으로 만족하는 대신 권총이 들어 있을 만한 서랍과 칸막이는 하나도 빼놓지 않고 샅샅이 들여다보았다. 서류철 뒤쪽도 꼼꼼히 살폈다. 침실도 뒤졌고, 옷장 속 재킷과 바지부터 풀오버와 셔츠와 속옷 그리고 양말에 이르기까지 모두 다 손으로 만져가며 일일이 확인했다. 신기하게도 그의 신발이 보이지 않는다는 사실을 문득 깨달았다. 여기저기 흩어진 채 널브러져 있는 것도 아니었고, 그렇다고 신발을 넣어둘 만한 신발장이나 올려놓을 만한 선반이 따로 있는 것도 아니었다. 신발 없는 남자? 그럴 수는 없었다. 침대 앞으로 다가가 매트리스를 높이 들어 올리자, 그 아래에 조립해놓은 서랍들이 눈에 들어왔다. 서랍 안에는 반짝반짝 광이 나게 닦은 신발들이 색깔별로 정리되어 있었다. 그 안에 있는 신발들 모두를 끄집어내 그 뒤편까지 살펴보기에는 방 안이 너무 좁았다. 하지만 나는 배를 깔고 누운 채로 침대 아래로 기어들어갔고, 서랍 끝과 벽 사이의 공간을 손으로 더듬어 만져보았다. 역시 아무것도 없었다.

침대 아래는 좁았다. 나는 밖으로 나가려 했다. 하지만 나가는 것은 들어오는 것보다 더 힘들었다. 나는 두 손을 벽에 대고 버티며 두 다리를 버둥거렸다. 하지만 조금도 앞으로 나아가지 못했다. 두 다리로 침대 아래로 쭉 밀고 들어갔다. 하지만 여전히 그 안에서 나올 수 없었다. 그제야 나는, 안으로 들어가는 것과 안에서 나오는 것은 전혀 다른 문제라는 진리를 새삼 깨달았다. 수녀원과 결혼, 외인부대와 불량조직이 떠올랐다. 어린 소년이었을 때 뛰어들었던 소방용 풀이 생각났다. 그때는 막 수영을 배우고 난 뒤였다. 두 바퀴쯤 왕복하고 나서야 나는 매끈한 콘크리트 벽에는 올라가거나 빠져나갈 만한 곳이 없다는 사실을 깨달았다. 나는 꼼짝없이 갇혔던 것이다.

받치고 버둥거리고, 밀고 당기고, 마침내 조금씩이나마 빠져나가기 시작했다. 엉덩이가 더 이상 침대와 바닥 사이에 끼어 있지 않자 몸을 빼내기가 훨씬 수월해졌다. 그다음으로는 어깨가 빠져나왔고, 이윽고 머리가 나왔다. 나는 안도의 한숨을 내쉬었다. 그러고는 잠시 두 눈을 감고, 몸을 돌려 천장을 보고 누웠다. 너무 힘이 들어 곧바로 일어날 수가 없었다.

두 눈을 뜨자 페쉬칼렉이 내 위에 있었다. 그는 한 손은 주머니에 넣고 다른 한 손으로는 콧수염을 배배 꼬면서 나를 내려다보고 있었다.

"언제부터 거기 서 있었어?" 그건 대화를 시작하는 말로는 전혀 적합하지 않았다. 차라리 그에게 말할 기회를 주고, 나는 그냥 편안히 일어나는 게 좋았을 것이다.

"내가 잡아당겨 꺼내드렸어야 했나봐요? 제 침대 밑이 그렇게 좁은 줄은 미처 몰랐네요. 죄송해요. 사과드릴게요. 그리고 초대를 하셨는데, 이제 그다음은 무엇인가요? 우리 탐정나리께서 이제는 어디를 킁킁대며 염탐하실 건가요?" 그가 비꼬듯 허리 숙여 인사했다.

"그나저니 여기는 어떻게?" 그 또한 결코 쓸 만한 대화 도입부는 아니었다. 나는 정신이 하나도 없었다. 하지만 몸부터 일으켜 세워야 했다.

그가 히죽 웃었다. "조금 전 전화할 때 내 방의 괘종시계가 울리는 소리를 들었지요." 그의 미소가 증오의 미소로 바뀌었다. "한번 맞혀보실래요? 브리기테와 전화할 때 내가 어떻게 해서 같이 들었는지 말예요. 어쩌면 당신의 브리기테와 내가 머리를 맞대고 있었던 걸까요? 그럼 왜?"

그가 주머니에서 손을 빼더니 주먹을 불끈 쥐었다. 내가 달려들까 겁이 나서인지, 아니면 그러길 유도하는 건지 알 수가 없었다. 하지만 그건 중요치가 않았다. 나는 일으켜 세운 몸을 풀며 시간을 벌었다.

"왜 그랬을까요?" 그가 춤을 추듯 스텝을 밟으며 물었다.

"권총은 어디다 두었어?"

그가 갑자기 돌처럼 굳어졌다. "권총? 무슨 말을 하는 거예요?"

"잉고, 그러지 말고 솔직히 털어놔. 지금 여기에는 어차피 자네랑 나밖에 없어. 옷장 속에 경찰이 숨어 있는 것도 아니고, 내 넥타이핀에 마이크로폰이 달려 있는 것도 아니잖아. 내가 무슨 말을 하는 건지 자넨 다 알고 있어. 나도 자네가 알고 있다는 걸 알고 있고 말이야. 그런데 뭐 하려고 쓸데없이 연극을 하나? 그렇지 않아?"

"난 정말로 이해가 안 돼요. 어떻게……"

"자네 말이 맞긴 하네. 내가 묻는 것도 다 쇼에 불과하지. 자네가 뭐하려고 권총을 숨긴 곳을 내게 말해주겠나, 그렇지? 아니면 아예 갖다 버렸을 수도 있고."

"이제 됐어요. 브리기테한테는 얼른 가서 사진기만 가져오겠다고 말하고 왔어요. 이제 다시 가봐야지요. 마누 사진을 찍어주려고요. 브리기테가 그러길 원하네요. 그러고 나면 오븐에서 노릇노릇 구워지고 있는 감자 수플레도 먹고요. 그나저나 불이나 켜고 계속해서 권총을 찾든지 말든지 하세요. 그리고 나오실 땐 문단속 잊지 마시고요."

그는 돌아서서 다른 방으로 들어갔다. 그에게는 악의가 없었다. 내가 생각했던 것보다 훨씬 괜찮았다. 하지만 너무도 자연스레 브리기테와 마누와 수플레에 대해 말할 때의 자신감이 머리를 맞대고 전화를 받고 어쩌고 할 때의 조잡한 허풍보다 훨씬 더 나를 아프게 했다. 나는 그가 사진기 두 대와 플래시 하나를 가죽 가방 속에 담는 것을 지켜보았다.

"그리고 15.6도 제가 가져갈게요. 서류철하고 비디오 둘 다요."

그는 아주 천천히 가방 끈을 버클 속으로 밀어 넣어 구멍에 고리를 끼운 다음 단단히 조였다. 그가 무언가를 찾기라도 하듯 얼른 책꽂이 선반을 훑어보았다.

"아직 다 그대로 있어." 내가 말했다.

그는 가방을 챙겨서 어깨에 눌러멨다. 하지만 어찌해야 할지 아직 결정하지 못하고 있었다. 그는 가죽 가방에 손을 얹은 채 그대로 서서 창밖을 내다보고 있었다.

"참, 자네가 롤프에게서 얻어내려고 했던 지도도 내가 갖고 있다네."

그는 이제 어찌해야 할지 더더욱 갈피를 잡지 못하고 있었다. 내가 제대로 미끼를 던진 것일까? 내가 내놓은 제안에 그가 눈독을 들일까? 그는 왼손으로 나름 리듬에 맞춰 가방을 두드렸다. 하지만 그 리듬은 이미 혼란스럽게 뒤엉켜 있었다.

"렘케는 아무래도 위험 부담이 크지 않을까? 물론 자네는 그가 자네에게 협조하고 비밀을 지켜줄 거라는 전제에서 일을 계획하고 시작했겠지. 그는 재판정에 서고, 자네는 자네의 스토리를 미디어에 내놓고 말이야. 그리고 그가 감옥에서 출소하면, 자네가 받아낸 돈의 절반은 그의 몫이 되는 거겠지. 아마도 레오에게는 이자의 이자쯤이나 주기로 했을 테고. 물론 그렇게 되기 전에 그는 대가부터 치러야겠지. 8년? 아니면 10년? 결코 만만한 대가는 아니야. 그런데 그러기 전에 그가 체포되어 처벌을 받게 된다면? 그리고 그에게 자네와 함께 연극을 해주거나 비밀을 지켜줄 생각이 전혀 없다면?"

페쉬칼렉의 손은 이제 느리고 일정하게 가방을 두드리고 있었다.

"어쩌면 그는 벌써 그렇게 하려고 마음먹고 있을지도 모르네. 자네가 경찰에 제보해 그를 붙잡히게 만들었다고 자네한테 복수하려 할지도 모르고 말이야."

그가 나를 향해 돌아섰다. "내가 제보해 붙잡히게 했다고요? 그게 무슨 소린지……"

"자네가 그랬다는 것을 사람들이 제대로 규명해낼 수 있을지는 모르겠네. 테이프 녹음이나 목소리 대조 등 오늘날에는 다양한 현대적 수사기법이 있긴 하지만 경찰이 굳이 비싼 돈을 들여가면서까지 그런 수사를 벌일 필요가 있을까?" 나는 고개를 저으며 말했다. "렘케에게는 증거 따윈 필요 없을 거야. 내가 그를 조금만 도와준다면, 그도 금세 나처럼 깨닫게 될 걸세. 자네가 전화에다 대고 뭐라고 신분을 밝혔는지는 모르겠네만, 그가 어디 있는지 경찰에 제보할 수 있었던 사람은 어느 스페인 관광객이 아니라 오직 자네일 수밖에 없다는 사실을 말일세."

마치 이어질 또 다른 충격을 기대하듯, 페쉬칼렉은 나를 가만히 바라보고 있었다.

나는 말을 이어갔다. "자네에게 더욱 불리한 점은, 렘케에게는 단지 복수만이 중요하지는 않다는 사실일세. 만약 비밀을 털어놓아 이득을 얻을 수 있다면, 그는 자기 자신부터 챙기려 할지도 모르지. 예를 들어 그가 감형을 약속받고 자진해서 사건의 내막을 진술한다면, 형기는 4년이나 5년으로 줄어들 테니까. 그럼 어떻게 될까? 그는 그 모든 것 뒤에는 자네가 숨어 있다고 털어놓을지도 몰라. 그러고는 애초에 테러 이야기를 꺼냈던 사람은 자네고, 자네가 모든 것을 계획하고 실행했다고 말하겠지. 피른하임에서건 비블링겐에서건 총을 쏜 사람은 자네였다고, 자네가 바로 살인범이었다고."

30
아직은 그래도 희망이

그는 체념했다. 미끼고 제안이고 협박이고 내가 무엇을 내놓든, 그는 나의 게임에 동참하지 않겠다는 생각은 더 이상 하지 못했다. 그는 포기하려 하기보다는 게임을 계속할 생각만 했다. 하지만 나의 게임에 함께한다는 것은 그 자신의 게임은 포기해야 한다는 사실을 의미했다.

"롤프 벤트를 쏜 사람이 나라고는 당신도 진심으로 믿지 않는 거군요?" 페쉬칼렉이 놀란 눈으로 나를 보았다.

"자네는 그를 압박했어. 렘케의 권총을 갖고 있었고. 신문사에 알린 것도 자네지. 자네는……"

"하지만 어떻게……"

"어떻게?" 나는 그를 향해 야단치듯 말했다. "자네의 혐의를 어떻게 입증할 수 있을지 알고 싶다는 건가? 경찰이 단서를 구하게 되면, 증거 또한 찾아내게 될 거란 건 자네도 당연히 알고 있겠지? 게다가 그들이 찾아내지 못한 부분은 렘케 한테 들어서 알게 될 테고."

"아니, 제 말은, 무언가를 얻어내기 위해 롤프를 협박해야 하는 내가 어떻게 그를 죽였겠냐고요."

"그거야 나도 모르지! 내가 신경 쓸 일도 아니고."

"그건 사고였어요. 롤프가……"

"총을 쏜 게 사고였다고? 잉고, 그게 대체……"

"내가 말하기 시작했잖아요. 그러면 최소한 무슨 말을 하는지 들어보세요." 그가 체념한 듯, 아니면 분노한 듯 나를 쳐다보았다. 나는 입을 다물었다. "내가 하는 말이 정신 나간 소리처럼 들릴 거라는 건 나도 알아요. 롤프와 나는 서로 다퉜어요. 나는 지도를 원했고, 그는 주고 싶어 하지 않았거든요. 그래서 나는 레오를 정신병원에 숨겨주었다는 사실을 경찰에 신고하겠다고 그를 협박했어요. 그는 내 멱살을 잡았고, 나는 그의 팔을 뿌리치려고 그를 밀쳤지요. 그러다가 그가 그만 뒤쪽으로 떨어지고 말았어요."

"그러고는?"

"바닥에 누워 있었어요. 처음엔 그가 장난을 치나 생각했어요. 그러다가는 기절했나 싶기도 했고요. 뭔가 이상해서 맥을 짚어봤더니, 전혀 뛰지 않았어요. 이미 죽었던 거예요." 페쉬칼렉은 베네치아 안락의자에 몸을 앉히고는, 팔걸이에 팔을 얹은 채 손을 내렸다 올렸다 했다. 나는 기다렸다. 묘한 웃음을 지으며 그가 나를 흘끔 쳐다보았다. "나는 그를 협박하기 위해 렘케의 권총을 갖고 갔었어요. 그리고 이제 어차피 그가 죽고 난 마당에…… 그래서 그를 총으로 쏘았어요."

"그 모두가 자네의 스토리를 완성시키기 위해서였던 거야? 자네 생각대로……"

"생각만 했던 건 아니지요. 당신만 끼어들지 않았다면, 내 계획은 완벽하게 맞아떨어졌을 거예요. 그랬다면 경찰보다 앞서서 그 기자가 현장에 도착했을 테고, 그는 작은 지도를 발견했을 테고, 나름 머리를 굴렸겠지요. 물론 나도 그런 그를 간간이 도와주었을 테고요. 하지만 상황은 예기치 않은 방향으로 흘러갔고, 그 상태로 살인 사건은 언론에 공개되고 말았어요."

"그 권총은 렘케가 자네에게 준 것인가?"

"그가 나한테 뭘 준다고요?" 그가 어이없다는 듯 웃었다. "헬무트는 지나치다 싶을 만큼 욕심이 많았어요. 그리고 몇 년 동안 늘 주기만 하던 나는 거꾸로 너무 욕심이 없었고요. 나는 내가 그와 함께할 수 있다는 게 그저 자랑스러워서 그가 시키는 대로 했어요. 여자아이들은 커피를 끓이고 스파게티를 삶아야만 했고, 나는 전기선이나 기계나 자동차를 담당했고요. 그래서 헬무트는 스페인에서 일련의 그룹과 '뉴에이지 히스토리'란 주제로 세미나를 구상했을 때도 나를 곁에 두고 싶어 했지요. 하지만 그 계획은 실패했고, 그는 돌아왔어요. 그 뒤로도 상황은 계속되었어요. 그 말은 내가 기술 분야를 책임져야 했다는 말이지요. 하지만 나는 교훈을 얻게 되었어요."

페쉬칼렉은 어떤 것도 거저 주어지는 경우는 없으며, 뿌린 만큼 거두게 되고, 누구도 지켜줄 수 없다는 사실을 배우게 되었다. 그리고 그 모두는 렘케의 아이디어였다.

"사람들에게 뭔가를 보여줄 수 있어야만 한다는 것이 그가 내세우는 모토였지요. 축구 시합, 유명인사들의 결혼식, 그리고 사건 사고와 마찬가지로 포스트모더니즘적인 테러 또한 미디어가 관심을 갖는 사건이어야 했고, 따라서 테러도 다른 모든 것들과 마찬가지 방식으로 실행되고 상품화되어야 했어요." 그리고 그 같은 상품화의 빈틈을 메우기 위해 렘케는 페쉬칼렉이 필요했다. 하지만 이번만큼은 단순히 편리함 때문만이 아니라, 그 자신이 할 수 없는 일이었기에 그랬다. 그에게는 카메라맨이 필요했던 것이다. "그는 내가 필요했지요. 하지만 그러면서도 나와 반반으로 나누려 하지 않았어요. 나한테 3분의 1만 떼어주려 했지요. 그와 이야기해봤지만 아무런 소용이 없었어요. 그는…… 그와 이야기해 그를 설득한다는 건 결코 쉬운 일이 아니었어요. 그래서 스스로에게 다짐했지요. 기다리자. 이제 곧 나의 시간이 온다."

그 시간은 마침내 찾아왔다. 그리고 그 충격은 대단했다. "테러가 감행되고 난 다음 날 아침, 우리는 라디오 앞에 앉아 있었어요. 매 시간 라디오에서는 뉴스가 흘러나왔지요. 그리고 그때마다 우리는 이제는 하고 귀를 기울였어요. 하지만 매번 실망하고 말았어요. 뉴스는 우리가 벌인 테러에 대해 한마디도 말이 없었어요. 우리가 벌인 테러로 두 명의 사망자가 발생했고, 그건 결코 작은 사건이 아니었는데도 말이죠." 그 뒤로도 며칠이 지났지만, 뉴스에서는 테러에 관해 여전히 아무런 소식도 전해지지 않았다. 베르트람과 레오는 어찌 되었을까, 베르트람은 체포된 뒤 어떤 사실을 진술했을까, 그리고 레오는 어디로 숨은 걸까? 그 같은 불안감은 이제 실망감으로 바뀌었다. 어차피 베르트람은 중요한 사실이라곤 아무것도 자백할 수 없었다. 애당초 그는 렘케와 페쉬칼렉에 대해 알고 있는 게 거의 없었기 때문이다. 그리고 레오라면 절대로 입을 열지 않을 것이라고 렘케는 확신하고 있었다. 그렇게 해서 두 사람은 다시금 다음 작업에 착수했고, 방송국과 신문사에 편지를 발송했다. 하지만 그마저도 아무런 결실을 거두지 못하자 렘케는 마침내 모든 것을 포기하려 했다. "그는 당신이 레오를 찾아 나서도록 만들기도 했지요. 그렇게 함으로써 우리가 더 많은 압박을 가할 수 있을 거라고 자신 있게 말했어요. 그녀가 어느 날 실수로 우리 일을 망치게 할까봐 걱정할 필요는 없다고 말예요. 그러면서 그는 내게서 돈을 가져갔지요. 하지만 나는 그가 그러는 건 단지 그녀를 찾기 위해서일 뿐이라고 생각했어요. 그래서 그때부터 이미 내 나름의 새로운 계획을 짜게 된 것이에요."

이제는 페쉬칼렉의 시간이었다. 그는 내 뒤를 쫓아 몰래 감시했고, 그로 인해 레오의 종적을 거의 찾아낼 뻔했으며, 라비츠와 블레크마이어를 시켜 나를 몰아붙이게 했다. 롤프의 살해 사건조차 충분하다 싶을 만큼 공개되지가 않자, 페쉬칼렉은 먼저 나에 대한 정보를 경찰에 제보했고, 그다음에는 렘케와 레오를 제보했다. "헬무트는 계속해서 나와 연락을 주고받고 있었어요. 그 또한 실패해 언젠가는 위험에 빠질 수도 있다는 사실을 미처 생각 못 한 거지요."

페쉬칼렉은 잠시 말을 멈추고 기대에 찬 눈으로 물끄러미 나를 바라보았다. "아직은 모든 희망이 다 사라진 것은 아니에요. 소송이 시작되면, 헬무트는 케퍼탈을 무너뜨리고 피른하임을 새로이 제시하는 거지요. 이는 엄청난 힘으로 폭발할 것이고, 그러면 그동안 내 스토리를 외면해왔던 TV와 신문은 모두가 내 자료를 차지하겠다며 득달같이 달려들겠지요. 당신이 갖고 있다는 지도와 더불어 나의 스토리는 더욱 완벽해지고, 그만큼 더 비싸질 테고요. 그렇게 되면 우리 모두는 저마다 적어도 50만 마르크씩을 벌게 될 거예요. 그것도 아주 손쉽게." 그가 주머니에 손을 넣어 뭔가를 찾듯 뒤적거렸다. "담배 있으세요?"

나는 담배 한 개비를 꺼내 불붙여 물고, 라이터와 담뱃갑을 그에게 던져주었다. 그러고는 책장에 기대어 섰다. "그건 이제 그만 잊어버려. 더 이상은 가능한 이야기가 아니니까. 대신 그 자료는 내게 넘겨주고."

"그걸로 뭘 하시게요?"

"걱정 마, 돈하고 맞바꾸려는 건 아니니까. 그게 있으면 어쩌면 레오를 꺼내 오는 데 도움이 될지도 몰라."

"말도 안 되는 소리. 벌써 반년이 넘도록 이 일에 매달려왔어요. 그런데 이제 와서 모든 걸 포기하고, 기껏 그 젊은 여자애나 구해내자고요?"

"어차피 이제는 다 끝나버렸으니까. 경찰은 롤프를 쏜 총알이 렘케의 총에서 발사되었다는 사실을 이미 알고 있어. 그들이 렘케 앞에 그 총을 들이밀면, 그는 자네가 그 총을 가져다가 롤프를 쐈다는 걸 금세 알게 될 거야. 그리고 당연히 자기가 저지르지도 않은 살인죄까지 덮어쓰려고 하지는 않겠지. 그렇다면 그는 어쩔 수 없이 자네 이름을 경찰에게 알려줄 수밖에 없어. 그에게는 다른 선택의 여지가 없으니까. 그러니까 이제 그만 포기해, 잉고."

나는 책꽂이 선반에서 15.6 서류철과 비디오필름을 집어들었다. 그 순간, 그가 달려들어 그것들을 움켜쥐었다. 나도 빼앗기지 않으려고 힘껏 움켜쥐었다. 하지만 내게는 애당초 승산이 없었다. 그는 젊었고, 힘도 셌으며, 분노에 휩싸여 있기까지 했다. 잠시 힘겨루기가 이어졌고, 그는 자신의 물건을 다시 확보했다.

페쉬칼렉은 사악하고 음험한 눈으로 나를 쳐다보았다. "이 걸 가지고는 절대 나갈 수 없지요." 그가 장난하듯 나를 향해 오른손을 쭉 뻗었다. 나는 뒤로 물러섰다. 그는 들고 있던 서류철과 비디오필름을 바닥에 내려놓고 내 쪽으로 조금 더 가까이 다가왔다. 나는 그가 무얼 하려는 것인지 전혀 알 수 없었다. 그는 복싱 스텝을 밟으며 오른손과 왼손을 번갈아가며 나를 향해 쭉쭉 뻗었고 나는 계속해서 뒤로 밀려났다. 그가 정신이 나간 걸까? 그가 내뻗은 주먹이 나를 가격했다. 나는 비틀거리며 뒤쪽으로 물러서다 열려 있던 화장실 문 안으로 밀려 넘어졌다. 그 바람에 화장실 겸 암실에 있던 비커와 유리병, 각종 통들이 바닥에 떨어져 깨졌다.

나는 얼른 몸을 일으켰다. 그 순간 화학 약품 냄새가 코를 찔렀다. 가스레인지에 불을 켤 때 나는 것 같은 훅 소리와 함께, 내가 넘어지며 떨어뜨렸던 담뱃불이 욕조 아래쪽에 고여 있던 화학 약품 웅덩이에 불을 붙였다. 나는 깜짝 놀란 페쉬칼렉을 밀치고 얼른 거실로 뛰어나갔다. 내 뒤에서 다시 한번 훅, 불붙는 소리가 들렸고 또 한번 연달아 들려왔다. 불길의 열기가 후끈 느껴졌다. 나는 돌아섰고, 화장실 문 안쪽에서 솟아 나온 불길이 바닥 양탄자와 책장으로 번져 붙는 것을 보았다. 페쉬칼렉이 얼른 윗도리를 벗어 불길을 잡아보려고 휘둘렀다. 하지만 불길이 잡힐 기미는 보이지 않았다.

"나가야 해!" 내가 소리쳤다. 불길은 점점 더 거세졌다. 침실의 침대와 옷장이 이미 불길에 휩싸여 있었다. "나가야 한다고!"

그가 불길에 대고 휘두르던 윗도리에도 불이 붙어 훨훨 타올랐다. 나는 그를 붙잡았다. 하지만 그는 내 손을 뿌리쳤다. 나는 그를 다시 붙잡아 문 쪽으로 홱 잡아당기며 문을 열어젖혔다. 순간 바람이 밀려들며 집 안이 온통 불길에 휩싸였다. 후끈한 열기가 우리를 층계참으로 몰아붙였다. 그곳에 멈춰서서 페쉬칼렉은 넋이 나간 얼굴로 불에 타고 있는 방을 바라보았다. "이제 그만 내려가야 해!" 내가 다시 한 번 그를 재촉했다. 하지만 그는 여전히 아무 소리도 듣지 못했다. 오히려 몽유병 환자처럼 불길을 향해 문 쪽으로 다가가려는 그를 나는 계단 아래로 힘껏 밀치고 서둘러 계단을 뛰어 내려갔다. 내게 떠밀린 그는 균형을 잃고 비틀거렸고, 다시 균형을 잡는 것 같다가 이내 넘어지며 계단 아래로 굴러떨어지고 말았다.

그는 계단 아래 땅바닥에 꼼짝도 않고 누워 있었다.

31
라비츠 웃다

집집마다 불이 켜지고 창문이 열렸다. 창밖으로 머리를 내밀었던 사람들은 저마다 깜짝 놀라 소리쳤다. 소방차가 오기도 전에 구급차가 먼저 도착했고, 의식을 잃은 채 쓰러져 있던 페쉬칼렉을 태우고 급히 떠나갔다. 소방차들도 뒤이어 현장에 도착했다. 머리에는 작은 헬멧을 쓰고 허리띠에는 손도끼를 찬 푸른색 제복의 소방대원들은 눈 깜짝할 사이에 소방 호스를 손에 든 채 달려들었고, 불길을 향해 물을 뿜어대기 시작했다. 하지만 그곳에는 진압해야 할 불길조차 이미 얼마 남아 있지 않았다.

나는 뜨겁고 축축하고 시커먼 진창 속을 여기저기 들쑤시고 다녔다. 소방관이 나를 화재 현장에서 몰아내기도 전, 나는 모든 노력이 헛된 것임을 확인할 수 있었다. 서류철이나 비디오필름과 조금이라도 비슷해 보일 만한 것은 고사하고,

그곳에는 더 이상 아무것도 남아 있지 않았다.

경찰이 목격자를 조사하는 사이 나는 슬그머니 그곳에서 빠져나왔다. 마음 같아서는 브리기테한테 가기보다는 장미 정원이나 집으로 가고 싶었다. 하지만 그녀를 마냥 기다리게 할 수는 없었다. 나는 그녀에게 페쉬칼렉과 나 사이에 있었던 일을 적당히 듣기 좋게 꾸며 들려주었다. 내 말을 들은 그녀는 만족해했고, 나는 그녀와 그가 머리를 맞대고 무슨 일을 했는지 듣지 않아도 되어서 만족했다. 그날 밤 늦게, 페쉬칼렉이 뇌진탕 증세로 입원해 있던 시립병원에 전화를 했다. 그는 다리 하나와 팔 하나가 부러졌지만 그 밖에 별다른 이상이 없었다.

얼마 후, 나는 침대에 누워 내가 맡았던 사건의 잔해를 정리했다. 나는 아주 멋진 집에 살면서 자기 소유의 종합병원을 운영할 수도 있었을 롤프 벤트에 대해서 생각했다. 가련한 살인자 페쉬칼렉, 그리고 도주와 감옥 사이에서 불안정한 삶을 살고 있는 레오에 대해서도 생각했다. 나는 눈을 감을 수 없을까봐 걱정되었다. 하지만 아주 편안히 잠이 들었다. 꿈속에서 나는 불길에 쫓기며 가파른 계단을 뛰어 내려와 끝없이 이어지는 복도를 따라 도망쳐야만 했다. 달려가다가는 이내 허공으로 붕 떠오르기도 하고 미끄러지기도 했다. 나는 바람에 나부끼는 잠옷을 입고 책상다리를 하고 앉은 채, 윙윙 바람 소리를 내며 계단 위와 복도 위를 날아다녔다. 그러다가 마침

내 불길을 한참 뒤에 두고는, 가지각색 들꽃들이 만발한 초록 풀밭 위에 부드럽게 내려앉았다.

브리기테의 집에서 내 집으로 가는 가장 빠른 길은 네카 강 위의 나무다리를 지나 콜리니 센터로 건너간 뒤, 국립극장 뒤를 지나 베르터 광장을 가로지르는 길이었다. 아침 6시 이른 시간이라 길 위에는 오가는 사람이 없었다. 괴테 슈트라세와 아우구스타 안라게에서만 가끔씩 차들이 눈에 띄었다. 밤에도 온도는 쉽사리 내려가지 않았고 후끈하게 느껴지는 아침 기운이 오늘 하루도 꽤 더울 것을 예고했다. 시청 앞 길에서 검은 고양이와 마주쳤다. 내게는 행운이 필요할지도 몰랐다.

벤트 씨에게 보내는 보고서는 할 수 있는 만큼 상세히 최선을 다해 작성했다. 그런 다음, 마지막 마무리 일을 시작했다.

나는 국방부에 전화를 했다. 몇 차례 엉뚱한 곳으로 연결이 되기도 하고, 또 몇 차례 제대로 연결이 되더니 마침내 한 남자가 전화를 받았다. 그는 두 차례의 세계대전을 거치면서 확인된 독가스 저장소와 관련된 업무를 맡고 있는 공무원이었다. 그는 아무 말도 하려 하지 않았고, 사실 그럴 수도 없었을 것이다. 하지만 위험을 예방하고 피해를 최소화할 수 있는 일이라면 당연히 무슨 일이든 관심을 보일 준비가 되어 있었다. 피른하임? 먼저는 독일군, 그리고 다음으로는 국방부의 재고에서 나온 지도 데이터? 인도에 대한 보상금? 그는 그 일에 대해 좀 더 자세히 알아보겠노라고 대답했다. 내가 전화번호를 알려주려 하지 않자, 그는 자신의 사무실과 집 전화번호를 내게 알려주었다.

네겔스바흐 경감 또한 아무 말도 하려 하지 않았고, 할 수도 없었다. "잘거 양은 어찌 지내느냐고요? 준비 절차는 원활하게 진행되고 있습니다. 그리고 당분간은 사건과 관련한 일체의 정보를 외부에 공개해서는 안 된다는 엄정한 지시가 내려왔습니다. 그래서 어쩔 수 없이 젤프 씨에게도 별달리 드릴 말씀이 없습니다." 그의 목소리는 그 내용만큼이나 차갑고 냉랭하게 들렸다. 하지만 그는 프란츠 검사와의 자리를 주선해달라는 나의 부탁만큼은 기꺼이 받아들였다.

그날 오후, 나는 하이델베르크 검찰청에서 그들과 다시 한번 마주 앉아 있었다. 세련된 프란츠 검사, 어찌할 수 없는 라비츠, 지칠 줄 모르는 불쾌감의 블레크마이어. 그리고 네겔스바흐 경감도 와 있었다. 하지만 그는 의자를 우리가 둘러앉아 있던 테이블 앞 대신, 문 옆쪽에 갖다 놓고 앉았다. 그 모습은 마치 무슨 일이 있으면 얼른 빠져나가거나, 아니면 우리 가운데 어느 누구도 함부로 나가지 못하도록 막고 있는 것 같았다.

"저와 이야기를 나누고 싶으시다고요?"

"저는 검사님께 사건의 정황에 대해 보고하고, 아울러 검사님께 한 가지 제안을 하려고 합니다."

"세상에!" 라비츠가 짜증난다는 듯 투덜거렸다. "우리가 이제는 저 사람과 협상까지도 해야 하는가봅니다."

"먼저 사건의 정황부터 말씀드리겠습니다. 괜찮겠습니까?"

프란츠 검사는 고개를 끄덕였고, 나는 렘케의 포스트모더니즘적인 테러, 페쉬칼렉과 벤트의 수년 전 첫 만남과 비블링겐 인근의 아우토반 아래에서 이루어진 그들의 마지막 만남에 관해 이야기했다. 그리고 내가 페쉬칼렉의 집을 찾아가 발견한 페쉬칼렉의 자료와 문제의 지도에 관해서도 보고했다. 그 모든 것들을 이야기함에 있어 나는 오직 사실만을 말했다. 단 하나 예외가 있다면, 내가 서류철과 비디오필름을 불길 속에서 구해냈다고 말한 것이었다.

"벤트의 살인범이 현재 병원에 누워 있으며, 자신을 체포하러 오기만을 기다리고 있다는 말씀입니까?"

"거의 그렇습니다. 단, 그가 벤트를 살해했다고는 말하지 않았습니다. 저로서는 그의 해명을 신빙성이 있는 것으로 판단하고 있으니까요."

"허어." 라비츠가 바람 빠지는 소리를 냈다.

"그렇다면 이제 저한테 어떤 제안을 하시려는 겁니까?" 프란츠 검사가 예의 부드러운 미소를 지어 보이며 물었다.

나도 그에게 마주 웃어 보였다. 그러고는 잠시 뜸을 들이며 긴장감을 고조시켰다. "저는 페쉬칼렉의 자료를 보관하고 있습니다. 하지만 그 자료가 결코 언론이나 변호인의 수중에 들어가지 않도록 처리할 것을 약속드립니다. 페쉬칼렉이나 렘케에게는 그 자료가 불에 타버렸다고 말씀하시면 될 것입니다."

"그럼 그 대가로 당신은 뭘 원하는 건데요?" 라비츠가 히죽거리며 물었다.

"그전에 말씀드릴 게 한 가지 더 있습니다. 지도 또한 당신들에게 제출하겠습니다."

"우리는 지리학을 공부할 일도 없는데."

"라비츠 씨, 가만히 좀 계셔보세요. 그 지도가 뭔가에 유용하다면 우리에게도 분명 쓸모가 있을 겁니다."

나는 프란츠 검사에게 내가 받아두었던 국방부 공무원의 전화번호를 건네주었다. 그리고 그는 블레크마이어에게 본으로 전화를 해 내가 말한 내용을 확인하도록 지시했다.

"이제 원하시는 바를 말씀할 차례인가요?"

"잘거 양을 석방해주시고, 재판을 받지 않도록 조처해주시기 바랍니다."

"허허!" 라비츠가 다시 한 번 헛웃음을 지었다.

"그걸 원하셨군요." 프란츠 검사가 고개를 끄덕였다. "그런데 당신에게 이 사건의 조사를 맡긴 벤트 씨가 그 사실을 알게 되면 뭐라고 말할까요?"

"그의 아들이 죽기 전 마지막으로 했던 일은 바로 그녀를 도와주는 일이었습니다. 그는 그녀를 아모르바흐에서 숨어 지내도록 일자리를 알아봐주었고, 그전에는 국립정신병원에 입원시켜 경찰의 추적을 피할 수 있도록 도와주었습니다. 내게 사건의 조사를 맡긴 분 또한 자신의 아들이 가슴에 품었던 것과 행했던 일들을 소중하게 간직할 것입니다."

라비츠는 다시 웃기 시작했다. 프란츠 검사는 그런 그를 다시 한 번 신경질적으로 쳐다보았다. "페쉬칼렉의 자료를 사본으로라도 받아볼 수 있을까요?"

"그건 안 됩니다."

"왜죠?"

"당신이 그 자료의 내용을 확인하고, 그 자료의 폭발력을 완화시킬 수 있는 모종의 준비를 시도하는 걸 제가 원치 않기 때문입니다."

"하지만 우리로서도 한 번은 봐야 하지 않겠습니까?"

"그러기에는 제가 짊어져야 할 위험 부담이 너무 큽니다."

"그럼 우리는 미리 보지도 못하고 사야만 하니, 결국 눈먼 장사를 해야 하는 겁니까?"

"대신, 페쉬칼렉이 언론에 발송했던 자료 정도는 직접 찾아 확인해보실 수 있을 겁니다. 어차피 그 자료들은 이미 세상에 유포되어 있는 상태이니까요. 그리고 몇몇 샘플 정도는 저도 지금 당장 보여드릴 수 있습니다." 나는 페쉬칼렉의 집을 처음 방문했을 때 가지고 나왔던 사진의 사본 몇 장을 꺼내 그들 앞에 늘어놓았다.

"젤프 씨의 말을 믿어도 되겠습니까?" 프란츠 검사가 네겔스바흐 경감 쪽으로 돌아앉으며 물었다. "그가 갖고 있는 자료를 혼자서 처분하도록 믿고 맡겨도 될까요? 경감님 생각을 듣고 싶습니다."

"혼자서 처분한다? 솔직히 우리는 저 사람이 그 자료를 갖고 있는지도 확인할 방법이 없는데요. 어쩌면 그 자료가 이미 불에 타 없어졌을지도 모르는 일이고. 그렇다면 저 사람은 지금 그저 포커페이스로 블러핑을 하고 있는 것에 불과할지도 모르잖아요. 아니면 렘케나 페쉬칼렉에게 사본이 있을지도 모르는 일이겠지만." 라비츠가 뭔가 알아듣지 못할 말들을 웅얼거렸다. 하지만 그러면서도 마치 새어 나오는 웃음을 억지로 참기라도 하는 듯 꿀꺽 침 삼키는 소리를 냈다.

네겔스바흐 경감은 나와 프란츠 검사를 차례로 쳐다보았다. "저라면 일단은 젤프 씨를 믿어보겠습니다. 그리고 혹시 또 다른 사본이 존재하는지는, 화재에 관한 소식에 렘케와 페쉬칼렉이 어떻게 반응하는지를 예의 주시하면 확인할 수 있을 겁니다."

프란츠 검사는 페쉬칼렉을 체포하도록 필요한 조처를 취해달라며 네겔스바흐 경감을 방에서 내보냈다. 곧이어 블레크마이어가 돌아왔고, 프란츠 검사는 나에게 잠시 밖에서 기다려달라고 부탁했다. 잠시 후 네겔스바흐 경감이 돌아왔고, 복도에 나와 있던 나는 그와 멋쩍은 얼굴로 마주 보고 서 있게 되었다.

"고맙소."

"내게 고마워할 게 뭐가 있다고." 그는 사무실 안으로 들어갔다.

안에서는 그들이 서로 이야기 나누는 소리가 들려왔다. 간간이 라비츠가 웃는 소리도 들려왔다. 20분쯤 지나자 프란츠 검사가 복도로 나왔다. "바로 연락드리도록 하겠습니다. 그리고 여러모로 협조해주셔서 진심으로 감사드립니다." 나는 그와 악수를 나눈 뒤 그곳에서 빠져나왔다.

나는 사무실로 갔다. 보고서를 마무리하고, 청구서를 작성해 덧붙였다. 나는 레오의 사진을 책상 위 돌사자에 기대어 세웠다. 그러고는 자리에 앉아 담배를 피우며 사진을 쳐다보았다. 집에서는 터보가 토라진 채 나를 맞이했다. 나는 뜨거운 열기가 그대로 느껴지는 발코니에 앉았다. 그러자 터보가 다가와, 내게 등을 돌리고 앉아 자기 몸을 깔끔히 핥았다.

저녁 8시가 채 못 되어 전화벨이 울렸다. 네겔스바흐 경감이었다. 그는 내일 아침 파울렌 펠츠로 잘거 양을 데리러 오면 된다고 말해주었다. 아울러, 지도도 잊지 말고 가지고 와야 한다는 말도 전해주었다. 그는 사무적으로 말했고, 나는 그런 그에게서 공식적인 통보가 끝나면 작별을 고하며 전화를 끊을 것 같다는 느낌을 받았다. 하지만 그는 전화기를 내려놓지 못한 채 머뭇거렸다. 그리고 나는 기다렸다. 그렇게 우리 사이에는 고통스러운 침묵이 흘렀다. 그가 헛기침을 하더니 마침내 입을 열었다. "젤프 씨, 잘거 양 일로 많이 힘들게 될지도 모릅니다. 이 말은 꼭 전해드리고 싶었습니다. 그럼 이만 전화 끊겠습니다."

32
너무 늦은

네겔스바흐 경감에게 그게 무슨 말이냐고 묻는 것은 내 자존심이 허락하지 않았다. 하지만 TV에서 보았던, 기진맥진하고, 당황하고, 어쩌면 씁쓸하니 호전적이기까지 한 레오의 모습을 나 스스로도 떠올릴 수 있었다.

다음 날 아침 나는 일어나자마자 집 안을 정리했다. 몇 년 전 시니어 서핑대회에서 3등을 하고 상품으로 받아 왔던 캘리포니아산 샴페인을 얼음에 넣어두고, 뜨거운 물과 찬물로 샤워를 했다. 또 옷장 앞에서 20분 가까이 머무르며 청동색 양복과 하늘색 셔츠, 작은 구름 무늬가 박힌 넥타이를 골랐다. "첫사랑에 빠진 소년처럼 구는 꼴 좀 봐." 하이델베르크로 차를 몰고 가는 길, 내면의 소리가 나를 비웃었다. 구치소 정문에 도착해 무뚝뚝한 블레크마이어에게 지도를 건네주고 나자, 뭔가 찜찜하면서도 불편한 기분이 들었다.

그녀는 체포된 직후 TV에 나오던 때와 마찬가지로 체크무늬 셔츠를 입고 있었다. 하지만 옷은 그새 깨끗하게 세탁되어 있었고, 밤을 샌 듯한 피곤함도 사라졌으며, 갈색 곱슬머리는 다시금 부드럽고 풍성하게 어깨 위로 흘러내려와 있었다. 그녀는 나를 보자마자 환하게 웃으며 두 팔을 활짝 벌렸다. 그 모습에 한결 마음이 편안해졌다.

"그게 다야?" 그녀는 비닐봉지 하나만 들고 있었다.

"네, 지난번 체포될 때 어디선지는 모르지만 제 소지품들이 다 없어졌더라고요. 그나마 이것들은 아저씨 친구분이라는 경감님이 갖다주신 거예요. 보세요, 이렇게 화장수까지 챙겨주셨더라고요!" 그녀는 탁자 위에다 비닐봉지 안에 들어 있던 것들을 와르르 쏟아냈다. 그러고는 마치 지금 막 발견해낸 어떤 규칙에 따라 물건들을 다시 배치하려는 듯 이리저리 자리를 옮겼다. 화장수는 한가운데에 자리 잡았고, 다른 화장품들은 그 주위에 둥글게 놓였다. 하지만 손수건과 메모장과 볼펜이 들어갈 자리는 어디에도 없었다.

유리창 뒤에서 문을 열고 닫는 버튼을 관리하는 구치소 직원이 이쪽을 건너다보며 물었다. "무슨 일 있어요?"

"바로 끝낼게요." 그녀가 몇 차례 더 자리 배치를 시도했다. "아무래도 안 되겠어요." 그녀는 비닐봉지 안에다 꺼내놓았던 것들을 도로 쓸어 담았다. "아저씨, 저 밖에 나가서 드라이브도 하고, 어디든 마구 돌아다니고 싶어요. 그래도 되죠?

저 안에 갇혀 있으면서 하루 종일 하일리겐베르크 산만 바라보고 있었거든요."

우리는 뮌히호프 광장으로 차를 타고 갔고, 뮌히베르크 산을 올랐으며, 미하엘스-바실리카 회당으로 가는 구불구불한 길을 걸어 올라갔다. 베겔른부르크로 올라가던 때와 거의 똑같은 상황이 펼쳐졌다. 레오는 저만큼 앞서 올라갔고, 그녀가 뛰어갈 때면 머리카락이 바람에 나부꼈다. 우리는 거의 말이 없었다. 그녀는 망아지처럼 뛰어다녔고, 나는 그런 그녀를 지켜보고 있었다. 문득문득, 그녀와 함께했던 여행이 마치 오래전 지나가버린 젊은 날의 기억인 듯 아프게만 다가왔다. 우리는 '숲속마을' 레스토랑에 들어갔고, 키가 크고 오래된 나무들 아래 정원 테이블에 앉았다. 이제 겨우 10시 30분이었고, 손님은 우리밖에 없었다.

"궁금하네."

"뭐가요?"

"나를 떠나고 나서 어찌 지냈는지 말이야."

"난 아저씨를 떠나지 않았어요. 내가 그랬었나요? 아직은 빌려 갔던 400프랑을 돌려드릴 수 없어요. 지금은 돈이 없거든요. 헬무트가 그 돈을 가져갔어요. 저는 그 돈을 아저씨한테 보내드리려고 했는데, 헬무트는 아저씨가 우리 때문에 돈을 충분히 벌었을 거라며 그러지 못하게 말렸어요. 정말로 그랬어요? 헬무트도 나를 이용해 돈을 벌려 했고, 그의 친구도 나를 이용해 돈을 벌려고 했어요. 저는 그렇게 느꼈어요. 하지만 아저씨는……" 그녀는 이마를 살짝 찡그리고는, 손가락으로 테이블보의 네모 무늬를 따라 그렸다.

"이 사건을 위임받지 않았더라면 너를 알지 못했겠지. 하지만 우리가 함께 여행했을 때, 나는 더 이상 위임받은 상태도 아니었고 돈도 받지 않았단다. 그나저나 로카르노에서는 어떻게 헬무트에게로 가게 된 거야?"

"그에게 전화했어요. 그리고 그가 왔고요. 우리는 이탈리아 반도 끝까지 내려갔어요. 시칠리아까지요. 그러고는 다시 리비에라까지 올라와 스페인으로 건너갔지요. 헬무트는 온갖곳을 다 기웃거렸어요. 돈을 구하려고요. 하지만 마련할 수가 없었죠." 그녀는 마치 두 명의 낯선 사람들에 관해 보고하듯 이야기했다. 내가 묻는 질문에는 짧고 간단하게 대답했다. 헬무트가 가져왔던 돈을 모두 써버린 뒤, 그와 레오가 자동차에서 잠을 자고, 먹은 음식 값과 주유한 기름 값을 내지 않고 도망치고, 슈퍼마켓에서 물건을 훔쳤다는 사실을 미루어 짐작할 수 있었다. "그러자 헬무트는 내게…… 나한테 눈독을 들이는 관광객이나 다른 사람들이 있었어요. 헬무트는 나보고 그들에게 다가가 사근사근하게 대하라고 말했어요. 저는 전혀 그러고 싶지 않았는데요."

"그럼 수신자 부담으로라도 전화하지 그랬어? 결국 돈이 없어서 내게 전화도 제대로 못 했던 거야?"

그녀가 웃었다. "재미있었어요. 밤에 서로 전화하는 거, 그렇죠? 아저씨는 거의 전화를 받지 않았어요. 사무실에 있지 않았으니까. 저도 마찬가지였고요." 그녀가 다시 한 번 웃었다. "제가 헬무트한테 그랬어요, 그 친구라는 사람한테 말해서 아저씨한테 인사 전해달라고. 하지만 그가 그러지 않았다는 건, 저도 눈치채고 있었어요."

우리는 점심을 먹었다. 전에는 '숲속마을'에서도 꽤 괜찮은 가정식 요리를 맛볼 수 있었다. 하지만 오늘은 전자레인지에 넣었다가 몇 분 만에 꺼낸 듯한 형편없는 뵈프 부르귀뇽이 나왔다.

"전에 먹은 건 훨씬 맛있었는데." 그녀가 내게 눈을 찡긋해 보였다. "무르텐 호수 위에 있던 호텔 기억나세요?"

나는 고개를 끄덕였다. "오늘 저녁에는 제대로 된 레스토랑으로 가보자. 다른 무슨 계획 있어? 하이델베르크에 있을 거지? 공부는 계속할 거고? 어머니도 한번 찾아뵈야지? 어머니한테도 분명 네 소식이 전해졌을 거야. 어머니 소식은 좀 들었니?"

그녀가 뭔가 잠시 생각하는 듯했다. "미용실에 들르고 싶어요. 머리가 너무 엉망인 것 같아서요." 그녀는 둥글게 말아진 머리카락을 잡아 매끈하게 잡아당겼다. "고약한 냄새도 나고요." 그녀가 머리카락을 끌어다 코앞에 대고는 킁킁 냄새를 맡았다. "여기, 아저씨도 맡아보세요!"

맞은편에 앉아 있던 나는 손사래를 쳤다. "괜찮아. 어쨌거나 미용실에도 한번 들르자."

"정말이에요. 한번 맡아보라니까요." 그녀가 자리에서 일어나 테이블을 돌아 와서는 머리를 내 앞으로 들이밀었다.

그녀의 머리에서는 해 냄새가 났다. 살짝 화장수 냄새도 났다. "고약한 냄새가 난다고? 난 오히려……"

"난다니까요. 다시 한 번 맡아보세요." 그녀는 머리를 좀 더 가까이 댔다. 나는 그녀의 얼굴을 두 손으로 감쌌다. 그녀가 내게 가볍게 입을 맞췄다. "이제 착한 아이니까 냄새도 제대로 맡을 수 있겠네요."

"알았다, 내가 졌다. 내려가면 미용실부터 들르자꾸나."

내려가는 길이 올라갈 때보다 더 걸렸다. 날은 숨이 막힐 듯 뜨거워졌다. 동시에 신기할 만큼 고요했다. 바람 한 점 불지 않았고, 더운 열기에 새들조차 지저귀지 않았다. 길에는 자동차도 사람들도 보이지 않았다. 라인 들판을 덮고 있는 안개는 도시에서 밀려 올라오던 소음들마저 억누르고 있었다. 우리가 내딛는 발소리만이 크고 묵직하고 힘들게 들려왔다. 입을 열어 말하는 것조차 내게는 조심스러웠다.

불쑥 그리고 아무 거리낌 없이, 레오는 통역에 대해서 설명하기 시작했다. 아직 공부는 끝내지 못한 상황이었지만 몇 년 전부터 어느 작은 독일-프랑스-영국의 지역공동체 파트너십 모임에서 일을 하고 있다면서, 시장과 목사와 단체장과 지역 유지들, 그리고 그녀가 파트너십 모임 동안 머물렀던 가정과 협회에서의 생활 등에 관해 이야기했다. 그녀는 코른탈의 목사가 슈바벤 사투리로 영어를 말하는 모습을 흉내 냈고, 전쟁 포로로 잡혀 있던 동안 작센의 농가에서 독일어를 배운 미랑드의 약사 모습도 그대로 따라해 보였다. 그 모습에 어찌나 웃었는지 옆구리가 결릴 정도였다.

"진짜 재미있지 않아요? 그런데 통역이라는 독일어 '돌메첸(Dolmetschen)'의 어원이 뭔지, 그리고 그 말이 원래 뭘 뜻하는지 생각해보신 적 있어요?" 그녀는 나를 뚫어지게 쳐다보았다. "먼저 앞에 있는 단어 '돌름(dolm)'에는 '돌'이나 '단도'라는 뜻이 있어요. 그리고 뒤에 붙은 '메첸(metschen)'은 '짓이기다'나 '도살하다'라는 말과 유사하게 들리고요. 그러니까 내가 배운 통역은 결국 단도를 사용하는 방법인 셈이에요."

"설마, 레오. 통역이라는 말의 어원은 잘 모르지만 그래도 그건 말도 안 되는 소리 같은데. 만약에 그 말에 그런 음울한 배경이 깔려 있다면, 입으로 한 말을 뜻이 통하도록 옮겨준다는 무해한 행위를 지칭하는 데에다 사람들이 왜 그 말을 갖다 붙였어?"

"아저씨는 통역이 무해하다고 생각하세요?"

나는 뭐라고 대답해야 할지 갈피를 잡을 수 없었다.

레오를 어떻게 받아들여야 하는 걸까? 자기 물건을 구치소 탁자 위에다 펼쳐놓고 정리하고, 자기 자신에 대해 낯선 사람처럼 이야기하고, 머리카락을 내 코밑에다 들이밀며 냄새를 맡게 하고, 통역에 관해 혼란스러운 이야기를 하는 그녀를. 하지만 레오는 내 대답을 기다리지 않고 말을 이어갔다. 우리가 다시 차에 오르자 그녀는 내가 알아듣지도 못하는 번역의 이론들에 관해서 장황하게 이야기했다. 그건 라이더 교수에게서 배운 것이냐는 나의 질문에 그녀는 그의 장점과 단점, 습관, 부인, 여비서, 동료들에 대해서까지 들려주었다.

"미용실은 어디 생각해둔 데라도 있어?"

"좋은 곳 있으면 추천해주세요."

나는 슈베칭거 슈트라세에 있는 미용실을 떠올렸다. 그곳은 만하임에 살면서부터 내가 줄곧 마음에 들어 하며 다니던 미용실이었다. 하지만 그곳 주인은 나와 함께 나이를 먹어온 사람이었고, 요즘 들어서는 조금 손이 떨리기까지 했다. 나처럼 머리숱이 얼마 되지 않는 경우라면 그래도 아무 문제가 없었다. 하지만 레오에게는 어울릴 만한 곳이 아니었다. 문득, 헤르쉘바르트에 가는 길이면 늘 지나치던 화려한 외관의 헤어살롱이 생각났다. 그래, 그곳으로 가면 되겠군.

젊은 남자 미용사는 레오를 보자, 마치 어제 저녁 파티에서 소개받았던 사람처럼 인사했다. 그는 나를 레오의 할아버지나 아버지쯤으로 생각하고, 그에 걸맞게끔 아주 정중하게 대했다. "원하시면 여기에서 기다리셔도 됩니다. 아니면 한 시간쯤 후에 다시 오셔도 되고요."

나는 파라데 광장까지 걸어가 〈쥐트도이체 차이퉁〉을 샀다. 그러고는 카페 주르날에서 아이스크림과 에스프레소를 주문하고 자리에 앉아 신문을 읽었다. 기술과 과학 면에 실린 기사를 읽으며, 바퀴벌레가 아주 성실한 가족생활을 하는 습성이 있다는 사실을 알게 되었다. 그러고 보면 우리가 그들을 혐오하는 것은 그들로서는 부당한 일일 수밖에 없는 셈이었다. 카운터 뒤편 선반에 삼부카 병이 눈에 보였다. 나는 첫 잔은 레오를 위해, 다음 잔은 그녀의 자유를 위해, 그리고 세 번째 잔은 그녀의 새로운 머리를 위해 건배했다. 한 잔 또 한 잔의 삼부카가 세상을 바로잡아줄 수 있다는 건 진정 경탄할 만한 일이었다. 한 시간 후, 나는 다시 헤어살롱으로 들어섰다.

"조금만 더요." 나는 보지 못했지만, 내가 들어서는 모습을 본 미용사가 뒤편에서 내게 소리쳤다. 나는 자리에 앉았다. "이제 나갑니다!"

여자들이 머리를 만지고 나면 전혀 다른 사람처럼 보인다는 건 나도 당연히 알고 있다. 그래서 여자들이 즐겨 머리를 하러 간다는 것을 안다. 머리를 하고 난 다음, 많은 경우 마음에 들지 않아 슬퍼한다는 사실도 알고 있다. 따라서 새로 한 머리에 만족하기까지는 어느 정도의 시간이 필요하며, 우리의 찬사와 증명 또한 필요하다. 어떤 비평이나 아는 척하는 말 한마디, 또는 심술궂은 진술도 절대 덧붙여서는 안 된다. 그래서 용감한 인디언 전사는 어떤 고통도 드러내지 않듯, 제대로 된 관찰자는 바뀐 헤어스타일을 처음 대하는 순간 절대로 놀라지 않는다.

잠깐 나는 레오를 알아보지 못했다. 잠깐 나는 아주 짧은 머리의 젊은 여자를 레오가 아닌 다른 사람이라고 생각해, 얼굴에 표정을 그대로 드러냈다. 그녀임을 알아보고 다시 내 표정을 수습했지만 때는 이미 늦고 말았다.

"마음에 들지 않는군요."

"아냐, 마음에 들어. 훨씬 단정하고 강렬해 보이네. 50년대 프랑스 실존주의 영화에 나오는 여주인공 같아. 그러면서도 훨씬 더 젊고 상냥하고 예뻐 보이고. 나는……"

"거짓말. 마음에 들지 않는 거예요."

그녀는 너무도 단호하게 말했고, 나는 더 이상 뭐라 대꾸할 용기를 잃고 말았다. 사실 내가 말한 바는 그녀 마음에 들게 하려고 꾸며 말한 것도 아니었다. 나는 프랑스 실존주의 영화에 나오는 여배우들을 좋아했고, 레오에게는 그들에게서 느끼곤 하던 예민한 결연함이 내재해 있었다. 손가락 폭만큼의 길이로 확 짧아진 머리카락 아래로 그녀의 예쁜 머리형이 그대로 드러나 보이는 헤어스타일도 마음에 들었다. 물론 나는 무엇보다도 그녀의 곱슬머리를 좋아했다. 하지만 곱슬머리가 사라졌다면, 그저 사라진 것일 뿐이었다. 곱슬머리는 손가락을 넣어 만져보고 싶게끔 유혹한다. 그와 달리 짧은 머리는 머리를 쓰다듬어주고 싶게끔 만든다. 그리고 그 또한 잘 어울렸다. 단지, 그녀가 그처럼 머리를 깎인 것으로 보이지만 않았으면 좋겠다는 생각이 들었다. 그녀는 교도소나 정신병원에서 막 나온 사람처럼 보였다. 나는 그런 모습에 덜컥 겁이 났다.

"알았어요. 이제 그만 가요."

계산을 했고, 우리는 차를 타고 집으로 향했다. "누워서 좀 쉴래?"

"그럴게요."

그녀는 소파에 누웠다. 소파 가죽은 시원했고, 더운 여름에도 가벼운 이불을 덮은 듯 아늑한 편안함을 선사했다. 나는 레오의 몸을 덮어주고 발코니 문을 활짝 열었다. 터보가 안으로 들어와 방 안을 돌아다니다 소파 위로 뛰어올라 레오 옆에 몸을 동글게 말고 앉았다. 그녀는 눈을 감았다.

나는 까치발을 하고 부엌으로 갔다. 그러고는 식탁에 앉아 신문을 펼쳐 들고 신문을 읽는 것처럼 하고 있었다. 수도꼭지에서는 물방울이 똑똑 떨어졌다. 창문에서는 큼지막한 파리 한 마리가 윙윙거렸다.

언뜻, 흐느끼는 소리가 들렸다. 레오가 잠을 자다 꿈을 꾸며 우는 것일까? 잠시 기다리며 귀를 기울였다. 울음소리는 점점 커졌고, 일정하면서도 목 뒤에서 나오는 듯 낮게 그르렁거리고, 신음 소리 같고, 슬피 하소연하는 듯 들려왔다. 나는 그녀에게로 가 옆에 앉았다. 말을 건네며, 안아주고, 쓰다듬었다. 그녀는 울음을 멈추었다. 하지만 눈물은 쉬지 않고 흘러내렸다. 잠시 후 다시 슬퍼 울기 시작했고, 울음소리는 점점 커졌다가 다시 잦아들기를 반복했다. 그런 상황이 계속해서 이어졌다. 하지만 눈물만큼은 결코 마르지 않았다.

한동안은 내가 대처할 수 있는 상황이 아니라는 사실을 인정하고 싶지 않았다. 하지만 레오의 울음은 너무나 격해졌고, 심지어는 숨조차 제대로 쉴 수 없는 상황이 되기도 했다. 나는 필리프에게 전화를 했다. 필리프는 차라리 에벌라인 교수에게 전화를 해보라고 말했다. 에벌라인 교수는 그녀를 당장 병원으로 데리고 오라고 내게 말했다. 국립정신병원으로 가는 중에도 그녀는 울음을 그치지 않았다. 차에서 내려 그녀를 부축해 본관 건물로 들어서자, 그녀는 비로소 울음을 멈추었다. 집으로 돌아오는 길, 나는 울었다.

33
감옥행

길고도 무더운 여름이었다. 2주 동안 나는 브리기테와 마누와 함께 바다로 가 조개와 불가사리를 줍고 모래성을 쌓았다. 그 밖의 시간에는 주로 발코니에 앉아서 시간을 보냈다. 루이제 공원에서 에버하르트를 만나 체스를 두었고, 필리프와 요트를 타고 나가 낚시를 했다. 때로는 플루트를 불기도 했고, 때로는 크리스마스 비스킷을 굽기도 했다. 어느 날인가는 용기를 내어 치과를 찾았다. 37번 제2 대구치는 무사히 복원되어 틀니를 하는 것은 면할 수 있었다. 여름에는 일거리도 거의 들어오지 않았다. 이제 나도 나이가 들었고, 그래서 일은 드물게 들어올 뿐이다. 그렇다고 일을 그만두고 쉬어야 할 정도는 아니다. 단지 서서히 일을 줄여나가면 충분했다.

9월이 되고, 카를스루에 고등법원에서 헬무트 렘케, 리하르트 잉고 페쉬칼렉, 베르트람 몬호프에 대한 재판이 열렸다.

이른바 케퍼탈 테러리스트 재판이었다. 경찰의 기민한 수사와 신속한 재판 진행 그리고 협조적인 피의자 등 언론은 모든 것에 만족해했다. 렘케는 전적으로 자신의 행동을 뉘우치고 있었고, 몬호프 또한 그에 못지않게 협조적이었다. 단지 페쉬칼렉만은 혼란스러운 주장을 되풀이하고 있었다. 그는 자신이 벤트의 죽음과 무관하며, 벤트를 비블링겐에서 만난 적이 없다고 주장했다. 아울러 살인 무기로 사용된 권총이 화재 복구 작업을 하던 중 그의 집과 접해 있던 이웃집의 방화벽 뒤편 벽돌 사이에서 발견되었다는 소식이 공판 과정에서 밝혀질 때까지 그는 권총을 갖고 있지도 않았다고 주장했다. 궁지에 몰린 그는 이제 벤트의 죽음이 단지 사고였을 뿐이라는 자신의 주장을 내세웠다. 사체를 부검한 법의학자는 실제로 벤트의 죽음이 총격으로 인한 것이 아니라 추락으로 인한 것일 수도 있다는 사실을 배제할 수 없다고 밝혔다. 그럼에도 페쉬칼렉의 주장은 제대로 받아들여지지 않았다. 페쉬칼렉은 징역 12년을 선고받았고, 렘케와 몬호프는 각각 10년과 8년 형을 선고받았다. 그 같은 선고 결과에 대해서도 언론은 만족해했다. 〈프랑크푸르터 알게마이네 차이퉁〉의 저명한 논설위원은 그 같은 재판 결과를 두고 독일이 법치국가임을 보여주는 증거이자 자신의 행동을 진심으로 후회하는 테러리스트가 쌓아 올린 황금빛 다리라며 찬사를 아끼지 않았다.

나는 카를스루에로 가보지 않았다. 외과 수술, 예배 그리고 섹스와 마찬가지로, 내게 있어 재판 과정이란 내가 직접 참여하거나 전혀 관여하지 않거나 둘 중의 어느 하나일 뿐인 사건이었다. 그렇다고 공개 재판을 거부하는 입장은 아니다. 단지 일종의 구경꾼이나 방관자로 남아 있고 싶었을 뿐이다.

재판이 끝나고 네겔스바흐 경감이 전화를 걸어왔다. "집 밖에 앉아 여유로운 저녁 시간을 즐길 수 있는 여름날이 어느새 거의 다 지나가네요. 집에 한번 들르시겠습니까?"

우리는 배나무 아래에 앉아서 이런저런 이야기를 나눴고, 자연스레 어디서 어떻게 휴가를 보냈는지 이야기하게 되었다. 두 사람은 산에서, 나는 바다에서 보냈다고 이야기했다. 하지만 그들도 나와 마찬가지로 그런 이야기에는 그다지 관심이 없었다.

"레오노레 잘거 양은 어찌 지내나요?" 네겔스바흐 부인이 불쑥 물었다.

"저도 아직은 찾아가 만나볼 수가 없네요. 하지만 며칠 전에 빌라인 교수에게서 전화가 왔습니다. 그분은 카를스루에 재판이 끝나고 복직이 되어 병원으로 돌아왔고, 병원장 직도 다시 맡게 되었다고 하더군요. 그분도 잘거 양이 언제쯤 퇴원할 수 있을지는 아직 모른다고 말씀하셨습니다. 단지 그녀가 다시 건강해져 학업을 마치고 정상적인 생활을 하게 될 거라는 것만큼은 자신 있게 말할 수 있다고 하셨지요." 말을 마친 나는 잠시 머뭇거렸다.

"기운들 내세요. 젤프 씨하고 제 남편이 지금 개운하게 털고 가지 않으면, 앞으로도 결코 그럴 기회는 없을 거예요."

"여보, 하지만 나는……"

"당신도 마찬가지예요."

그와 나는 당혹스러운 얼굴로 서로를 쳐다보았다. 네겔스바흐 부인의 말이 옳았다. 그녀는 늘 옳았다. 하지만 우리 두 사람은 이미 너무 늦은 것은 아닌지 걱정이 되었다.

내가 에두르지 않고 물었다. "레오의 상태가 어떤지 이미 알고 있었던 거지요?"

"조금 이상하긴 했어요. 조사를 받는 중에도 종종 넋이 나간 사람 같아 보였습니다. 마치 앞에 있는 우리를 보지도 못하고 듣지도 못하는 것 같았어요. 자꾸만 엉뚱한 이야기를 하기도 했고, 잠자코 듣고 있다가도 한번 이야기를 꺼내면 도무지 멈출 줄을 몰랐거든요. 그럴 때면 그녀에게서 말 한 마디 한 문장을 끌어내기 위해 진땀을 흘려야만 했지요. 라비츠는 얼마 지나지 않아 그런 그녀를 보며 아무래도 제정신이 아닌 것 같다고 말을 했고, 변호인은 그녀에게 유죄 판결이 내려진다면 그건 정말 말도 안 되는 일이라는 의견을 표명했습니다. 그래서 젤프 씨가 그녀를 구해내려 했을 때, 라비츠는 그리 웃을 수밖에 없었던 겁니다." 이번에는 그가 잠시 머뭇거렸다. 하지만 그 또한 단도직입적으로 물어왔다. "페쉬칼렉의 자료는 어찌 된 겁니까? 그 자료를 갖고 있는가요? 아니면 불에 타 이미 없어지고 말았나요?"

"젤프, 기만당한 사기꾼? 그게 정확한 표현이군요. 렘케와 페쉬칼렉은 레오와 그녀의 친구들을 기만했습니다. 경찰과 검찰은 사직 당국을 기만했고, 그리고 사직 당국 또한 어쩌면 그 같은 기만에 놀아나는 척 기만했는지도 모르겠네요. 그리고 기만당한 대중은 자신들을 기만한 사기꾼을 칭송하고 있고요. 누가 만든 것이든, 그리고 언제부터 존재했든, 본래 피른하임의 독가스가 있기나 했던 겁니까?"

네겔스바흐 경감은 나를 화난 표정으로 바라보았다. 그러고는 자신의 아내를 쳐다보며 말했다. "저것 봐요, 젤프 씨는 속에 있는 것을 전혀 털어놓으려 하지 않아. 그저 내 화만 돋우고 있다고." 그가 다시 나를 쳐다보며 말했다. "속이고, 거짓을 내세워 흥정하고 하는 모습을 지켜보면서 나도 마음이 편치 않았어요. 케퍼탈 테러리스트 재판은 처음부터 끝까지 마음에 드는 게 하나도 없었다고요. 물론 젤프 씨도 마찬가지였겠지만 말이죠. 하지만 우리 모두는 할 수 있는 한 최선의 결과를 끌어내기 위해서 노력했습니다. 하지만 젤프 씨는…… 처음엔 꼼수를 부려 스스로 궁지에서 벗어나고, 다음엔 잘거 양을 구해내려 했지요. 어쩌면 그녀에게는 유죄 판결이 내려지지 않았을 수도 있을 겁니다. 하지만 결국 자기 발로 정신병원에 들어갔고, 판사가 지시했을 경우보다 더 편안하게 그곳에서 나올 수 있게 되었어요. 그것 말고도 심리나

재판 과정을 겪지 않아도 되었고 말입니다. 젤프 씨, 축하드립니다. 마음먹은 대로 다 이뤄낸 지금, 기분이 어떤가요? 그런데 혹시 다른 이들에게는 적용되는 규칙이 본인에게만은 적용되지 않는다고 생각하고 계신가요? 만일 그렇게 생각한다면, 젤프 씨는 무엇보다도 다른 사람들을 기만하는 것이고, 그보다 더 끔찍한 것은 자기 자신을 기만하고 있다는 사실일 겁니다." 그는 자신을 쳐다보는 아내의 눈빛을 흥분을 가라앉히라는 신호로 받아들였다. "여보, 아니야. 당신이 아무리 말려도 이제 할 말은 하고 넘어가야겠어. 성공한 사기꾼 젤프 씨는 저기 앉아서 경찰의 사기에 대해 비난하고 있다고. 젤프 씨, 당신은 엉뚱한 사람들에게 잘못된 판결이 내려졌다고 주장하고 싶은 겁니까? 그리고 당신과 잘거 양 또한 피고인석에 앉아 있을 수도 있었으며, 적어도 당신에게만큼은 유죄가 선고될 수도 있었다는 사실을 부정하고 싶은 겁니까?"

내가 무슨 말을 할 수 있었을까? 어찌 됐든 렘케와 페쉬칼렉을 체포할 수 있도록 경찰을 도왔다고 말을 해야 할까? 모두에게 적용되는 규칙은 나에게도 마찬가지로 적용된다는 사실을 알고 있으며, 그 때문에 나는 나만의 규칙을 갖고 있다고? 그래서 규칙과 규칙이 있고, 기만과 기만이 있다고? 그는 경찰이고, 나는 경찰이 아니라고?

"네겔스바흐 경감님, 난 결코 경감님을 비난하는 게 아닙니다. 그리고 나는 페쉬칼렉의 자료를 갖고 있지 않아요. 불에

타 없어졌으니까요. 갖고 있는 건 전에 사본으로 보여드렸던 사진들이 전부입니다."

그는 고개를 끄덕였고, 바람막이 랜턴 주위를 날아다니는 모기들을 한동안 쳐다보았다. 이윽고 그가 다시 입을 열었다. "독가스요? 피른하임에 독가스가 있는지 없는지는 저도 모릅니다. 이제껏 말해준 사람도 없고, 아마 앞으로도 없을 겁니다. 들리는 말로는, 그 지역에서는 온갖 소문이 떠돈다고 하더군요. 만약 독가스가 존재한다면, 어쨌거나 그 때문에 신경을 쓰는 것처럼 보이겠지요."

바람이 나뭇잎을 스쳐가며 살랑거리는 소리를 냈다. 서늘한 기운이 느껴졌다. 옆집 정원에서 사람들의 목소리가 들려왔고, 고기 굽는 냄새와 연기가 건너왔다. "우리도 들어가서 뜨거운 굴라쉬 수프라도 먹으면 어떨까요? 무릎에 담요라도 덮고요." 네겔스바흐 부인이 제안했다.

"어쩌면 저는 감옥에 갇혀 있어야 했을지도 모릅니다. 하지만 이렇게 두 분과 함께 배나무 아래에 앉아 있을 수 있어 무척 행복합니다."

"젤프 씨의 감옥행 가능성이 아직 완전히 사라진 것은 아니에요. 하지만 그런 가능성을 완전히 없애지 못한다면, 제 남편도 결코 마음 편히 지낼 수 없을 테지요. 자, 이제 그만 들어가시지요!"

네겔스바흐 부인은 문을 열고 서서 우리를 아틀리에로 안내했다. 나는 나를 기다리고 있는 것이 무엇인지 몰랐다. 하지만 안 좋은 것일지도 모른다는 생각은 전혀 들지 않았다. 그리로 걸어가는 동안, 두 사람은 아무 말도 하지 않았다. 아틀리에 안은 칠흑처럼 깜깜했고, 조금은 꺼림칙한 느낌이 들기도 했다. 갑자기 작업대 위의 네온 등이 번쩍하고 켜졌다.

네겔스바흐 경감은 건축으로 돌아와 있었다. 작업대 위에는 수없이 많은 성냥개비를 붙여 만든 19세기의 교도소가 우뚝 서 있었다. 중앙 건물과 그 건물을 중심으로 뻗어나간 별 모양의 다섯 개의 날개, 그 날개마다에 자리하고 있는 감방들, 그리고 그 주위를 둘러싸고 있는 벽과 그 벽에 나 있는 성문과 첨탑들, 저지선 위의 가느다란 전선들과 아주아주 작은 감방 창문에 달린 아주아주 작은 격자 창살. 네겔스바흐 경감은 자신의 작품에 결코 사람 모형을 등장시키지 않았다. 하지만 지금 내 앞에 놓여 있는 작품에서만큼은 예외를 두고 있었다. 그 안에는 단단한 종이로 만든 작은 사람 형태 하나가 들어 있었다.

"저인가요?"

"예."

줄무늬 양복에 줄무늬 모자를 쓴 내가 교도소 안마당에 홀로 서 있었다. 나는 나 자신을 향해 손을 흔들었다.

〈끝〉

《책 읽어주는 남자》를 통해 전 세계적으로 유명해진 독일 작가 베른하르트 슐링크, 그는 일종의 추리소설인 이 작품에서 절제에서 비롯되는 특유의 밋밋하고 차분한 글쓰기와 직선적인 언어 구사를 선보인다. 그러면서도 작품 곳곳에서 느껴지는 일종의 '아이러니'는 이 작품의 전반적인 기조를 형성하고 있다. 특히 자신의 행동이 합법적이지 않다는 사실을 잘 알고 있지만, 자신의 판단을 정당한 것으로 여기고 밀어붙이는 일견 고집스러운 젤프의 자기기만 속에서, 작가 슐링크는 젤프의 나치 검사라는 과거의 경력을 현실의 문제로 변형시키는 가운데, 젤프 개인뿐만 아니라 시대의 흐름 속에 숨어 있는 아이러니를 강조한다.

이 같은 특징은 등장인물들의 캐릭터에서도 찾아볼 수 있다. 젤프 자신이 '절대 선'에 속하지 않는 것처럼, 이 작품에는 '절대 악'을 형성하는 악인들도 존재하지 않는다. 추리소설에서 흔히 볼 수 있는 흑백논리에 근거한 이분법적 사고 대신, 작가는 등장인물들 저마다의 상황 묘사를 통해 선과 악 사이의 흐릿한 경계선을 그려내는 가운데 자신이 제시하는 아이러니를 구체화하고 있는 것이다.

평균 잡아 네 쪽에 불과한 총 2부 68개의 비교적 짧은 챕터들로 이루어진 이 작품의 구성 방식은 언뜻 독자의 읽어나가는 흐름을 방해하는 듯 보이기도 한다. 하지만 그 같은 구성은 작품의 사건 진행에 자유로운 변화와 전환의 계기를 제공하고, 아울러 슐링크 특유의 매혹적인 방식으로 독특한 정조와 분위기를 창출해낸다. 문장들은 꼭 필요한 서술만으로 제한되고, 그러면서도 결코 초라해지지 않는다. 빠르고 느리게 이어지는 사건 전개의 교차, 짧고 긴 챕터의 연속은 이 이야기의 리듬을 완성시켜준다.

단지 사진 속의 레오가 자신이 그토록 갖고 싶어 했던 딸을 연상시킨다는 이유 때문에 이 사건을 떠맡았던 젤프는 자신도 모르는 사이에 과거의 역사 속 사건에 연루된다. 이 작품의 시대적 배경에는 이른바 독일 적군파의 무장 테러 및 독일 환경 운동의 단초가 깔려 있다. 즉 레오의 사건을 통해 슐링크는 이 같은 정치적이면서도 일상적인 주제를 자연스럽게 하나로 접목시킬 수 있었다.

이 작품은 오래전 독일을 비롯한 서유럽에서 펼쳐졌던 역사적 상황들을 배경으로 삼고 있다. 따라서 우리나라 독자들에게는 낯선 당시의 시대적 상황에 대해 간략히 설명하는 것이 필요할 것이다.

제2차 세계대전에서 패전한 이후에도 독일에서는 근본적인 사회적 변화가 일어나지 않았다. 독일의 젊은 세대들은 자신들의 사회가 과거에 대한 진정한 반성 없이 보이지 않는 손인 미국의 주도 아래 껍데기뿐인 민주주의 사회로 이행되고 있다고 생각하고 1960년대에 들어서면서 새로운 주거 공동체와 학생 조직을 중심으로 본격적인 학생운동을 시작했다. 그리고 "모든 권위에 저항한다"는 혁명적 사상에 뿌리를 두었던 이들의 체제저항운동은 이후 '68혁명'이라 불리게 되었다. 비록 이들이 주창했던 이상주의적인 세계의 건설은 실현되지 못하였지만, 과거의 나치 시대에 대한 주체적인 반성을 이끌어내고 현재의 물질만능주의에 대한 경각심을 울린 것은 높이 평가해야 할 것이다. 아울러 68혁명의 이념은 이후 노동운동, 여성해방운동, 언론운동, 반핵평화운동, 그린피스와 같은 환경운동, 국경없는의사회와 같은 인권운동 등이 성장하는 데 밑거름이 되었다.

한편, 이 작품에 등장하는 테러 사건이 자연스레 떠올리게 만드는 적군파는 서독의 극좌파 무장단체로서 '바더-마인호프 집단'이라고도 불렸다. 안드레아스 바더, 구드룬 엔슬린, 호르스트 말러, 울리케 마인호프 등이 1970년에 결성했으며,

당시 68학생운동의 혁명적 사상에 뿌리를 두고 있었다. 이들은 자신들을 무장투쟁운동을 벌이는 반제국주의 집단으로 소개했지만, 당시 독일 정부는 적군파를 테러리스트 집단으로 규정하였다.

작품 속에서도 직접 이름이 언급되는 안드레아스 바더는 마르크스주의적 이념에 의해 조직된 적군파의 주도자이다. 그는 자본주의 체제에 저항하고 미국의 존재를 고발하고 제거하기 위해 1968년 프랑크푸르트 백화점 폭탄 테러와 하이델베르크 미군기지 테러 사건 등 각종 테러를 주도했다. 그후 체포되어 수감되어 있던 중 독방에서 권총 자살한 것으로 알려졌지만 타살 의혹이 제기되고 있다.

울리케 마인호프는 독일 좌파의 대표적인 시사평론지 〈콘크레트〉의 기자로 활동하면서 사회비판적 성격이 강한 TV 시사 프로그램의 대본작가로도 이름을 날렸다. 안드레아스 바더를 탈옥시킨 뒤 함께 적군파를 결성해 테러리스트로 활약했다. 1972년 체포되어 슈탐하임 교도소에서 복역 중이던 그녀 역시 죽은 채 발견되었으며, 자살이라는 공식 발표에도 불구하고 타살에 대한 의혹은 현재까지도 여전히 남아 있다.

추리소설 본연의 긴장감만으로도 독자들의 기대감을 채워주는 이 작품은 이 같은 개연성과 사실성을 바탕으로 독일의 과거와 현재에 드리워진 정치적 상황을 중심으로 전개되고 있다. 결국 추리소설은 단지 겉으로 드러난 형식일 뿐, 이 작품은 지나온 역사 속 우리들의 모습을 드러내는 사회소설이다. 하지만 슐링크는 도덕주의자가 아니다. 현실주의자다. 그래서 그는 애써 개선하려 하는 대신, 단지 보여주고자 한다. 독창적인 플롯과 흥미진진한 사건 진행의 조합 속에서 재치 있는 유머와 신랄한 풍자를 통해 우리네 삶의 아이러니를 한 번쯤 진지하게 생각해보게 해주는 이 작품을 꼭 한 번 읽어보라고 추천하고 싶다.

2018년 4월
김완균

옮긴이 **김완균**

한국외국어대학교 독일어과를 졸업하고 독일 괴팅겐대학에서 독문학을 전공, 문학
박사 학위를 받았다. 현재 대전대학교 H-LAC대학 교수로 재직하고 있다. 옮긴 책으
로《못 말리는 악동들의 특별한 크리스마스 공연》,《엄마 아빠가 없던 어느 날》,《헬
렌 켈러의 위대한 스승 애니 설리번》,《고맙습니다 톰 아저씨》,《가재바위 등대》,《에
스더의 싸이언스 데이트》,《하케 씨의 맛있는 가족 일기》,《수영하는 사람》등이 있다.

셀프.의 기만

2018년 4월 18일 초판 1쇄 인쇄
2018년 4월 26일 초판 1쇄 발행

지은이 | 베른하르트 슐링크
옮긴이 | 김완균
발행인 | 이원주
책임편집 | 황경하
책임마케팅 | 조아라

발행처 | (주)시공사
출판등록 | 1989년 5월 10일(제3-248호)

주소 | 서울특별시 서초구 사임당로 82(우편번호 06641)
전화 | 편집 (02)2046-2817·마케팅 (02)2046-2800
팩스 | 편집·마케팅 (02)585-1755
홈페이지 | www.sigongsa.com

ISBN 978-89-527-9065-1(04850)
ISBN 978-89-527-9064-4(set)